中国社会科学院文学研究所当代文学重点学科资助项目成果

中国作家协会年度重点作品扶持项目成果

移动中的雕刻

当代海外华文文学微观察

田 泥◎著

E N G R A V I N G   I N   M O T I O N

A Microobservation of
Contemporary Overseas
Chinese Literature

中国社会科学出版社

图书在版编目（CIP）数据

移动中的雕刻：当代海外华文文学微观察/田泥著. —北京：
中国社会科学出版社，2023.5
ISBN 978 - 7 - 5227 - 1923 - 8

Ⅰ.①移… Ⅱ.①田… Ⅲ.①华文文学—文学研究—世界
Ⅳ.①I106

中国国家版本馆 CIP 数据核字（2023）第 085433 号

出 版 人	赵剑英
责任编辑	郭晓鸿
特约编辑	杜若佳
责任校对	师敏革
责任印制	戴　宽

出　　版	中国社会科学出版社
社　　址	北京鼓楼西大街甲 158 号
邮　　编	100720
网　　址	http://www.csspw.cn
发 行 部	010 - 84083685
门 市 部	010 - 84029450
经　　销	新华书店及其他书店

印　　刷	北京明恒达印务有限公司
装　　订	廊坊市广阳区广增装订厂
版　　次	2023 年 5 月第 1 版
印　　次	2023 年 5 月第 1 次印刷

开　　本	710×1000　1/16
印　　张	17
插　　页	2
字　　数	239 千字
定　　价	88.00 元

目　录

绪论　移动视界中的海外华文书写

一

有人说，灵魂拂去尘埃，便能耀眼重生。而文学便是深入历史尘埃中，去发现灵魂的摆渡与移动。文学是最直抵人心声的文体，也是最为简洁的表叙方式，一个人的灵魂有多高洁、有多飘逸，文学都能够鲜明地透露出；一个人的心有多宽广、有多深邃，文学也最能够简单地叙述出。所以，文学成为人与世界与时间关联的纽带，我们从中可以发现生命与梦想、记忆与经验、激情与情绪、苦难与秘密，还有更多。

拙著《移动中的雕刻——当代海外华文文学微观察》展现的是从20世纪到21世纪活跃的海外华文作家，在不同时代中的情感、经验与理性哲思。在这里，原本想以宏阔的方式鸟瞰与缕析海外作家创作现象及发展轨迹，也精心遴选了若干具有代表性的作家进行较为深度性的专题研究，但展示给读者的却是现在的模样，想来学术不仅是学理意义上的爬梳，也应该是作家丰富多彩的心灵图说，更有其对生活经验与启示意义的揭开，把深陷历史脉络与时代留痕中的精神内复原、召回，让其回到当下的现实场景中，与读者能够构成有趣的对话空间。

　　本书重点梳理20世纪80年代以来海外华文文学中不同作家在移动中呈现的多样书写形态与主题表达，即海外华文文学因果母题、家国与个人叙事、代际伦理中的母女、移动与空间的雕刻、未来科幻与人类的存在等，阐述了与时代有同构关系的人物形象，在性别困境中的女性自我想象与意义建构，伦理缝隙中的存在与反抗的介质，以及移动之后在母体与变体之间的主体性构建。进一步挖掘在中西文化背景下移动时空中，文学书写的精神姿态、文化脉动、多重样式与主体实践。

　　作为一种文学观察，笔者选择了以"移动的视角"进入叙述空间模块，并将移动的主题、轨迹等作为考察的对象，主要由两条线索展开：第一条线索是以大量的文本、资料充实而成的分析，主要集中于海外华文作家的主题表达，以及对形成的共性与差异所做出的阐述；第二条线索则是依据作家的迁移轨迹与时空切换，加之与作家访谈、历史背景与书写空间形成呼应后，所进行的对作家文本的深度分析。此外，随着社会的发展，新媒介与智能的崛起，文学本身的样式也在发生着改变，海外华文文学在这个过程中，伴随着文学的边界移动，也获得了新质，从而为文学的书写内容与形式提供了别样的特质，开创出新的文学表达的审美空间。但总体来说，本书并不侧重统体的概述，而是体现为一种微观察，试图以当代海外华文移动中的艺术实践，勾连海外华文创作潮流及当代文学史，指正作家的生命经验、文本形态与时代发展具有同一性，更展示出海外华文书写由性别、身份、生态、信仰、潜意识等关键词构成，在中华母体与自我变体之间进行的主体性构建。因此，寻找空间形态的迁移与转向，聚焦作家文本的移动性、构建性，不仅强调了作家的艺术风格与个性，也将其纳入海外华文文学史及当代文学史中加以分析，更注重揭示作家在时空移动中的思想与精神变化，当然文本形态所呈现出的发展轨迹、历史环境以及文化空间，也是要尽量兼顾到的。如此，便将作为中华大文学的一个重要组成部分——海外华文文学，与中国当代社会发展形成一种对照与呼应，有了一个清晰的映像与图景。尤其是在时空距离已经被新媒介打破阈限的今天，文学的样式与生命形态早已跨越边界，文学图式也弥合了日常生活与艺术、想象与实践之间的沟壑，决定了文学研究的范式、角度、旨趣等发生了新变，但深藏在文本背后的作家的思维、思想及观察方式，这些最为活跃的变量，也最终成为把握作家文本修辞格式与修辞秘密的关键所在。

海外华文文学是一个跨国别、跨民族、跨地域、跨文化的书写，云集了世界性范围的作家，也汇聚了不同的文化习俗、社会阶层、历史构成、时代特质、意识形态等，因此文本呈现为多元立体共生的文化生态景观。而梳理其主题的演进、文学的特点及具体文本现象等，就成了必然的课题。而涉及作家及文本的分析，结合整体海外华文文学走向与内在转换，回到具体文化语境与历史现场，考察其介入历史与现实的方式。文学微观察就是以浸入式的方式介入，但不使观察滑入到外倾式样的境地而失去客观性，与不同的作家主体构成心灵、精神与文化的对话，同时在时间—空间中考察作家在移动中的心理变化、文本内涵及时代的特质，还有透过已板结或固化的能够沉入文学潮流底部并成为文化积淀的一部分，获得与揭示文本所携带的时代内涵、性别意识、宗教信仰、道德伦理、民族文化、精神气质、文化根脉，以及其所显示的人类意义上的普遍性价值与意义等，这一切就是本书着力寻找的。

二

"因果"作为一种精神现象，在中华历史上不断被重复地演绎，是集体无意识的智慧体现。同样，在海外华文文学的进程中，带有原始意味的因果轮回或显露或隐现其中，具有广泛的象征性和概括性，寄托着深刻人生哲理的因果叙事，已经从佛教义理逐渐渗透到世俗的生活中，指涉人们生活的题旨和象征，而更多的是一种镜像的作用，折射了生息在海外华人对中国本土文化的依恋与纠缠，呈现出海外华人内心深处的尴尬与挣脱的集体无意识。应运而生的是，他们笔下的因果母题表达就具有别样的姿态与内涵。

海外华文文学的因果母题在文学作品中有多种表现和多方面的意义。因果叙事的文学的意义和叙述的辩证模式，因历史与现实的原因，已经与传统意义上的因果伦理主题有了全新的变化，同时，由于因果报应之理论不具有逻辑性，大有因果报应世俗化、普泛化的趋向，随着社会的发展，它已经逐渐演化为一种道德的伦理渗透在人们的日常与精神生活里，也就是因果之说已经从神性的位置逐渐被消解在人们的现实生活中；反观人的世态行为，也大致看出了世俗人生的追索与生存原则与道德底线。作家们客观地揭示了海外华人人际关系和生存秩序中的"社会性规约"，这种规约既来自传统的宗教伦理观念，如善恶报应，也来自共同的自然与社会挑战。异域文化背景的生成，以及生存环境成了人们因果命运承受与承载的外因，而内在的角色转型与认同成了因果的内在因素，当然也有宿命的追索与无奈的选择。

作家在平静而冷嘲的因果叙述中，将审美视角伸向亲仇、乱伦、纵欲、利益等非理性心理的底层。一些华人作家更是通过自己的文本解读了对因果报应的理解与感悟，当然，这种梳理是自觉与不自觉的行为。在作家笔下，有着诸多的因果律的存在与解析：人性与神性之间情欲的因果律，欲望与生存之间的因果律，历史与现实之间金钱的因果律，爱欲与受罚的因果律，等等。当然，海外华文文学的作家由于生活在不同时代、不同地域，有不同的族群、不同的地域文化，接受华夏文化的心理、途径和方式都有很大差异，这样就导致了他们对中国本土文化的认同有某些本质的差异性。故而这里需要就其因果母题的内涵与逻辑变异、表现因果律以及因果意识，在历史与现实的维度，在哲学层面的高度对作家心理做一番梳理。

三

空间移动是人的天性。①"地理空间移动是人类社会的基本特征,自从人类诞生以来,地理空间的移动就一刻没有停息过。"② 海外华文文学中的移动,既是物理空间的移动,也是精神文化的迁移。"世纪的全球迁徙是一段非常复杂的历史,同样是迁移,不同时代、不同民族和国度的不同移民有着截然不同的经验,而反映这些历史经验的各国移民文学也大有差异"。③ 自 20 世纪三四十年代开始,到 80 年代出现了中外文化空间的明显移动,乃至到了 21 世纪移动日渐成为一种新常态。相应地,存在跨国别、跨民族、跨文化的移动与切换等。同时,移动也拓宽了文学边界的书写。这个客观存在的地理空间经由作家的艺术想象和创作实践,实现了由"空间"(Space)向"地方"(Place)的转变,成为一个"意义、意向或感觉价值的中心",一个"动人的,有感情附着的焦点",一个"令人感觉到充满意义的地方"。④当然,随着书写空间与文化移动,滋生出新的文学—审美空间,但依然在现代性与传统性、本土性中游离,共生存在,而不是互相取代的关系。这些移动是从本土或域外视角介入的,这里的"本土视角"是指中国人本土的视域,而"域外视角"则专指从异域着眼的。此外,还有本土域外视角的转换与切换。而移动的过程存在双向互逆移动,从本土向异域文化倾斜,再回流到本土的文化反哺,反映了近一个世纪的意识形态、文艺思潮乃至社会文化心理的更迭和变迁。应该说,书写空间的移动大致表现为以下几个趋向。

---

① 这里涉及的移动,仅指地理空间的移动,而不是抽象文化意义上的移动。
② 赫维人、潘玉君:《新人文地理学》,中国社会科学出版社 2002 年版,第 114 页。
③ 王腊宝:《流亡、思乡与当代移民文学》,《外国文学评论》2005 年第 1 期。
④ 夏铸九、王志弘:《空间的文化形式与社会理论读本》,台北明文书局 1993 年版,第 86 页。

一是跨国别的中西方之间的空间移动，空间的移动带来直接的文化感受，海外华人作家观察世界、处理文学，有特殊的眼光与视界。对于在思想禁闭的时代成长起来的一代人，渴望在思想解放的时代，获得解放和自由，并将东方思维容纳到西方的价值标准与判断中。而进入西方，海外华人在两种文化之间的游移，切实地感受到跨文化、跨国别与跨种族的异质存在，在异质空间中，试图获得个人精神自由的伸张，却成了无根的主体。比如来自中国的聂华苓、白先勇、於梨华、陈若曦、张爱玲、卢新华、亦夫、严歌苓等的跨文化写作，但最终的诉求与驻守在本土书写本质上是一致的，只是将身份、性别问题与民族、国家、种族等问题交织在一起，更具有复杂性、游离性。

20世纪五六十年代，以白先勇、聂华苓、於梨华为代表的海外华人作家异军突起，白先勇的《纽约客》《芝加哥之死》、於梨华的《梦回青河》《又见棕榈，又见棕榈》等，是在现代化的西方对根脉性的本土的回望。其中，小说有聂华苓的《桑青与桃红》《千山外，水长流》、於梨华的《傅家的儿女们》、陈若曦的《尹县长》，及丛甦的《中国人》（短篇小说集）等，共同构建了20世纪七八十年代海外华文移民文学，尤其女作家身居国外，受到欧美西方女性小说的影响，经历了现代主义、女权主义、后现代主义、情欲解放等文学思潮，她们的创作呈现出新的文学形态与精神面貌。如美国华裔女作家聂华苓的移动具有独特性，小说《千山外，水长流》有中外跨国别、跨文化的路径及空间切换，书写自然与众不同。小说没有刻意渲染乡愁和"文化大革命"伤痕，也没有刻意表达对全盘西化的拒绝，而是以一种自然的方式，融入了美国文化生活环境。可见，聂华苓重在对移动后的日常生活经验进行挖掘，同时关切的是心灵与精神上的平和与满足，而不是深刻地控诉与批判。

中国大陆留学生群体自80年代开始形成整体性移动：查建英的《丛林下的冰河》《到美国去！到美国去！》、樊祥达的《上海人在东京》、曹桂林的《北京人在纽约》、葛笑政的《东京的诱惑》、刘观德的《我的财富在澳洲》、周励的《曼哈顿的中国女人》、闫真的《曾在天涯》、蒋濮的《不要问我从哪里来》等小说，传达出了海外华人精神上的焦虑与自我生存发展空间的诉求。21世纪以来的文本凸显文化冲突和价值观的重建，张朴的《轻轻的，我走了》、奚蒙蒙的《夏天的圣诞——留学新西兰的男生女生们》等，书写异域空间中的成长经验，更强调"我"的独特性和主体性。鲁引弓的《小别离》、诗人朱夏妮的《新来的人：美国高中故事》、吕晓宇的随笔《利马之梦》、赵刚的《到英国去》等，最具有代表意义。同时也在人性的基点上，寻找中西之间的差异，应该是20世纪80年代留学生的主要表达。海外华文书写涉及多重经验，体现了对跨文化介质进行了深度思考，并将两性故事设置在第一世界/第三世界间紧张的文化夹缝中，更具典型性。

二是因空间的移动带来的文学—文化迁移，本土审美介入跨文化—世俗生活对接的契合点，海外华人作家对夹缝中的人性进行审视。在移动的日常场景中，获得了多元的观察角度和审美空间，展示了个体从传统空间移动到现代空间之后的价值观、意识形态等的变异。这些移动与切换的过程中，既有切实的身体的移动，也有精神空间的构设。移动中的时空构筑，为文学创作提供了特殊的文化场，具有了异质性的新思维，从而呈现出不同的文化景观。其实，文学场域的"自主性"体现在场域的"自身逻辑"上，场域的生成与结构是一个连续的动态系统，既维持了场域内部秩序的基本稳定，同时也拓展了场域的范围与界面。借助自身的资源、资本以及力量，拓展文化空间，并以批判性、颠覆性的姿态进行主体构建。而意识形态也会因空间场域而发生变动，但精神主体所持的文化理念却是一个根本性的变量。这里，与其说是移动中的场所影响着作家的审美倾向与价值判断，不如说是场域作为一种潜在的文化力量，才是制衡文化意识形态的要件。艾勒克·博埃默在《殖民与后殖民文学》中说"移民殖民者基本上把自己看成是文化上的迁徙者，他们过重地承担了本属于另一个古老世界的价值观和人生态度。他们的教育、文学、宗教活动、文化准则以及各种体制等，使他们给人以英国驻外代表的印象，从过去的某个中心来到现在成为他们故乡的这个地方。由于他们与周围环境没有什么重要的联系，他们工作起来总有一种空虚感——没有文化根基，没有家园根基，没有此时此地的归属感"①。在跨界的移动与切换中，海外作家们始终固守中华母体文化的根性，寻找与追索着个体精神气质与普遍人性的契合，以表达生命的激情与意志，探寻人类生活的精神意义。卢新华的《米勒》、虹影的《阿难》、郭小橹的《我心中的石头镇》等小说，及阿城的散文《威尼斯日记》等，体现了在西方文化场域中，寻找异域空间中中国文化元素的存在，并展开了对中国本土传统文化的回望，从而印证了中国母体文化的兼容性与厚实性。而汤亭亭的《女勇士》则在历史场景与现实图景中，展示了中国神话故事，也讲述了现实中的美国华人生存处境，体现了中美文化元素的杂糅，同时也有难以回避的尴尬与困惑性。

在历史的必然性中，海外华文文学作家书写呈现为文学的移动，涉及在历史空间、未来空间与世界性空间的迁移，存在空间的移动与切换、异域空间中的家园书写、时间的空间叠放。如此，海外华人作家文本基本能够清晰地勾勒、展示出海外华人移动的轨迹与内在切换的变化，以及沉淀为世界性文化底蕴的稳定的文化—精神建构。

四

性别文化结构是流动的，关涉人的自我认同与社会认同，包含了平等与差异，性别主体性更是女性自我主体重建的维度，容纳了女性的精神意志。走出性别困境：女性自我想象与意义的建构，就是将性

---

① ［英］艾勒克·博埃默：《殖民与后殖民文学》，盛宁、韩敏中译，辽宁教育出版社 1998年版，第 246 页。

别作为一个考察对象，在世界范围内对海外华文女性写作进行梳理，其实，就是将孕育了自身、民族、历史的女性作为一个移动的视点，以此发现女性的存在、历史的存在及人类存在的关联性。不可否认，中华民族母体孕育了海外华文学主体的哲学美学思想，尽管女作家由于地域环境、自身文化构成、时代背景等不同，从各自的角度进行了生命形态的揭示与艺术想象的塑形，但共同体现了读者主体的接受与需求，其所涉内容广泛、形式多样，整体上有跨国别、跨族别、跨门类、跨性别等多样化特点，既有女性日常生活场景的展示与母性及儿童的真实写照，也有对女性隐秘欲望的探索，还有城市中女性生命的抵抗、乡村生态的呈现，以及反映来自社会的性别歧视及性别文化结构本身的怪异等，体现了女性主体性建构诉求的话语实践。同时拓展了女性书写视域，以独特视角对人类存在本身进行思考，诸如在战争中或在日常生活场景中，对生命本体的存在方式及精神样态进行了全方位的展现，对生命予以足够尊重与敬畏，形成完满的精神探索旅程，以最终探索女性、人类生命与生活的意义所在。

当然，海外华人女作家也在关注人的基本生存境况，探讨人的价值和应该享有的权利，揭示了人类生命状况随着时代的变迁在不断变化，文明的更迭对人们生活造成影响，形成不同价值观之间的冲突，但生命存在及人性固守的美好体验与经验，乃至精神智慧，却是可以传递的，也把文学作为民族或人类情感与精神的载体，承载着超越时代的人类永恒的审美价值、道德价值与精神价值探寻。而女作家审视女性在人类命运共同体构建中的精神赋格的样式，重在探讨如何构建人类普遍性、完整性价值及意义，重建女性与自然、社会与男性和谐存在的审美价值、现实意义及其特征。而具体体现为在本体与主体之间的女性蜕变，性别文化的结构性困境与性别闭环的存在，身体性的放逐与灵魂摆渡，女性逻辑被消费主义逻辑改写的宿命，以及参与人类精神共同体的重构。这一方面体现了女性文本正被中国社会各阶层不同群体认同与接受；另一方面也说明，中外女作家、女诗人与女学者，尽管因国家、民族、历史与社会语境等的不同会有异质性存在，但仍然会有共同而丰富的精神思想内涵与问题意识，从边缘走向繁华，呈现出了多样化的审美追求，不仅对女性存在本身予以关注，也以一种全新的视角对人类自然存在、社会存在与精神存在予以探索，进行差异性与同一性的经验表达，体现了构筑人类命运共同体话语的实践。

五

　　海外华文文学的发展历程，就是展示中外文化缝隙中的存在与反抗的过程。20 世纪 60 年代前后最早一批从中国台湾留学到国外的年轻移民，他们的创作构成了最早的"留学生文学"，包括於梨华、聂华苓、赵淑侠、欧阳子等，到 80 年代后期 90 年代前期由大陆前往海外的一批新移民，包括查建英、严歌苓、虹影、张翎、刘索拉等，这两代人，由于时代的变更带来思想的变革，他们文学创作的主题一直在不停地演变、发展、深化并增添新的意义内容。最初，初到异国他乡的陌生感和恐惧感，使得羁旅漂泊、去国怀乡的忧思构成了他们基本的叙述脉络与情感诉求；继而，面对现实生存的巨大压力使华人的异国生存况味与艰难挣扎成为文本表现的主题内容，特别是早期移民的后代，他们作为华裔作家，更多地比上辈人体味到想要融入异国文化的艰辛与两难；当异地生存的压抑感、焦虑感无法通过文本书写得到根本释放和解决的时候，作家们又开始寻求新的精神给养，于是回归家国文化，从父系和祖辈那里寻求新的精神慰藉，成为他们在异国"安身立命"的新的书写方式；到了 90 年代之后的新移民，在上述这些主题之外，又有了新的文化与语义内涵，当西方中心主义于世纪末逐渐受到质疑，当"个体主义"的思想越来越深入人心，当"全球化"的思维模式更多地开始为人所接受，海外作家的创作就不再仅仅是生活的压力和怀乡的忧愁，而以更加大胆的视野和更加个人化的手法在全球化的背景下重新思索"家国文化"的时代意义以及它与"西方文化"之间的复杂关系,"民族""性别""生态""种族""阶级"等问题也开始纳入他们的创作视野,对于主体身份的焦虑和寻求自我身份的认同依然是一脉相承的不变的关怀,只不过由一己的个人视域转向了民族的、国家的、全球的视野,也在重新审视国外的现代性是如何冲击中国本土传统文化、思维逻辑、文化制度等,而深植于中国人血脉中的文化根性又是如何影响世界文化的。

海外华人作家的小说创作在这一点上给出了一个很好的例证,身处中外文化交锋前沿的先锋者,没有一味沉浸在私人狭小的生存空间中而对外界的真实生活置之不理,始终都在关注现实的状况、时代的变动,在"微观"与"宏观"的双重视野中,将个人的命运与时代的变更和自我的认知方式结合起来,在其文本中呈现为两种鲜明的叙事倾向。一是中外文化交锋中对中国本土文化的审视,卢新华小说涉及女性伦理转向,存在社会伦理、政治伦理、性别伦理、代际伦理等冲突,作为更向内探索的线索,作家在审视整个社会发展过程的历史构成中,揭示了人的主体参与性与反抗性,在伦理、哲学、审美界面意义上文学的反抗与坚守,作家在人物多重性和立体化的塑造过程中,所呈现的人的主体性的精神诉求,以及对本土文化的批判性。二是在中外文化夹缝中,弘扬母体文化的精神气脉与文化根性,如亦夫放弃了之前"变形""离轨"的叙事表达,从魔幻现实主义叙事转向了中外文化交融与冲突中的欲望叙事,真正地衔接了人间烟火的情感经验与精神困惑,但还是延续了之前探究人性的锋芒和深度的先锋气质,以现代性的光亮照拂现实大地,形成了强劲的域外书写的反射弧,并蕴含有中国的生态哲学思想与生存经验。

六

海外华文文学是一个移动的文化结构,其意义世界的构成本身是立体与多维的，其主旨要符合现实的逻辑、生活的逻辑，并且应该具有思想内涵与价值意义，还有道德、伦理的判断，甚至是关乎时代需求、精神资源、民族性格、宗教信仰、伦理标准等变量的艺术。艺术家何以尽可能地赋予其灵动而哲学甚至美学的意味，寻找到当代人生存危机的根源，探寻小说乃至人类终极永恒的意义与价值，也要关乎人类探索与宇宙共同存在的根本问题，还要体现人类丰沛的情感体认与主体实践性。这是尤为重要的。当然，作家也应该在时空移动中，去探索艺术的创造空间、读者接受与想象空间，何以叠放出更为奇妙的世界。

新旧移民文学体现出了多元文化的融合与传承，20世纪上半叶，巴金、老舍、徐志摩、艾青、钱钟书等中国现代著名作家都曾经留学海外，将从外国文化中借鉴到的精华带回国内，形成独特的文字风格。而在海外居住、生活、工作、留学的华侨华人，在异国他乡直接以母语创作、直接在外发表作品的华文作家，就成了旧移民作家，诸如张爱玲、聂华苓、於梨华等。而新移民文学主要集中在20世纪八九十年代，以陆续跨出国门或求学或定居、或入籍世界各国的"新移民作家"为主体，用母语创作的文学作品。随着市场经济的转型，文学被迅速边缘化，文坛发生倾斜，"出国潮"和"下海潮"令人目眩，诸如高行健、古华、北岛、孔捷生、郑义、张辛欣、哈金、严歌苓、多多、杨炼、卢新华、亦夫、查建英、伊蕾、虹影、张翎、陈河、陈谦、方丽娜等华文作家，以独特的视角书写自我文学体验。自然，这一代新移民作家所创作的文学内蕴、作品主题、人物形象、艺术风格，显然与上一代华文作家有着极大的不同，显示出对主体性的找寻，即精神想象的共同体建构与主体性构建，从"地平线上"走向未来之境，强调了随着时代的发展变化，整个社会结构与文化变迁及移动，作家的价值观念与审美诉求具有客观性，同时也有主观性。

作为海外华文作家，必然体现出中华母体精神文化、中国经验与异域文化的碰撞与杂糅，呈现为强劲的反射弧，在行走中完成了文学表达与多重意义建构。作家在非虚构与虚构之间形成了精神想象的共同体建构，他们审视整个社会发展过程中的历史构成，人的主体参与及反抗性，还有伦理、哲学、审美界面意义上文学的反抗与坚守，以及作家在人物多重性和立体化的塑造过程中，所呈现的人的主体性的精神诉求。如虹影不再聚焦女性视域，开始在全球化背景下的多元文化撞击与融合之中，审视"女性"与"民族""历史""文化"等的关联，体现了虹影创作的本土—世界的走向；在非虚构与虚构之间，开始了个体与母体、自我与世界精神想象的建构。周励以文学介入历史与现存世界，展示因不同时代与社会孕育的不同的文化形态与价值指向，弥合个人价值观念与现代世界的裂痕。她以文学的方式勾勒了世界变化的轮廓，抵达了人性深处的隐秘与人类普遍性价值，承担着自然理性、人类经验与精神共同体的建构。从《在同一地平线上》到《IT童话》，张辛欣的主体性构建益发明显，其中跨界书写的时空切换不着痕迹，而贯以一条浓浓的情感主线，把记忆中的历史事件、人物、时代等编入现时间潮流，她的回溯既是以文学的方式对时代的召唤，也是将20世纪80年代的精神予以复归，并将这些一起融入现实场景中，构成了互文与对话，过往的人物与风景植入当下，构成了"活跃"的艺术形象与文化景观，具有在场感与视觉性。同时，张辛欣在书写中融入了传统"说书"的传播方式与戏剧元素，杂糅为一种崭新的激情意志的文学样式，并蕴含有时代内涵与文化特质，当然中华母体精神中气节、风骨也一并存在。

　　刘勰在《文心雕龙·体性》中曾说："各师成心，其异如面。"正是这些多面向的呈现，共同架构了海外华文文学图景，也展示了海外华人作家以塑造海外华人的内化价值观的方式，塑造了一个文本世界的秘密所在。更何况，海外华文文学的构成本身就是一个多面立体的移动结构，涉及新旧移民作家、留学生群体，旅居海外的作家等，以及他们所承担的对历史的解释，对现实的批判，对未来的构想，更赋予其应该匹配的美学与哲学层面的考察。无疑，海外华文文学既体现出本土向域外的拓进，也有从域外回哺本土的文学书写。海外华文作家在移动中获得新的文化质素，并从中外文化碰撞中吸取精神力量，个人在动荡历史与文化中获得了丰盈，艺术实践及文本也获得了升华，既体现了文化的会通与融合，也展示了在中外夹缝中的文学尴尬与坚守。既有对中国母体文化的承接与回应，也有对域外文化、生命经验、历史语境等的展示，更有超越本土、域外视角，在人类意义层面上，对人的存在提出了独有的精神构想与人类精神文化的构建。

亚里士多德说："生命最终的意义并不仅仅在于生存，还在于觉醒和沉思的能力。"如此，本书试图通过以上几个界面，能够将海外华文文学的形态、轮廓与内在轨迹及主体演进，还有将移动中的作家所记录的个人、群体、家族故事等，赋予其意义和秩序，体现为中华民族母体文化的丰富性、多样性、普适性及有效性，并将其汇聚而成的具有中华民族底蕴与母体根性的文化力量、精神力量与思想力量，尽可能予以较为客观的呈现或得以传播。

水流云意在。在跨界的移动中所收获的珍果，所掠过的从海内到海外流动的身影，所留下的道术未裂的划痕，正可以为我们提供某种另类的文学经验与艺术实践的可能性。

第一章　因果律动：嵌入中华文化思维的肌理

　　因果母题是嵌入在母体与变体之间的中华文化哲学思维的法则。海外华文文学中的因果母题内涵有着内在逻辑的演变，即由神性的教义逐渐走向了世俗的生活；由显的主题走向隐的主题；由外而内地走向生命本体的哲学思索，回到了个人生活信念的问题上。海外华文文学因果母题生成源于海外华人对中国母体文化的追随，而异域文化背景成了个体因果命运承受与承载的外因，自我的角色转型与认同乃是因果的内因。而因果母题的表达，具有多种表现和多方面的意义。

一　因果报应与文化哲学

　　海外华人作家对因果的直接与间接表达，与中国自古以来的因果母题是一个暗合与承接。即便是生长在异国他乡，文化的根性决定了东方人的思维方式，就是一个轮回性质的，生存禁忌里有着因果链条的预设与恐慌，甚至可以说是一种道德的理念在作怪。事实上，即便是西方国家，崇尚科学理性的国家也有着人生因果逻辑的表达，著名的生物学家达尔文曾经这样说："我观察这个世界，尤其是人类的特质，我不赞成'世界是由任无目的的力量来支配'这种武断的观点，我认为这个世界对于善和恶，必然有一个无所不在、巨细靡遗、遍及宇宙的定则存在其间。"

作为因果母题的生成，不仅是一种文化现象的呈现，更是生活在世俗的人们对中国母体文化的追随，换句话说，具有原型意味的以小说为主的"因果报应"的中国叙事文学的原型，不同于抒情系统，也有别于西方叙事文学，它虽受神话的影响而催生，或者说源于神话，但是，从小说的萌芽、志异志怪的出现起，中国的小说就直接受到历史化的神话，史传传统，儒、道、释思想，伦理道德观念等的浸渍，形成了诸如"忠孝不能两全""痴心女子负心汉""才子佳人""官逼民反"等叙事模式和母题。其背后则是"因果报应""轮回转世""自然法则"等观念模式。就是说，中国叙事文学的原型直接源自神话原型者不多，主要是以食色为本性的"人"本身情境的展示，是以人的现世生活和对来世的期望为内容的情感体验和心理欲求，说到底，它以现实的社会世相/事象为原型始点，积淀着社会文化意识和人的心理情感。

按说，因缘果报（相依缘起）是佛教的基本思想和核心问题之一，其经典说法是"此有故彼有，此生故彼生"。作为佛教哲学的缘起论，它主要解释宇宙生成演化和说明诸法性空的本质。从因果母题原型的形成所受的文化影响来说，中国的儒、道、释对此有所回应。儒家的礼乐仁学，道家的自然天籁观念和自由意识，释家的超脱、轮回、报应等，表现在抒情文学（主要是诗词）方面，对人格的提升、个体精神的张扬和顿悟、体验等思维方式的形成等发生了重要的影响；而在叙事文学方面，儒家的伦理道德和善恶标准，道家的"天"的观念、"自然法则"以及"仙道"思想，释的轮回、报应等观念，对于叙事文学的原型母题则产生直接影响。中国最早的小说"志怪"和"传奇"，虽然写的是怪事、奇人，但是其中表现的主题却是充满现实性的社会思想和伦理观念。在此基础上不断积淀和置换的原型，也大致都在这个层次和角度演变。叙事系统原型所负载的集体无意识，曲折地表达被压抑的欲望和由现实凝聚的激情，呈现着个体面对社会的复杂心理与思维方式。

散居于世界各地的炎黄子孙，他们既用中文又用母国以外的不同语言文字书写的篇章，如林语堂用英文创作的《京华烟云》《唐人街》，美国汤亭亭的《女勇士》、谭恩美的《喜福会》、哈金的《等待》，加拿大李群英的《残月楼》，丹尼思钟的《侍妾的儿女们》，英国张戎的《鸿》，荷兰王露露的《莲花剧院》，法国戴思杰的《巴尔扎克与中国小裁缝》等，皆存在华文文学里的"因果报应"主题与中国道德文化思维的合拍。

追溯起来，"因果报应"说是佛教的基本理论。但在中国，这种思想却不仅出自佛教。我国的传统观念里就有类似的思想。"报"和"报应"的思想最迟在先秦就已经出现了。《易·传》中就有"积善之家，必有余庆；积不善之家，必有余殃"的说法。在中国传统文化里，向来把善恶因果报应这一理论当作警示民众、昭示君臣的有效方法。如《三字经》《增广贤文》《朱子家训》等教科书、县志、民俗、家训族谱到官方颁行的典册中无不涉及因果报应的事例与语句。可以说，这对世道人心的教化、社会道德有着潜移默化的作用；可以说因果报应已经从信仰向教化的世俗倾斜。弘一大师在《南闽十年的梦影》中告诉养正院学僧们牢记："相信善恶因果报应，和诸佛灵感不爽的道理。就我个人而论，已经将近六十的人了，出家已有二十年，但我依旧喜欢看这类书——记载善恶因果报应和佛菩萨灵感的""我要常常研究这类书，希望我的品行道德一天高尚一天，希望能够改过迁善做一个好人。又因为我想做一个好人，同时我也希望诸位都做好人"。这种佛理已经容纳到对人的教化功用。

东汉初年佛教传入中国。"因果报应"作为一种宗教思想开始在我国社会上广泛传播。在印度佛教理论中，"认为人们在现世的善恶作业，决定了来生的善恶果报；今生的伦理境遇取决于前世的善恶修行。人要摆脱六道轮回中升降浮沉的处境，必须尽心佛道，勤修善业，以便证得善果，避除恶报"①。在这里的"业"，梵文为 karma，意思是行为（造作），"业"通常分身、口、意三方面，故称三业。佛经中曾这样论及善恶动机与善业恶业的关系：心为法本，心尊心使，心之念恶，即行即施……心为法本，心尊心使，中心念善，即行即为……②

在佛教看来，由于主体善恶业力的作用，众生在三界（欲界、色界、无色界）不断流转、转生于六道（六趋）。这六种转生的趋向是：天、人、畜生、饿鬼、地狱、阿修罗，如此生死相继、因果相依，如车轮运转，便形成业报轮回。业报轮回思想给人以这样的伦理承诺：今生修善德，可来生至天界，今生造恶行，来生堕入地狱。止恶行善是出离三界、摆脱轮回的必由之径。以伦理学的眼光看，因果律是以业力为中心，强调道德行为的主体与道德存在主体的一致性。佛教伦理意义的因果律，与哲学意义上的因果辩证法不同，它不是陈述"凡果必有其因"，而是陈述"相同的原因造成相同的结果"，这一命题看似不具科学性，但在宗教伦理意义上，它是一种信仰的规则与义理，决定着宗教生活中的道德选择和道德评价。如《中阿含经·思经第五》言："尔时，世尊告诸比丘：若有故作业，我说彼必受其报，或现世受、或后世受。若不故作业，我说此不必受报。"《瑜伽师地论》亦言："已作不失，未作不得。"

东晋名僧慧远更结合我国上述传统观念，写出了《三报论》《明报应论》等著作，完整、系统地阐发了"因果报应"理论，进一步扩大了这种思想的影响。慧远的"因果报应"说把主宰因果报应的力量归于个人行为的善恶。一方面他说现实生活中的一切都有"定数"，今世之报是前世作业的结果。这实质是论证了"因果之说"现实存在的合理性。因对统治者有利，当然受到统治者的欢迎；而另一方面，社会下层的老百姓受现实社会迫害甚深，没有出路，既

---

① 王月清：《中国佛教善恶报应论初探》，《南京大学学报》1998 年第 1 期。
② 见《大正藏》卷二，第 827 页。

对现实怀有恐惧，便对"来世"寄托以幸福的希望，因此这一观念便极易深入人心。

事实上，因果理论与中国先秦以来的向善文化心理的结合，变成了中国本土伦理文化的接续。以善为本，美善相兼，是我国文艺思想的主要特征之一。孔子评《韶》说："尽善尽美也。"而评《武》则云："尽美矣，未尽善也。"（《论语·八佾》）这种思想，作为我国文艺的正统思想，必然要给小说以巨大的影响。从某种程度上说，话本小说中充斥着的"因果报应"观念，就是佛教经义的世俗化。鲁迅在谈到话本的产生时说："俗文之兴，当由二端：一为娱心，一为劝善，而尤以劝善为大宗。"① 可以说宋元话本的主旨便是"因果报应"的劝诫，即所谓"劝善"。在人类尚不能完全认识自己的时候，这种观念就会是社会的一种必然存在。也就势必会显现在反映人类社会生活的文艺作品中，尤其是延伸到小说中。如自宋元的讲史话本《三国志平话》，到明清的长篇小说《金瓶梅》《醒世姻缘传》《隋唐演义》，等等，也都是以"果报"观念为其构思的框架。在清代纪晓岚的《阅微草堂笔记》里，我们可以看到这样一个故事：一个女人很爱吃猫肉，抓来猫就把它放在石灰堆里，并"灌以沸汤。猫为灰气所蚀，毛尽脱落……血尽归于脏腑，肉白莹如玉"，分外好吃。然而，这个女人吃了很多很多这样的猫之后，等到她死时，也"呦呦作猫声，越十余日乃死。"可见，虐杀动物使猫死得何等痛苦，最后就报应到自己身上。纪晓岚写道："凡夫属含生，无不畏死。"凡是有生命的东西都会畏死，人作为地球生物的组成部分，不能虐死其他物种而自己存活，否则恶有恶报。这既体现了因果报应观念，也诠释了人与生态的关系，是人生、也是人世的一种训诫。

尽管《慈恩传》中有"唯谈玄论道，问因果报应"，但"因果报应"作为一种观念的存在，已经被纳入中国文化结构中。而"印度佛

———————

① 鲁迅：《中国小说史略》第十二篇"宋元话本"。

教东来中国的时候，佛教在印度已经处于灭亡的阶段，其中很大原因是印度佛教的出世，中国文化中的世俗性格进入佛教，原旨虽然变形，但是流传下来了"[①]。可见，"因果报应"之定律，在我国至迟唐宋以后就已不只是一种宗教的教义，而是一种传统的文化思想，同样也是我国文艺崇尚教化的一种表现。在众多人的心目中，它已经成为对自己命运认识的一种思想观念。可以断定，在中国古代文化里，因果之说已经日渐成为中国道德文化的主要支撑——"实理"与"根要"，并日益主宰了人们的精神世界观。

海外华人精神上寻找着"根"的延伸，同时，又希望能够将自己的根留在异域的生存环境中，理性与非理性的诉求过程，成了他们整个生命的写照。寻"根"的因，导致了其在精神上、文化上的妥协，也表现在爱情上、人生经验的认同上等的游离与偏执，甚至是一意孤行。日籍华裔女作家蒋濮的《东京没有爱情》中的安妮，是一位中国的硕士研究生，为了能够和身为教授的丈夫在日本有一席之地，她听从丈夫的安排，一个人在东京苦苦坚守，但事实上拒绝她到长岛的丈夫，已经和一个日本女性秘密同居，在面对突变的状况下，她采取了忍受、妥协，只求丈夫能够回心转意，但是，丈夫在一次醉酒中以刀相向，她在极度失望与失落的境地中认识了另一个日本人。在冷静与疯狂中，她意识到在东京的土地上是没有爱情的，也就是说在生存与欲望之间，她知道丈夫的人生已经深深地决定了她的人生走向，此"果"有其"因"，就是丈夫的人生观只停留于"欲界"和"色界"，而没有达到"无色界"，所以对爱从不专一。

作为佛教伦理理论基础的善恶果报说，一经传入中国便与"积善余庆""积恶余殃"思想相合拍。其业报轮回观念，使善恶果报理论更能自圆其说，更能加强对民众道德生活的约束，从而丰富了中国的善恶报应思想，也形成了中国特色的佛门善恶报应论，其对儒家伦理

---

① 阿城：《闲话闲说：阿城文集之五》，江苏凤凰文艺出版社 2016 年版，第 43—44 页。

的补充作用是不可或缺的。北齐的颜之推也因此对佛教"三世二重因果"的善恶报应论确信不疑:"三世之事,信而有征,家世归心,勿轻慢也。……今人贫贱疾苦,莫不怨尤前世不修功业,以此论之,安可不为之作地乎?"① 佛教善恶报应论渗透在社会伦理生活中,唤起了更多人的道德自觉和自律,使人们认识到"善恶报应也,悉我自业焉"②,并认识到"思前因与后果,必修德而行仁"③。直至近代,它都是佛门教化民众的首要宗教伦理工具,正如印光大师所言:"当今之计,当以提倡因果报应,生死轮回,及改恶修善,信愿往生,为挽回劫运、救国救民之第一著。谈玄说妙,尚在其次。"④

自元代以降,逐渐被人认同为与人的天命相贯通;与中国本土的崇拜相胶合;与儒家的心性理论相吻合,突出了以心性论为教义的重心,并以心性理论诠释因果报应论。尽管世界上各国文化背景不同,山川阻隔,风云异向,也尽管中国文学对海外华文文学的影响并不是直接、对应、平衡、全面的,但海外华文文学在各自的发展中,仍深深浸透着丰富的民族文化,因果之说的影响也潜在其间,那种以善恶业报轮回的观念与世俗的道德实践相结合,约束规范着流散的"拉帮结伙"的人们的世俗与精神生活,也呈现在华文作品中。

从某种意义上说,海外华文文学属于"边缘性"和"交叉性"领域,其接受影响的多向性,尤其是经受了中国传统文学精神在新的地域文化与意识文化环境中的嬗变和重建,这对注重精神诉求的个体的生存处境获得必要的意义起了很大的作用。他们从中国文化的集体主义本性出发,对作为生存现象的华文文学加以解释,在中国文化之下诠释世界的边缘地带,其精神指向与心理趋同自然也就成了一个迫切需要解决的问题。与此同时,母题之一的因果母题自然也就成了海外

---

① 《颜氏家训·归心》。
② 智圆:《闲居编·四十二章经序》。
③ 《印光集》,中国社会科学出版社1996年版,第20页。
④ 《印光集》,中国社会科学出版社1996年版,第96页。

华人作家反省、寻求人生命运的一个源头话题。

美国留学生阿苍的《荷里活第 8 号汽车旅馆》里的春儿原是一个单纯的女孩子，因为养父的关系来到美国，遭遇了失明，她的丈夫也背弃了她。其实她和柳胖弟兄的感情纠葛却是系在一个绿卡身份证上，在这个看似自由世界的国土上，春儿的命运却遭遇了尴尬，她因为极度的轻信而导致了自己被利用，同时被遗弃，但仍然寄希望于那两个男人身上。人生无疑是一场游戏，而她看不清楚欺骗她的男人就是主宰她命运的人，无论她是自觉还是不自觉，她都无法逃避，并且不能够清醒。

严力的《母语的遭遇》，则写了两个中国人在国外开会的母语尴尬经历，方捷是一个旅居法国的作家，而林角是应邀去瑞典开会的作家，不想，两人在这里相遇，可是他们偏偏是死对头，这两人因为语言的障碍基本无法与他人沟通，而他们两人之间的交锋却是相互谩骂，母语在这里已经不能够成为文化沟通的中介，而是消解彼此生活能力的工具。两人丧失"母语"后出现了游离自我及言不由衷地失语、失重、失衡的情态。显然，"母语"在这里成了作者所要表达的人生体验遭遇尴尬的符号与替代物，而其深层次却在于文化的对接中，中国海外华人的不被认同感，以及与自身的不自信的角色尴尬与心理冲突。

方淳的《用最美的方式爱你》里的男主人公和小十几岁的女友红儿早已在日本同居，但为生活所迫，他不得不忍受女友去酒吧工作，在他第一次送红儿上班的时候，他觉得似乎红儿就不属于他了。之后，他一直处于痛苦之中，认为只有以红儿的死亡才能够拯救、成全只属于他的爱。在一个夜里，在红儿进入梦乡时，他杀死了自己心爱的女人。对于他来说，红儿那最后一刻由他亲手装点出来的美，便永远属于他了。这是一个充满血腥的故事，金钱、性、爱之间的纠缠，使两个怀有美好爱情的人由爱生恨、再由生到死。这就是一个人内心纠葛与变异过程的轮回展示。

虹影的《女子有行》描写一个中国女子"我"在未来空间里的情

感轮回。"我"在未来时间里,在上海、纽约、布拉格城市里空间移动的奇幻经历。"我"被无辜卷入与自己无关的斗争旋涡,被当作领袖、佛母、政敌,有了人间种种匪夷所思的遭遇。但使"我"真正被陷落、受罪的是同一个角色:情人。因为只要拥有情感就是原罪,就会受到摧毁的打击,不管逃遁到世界哪个角落,都无法逃脱。《孔雀的叫喊》中基因工程科学家柳璀从国外回到北京,随之深陷婚姻危机的她决定去三峡看望丈夫,发现了身居要职的丈夫的背叛行径,愤怒出走。索性去三峡边当年父母初恋结婚的地方良县去调查自己的身世。在三峡遇到母亲几十年未见老同事陈姨,得知父亲的历史。作为专员的父亲在中华人民共和国成立初被派到良县,竟然把当地善良的玉通禅师与妓女红莲诬为"奸宿",将他们双双抓捕,剥光衣服当街示众,并于第二天被判处了死刑。陈姨设法拯救红莲未果,而柳璀的母亲和陈姨在执行枪决的枪声中,生下了孩子。月明长大后忠厚孝顺,陈姨认为儿子月明是红莲转世来报答自己的,而柳璀觉得自己是玉通禅师转世,来见证父亲身上发生的因果报应。柳专员因为镇压有功,后来到了省府成都后,没有了原来的棱角和锋芒,老老实实地做他的宣传部副部长,但在"文化大革命"中还是被批斗,最后从十二层楼上跳下身亡。然而得知当年正是自己母亲的揭发,才导致父亲自杀。颇具戏剧性轮回的是,历史的罪孽如影随形,丈夫也陷入了钱、权、性的纠葛之中,难以自拔,并波及了她。

应该说,海外华人目睹和体验了异域的生存现实,也看到了社会的非理性现象,在受到西方后现代主义文化影响的同时,必然会对中国本土发生的社会事实做一个反省。有的则是对自身命运的理性探询,有的是对文化冲突中自身变异做出分析,等等。对现存的根由和状态产生一系列丰富的联想,将时间转换成空间,把一切都彻底空间化。把思维、存在的体验、记忆和文化想象中的时间、历史因素彻底加以排斥,使时间定格在新的空间形式中。

显然,海外华人的因果报应母题与佛经里的内涵已经发生了内在逻辑的演变：由神性的教义逐渐走向了世俗的生活；由显的主题走向隐的主题；由外而内走向生命本体的哲学思索，回到了个人生活信念的问题。之所以发生这样的逻辑转变，在于中国精神具有以道德化的社会生活为审美取向，以区别于西方以理性平衡整个社会的心理、矛盾。海外华人的因果报应母题的表达，是介于道德化与理性之间寻求一种解读生命本体与社会的中介，也在于因果之说本身的被神圣化与世俗化。

二 被神圣化与世俗化的因果之链

相对于西方，中国人更倾向于轮回或循环的思维，而西方人拥有达尔文式的进化思维。置身海外的华人，其思维就生成在一个复杂的环境中，文化上有交锋，思维上有冲突与重叠，那么，体现在文学的表达与内涵上，就具有了另类性——海外华文文学因果之说的被神圣化与世俗化。相对于大陆的文化冲洗，海外华文文学经受了整个世界大的文化气候的熏陶，但又始终处于与传统文化的疏离与吸纳的矛盾交割之中，并未彻底中断。因此，中国传统文化里的一些经典也主动、被动地融入他们的世俗的与精神的生活中。尤其是东南亚一些国家，佛教盛行，也或多或少影响了人们的思维方式与行为方式。而在欧美等地区，尽管基督教盛行，但这并未中断华人对中国文化里因果母题的认同与敬畏。我们看到的一种文化趋势就是，佛教里的因果报应正更深层次地被泛化。原因在于人们需要精神的依托，需要规约自己的欲望。某种程度上讲，是人们渴望寻找一种在世俗里难以企及的心理诉求与安慰，尤其是在商业的社会中，人与人之间的沟通日益减少，人们设法在内心里寻找到一种平衡与支点。

所谓因果之说的被泛化，从文化的意义来讲，作为曾经是佛教里的教义，已经被世俗伦理建构，形成了规约人们生活样态的一种生存法则。具体体现在：其一，在历史与现实的社会中，佛教里的因果报应正被世俗化的过程日益加剧,并形成了世俗的伦理体系,从而引导人们的世俗生活与精神生活;其二,生命个体在社会化的过程中,日渐习惯与认同了因果之说的"结果效应",即自己的生命判断与行为中总有些许禁忌,从而约束自己的言行与思维方式;其三,生命个体游离于世俗因果之说,在内心认同因果的效应,但事实上,在行为上,却放任自己的本性与欲望;其四,生命个体已然超越了世俗中的因果之说,并按照自己的行为准则来处理日常生活,但就人性的基点来说,已经超越了因果的直接利益对应,能够以自己的思维方式与行为方式规约、超越自我生命境界。

从马来西亚华文作家云里风的《慈善家》那里,不难看到"因果报应"的思想,明显的说教意味着客观上昭示因果报应的存在。赵老板是一个没有文化的粗人,但通过投机,他拥有了一定的资产,并讨有三房太太,育有几个儿女,可谓人生得意。但是他仍然期待自己能够成为千万富翁,将钱看得很重,近乎守财奴一样。一次偶然的体检,他获悉他得了不治之症,于是,绝望的他,想到了做慈善的事情。有三个月的时间,赵老板不断地捐钱做善事,经常叫黄秘书陪他去访问孤儿院、老人院,也时常到各种庙里烧香、拜神。报章上每天都有他救济穷人的新闻,使他由一个守财奴变成一个慷慨的慈善家,前前后后捐给学校、神庙、慈善机构以及救济许多不幸的人的义款,算起来超过了四十万元,于是许多人敬佩他、赞美他。另外,他也参加当地的一个佛教协会,学会了念"大悲咒",每天在家参拜,希望老天拯救他的命。三个月后,他去复查,结果得知由于医院的差错,他原本就是健康的。于是他后悔捐献的四十万元,感到像是被人从胸口挖了一块肉,结果血压骤然升高,失去了知觉,成了植物人。所有认识他的人,都替他惋惜,认为这么一个好人,怎么会有如此的遭遇呢?他们不知道原因,就如同他们不知道造就一个守财奴成为慈善家的理由到底是什么一样。

《慈善家》让我们看到了一个典型的将因果报应与世俗欲望紧密

结合的人物形象。其实更重要的是，赵老板的忏悔不仅使自身性格趋于"圆形"，而且它升华了作品的主题：善人的悲剧值得同情，恶人的忏悔更值得深思。正是在这种矛盾当中，我们感到作家实际上是在竭力表明一点，即宇宙天地之间的"残忍"和"冷酷"虽然可能蕴含着因果报应，但它们又一定大于因果报应。反复体味赵老板的命运，云里风在《慈善家》中实际上表达了两层思想内涵：第一层，命运是有主宰的、有法则的、有因果报应的，赵老板的命运是很好的印证；第二层，命运又没有主宰，因果报应是不能解释一切的。《慈善家》中的确闪现着"劝善惩恶""忏悔赎罪"色彩，甚至也含有某种人性异化的因素。

其实，生命"怪圈"的背后，是一种冥冥中的力量，这就是佛教的轮回和因果报应。《慈善家》旨在表明，由于商品经济的发展，人欲横流而带来的人性堕落、道德沦丧，以致酿成社会混乱及其毁灭之势，这就是作者佛教因果观的基本内涵。

佛经里"十恶"是：杀生、偷盗、邪淫、妄语、绮语、两舌、恶口、悭贪、嗔恚、邪见。而"十善"就是：不杀生、不偷盗、不邪淫、不妄语、不绮语、不两舌、不恶口、不悭贪、不嗔恚、不邪见。从传统文化里的宗教因果观的结构来看，实际上是以世俗佛教因果循环论为外壳，所谓佛的报应实乃礼教权力意志的象征。但作为文学的存在，则以连篇累牍的宗教因果说教规范人生，解释历史。依赖感是宗教存在的心理根源："是那些还没有获得自己或是再度丧失了自己的人的自我意识和自我感觉。"这是马克思对宗教存在的心理根源最精粹的揭示。就佛教因果观的内核而论，与荀子的"性恶论"基本一致。荀子认为："人之性恶，其善者伪也。"（《荀子·性恶》）又说："礼义者，是生于圣人之伪，非故生于人之性也。"（《荀子·性恶》）"伪"就是人工作为，"礼义"指道德规范。在荀子眼里，"礼义"是"悖于情性"的负载之物，并非人的天生自然本性。荀子将"性"与"伪"（礼义）看作善恶对立的两个方面，认为恶是人的本质，善是人为的结果。显然，在荀子看来，人的本性使然，决定了人的行为的准则与道德标准。那么因果之说就是一个被神圣与提升的有效法则，因此，我们看到，这种生存指导被渗透在古代小说、戏曲，在演绎世间百态的艺术世界里，总是在张扬儒家伦理道德的大前提、大框架下，以佛、道掺和的思想观念，人生世事的因果报应的定律对作品进行点染、布局与收煞。这种情况，由唐人小说开其先河，至元、明之间汇成一种一仍不变的规律，嵌进几乎每一部作品的内容中，成为不成文的小说创作的规范。延续当下，这种思想仍然有痕迹可寻找，甚至更加被泛化了。

禅宗讲究"不立文字，见性成佛"。认为一切言说，皆离性相。然而很多人没有参透因果，无法超凡脱俗，更不用说自我明了心性。其实，一切世法因缘而生，这就是真相，佛法也是因缘而生，这就是真相。如果仅仅是恪守固定不变的存在意义，也是不切现实的。因为，有这样的事实存在："一旦某一思想体系结束，或这一思想体系中流行的价值不再适应改变了的人的境遇，它所精心构置的关于世界的理性认识便不再可能继续解释新经验的事实，这时，就会有一批思想家出来宣告生命哲学的新时期的开始。"[1] 就因果律来说，其内在逻辑也因时代的更迭具有了不同的含义，也体现了生命的多极性与多面性。

"生命的多面性正是现代伦理的终极世界，其中充满相互排斥相互矛盾的东西，人们必须放弃界定它的愿望，更不用说寻求确切答案了。"[2] 其实，伦理价值的寻求本身，就是一个理性与非理性对抗的过程。而作为文学作品本身，在对现存世界作出解释的时候，常常蕴含着一种模糊的力量，"小说的唯一存在理由在于提供了一种'伟大的力量'，这种力量是承受人生的相对性和道德模糊性的力量。可是，

---

[1]　［法］伏尔泰：《哲学与宗教、散文及诗歌之间的联系环节》，载伍蠡甫、胡经之主编《西方文艺理论名著选编》（下），北京大学出版社1987年版，第561页。

[2]　刘小枫：《沉重的肉身》，华夏出版社2004年版，第131页。

现代哲学思想史上也一直在竭力提供承受人生相对性和道德模糊性的力量"。① 显然，文学的诠释的可能性与限度是并行的，它不可能清晰地把人生相对性和道德模糊性的悖论理析得格外清楚，这是有别于哲学、科学的。然而，有文学的叙述性的陪伴，人们还是感受了承受苦难的共同感，也就是在另一种寓意空间里人们看到了世俗里的诸多困惑与暗示。至于说是在伦理领域里的解释就更显得勉为其难，因为伦理领域本身就有尴尬，在其中是一个只有各种个别真理而没有真理体系的领域，换句话说，要求一个人用心地注视生活，而又要悟到生活的整体，几乎是不可能的。所以，在我们考量海外华文文学的因果母题的时候，也不能够仅仅将其纳入一个宗教伦理的范畴，它在历史的演进过程中，已经携带了诸多的文化内涵与生命意义，更有可能已经成为一个具有生命哲学意义的永恒命题。

事实证明，商品经济的潮流，促发了世俗男女人性的复苏，而社会的拜金发展也使世俗男女自我迷失，走向生命毁灭的根本。这正是海外华文文学主题的时代社会新旧因素矛盾的因果关系。这种素朴的伦理哲学观从某种意义上则是一帖心灵的安慰剂，现实绝非如此简单地以循环往复、因果报应的形式出现，更何况，人生短暂易逝，消极的等待和适应带来的只是生命的委顿。

三　因果与文本的逻辑脉象

"因果报应"就是善有善报，恶有恶报；"因果律"是因果报应的内在逻辑。"佛教因果报应论，对中国人来说，是一种崭新而又神秘的人生理论，这种新型的人生哲学，论及人的道德观、生命观、生死观、命运观和来世观，体现人对现世的关切和终极的关怀，并从理论上把因果律、自然律和道德律统一起来，在中国固有的儒、道、墨等

---

① 刘小枫：《沉重的肉身》，华夏出版社 2004 年版，第 135 页。

人生哲学理论以外，别树一帜。这种新型的人生哲学，为中国人提供了一种观察人生命运、价值、意义的新视角，以及对待人生行为、活动的新方式，成为一种别具一格的人生和社会的基本准则。可以说，在中国思想文化史上，因果报应是最早从国外输入，并产生广泛而巨大反响的宗教人生理论。"① 漂流四海的中国人，也受此潜移默化的影响。华人作家更是通过自己的文本，解读了对因果报应的理解与感悟。

　　不少作家围绕情欲与传统势力之间的矛盾，借助人物形象的塑造，以无可掩饰的激情，淋漓尽致地摹写、张扬了人生之欲。作者笔下的市井妇女大多是情欲的化身、理性的反抗者。泰国黎毅的《代价》就是透着一个因果报应的神秘的故事：抢钱逃逸者导致一位老人被车轧致死，而老人恰恰是接济过自己的恩人。加拿大崔维新的《玉牡丹》，是以孩子的视角完成的一个因果叙事。故事发生于 20 世纪三四十年代。这个家庭有四个孩子。小说依次由三个小的儿女以第一人称观点叙述他们的成长和他们对成人世界的理解。他们是四女祝良，二子忠心和三子石龙，年龄由五岁到十来岁。大儿子是父亲在故乡已经逝世的妻子所生，二子忠心是养子（忠心的父亲杀了他的母亲后开煤气中毒身亡）。这四个孩子，有三个母亲，两个父亲。表示这个家庭的不正常的另一个例子，是对母亲的称呼。她是父亲从故乡买来的第二个妻子，是祝良与石龙的亲生母亲，但作为家中权威的祖母却说，大家要叫母亲作"继母"。这个与实际不符合的称呼，正是"纸儿子""纸女儿"这种为势所逼的华人生存状况的表现。经济衰退时期华人潦倒街头，因为缺少家庭乐趣、缺少娱乐，常常在唐人街聚赌，想发一笔横财，好买船票回乡，去探望阔别十年甚至二十年的母亲、妻子和儿女。《玉牡丹》里唯一亮点是祖母玉牡丹。长期以来，她守着一个秘密，只有三子石龙知道。原来她少女时期的恋人曾给她一块玉牡丹，

---

①　方立天：《中国佛教哲学要义》（上），中国人民大学出版社 2002 年版，第 78 页。

她终生珍藏，直至去世。她去世之前说，她的灵魂会听到风铃之后回来。石龙真的看见她回来，而且不止一次。她的再三出现，象征中华文化传统与后代的不可磨灭的联系。

法国郑宝娟的《绿色的心》是一篇以情爱为主题的小说，故事里的主人公沈云是一个幸福的女人，丈夫是医生，有着体面的工作，对自己体贴入微，日子也就在平淡温暖中度过。然而世事难料，她的平静生活却因为曾经的恋人华石——一位黑色作家的来信扰乱了，近乎威胁的信，暗示着他要和她重归于好，而且对她的生活了如指掌，接连的五封信像炸弹一样搅乱了她的生活。无奈之下，她寻求另外一位作家帮她分析事态的严重性。同时，给他看了华石的《灰色地带》，这是一本独特的小说，透过小说对女主人公的描述，能够感受到他对沈云的无法用语言描述的爱，其中也包括对彼此青春年华的追怀："每当他想起了她，心中顿时会涌起一种朦胧的失落感。失去她之后，他感觉比较超拔脱俗的那一部分自己，也在体内慢慢萎缩了。……在异国的岁月，是一种绝望的爱伴随着他，由一个黄昏走上另一个黎明。"可以断定，华石对沈云依然留恋，"我"作为沈云的朋友，决定帮她走近华石，可是当"我"见到华石后，却得知他并非想象中的男人。"我"在反复的思索后，又通过乔装成就医的人，来到了沈云的丈夫冯朝阳的诊所。之后，"我"证实了所有的恐吓信原来就是她的丈夫所为。作为一个丈夫由于嫉妒导致了愚蠢的行为，但他仍然渴望妻子能够原谅，并想继续维持从前的日子。沈云在得知事实的真相后，选择了离婚，她告诫自己的丈夫，爱应该包含了解与尊重。而华石在得知沈云爱上了"我"后，却选择了退出。"人啊，怎样才能摆脱贪嗔痴爱的桎梏呢？怎样才能使爱成为一个建设性的力量而非相反的东西呢？"显然这是一个探索爱的真谛的小说，也揭示了一个现实问题，在现代的社会里，当男人仍然以男耕女织时代的规范去塑造女人的话，已经不具有现实的意义了，但是这种思想上的遗痕仍然会渗透到具体的生活常态中，男人对女人的嫉妒与占有欲，往往通过以暴虐的语言或行为发泄到女人身上，从而抽离了爱的本质。而女人则是以自苦与自虐的方式承受一切。传统文化里"大男子文化"压制女人的"因"，导致了现代化里尴尬的"果"；和谐的感情生活被破坏，源自"至尊男人"对"被豢养的女人"的心理强势。因此，文本的因果逻辑就具有双重性。

欲望与生存之间的因果律，也成为海外华文作品中的又一种表达内容。有些小说以财、色、货、利、性等欲望为轴心，通过主体人物这一典型形象的塑造，深刻地揭示了特定时期商业资本发展的历程及社会的深刻变动，展示了财、色、货、利、肉之欲乃是世俗人生的普遍心态。澳大利亚的于松滨的短篇小说《一夜风流》，道出了一个漂流在海外的留学生的内心冲突与惶恐。阿丹和大多数中国留学生一样，在澳大利亚站稳了脚跟之后，就面对了性的诱惑，然而他还在坚持着自己，不像同租室的东北大汉大张一样，领到工钱后，连澡都顾不上洗就直奔红灯区英皇十字街。但在一个偶然的机会，他与一个萍水相逢的澳籍越南女子阿真上了床。翌日，他没有应约去移民局办理同居手续。他从阿真的生活中消失了，带着无限蚀骨的悔恨。他选择了回大陆，阿丹没有给妻子拍电报，并非要给她一个意外的惊喜，而是希望能够捕捉到妻子外遇的蛛丝马迹，以获得心理平衡，唤回自己灵魂的平静。六年离别后的重逢有着尴尬和喜悦，他们有千言万语要向彼此倾诉，当阿丹将妻子紧紧贴到胸前时，他决定向忠实的妻子忏悔，可久旱逢甘露的妻子不容他开口，就呼唤着进入了美好的世界。"在一阵阵快感的冲击下，阿丹在疯狂的顶端猛然发现，妻子造爱技巧的娴熟、地道、简直与六年前判若两人。如此花样翻新，不是经行家训练，就是圣经的结晶。莫非她……这简单的'莫非'两个字，如灭火剂，立即熄灭了熊熊的烈火，令正处于亢奋状态的妻子大煞风景。"阿丹的精神世界坍塌了，他为自己曾经的轻率付出了自己的代价，可是他没有想到，现实更是残酷的。究竟是什么导致了他在现存世界的尴尬？

以财色之欲为杠杆，以日常生活矛盾消长为依据，有些华文作品往往借助佛家世俗宗教的天理循环论安排作品框架，归结人物命运遭遇的缘由，诠释时代变化的因果，并以人生财色之欲为网结，以因果报应的轮力达到劝诫的目的。在澳大利亚沈志敏的《女赌王和她的男房东》里，女赌王玛丽在银蛇俱乐部的角子老虎机旁日夜搏杀，时有所获，但日子一久，还是输多赢少。虽然也交过不少男朋友，但是那些有钱的男人们跟她只不过是逢场作戏。随着赌场的失意，她对那些臭男人们厌透了，索性搬了家，躲了起来。可是，她口袋里只有300元钱了，水电费单据、电话费账单和房租等，她实在没有办法生存下去。而她原来在车衣厂做剪线头的工作，因为拒绝和老板上床，也把那份剪线头的工作给丢掉了。在走投无路的情况下，她买了一份报纸，按着地址走进一家按摩院。后来得知所谓"健康按摩"实则是操皮肉生意时，心里既矛盾又痛苦。没有办法，她只好给老板一个电话号码，要他明天来电话询问她的最后决定。第二天晚上，她把仅有的300元钱又输个精光。无奈，终于提起话筒，拨通了电话："是我，我是玛丽，今晚，我来上班……"女赌王玛丽的命运到底是谁改写的，只能说是由财色之欲结成的因果链带来的作茧自缚。

爱欲原本是人类的普适性感情，但如何在爱与被爱之间做出一个清晰的人生判断，这便成了人们面对感情困惑的难题。也因此，尤其是痴情的女性，便会陷入深深的迷恋与迷失中。新加坡尤今的小说《香蕉美人》里的丈夫普托三米，爱上了健康、美丽、善良的印度女子丝娃娣，两人很快就结婚。婚后的丝娃娣进入了家庭生活，成为一个恋家的女人。然而好景不长。她发现自己只是充当了一个保姆的角色，原来，丈夫在跟她结婚之前，跟一个18岁的女子相好，并有了孩子。女方家本来要告他，后来他许诺领养孩子，答应赔款，对方也就为了女孩的声誉，答应了下来。而他索要丝娃娣拿出全部的积蓄并不是去做生意，而是当作了赔款的一部分。丝娃娣愤怒地发出了呼喊：婚姻，一场全然没有感情的婚姻，一场建立在利用价值上的婚姻，一场内藏阴谋的婚姻，实在是比一个空的躯壳更不如。

因爱欲而受罚，成了人生荒诞的悖论。而在马来西亚朵拉的《戏正上演》里主人公雪琦对爱情、生活、人生原本有着崇高的追求，但在错综复杂的失败后，选择了丧失自我内心尊严的生活。这种欹斜的因果，被主人公的内心消解成对生活破败景象的留恋与认同：代价是把心变成一片荒原，将生命走进孤寂的隧道……这就是女主人公的生命感叹。到底是谁导演了生活里的情感错位？这仍然是一个困惑人心的问题。

华文文学中的因果母题有多种表现和多方面的意义。其一，人际关系有生存秩序的理性规约。人际关系的延续性构成了因缘果报母题的基础，今生和来世在时间上可以承接，命运也寄予这一事实的存在，成为一个轮回体系。其二，强调善恶报应，这是基于人类共同的对自然和社会的有序性心理期待的普遍的宗教伦理观念。其三、异域文化背景成了人们因果命运承受与承载的外因，而内在的角色转型与认同乃是因果的内在因素。

因果逻辑与叙事文本的思想性表达是一种叠合，也就是说因果逻辑的深层意义在于它暗含在存在经验之上，但又独立于生活表层，具有自在的逻辑脉象。如卢新华《米勒》中出家人米勒所言："人很容易丢失自己的。丢失别人也是丢失自己。"[1] 米勒在"我"的叙述中是一个克制的出家人，生于红色的柬埔寨时期，三四岁便随山里老和尚"无漏大师"专修"无漏法门"，被唤作"小无漏"，后师傅收留了因为父母被强盗砍杀而流亡丛林的图图，随着年龄的增长，两个人有了情愫，但无漏仍然恪守佛门清规，以"燃指供佛"的方式明志立身；图图移爱为来自中国广西的吴怀宇，一个"四海为家，舍个人的小家，为天下人的大家"的革命者，遵从了自己的内心欲念和自我本性。后因图图男友吴怀宇推佛像发生了意外而亡，无漏被误作为"嫌

---

[1]　卢新华：《米勒》，《江南》2021 年第 6 期。

疑人"从此浪迹天涯，开始了辗转世界各地的逃亡，最终沦落为洛杉矶一个小商贩，偶然会去赌场，但依然具有普度众生的宗教情怀。"他那时赢了好多钱，面前堆满了筹码，正用看上去有些肥厚但又有些笨拙的手一点点细心地将它们摞起来，他见我朝他微笑，本来就喜笑颜开的一张脸就更加喜庆了，嘴角微翘着向两侧延展开"，"他畅怀大笑时的样子真是和弥勒佛别无二致"①，米勒忠于自己的佛教信仰，克制自己对相依为命的图图的情感，直至几十年后重逢，在世俗的情感与理性的精神皈依中选择了"坐化"，以死来捍卫自己的守正与原则。这里，不仅无漏、图图与吴怀宇三人之间的情感逻辑发展存在因果关系，最终导致了生死之交错，而且信仰与情感之间的不可调和之间的潜在矛盾，也导致了无漏与图图的生死不离。卢新华长篇小说《伤魂》则展示了几十年来在官场投机钻营的龚合国，为逃避举报和审查由装疯卖傻，最后真的成了精神病人的滑稽故事。

在这里，我们不妨再以严歌苓为个案来分析其因果主题的表达。

2004 年，严歌苓为读者献上了《花儿与少年》，其故事情节近乎《雷雨》。瀚夫瑞，也就是刘先生，出生于上海，在中国香港和美国受教育，在美国做了几十年的律师，退休时回国娶了一个年轻、貌美、做一手好菜且比他小 30 岁的徐晚江。晚江在国内原是舞蹈演员出身，丈夫洪敏也是当年的舞台上的伴侣，一对花儿与少年。当年这一对小夫妻住集体宿舍，结婚以后还守着浪漫，在夜里溜到北海公园里过夜，被人抓住后还不认错，又加之超生一女孩，屡次分不到住房。单位经济效益差，晚江被派到饭馆帮厨，洪敏则被派去管服装。这就是七八十年代国内计划经济体制下平常夫妻的人生。一次偶然的机会晚江结识了刘先生，能够给她高尚、富足、优越的生活，这是她丈夫所不能给予的。为了孩子，为了老婆，为了自己的无能，洪敏做出了牺牲，一周内办理离婚，晚江带着 4 岁的女儿仁仁跟着瀚夫瑞到

---

① 卢新华：《米勒》，《江南》2021 年第 6 期。

了美国。

在美国的十年，女儿已经长成草莓一样的少女，在瀚夫瑞的调教之下，谈吐高雅精彩，反应机敏，完美高贵。徐晚江风韵犹存。有着几十年审判移民丑恶案件历史的、洞悉一切阴暗勾当的律师瀚夫瑞，将晚江和仁仁牢牢地控制在自己的手中，维护了他年轻妻子、年幼女儿高雅有序的、令人艳羡的生活表面。但瀚夫瑞始终厌恶着仁仁和晚江身上十多年前由中国生活带来的那些粗鄙的气质，极力维持着一个高等华人的品位。

瀚夫瑞与白种前妻生下的儿子路易，五年前就大学毕业了。成年的路易被继母和继母的女儿的美迷惑了。晚江对于路易有着天伦的顾忌，但是，出于保护女儿，晚江偶尔也钓一下路易的胃口。而仁仁则憧憬与路易开始另一段花儿与少年的故事。性在这里没有噱头，但是那种暗藏的性吸引、性的排斥与隔离、性的暗涌，成了互相牵制的手段和工具。真正的暗潮涌动，是晚江的儿子九华出国之后，丈夫洪敏也到了美国。他们每个人有着自己的生存打算。九华学业上没有长进，只想出力来养活自己。在一个豪华的家里寄居，承受不了繁缛的餐桌礼仪和这礼仪所代表的阶层，他的笨拙和固执，把自己完全排斥在瀚夫瑞的王国之外。他就是在洗手间里切掉了自己右手的部分食指采取自残的方式表示对自己的捍卫和坚持，而洪敏到了美国就是要实现全家团圆，要守着老婆孩子。洪敏在夜总会教一帮老女人跳舞，不能明目张胆地给晚江打电话，事先安排一个个老女人以请教厨艺或安排堂会的名义联络晚江。随后，晚江会在瀚夫瑞眼皮底下技巧性地完成与前夫的通话，心理上她与洪敏才是夫妻、才是亲人，她借给洪敏钱，共同商议买房子，计划未来一家人在一起生活。晚江深深地爱洪敏、儿子和女儿，像一头母兽那样，勤于操劳和张罗。

在瀚夫瑞的面前，晚江经常流露那种心不在焉的微笑，是作为律师的丈夫所察觉不到的。然而事实的真相到底还是败露了，洪敏把钱都投资到别的地方了，最后发现被卷进诈骗中，血本无归。在瀚夫瑞敲山震虎、指桑骂槐的逼迫下，晚江无奈地和盘托出。此时，晚江才发现她和前夫的心理已经错位，为文化和生活所切割、蹂躏。现实中的瀚夫瑞不愧是经验老到的律师，他知道该怎样对付晚江，始终拖延对晚江的审判。在又一个晚上的九点半，瀚夫瑞全身香香地下楼，等他年轻的妻子上床，而晚江鬼使神差，又一次默契地洗漱、上床，与法律上的丈夫共度夜晚。瀚夫瑞肯定是衡量过的，无声的惩罚，对于一个有是非判断、知道自耻的人来说是最有力量的。晚江和仁仁仍然可以服服帖帖、舒舒服服地生活在他的生活世界里，成为美丽的点缀和骄傲的装饰。他仍然可以苦心经营有序的生活。而对于晚江，只要还在这个家里生活，就可以继续把女儿培养成上流淑女。

基于现实的原因，这个因果链一直存在，并且是坚实地存在着，左右着人生的寻常与生存原则。

《花儿与少年》具有很深的因果报应痕迹，事实上，严歌苓深层之处还是对于人性共性的条分缕析。故事不存在《雷雨》那样对于神秘的不可知的命运的敬畏，也避开了西方哲学中对于命运的追问与思索，而是对人生命运因果轮回的慨叹。在这里，我们可以厘清故事里女主人公晚江与几个人的因果关系：晚江、瀚夫瑞的情感纠葛（金钱与地位的符号）、继子路易的性诱惑（对女儿、母性的保护与性欲望的满足）、前夫洪敏的暗度陈仓（记忆中感情的延续），作为一个有姿色的女人，她知道自己该索要自己需要的任何东西，但由此导致的承受也是必然的。她不得不违心地与70岁的瀚夫瑞生活在一起，为了自己和女儿能够有高贵的生活，放弃了属于自己的爱情，遭受着爱与性的分离，也承受着内心的痛苦。晚江的儿子九华，唯一的无辜的大男孩，因为父母的选择，也承担了这种分离的一切恶果。他屈从于命运，唯一想要的就是和父母、妹妹在一起，过一家人的生活。事实上，他不能够得到他期待的生活，原因在于上一辈人的导演，而让这个无辜的人承受着分离之痛的后果。同样，前夫洪敏也遭受了剥离感情、亲情的痛苦。这一切的因果关系，并不具有逻辑性，但却又是符合现实生活逻辑的。可见，在时间维度上，特定的因果关系由两个前后相继的物象或事件组成，却不是孤立，而是彼此滋生。故事里的人物的遭际原本就是一个与另一个因果的滋生。那么，因果之说能不能成为一个人生命哲学的依据呢？事实上，因果成为生命哲学的可能，但也有其限度，从因果律看出世态人生的镜像的复杂与多异。

可以说，海外华文文学的所有有关因果母题的景致，也原本是提供给我们生活在那里的人们的生活样态与心理状态，甚至是传奇。他们的梦想与失落，希望与挣扎，神性的超越与欲望的堕落，等等，都构成了海外华人人生镜像的一个画面。

第二章　空间的移动：在历史与现实之间

海外华文文学自 20 世纪三四十年代开始，到 80 年代出现了中外文化空间的显著移动，新世纪文学—文化移动日渐成为一种新常态，呈现为多样化的书写。但依然在现代性与传统性、本土性中游离，共生存在，而不是互相取代的关系。在历史空间、未来空间与世界性空间的移动中，存在空间的移动与切换、异域空间中的家园书写、时间的空间叠放。当然，随着书写空间与文化移动，滋生出新的文学—审美空间，即存在时间的空间重叠或切换，应是一种特定时间里的多重空间叙述，将人物或事件叠放在一起，构成了复杂对应彼此联结的叙事体，进而在这种叙事结构或模块中获得多维而立体的故事与图景。既体现了中外文化的冲突中的融合与对照表达，也通过异域空间中的人、事、物等的描述，与中国自然与文化景观形成了一种鲜明的对照，显示了有效的文化移动及多文化的融合。如此，作家便能够清晰地勾勒、展示出海外华人移动的轨迹与内在切换的变化，以及沉淀为世界性文化底蕴的稳定的精神建构。

一　空间的位移与切换

美国华裔女作家聂华苓拥有独特的经验，这种经验不仅是现实的累积，也可通过经验了解现实，并成为重构现实的资源。这不仅在于她在 20 世纪 50 年代就开始了创作，代表作有短篇小说集《翡翠猫》《一朵小白花》《台湾轶事》，中篇小说《葛藤》和长篇小说《失去的金铃子》《桑青与桃红》《千山外，水长流》等为世人所熟稔、称道。仅在中国台湾的十五年，就出版过九本书，其中有小说，也有翻译。更重要的是聂华苓的书写，具有全球视域，是在中美之间的空间移动中完成，因此她的写作明显携带了不同的文化质素与生命体验，而她的小说轨迹与她的生存轨迹有间离，也有某种惊人的经验叠合性。

聂华苓祖籍湖北，1926 年生于宜昌，在战乱之中度过了学生时代。1949 年，大学毕业不久的聂华苓和母亲、弟妹由中国大陆迁徙到台湾，在反共舆论甚嚣尘上的背景下，阔别故土的聂华苓在台湾艰难求生，而精神上文化根脉的断裂，使聂华苓在精神上彷徨、焦躁，无所适从。整个 50 年代，她都在台湾政治色彩浓厚的半月刊《自由中国》任职，发行人是当时身在美国的胡适，由雷震先生主持工作。这是介乎国民党的开明人士和自由主义知识分子之间的一个刊物。这样一个组合所代表的意义，就是支持并督促国民党政府走向进步，逐步改革，建立自由民主的社会。刊物先后发表了林海音的《城南旧事》、梁实秋的《雅舍小品》，以及柏杨的小说和余光中的诗，营造了清新的文学小气候呈现出良好的发展态势。但是期间由于夏道平执写的《政府不可诱民入罪》，引发了《自由中国》和台湾当局最初的冲突。而后因针砭时弊的社论，登载反映老百姓民生疾苦的短评，直接把矛头指向当权政府。导致 1960 年该杂志被查封，聂华苓等也遭受隔离、监视，进入了"一生中最黯淡的时期：恐惧，寂寞，穷困"[①]。小说《失去的金铃子》（1960）就是在这期间的创作。之后，聂华苓在台湾大学和东海大学教书谋生，于 1964 年被迫离开台湾，而旅居美国，开启了她真正意义上的漂流之旅。在爱荷华大学教书，仍然进行写作，

---

① 聂华苓：《失去的金铃子》"写在前面"，人民文学出版社 1980 年版。

并且从事文学翻译工作。1967 年与丈夫美国诗人保罗·安格尔一起在美国创办了 IWP（International Writing Program），即"爱荷华国际写作计划"。聂华苓和安格尔可能都没有想到，他们创办的 IWP 会在国际文学与文化交流中产生那么大的影响，来自 120 个国家和地区的 1000 多名作家访问了 IWP，"国际写作计划"（1934 年安格尔创办"爱荷华作家工作坊"，一步步地把它发展为美国文学的重镇）。热衷于与世界前沿的文学接触获得新的感受，不仅扩大了视野，也影响了聂华苓后来的文学走向。

以 1964 年赴美国为节点，之前聂华苓的小说多以反映中国台湾现实生活和回忆大陆故乡旧事为主，叙事基调为"乡愁"；去往美国之后的生活场景突破了地域、国界、时空的界限，在异域文化中逐渐融入了美国文化的生活，创作了带有漂移性质的小说《桑青与桃红》与《千山外，水长流》等。正是应了埃莱纳·西苏的言说："写作像影子一样追随着生命，延伸着生命，倾听着生命、铭记着生命。写作是一个人终之一生也不放弃对生命的观照的问题。"① 如果说《桑青与桃红》（1970）写出了 20 世纪中国个体在各种困境中的寻路与逃离，最终陷入找不到出路的历史宿命，那么《千山外，水长流》（1984）这部小说则沿用了逃亡模式，展示了不同国度、不同文化背景下三代人的感情纠葛、反抗以及精神获救的故事。

聂华苓的小说擅长以女性为切入点，但并没有局限在女性这一性别群体上，而对性别歧视与不平等做更多的解释，只是将女性作为一个考察视角，对个体所携带的文化因子进行放大，从而在中西文化交汇的大视域下进行考察，且具有多重文化视域。聂华苓《三生三世》"序"中写道："我是一棵树/根在大陆/干在台湾/枝叶在爱荷华。"②

---

① ［法］埃莱娜·西苏：《从潜意识场景到历史场景》，见张京媛主编《当代女性主义文学批评》，北京大学出版社 1992 年版，第 219 页。

② 聂华苓：《三生三世》"序言"，百花文艺出版社 2004 年版，第 1 页。

尤其是 80 年代以来，聂华苓在文化根脉上有对中国文化的深度体认，反思着人性的困境与走向。因此，聂华苓创作的移民题材小说对二元对立的东西文化冲突模式有所超越，集中在对现代性与传统性切换中的人性进行探讨。因此，聂华苓文学的视界，既是漂流空间的移动，也是社会生命镜像里对人性深度的探底。

1. 文化间离与隔阂存在

聂华苓曾以她十三岁时回故乡的一段经历为蓝本，用忆旧的方式写出了《失去的金铃子》，小说描写了战乱中的大陆故乡三星寨的山村景物和人情世态，聚焦的是发生在 20 世纪 40 年代初期，中国西南一个偏僻山村的妇女反抗封建礼教争取婚姻自由的悲剧故事，展示了来自政权、族权、神权、夫权控制，导致了苓子、巧姨、丫丫、玉兰、庄家姨婆的爱情、生活悲剧。而这实际上是聂华苓的真实体验，比如苓子在三星寨的一段经历，桑青等人在瞿塘峡的历险情况，就是作家在抗战期间一段真实生活经历的写照。聂华苓十三岁时曾与母亲一起到过三斗坪，在写《失去的金铃子》时，仿佛又闻着了那地方特有的古怪气味——火药、霉气、血腥、太阳、干草混合的味道。她就是生活在他们之中，有着空虚的守望与想家的绝望。"去国与怀乡曾是现代中国小说的重要主题之一，当代作家频繁的迁徙经验势必要为这一主题平添新的向度。"① 基本上，小说呈现的是诸多从中国大陆到中国台湾的人们生活经验的一种折射。但聂华苓到了美国之后，在创作上有一个明显的逻辑演变：作为一个华人作家，在美国经受了多重磨炼，颇受西化的影响，反而促使她更要回归本土文化。但从西化而回归本土，从现代而回归传统，这并不是简单意义上的回归，而是寄希望融传统于现代、融西方于中国，大致是处于这样一个方向与路径。

《桑青与桃红》有四个不同的部分却有同样的主题：逃亡、威胁、困陷、"异乡人"的处境。第一部分描写了抗日战争的风云及抗战的

---

① 王德威：《小说中国——晚清到当代的中文小说》，台北麦田出版社 1993 年版，第 202 页。

胜利；第二部分真实地展现了解放战争的胜利与北平解放时万民欢呼的历史情景；第三部分用一个寓言故事揭露了台湾社会的黑暗、恐怖，表达了流落中国台湾地区的大陆人回归的愿望；第四部分则以桑青逃到美国后的所见所闻，揭露了美国社会中人的精神空虚和苦闷，展示"现代流浪的中国人的悲剧"。从抗日战争时期、解放战争时期写到70年代，从半封建半殖民地的中国大陆到中国台湾，再到美国。在跨越不同时代、不同国度、不同社会制度的历史画卷里，通过描写桑青的经历反映中国现代史上各个时代的风云变幻与人间疾苦，以桑青作为个体分裂的人格与内心等，象征与指认了中华母体分裂的悲剧。

　　桑青出身世代书香之家，深受传统文化浸润的她，当革命风暴席卷中国大地的时候，她成了时代落伍者，追随着旧制度。抗战期间，她与同学一同乘船向后方逃亡，在长江瞿塘峡，木船触礁搁浅，历尽惊险磨难。解放前夕，在解放军围困的北平，桑青目睹了战争带给人们的恐慌、动乱，同匆匆结合的丈夫沈家纲一同南逃。后辗转到中国台湾，因为丈夫挪用公款被通缉，全家只好终日躲在一个小阁楼上提心吊胆地生活。丈夫被捕后，桑青又逃亡到美国的独树镇，过着极度荒唐、空虚的生活。因申请永久居留权受到移民局的反复调查，她随口改名叫桃红，宣布桑青已死。移民局无休止的调查与追踪，使她极度恐慌，以致后来精神出现了分裂。其实，无论小说中的桑青还是桃红，都在流浪、逃难的路上，一直处在惊恐与不安的痛苦之中。无奈的角色调转，在桑青与桃红之间进行。只是桑青采取了隐忍，桃红却挣脱了一切传统观念，她是"开天辟地在山谷里生出来的"自然人，"那一套虚无的东西我全不相信"。"我可要到外面去寻欢作乐。""不管天翻地覆，我是要好好活下去的。""我是开天辟地在山谷里生出来的。女娲从山崖上扯了一枝野花向地上一挥，野花落下的地方就跳出了人。我就是那样子生出来的。你们是从娘胎里生出来的。我到哪儿都是个外乡人。但我很快活。这个世界有趣的事可多啦！我也不是什么精灵鬼怪。那一套虚无的东西我全不相信。我只相信我可以闻到、摸到、听到、看到的东西。"① 尽管桃红逸出道德与社会的规范，挑战社会现有秩序，对旧制度采取了叛逆，但仍然逃不脱悲剧的命运。

1978 年对于聂华苓是非同寻常的，她重新踏上了中国大陆，开启了回乡之路。而 1984 年的小说《千山外，水长流》便是有关中美空间切换与移动的作品，在全球视域的语境下对中国历史动态变化进行的描绘。其创作灵感仅仅是来源于在《华侨日报》上看到的一封信，且在抗战期间聂华苓并不认识美国人，也没有参与过学生运动。

小说是关于历史真实与现时处境的一个架构，表达的是个体在时间、空间中的切换与移动，其叙事话语并不是一组组清晰可辨的文化符码，却是具有象征意义的历史寓言。如小说通过阐述石头城的演变史，来隐喻美国的社会现实；聚焦中国的历史与现实，来隐射或反思中国的文化痼疾。

应该说，与 20 世纪 80 年代兴起的留学生文学的不同在于，她有丰富的中国本土的生活经验，有深厚的民族记忆和情结，同时又有多年美国的生活经验，在中西两种文化语境中的聂华苓，具备深厚的中西文学素养，这也决定了她具有双重的文化背景，因此其话语主体是双向的，其创作在主题与形式上呈现出一种与众不同的样态。而适逢中国 80 年代末社会开始转型，市场经济逐渐取代计划经济，这也强烈地刺激着人们对物质的欲望与心理的骚动，同时也对西方充满了好奇与期待，一些作家竞相选择西方留学。查建英的小说《到美国去！到美国去！》《丛林下的冰河》被认为是最早出现的留学生作品，之后刘索拉、友友、严歌苓、虹影、刘西鸿、依青与式昭等的创作形成一股蔚为大观的潮流。这些作品话语主体基本是单向的，充满了对异域文化的热衷与地域空间的想象，具有体现 80 年代精神的意义。如依青、式昭的中篇小说《在自由神耸立的地方》，林稚在飞机上回答同伴的问话时说的："我在这里只是个待业青年，只能在街道缝纫组接些零

---

① 聂华苓：《桑青与桃红》，香港友联出版社 1976 年版，第 7 页。

活。可美国呢，住小木屋的林肯可以当上大总统。在那片自由的国土，任何人都有机会，有前途！"《丛林下的冰河》则是讲述了主人公逃离故土之后，又重新回归精神原乡的故事。《到美国去！到美国去!》则讲述了国内坎坷压抑的生活使伍珍来到美国，但美国并不是天堂。显示出了"空间是任何公共生活形式的基础。空间是任何权力运作的基础"①。小说表达了留学生抗拒现代社会的冷酷无情，也抗拒着现代人内心世界的虚无寂寞。

《千山外，水长流》以个体汇聚了国家意识、民族意识与女性意识的冲突，体现了中美文化冲突中的融合。聂华苓曾感慨地说："坐在爱荷华窗前，看着河水静静流去，想着国家的沧桑、历史的演变、个人的遭遇……我……不会再为排除恐惧和寂寞而写了。我要为故乡的亲人而写。"② 小说以一个半美国半中国血统的姑娘莲儿的美国之行为线索，将中国与美国这两个国度两个民族的生活画面联结在一起。19世纪后期，布朗一家来到美国中西部的小镇"石头城"开发建设，成了一方首富。第二次世界大战前后，布朗的儿子彼尔两次来中国，与女大学生柳凤莲相爱，却不幸在一次采访中被误伤致死，给柳凤莲留下了遗腹混血儿莲儿。在中国特殊的政治环境下，莲儿因为父亲的美国身份和右派妈妈的关系，历尽磨难。她被称为"美帝狗崽子""杂种"，被赶到农村插队，并遭到了强暴。继而心生怨愤，疏离母亲，怨恨中国，终于借着"文化大革命"后中国改革开放的时机，莲儿以留学之名，来到爱荷华州布朗山庄的祖父母家里，以寻求父系之根并希望获得认同。小说故事依旧延续了以前的逃亡模式，莲儿来到美国爱荷华认亲，其实也是在逃避不堪回首的从前。莲儿的逃亡结果是美妙的，中间虽有奶奶玛丽的敌视，对莲儿怀着戒心和敌意，但随

---

① ［法］米歇尔·福柯、保罗·雷比诺:《空间、知识、权力——福柯访谈录》，载陈志梧译，包亚明主编《后现代性与地理学的政治》，上海教育出版社2001年版，第13—14页。
② 聂华苓:《失去的金铃子》"写在前面"，人民文学出版社1980年版。

着时间的推移,奶奶终于理解了莲儿母女,也接纳了自己的孙女。"小说写的是人,我倒没有想到写两国人民的友谊。人与人之间,不管中国人也好,美国人也好,总是可以沟通的。虽然文化背景不同,政治背景不同,但站在人对人的立场来看的话,就会谅解的。就会忘掉你是哪个民族的。所以我主要写人,人与人的关系"①。

但从小说的发展逻辑来看,这是一个认同与质疑的故事,穿插了历史、政治、经济、战争等枝蔓,因此,小说是一个驳杂、多义的文本,聂华苓在处理的时候,被迫选择了一种以人物内心的展演,来推进故事的讲述与发展,把历史画面浓缩在信函与日记体中,这样,叙述空间转移在一个有限的空间中进行。事实上,这样的叙述效果,在80年代初期显然是创新独特的,具体体现在:在静态的空间中,展示时间—人物的互动,诸如彼尔的战争经历与情感经历,以及柳凤莲在"文化大革命"前后的经历;在时间的节点上,放置人物的历史因素的冲突存在,莲儿美国寻根带来的文化冲撞。如此,空间的广度被拓展,时间的延展性也被拉伸,将过去的存在与现时的存在巧妙地联结在一起,成为一个一个具有内在发展逻辑的因果链条。

2. 个体携带的历史记忆与"文化大革命"经验

80年代文坛涌现出一大批以"伤痕"和"反思"为主流的文学作品,卢新华的《伤痕》、戴厚英的《人啊,人!》等,就是对"文化大革命"进行反思、叩问和宣泄。和同时期的这些伤痕文学、反思文学作品相比,聂华苓的"文化大革命"历史书写就显得与众不同。其实进入小说的写作,聂华苓是做了充分的准备的,"但我觉得小说的形式很重要,不仅内容、主题、人物要好,小说形式本身就有意义,在写作《千山外,水长流》之前,我花了很多时间考虑,在这复杂的历史背景下,又是两个不同的历史文化,两国的不同的人物,用什么

---

① 王晋民:《从现代主义走向现实主义——在美国与聂华苓谈她的小说》,《小说评论》1989年第4期。

形式来表现它，我捉摸了很久"①。聂华苓用了现实主义的手法，用折叠的叙述方式，把跨地域的中国、美国时空交错，将前后跨度三十八年（1944—1982）的故事浓缩。内中容纳了抗日战争、解放战争、"文化大革命"和美国"反越战"后的社会、文化情景。聂华苓说："怎么使莲儿在美国看她妈妈的信时，感情能连接起来呢？我就用眉批的手法。这手法使人有连续感，使整个小说统一起来。另外一个作用是让莲儿也有机会对她妈妈的信有反映，也有机会让读者了解莲儿和妈妈之间是如何逐渐的沟通，并且反映了内心的变化。这是双线交叉。"②

小说《千山外，水长流》在以"文化大革命"的历史为大背景中展开，记叙了中国许多重要的历史事件：反右、"文化大革命"、上山下乡、四五运动，以及美国社会的风俗民情与生活场景。小说共有三部分：第一部分讲述莲儿初到美国石头城"布朗山庄"的境遇，爷爷接纳，奶奶质疑与拒绝，彼利的爱慕与守护，但莲儿仍然未走出过去的阴影。第二部分转向自叙述，柳凤莲叙述内战中的学生运动及她与彼尔、老金间的情感纠葛，也就是聂华苓所指的在小说中植入了信件、日记等，以及莲儿的"眉批"。因此，具有互文性，也有人译作"文本间性""文本互涉"，是在后现代文化语境中产生的批评术语和理论范畴。法国当代文艺理论家克里斯蒂娃在巴赫金对话理论的启发下首次提出，在《封闭的文本》中明确其定义："一篇文本中交叉出现的其他文本的表述"，"已有和现有表述的易位"③。可见，克里斯蒂娃认为的"互文性的引文从来就不是单纯的或直接的，而总是按某种方式加以改造、扭曲、错位、浓缩或编辑，以适合讲话主体的价值系统"④。第三部分书

---

① 王晋民：《从现代主义走向现实主义——在美国与聂华苓谈她的小说》，《小说评论》1989年第4期。

② 聂华苓：《谈〈千山外，水长流〉的创作》，载梦花《最美丽的颜色：聂华苓自传》，江苏文艺出版社2000年版，第272页。

③ ［法］蒂费纳·萨莫瓦约：《互文性研究》，邵炜译，天津人民出版社2003年版，第4页。

④ 程锡麟：《互文性理论概述》，《外国文学》1996年第1期。

写了莲儿以中国传统文化中伦理道德，秉承的"孝"感动了病床上的奶奶，获得认可；在林大夫的帮助下走出被强奸的阴影，并收获彼利与林大夫的爱情。

小说以一种理性的态度多视角地对"文化大革命"进行审视，通过莲儿、凤莲、金炎、老李等的自述，显露了"文化大革命"对人性的摧残，以及知识分子的悲剧命运。"文化大革命"期间，莲儿和很多青年一样，响应党的号召下乡改造，因为混血身份的缘故，她备受政治歧视，但莲儿女性的魅力使诸多男人垂涎，并最终在夜里被强暴了。之后，悲剧在不停地上演，而莲儿只能默默忍受。那段悲惨的遭遇，让莲儿的身心受到极大的梦魇般的精神恐惧，"那黑地里的人影，沉沉压在她心上，刻在她脑子里，有时她甚至看得见它，向她一步一步逼来，在人群中，她看得见它，单独一个人，也看得见它"①。因为曾经遭遇性侵的经历，造成了她对性的恐慌，直接影响了她和彼利的关系。彼利爱她，她也爱彼利，但她一直以种种借口拒绝着彼利，只因为她那被扭曲了的性爱观。

母亲凤莲遭遇了抗日战争、四年内战以及十年"文化大革命"，作为受害者，因为与美国人彼尔的婚姻而遭到批斗，凤莲"低头跪在操场上，胸前挂着大牌子：'屈膝投靠美帝国主义的奴才'！"② 凤莲在信中对女儿莲儿说："在那'史无前例'的时候，我作过一次又一次的检查，写出我一生所犯的'罪行'……每次检查都是忏悔，辩解，自责，掺些谎话——把自己说成万恶不赦的大罪人，但在心里我却大声呼叫：我没罪！我没罪！"③ 凤莲的再婚丈夫金炎在大学时代就倾向进步，后来到了延安，中华人民共和国成立后被打成右派，金炎死在监狱里，最后连尸体都不知所踪。小说还对"文化大革命"中的一个

---

① 聂华苓：《千山外，水长流》，四川人民出版社1984年版，第45页。
② 聂华苓：《千山外，水长流》，四川人民出版社1984年版，第87页。
③ 聂华苓：《千山外，水长流》，四川人民出版社1984年版，第163页。

特殊群体红卫兵的加害者老李，进行了深度挖掘，从小就被教育要
"听党的话"，于是当"文化大革命"爆发的时候，他冲锋陷阵。在
"文化大革命"中老李斗过很多人，是红卫兵中的领头人物。然而，
到了"文化大革命"中期，又因出身地主家庭反而遭到了批斗，从
此，老李到哪都是"罪人"了。老李既是被政治愚弄的加害者又是受
害者，聂华苓以一种客观展示人物处境的方式，对"文化大革命"历
史作出了评述。

但另一方面聂华苓将文化乡愁和"文化大革命"伤痕淡化，因
此，不具有深度。究其原因，在于聂华苓对"文化大革命"的经验相
对是匮乏的，不够深入；另一方面，她所要表达的主题，是中美文化
间的隔阂与间离，是可以以人性的同一弥合的。"她的小说在内容上
同样充满着对文化之'根'的寻找和对二十世纪中国人生存意义的思
索。不同的是，她的主人公在精神上似乎并没有太多传统的重负，并
不在生活中'频频回首'，相反，他们更重视在现实中的'自我实
现'，在变化着的世界面前进行自我丰富和完善。……在新与旧、中
与西两者的对话、交流中，作者表现出了主人公在不同文化面前开放
的胸襟和健壮的性格。"[1] 莲儿浸润中国传统文化结构，深受男权社会
理念的熏染，受制于规定的性别角色，中国的儒家人伦思想、传统美
德依然在控制着自己的思想，迁移到美国后，对独立的男女关系、交
往方式局促不安。在经过美籍华人林医生精神疏导后，莲儿解开心结，
释怀了隐秘的被性侵经历，打开了禁锢的自己，明晰了"情欲本身并
不是不道德的，只是当情欲和对方的品质、性格、头脑、心地分割开
了，那才是不道德。情欲应该和整个'人'有关系。一投足，一举
手，一颦一笑，眉，眼，嘴，胸部，腰，腿……整个女人身子就是一
江春水向东流，每个涟漪都叫人感到情欲——那就是精神境界了，是

---

① 高小刚：《乡愁以外——北美华人写作的故国想象》，人民文学出版社 2006 年版，第
147 页。

世界上最美妙的肉与灵的结合"①。冷漠的莲儿终于走出了多年的心灵封闭，美国之行让她重新感受到人性的温暖与爱。小说没有刻意渲染乡愁和"文化大革命"伤痕，也没有刻意表达对全盘西化的拒绝，而是以一种自然的方式，融入了美国文化生活环境，在异质文化的冲突与互融中，莲儿获得安然的归宿，但同时体现出了对中国故土美好的家国情怀。同样小说塑造了母亲柳凤莲的正面形象，具有中国气节的一代知识分子。她 40 年代投身革命，50—80 年代受极左路线的残酷迫害，在重压下度过半生，几乎失去了人生的一切。但她却并未因此丧失生活的信念，仍然充满了对国家、人民的爱。聂华苓小说的意义在于，拓展了女性的精神空间，同时以人性的温暖去消除心理障碍与他人之间的壁垒。

可见，聂华苓重在对移动后的日常生活经验进行挖掘，同时关切的是心灵与精神上的平和与满足，而不是深刻的控诉与批判。《千山外，水长流》中的莲儿浸润中国传统宗法社会男权思想的造诣根深蒂固，性别意识是模糊的，在美国她对男女关系和生存独立观念，深为恐惧。而评论界对《千山外，水长流》也是褒贬不一。有论者认为聂华苓的反思、寻根都不具备深刻性，主要集中在探讨主人公莲儿在双重文化中找到归属感，以此象征在美华人从流浪到寻根的转变，尤其是他们对中国（国族与文化）的重新认识与回归，有生硬之嫌。但有论者认为，莲儿是爱国的，有国家归属感的。比如当彼利问她究竟是美国人还是中国人时，莲儿"不假思索""冲口而出"承认自己是中国人。连她自己都感到奇怪，"她就成了道道地地的中国人，有强烈的'国家意识'；她原以为自己对中国的心冷了，死了。这是怎么回事呢？"②

其实有关身份问题，并不是聂华苓所要表达的核心。聂华苓小说表达贴近人性的深度，"小说写的是人，我倒没有想到写两国人民的友谊。

---

① 聂华苓：《千山外，水长流》，四川人民出版社 1984 年版，第 375 页。
② 聂华苓：《千山外，水长流》，四川人民出版社 1984 年版，第 21 页。

人与人之间，不管中国人也好，美国人也好，总是可以沟通的。虽然文化背景不同，政治背景不同，但站在人对人的立场来看的话，就会谅解的。就会忘掉你是哪个民族的。所以我主要写人，人与人的关系"①。相较于族别、国别，聂华苓是站在人的立场来反思知识分子的命运与苦难的。更进一步说，这部小说涵盖了历史、政治、文化、个人境遇等，既是现时的，也是历史的追索与反思。80年代初，聂华苓等也多次往返于中国大陆，感受到中国主流意识形态松动，体会到极端时代所带来的社会创伤，正是有这样的经验，所以小说才通过书信、回忆、辩论等形式，直接揭露社会与政治的变态，造成人性的扭曲，以及对知识分子的伤害；也更加指认了莲儿无处皈依的无奈精神处境。

莲儿自嘲，在中国，"我是比少数民族还要少数的民族"②。莲儿的母体文化存在分裂，于是对自我"精神原乡"的寻找，就变得非同寻常。"作家在思乡寻根的大背景下，把中华文化和异族文化集聚于一人，探索异质文化的可融性和共处性，期待由对母体文化的彻底决裂到在两种文化交融中延续母体文化的沉积和汲取美国文化的内涵精髓。"③ 杨匡汉认为个体的文化移动，"是一种被放逐的状态，其生存的特征是被放逐者被迫远离了其生存的位置，放弃了生存的契约，从而使生存失去了原有的意义，成为流浪无依的人生"④。刘云德认为：一个人只要离开自己习惯的生活环境，就会发现许多令人费解的文化现象和难以适应的生活习惯。这些存在于不同社会和群体之间，以不同的价值观为基础的社会生活习惯和文化现象就是文化的差异。⑤

正是这些现实的原因存在，聂华苓在中西文化冲突的焦点，充分

① 王晋民：《从现代主义走向现实主义——在美国与聂华苓谈她的小说》，《小说评论》1989年第4期。
② 聂华苓：《千山外，水长流》，四川人民出版社1984年版，第132页。
③ 林佳、肖向东：《边缘生存的言说——聂华苓与严歌苓移民小说中的文化认同》，《大众文艺》2009年第10期。
④ 杨匡汉：《"游子文学"与放逐情怀》，《内蒙古社会科学》1998年第6期。
⑤ 刘云德：《文化论纲——一个社会学的视野》，中国展望出版社1988年版，第80页。

利用中美文化移动中的经验，从历史与现实交织的角度着笔，从文化和人性的双重视域中，对自身的历史、文化身份、漂泊命运进行考量；但在对人物的处理上，显得不自信。"我是觉得写文化大革命那段我是比较没有把握。说老实话，莲儿刚开始写的时候，我想她是全书中最主要的主角，这个把握得不好的话，全书就失败啦。所以莲儿我也做了很多研究，和许多年轻人谈过，回国去过几次，了解国内的年轻人，在国外也跟年轻人谈过，他们在美国的反应，在美国的心情。所以为了写好这个人物，我做了一些观察研究。我想知道一下国内读者对莲儿这个人物的反应。"① 莲儿对人生乃至信仰的幻灭，以及由幻灭而产生一种反叛性，作家都比较精准地予以把握。

聂华苓以一种冷静理性的态度多层次、多角度地对"文化大革命"进行描述。《千山外，水长流》小说中，信件记录了母亲柳凤莲与父亲彼尔，以及养父金炎的情感纠葛，母亲的倾诉让莲儿在逐渐了解上一代和中国历史的基础上，莲儿自责中反省和忏悔了自己在"文化大革命"中伤害父母的行为。对"文化大革命"非常年代粗暴的政治、文化失范、人性贫乏进行反思和审视。哈布瓦赫认为"'历史记忆'只是通过书写记录和其他类型的记录（比如照片）才能触及社会行动者……个人并不是直接去回忆事件；只有通过阅读或听人讲述，或者在纪念活动和节日的场合中，人们聚在一块儿，共同回忆长期分离的群体成员的事迹和成就时，这种记忆才能被间接地激发出来"② 。而聂华苓对中国"文化大革命"镜像的描摹与表达，旨在突出人性的自由伸张的重要与迫切性。

3. 文化的歧视与认同

聂华苓的小说大体上营造了两个空间范畴：一个是中国大陆与中

---

① 王晋民：《从现代主义走向现实主义——在美国与聂华苓谈她的小说》，《小说评论》1989年第4期。

② ［法］莫里斯·哈布瓦赫：《论集体记忆》，毕然、郭金华译，上海人民出版社2002年版，第42—43页。

国台湾的日常生活空间，尤其是在"文化大革命"期间决定社会阶层的分化以及阶层空间的分割，是政治的产物；另外一个是资产阶级的意识形态主导的现代性想象空间，而在美国不仅是经济秩序和政治秩序的一个产物，同时也是文化秩序的一个产物。而这两个空间的迁移与切换，造就了个体与个体的交锋。两大空间体现了一种地缘的政治，正如詹姆逊所说："所有第三世界的文本均带有寓言性和特殊性：我们应该把这些本文当作民族寓言来阅读，特别当它们的形式是占主导地位的西方表达形式的机制——例如小说——上发展起来……第三世界的文本，甚至那些看起来好像是关于个人和利比多趋力的文本，总是以民族寓言的形式来投射一种政治：关于个人命运的故事包含着第三世界的大众文化和社会受到冲击的寓言。"① 因此，文化的强势导致了认同的偏差与歧视，也造成了双向的认同上的误读与反抗。

在小说中，美国祖母玛丽对莲儿存在两大歧视：文化想象的歧视与政治歧视。原因在于儿子彼尔的死亡，她认为是中国人杀死了为中国援军的儿子，并归咎于中国女人柳凤莲的勾引彼尔，甚至拒绝承认他们之间的婚姻。"没有任何正式的形式，那叫什么婚姻，彼尔只是开个玩笑罢了！"事实上，在80年代，由于中国经济现状、政治制度等不同，美国文化是以优越者的立场存在的，表现出的中国形象总是带着主观的、一厢情愿的狭隘想象。正如英国文化地理学家 Mike Crang 所说："文学显然不能解读为只是描绘这些区域和地方，很多时候，文学协助创造了这些地方……并主观地表达了地方与空间的社会意义。"② 聂华苓真实地呈现了这种美国人的文化的傲慢，以及精神上的不平等。由于"现代性"在中西发展上的时间滞后和空间上的特

---

① ［美］弗雷德里克·詹姆逊（Fredric Jameson）：《处于跨国资本主义时代中的第三世界文学》，载张旭东编《晚期资本主义的文化逻辑》，陈清侨等译，生活·读书·新知三联书店1997年版，第523页。

② ［英］麦可·克兰（Mike Crang）：《文化地理学》，王志弘、余佳玲、方淑惠等译，台北巨流文化公司2003年版，第58页。

异，西方人看待中国的视角本身就存在偏差与误读。

"文化大革命"为中华民族的一个集体记忆，也是莲儿的梦魇般的生存经验，而玛丽的另外一种文化偏见与歧视，也波及了莲儿的认同感。祖母老玛丽在莲儿刚到美国时，在心理上是不接受她的，她怀疑莲儿是为了获得担保冒认亲戚。莲儿拿出足以证明她身份的《圣经》之后，老玛丽还是不认可莲儿，她认为儿子的婚礼不符合他们信仰的宗教模式就不是真正的结婚，所以莲儿的身份是被质疑的。加上她认为莲儿的母亲造成了彼尔被杀的祸根。这种抗拒既是对个体莲儿的，也有文化的因素、种群等差异，来自自身传统文化心理形成的对中国乃至亚洲的偏见。玛丽声称，"多少混血儿要到美国来了，美国这一片干净土要变'黄'了呀"，这里渲染的是典型的、极度的民族主义情绪。

同样，在《千山外，水长流》中，莲儿固然受尽磨难委屈而疏离母亲与中国以致逃亡，然而"一到美国，她就成了道道地地的中国人，有强烈的'国家意识'"，她几乎是一下飞机就开始牵念自己的生长地，充满了对母体文化的尊重与守护。正是深层次的无意识中回归母体的冲动的表现形式。"现在我才逐渐了解爸爸妈妈的历史，也了解了你那个时代的历史。国家的历史是棵盘根错节的大树，个人历史是树上的枝干。我不是浮萍；我是枝干上的一片叶子——落下又会长出的叶子。"[1] 显示了莲儿认同中国根脉的主体性姿态。莲儿对彼利的诘问："你以为我来，是来和你争遗产的吗?"[2] 显示了莲儿作为一个个体，有着对民族甚至是国家尊严的一种坚守。

巴柔在《形象》一文中说："如有关身份认同的问题，这中间就涉及他者地位及形象的讨论。所有对自身身份依据进行思考的文学，甚至通过虚构作品来思考的文学，都传播了一个或多个他者的形象，

---

①　聂华苓：《千山外，水长流》，四川人民出版社 1984 年版，第 222 页。
②　聂华苓：《千山外，水长流》，四川人民出版社 1984 年版，第 21 页。

以便进行自我结构和自我言说：对他者的思辨就变成了自我思辨。"①
"由于地理环境、历史背景、发展过程、以及其他因素的不同，各个
民族都有其特性，而东西方的文化也各有其特色。"② 在谈到《扶桑》
的创作动机时，严歌苓曾说过：

> 当时我对西方在文化上的沙文主义做了认真的思考，他们会
> 本能地认为其他宗教、其他民族都是劣于他们的，他们离上帝最
> 近，想当然地把自己看成是其他民族的拯救者。像今天的美国政
> 府，他们好像不去拯救谁就不开心似的，他们的幸福感、成就感
> 好像就是建立在有谁需要他们去拯救上。……我对西方的这种
> "拯救"的问答，对不同种族、性别之间平等关系的呼唤，你真
> 的爱我就不会想拯救我，因为两颗心灵是平等的。一个国家、一
> 种文化，老是觉得自己高高在上，那是不行的。③

但聂华苓在东西文化中，更多的不是发现差异，而是寻找同一性。
"一个人只要离开自己习惯的生活环境，就会发现许多令人费解的文
化现象和难以适应的生活习惯。这些存在于不同社会和群体之间，以
不同的价值观为基础的社会生活习惯和文化现象就是文化的差异。"④
但差异也是一种文化的互补，构成了世界文化的多样性与丰富性。
"人类世界是一个由多种文化组成的巨大社会系统。多种文化的存在
构成了我们这个丰富多彩的世界，各种不同文化之间的交流与互动是
人类文化发展的基本动力"⑤，那么，中西方文化对话尤为重要，是当
代文化发展的必然历史要求。应该说，聂华苓的文学反思，是符合社

---

① 孟华：《比较文学形象学》，北京大学出版社 2001 年版，第 179 页。
② 李信：《中西方文化比较概论》，航空工业出版社 2003 年版，第 13 页。
③ 俞小石：《严歌苓等摒弃"猎奇"写作》，载《文学报》2001 年 8 月 15 日。
④ 刘云德：《文化论纲——一个社会学的视野》，中国展望出版社 1988 年版，第 80 页。
⑤ 庄晓东：《文化传播历史、理论与现实》，人民出版社 2003 年版，第 195 页。

会思潮和文学自身发展规律的；但由于对大陆"文化大革命"缺乏足够的经验，很难达到触及历史与思想的深度。即便如此，仍然不能够抹杀聂华苓"融传统于现代，融西方于中国"的艺术追求，她以深邃的历史感表现现代中国的沧桑变化，抒写中国台湾中下层人们的乡愁和海外浪子的悲歌。应该说，离开乡土后，前往美国，在漂泊的过程中，怀乡与异域与生活的敏感，带来了视角和思考的决定性的拓展与深化，移动的故事因此变得更具有丰富的内涵。

在聂华苓的表叙中，时间的延展与空间的移动，成为生命存在的方式，也决定了其价值趋向。杨义认为中国人有自己的时间意识，"中国人把握某个时间点，不是把它当做一个纯粹的数学刻度来对待的。假如他具有深厚的文化体验，他是会把这一时间点当做纵横交错的诸多文化曲线的交叉点来进行联想的。这种时间意识和整体性思维方式，深刻地影响了中国叙事作品的时间操作方式和结构形态"①。在叙事的时间性上，聂华苓的小说一般都有过去—现在—未来三个维度的存在：起笔于现在，然后展开对历史的回忆，最后指向未来时间。这种时间叙事"不论对象在时间上距我们多远，总是通过时间不停地交替而同我们并非现成的现时联系着，总是同我们的未完成性、同我们的现时发生一定关系，而我们的现时则向没有完结的将来前进"②。聂华苓是将历史时间与现在时间有效结合。时间中蕴含着日常生活经验，而日常经验里又包含了更多的政治、历史与文化内涵。聂华苓在历史—现实的维度上，善于表达女性以孱弱之躯坚决地抗争命运，但疏离公众经验和群体意识，注重聚焦于女性空间场域的移动与精神空间的拓展。在"困境"与"逃亡"的对立冲突中，在过去与现实的时空交错中展开故事的情节，解释女性心灵困顿与精神上的彷徨。正如

---

① 杨义：《中国叙事学》，人民出版社1997年版，第129页。

② ［俄］巴赫金著，钱中文主编：《巴赫金全集》第三卷，白春仁译，河北教育出版社1998年版，第534页。

苏珊·格巴所言"是生活被体验为一种艺术或是说艺术被体验为一种生活的结果"①。

聂华苓也发出过这样的感慨"我自己呢流放了一辈子。我是故乡的日本租界的中国孩子，租界公园门口挂着'狗与华人免进'的牌子。抗战时期，我是流亡学生，到处流浪。我在台湾是'大陆人'，在美国是中国人，在中国是华裔美国人。我在大会上讲着讲着，自己笑了起来我究竟在哪里呀"②。聂华苓曾感叹说："在海外，我们从事华语文学创作主要有两个问题。一是素材来源相对狭窄一些。"③ 但聂华苓拓展自己的格局与视野，在中美文化空间中发掘人性的深邃与光亮，试图以个体的生命经验来消除横亘在中美文化交流中的偏见与极端行为。同时，聂华苓、於梨华、陈若曦及丛甦等，她们身居国外，受欧美西方女性小说的影响，将现代思想传达到中国台湾社会，发出的"异声"越来越大④，也呼应着中国大陆的女性文学乃至当代文学发展。

二 於梨华：异域空间中的家园书写

美籍华人女作家於梨华被称为"留学生文学的鼻祖""无根一代的代言人"⑤，她以自己的方式诠释了文学能够承载历史记忆，具有唤醒与激发生命的潜能，更承担着改变与转换心灵的使命。於梨华文学的力量体现在，直击华人生命形态与精神个性、主体的游离与漂移性，并

---

① ［美］苏珊·格巴：《"空白之页"与女性创造力问题》，见张京媛主编《当代女性主义文学批评》，北京大学出版社 1992 年版，第 170 页。

② 聂华苓：《游子吟——二十世纪》，《读书》2005 年第 5 期。

③ 余韶文、赵为民：《聂华苓谈中国文学》，《21 世纪》1995 年第 1 期。

④ 陈辽：《台湾女性小说的特殊性——读〈当代台湾女性小说史论〉》，《文艺报》2006 年 2 月 7 日。

⑤ 白先勇在《流浪的中国人——台湾小说的放逐主题》中，称旅美作家於梨华为"无根一代的代言人"。

对置身在不同时空与境遇的人物,进行不同维度与特质的挖掘,从而将一个时代里群体生存景象展示出来。於梨华尽管未曾从现代性意义上对人的精神困境进行深度探索,习惯在日常生活场景中展示人物冲突与内心困惑,但於梨华具有中美多重空间的生命体验与经验,这样也决定了她观察与表达世界的方式具有自在的逻辑,并存在内在根本性的转变。诸如她的长篇小说《归》(1963)展示了留美女子的心灵变迁。《变》(1965)讲述了文璐习惯于丈夫仲达对她的设定,按照贤妻良母的范式在生活,直到遇到唐凌,才萌发了对自己生活的改变,最终选择了离家出走,追随现代女性的生活模式。《梦回青河》(1963)是对怀乡格调的历史记忆的展示。《又见棕榈,又见棕榈》(1967),则是回切到海外华人边缘人心态的分析。《考验》(1974)以华裔学者钟乐平在美国经历事业挫败和婚姻破裂为主线,描绘了华人与美国现代社会的冲突,同时展示了妻子思羽走出了家庭,获得自我意识的过程。《傅家的儿女们》(1978)则是在不同文化空间中对家国命运进行了思考。

可以说,从对战争烽火中的家国命运考量,到冲出传统家庭束缚,走向自由情感的选择,再到对中华母体文化的精神依存,以及自我主体建构与精神家园建构一体化的追求,成为於梨华小说主题书写的逻辑演进。尤其在美国空间对中华家园的眺望,蕴含有独特的双重文化视角,存在不同文化空间中的切换与移动,进行根脉性家园母题的书写。无论是在战火纷飞年代还是当代生活空间,关注个体或群体心理新变,还有对中国文化母体精神结构的冷静分析,以及表达个体或群体对中国血脉与文化根性的依存性,为我们清晰地呈现出海外华人个体或群体生命形态、精神的皈依与希望所在,也在对中国母体文化、精神血脉以及存在的文化痼疾进行了理性的审视。

本文正是试图以长篇小说《梦回青河》《又见棕榈,又见棕榈》《傅家的儿女们》为例,来缕析於梨华跨越中美时空的文学观念与写作心路历程的发展轨迹、整体变化,以及所呈现出特定历史语境独特文学的气质,指出於梨华的书写既有来自历史记忆中的原乡记录,也有对中华母体文化因袭的精神以及存在的痼疾做出了理性的分析，还有对留学生的现实的生命形态、精神的皈依与生活希望的展示。同时佐证这样一个文学事实，根脉性的家园母题成了於梨华永远的阐释对象与核心问题：个体与群体获得主体性的建构本身，就是对精神原乡与家园的构建。而从叙事母题的角度来说，正如大量中外文学史诗和小说中的家园故事，於梨华小说中最主要的母题便是家园的叙事。而围绕这一母题，小说涉及母体、根脉、身份、认同、民族等，从多种角度展开了家园叙事。

1. 家园母题：《梦回青河》

"母题"（motif）具有广义与狭义之说，广义是艺术作品中最重要的或者是大量重复出现的叙事要素，诸如某种主题、模式或观念等。而狭义则"指涉的是小说的情节模式和结构原则，是一个与方法相关的功能性范畴"[①]。1936 年美国著名学者史蒂斯·汤普森所著的《世界民间故事母题索引》（六卷），"'母题'是指叙事作品中结合得非常紧密的最小事件，持续存在于传统中，能引起人们多种联想，它本身能够独立存在，是一个完整的故事，它也能与其他故事结合在一起，生出新的故事"。他从四万个故事中概括出，包括神话、寓言、传奇、民谣、笑话等二十三个母题。而"家园"是古今中外文学的一个重要的母题，对家园的追寻是文学的永恒主题。作为主题的"家园"，不仅是实体性的物理空间的存在，如家庭、社区、城邦等；同时也是象征性的主体精神意志空间，作为个体寻求自我身份认同而不断追寻的精神归属与经验性表达。列斐伏尔认为"任何一个社会，任何一种与之相关的生产方式，包括那些通常意义上被我们所理解的社会，都生产一种空间，它自己的空间"[②]。因此，个体的家园与其所生存的地理

---

① 李建军：《小说修辞研究》，二十一世纪出版社 2019 年版，第 207 页。
② ［法］列斐伏尔：《空间政治学的反思》，转引自包亚明主编《现代性与空间的生产》，上海教育出版社 2003 年版，第 128 页。

空间、精神意志空间存在叠合或错位。

　　祖籍浙江镇海的於梨华,她 1931 年出生在上海,于 1947 年前往中国台湾。1953 年赴美,次年入加州大学洛杉矶分校新闻系,1962 年获新闻硕士学位。於梨华在时间中穿行,完成着跨越多重空间的家园构建,而这种家园构建蕴含着中华民族母体的想象,并不单是建立在现代性的想象上,而是指涉到传统文化精神维度上。对于置身异国多年的於梨华,有隐秘的民族文化心理,因此,她的文化思想、思维方式、个人空间、世界秩序、公共空间等共同胶合,必然会纳入中西、现代与传统交汇的空间中,以获得民族尊严与个人尊严、个人主体与精神家园的双重架构。在《民族主义的起源与散布》中,作者本尼迪克特·安德森把"民族"理解为"一种想象的政治共同体……它被想象为本质上是有限的,同时也是享有主权的共同体"①。民族想象"是一种与历史文化变迁相关,根植于人类深层意识的心理的建构"②。但 20 世纪 50 年代的中国是落后的中国。正如王德威在《想象中国的方法:历史·小说·叙事》中认为,出现了一种"被压抑的现代性"③,海外华人个体处于中国传统文化与西方现代性的纠葛中。因为"没有与西方的现代性截然不同的中国的现代性,中国的现代性也自有它具体的历史规定性。20 世纪中国文学既有世界文学范围的现代性的同质性,更有特定民族、特定时空的异质性"④。这也决定了於梨华所展示的家园母题,是在特定历史空间中,在个体、群体与中华母体的联结中,尽可能地凸显人物命运走向与内心世界。

---

　　① 〔美〕本尼迪克特·安德森:《想象的共同体——民族主义的起源与散布》,吴叡人译,上海人民出版社 2017 年版,第 6 页。

　　② 吴叡人:《认同的重量:〈想象的共同体〉导读》,见〔美〕本尼迪克特·安德森《想象的共同体——民族主义的起源与散布》,吴叡人译,上海人民出版社 2017 年版,第 17 页。

　　③ 王德威:《想象中国的方法:历史·小说·叙事》,生活·读书·新知三联书店 1998 年版,第 35 页。

　　④ 贾振勇:《五四:中国文学现代化的坐标原点——兼评近年 20 世纪中国文学性质的讨论》,《山东社会科学》2000 年第 5 期。

1953 年成为於梨华的一个关键点，抱着对发达文明"黄金国"的向往，於梨华离开中国台湾赴美留学，开始在一个完全陌生的生活与文化秩序环境中，寻求自己的一席之地。海外求学、一展宏图的憧憬与期待，在现实中却逐渐落空到消磨殆尽，徒增了无限的孤独与无助，于是在异国他乡的"漂泊""离散"感，更加促成了自我的"怀乡的思念"，而这一份"怀乡的思念"能够带来暂时的慰藉，但终归别无他用。於梨华既无法从美国得到新的身份认同，也无法在中国台湾建立精神的港湾。其实，"何处是家园"的找寻与无果，在 60 年代的台湾，屡见不鲜。於梨华的"家园"苦闷并非个体的偶然，而是会聚了中国台湾 60 年代留学生白先勇、於梨华、聂华苓、陈若曦等，因不满中国台湾的政治环境，开始了"自我放逐"，开始了在异域空间的书写。"相较于他们由于政治的原因从大陆留寓台湾的父辈，这是一种'自愿的放逐'，是真正漂洋过海的'流浪的中国人'。"① 像於梨华这样离开中国台湾，想在美国一展宏图的侨居学生不计其数。美国对他们而言，不仅是即将面临生存、经验的对象或场所，同时也暗含着一个年轻人如何急切地想摆脱中国台湾现存社会网络，在一个新的空间、环境中获得身份的认同与精神皈依。沿着这样的移动，结合於梨华个人的去国经验，我们发现於梨华边缘人的抗争书写，一方面强调个体生命在迁徙与流动中的不确定性，以凸显出一代"留学生"的身份追寻与精神的彷徨；另一方面，还隐含着以"女性身份"介入 60 年代意识形态气息浓厚的中国台湾文坛，并以非主流家园记忆书写，揭示真实的人生际遇与生命形态，乃至人的心灵困境与精神突围。

当然，作家既有对美国强权文化的反思，也有对身处其中精神彷徨、意志飘逸的留学生给以强烈的批判，更体现了对母体文化的遵从、精神上的体认，以及试图找寻到抗衡、挣脱精神困境的有效途径与力量。於梨华从《梦回青河》到《又见棕榈，又见棕榈》的家园书写，

① 刘登翰、庄明萱主编：《台湾文学史》第二册，现代教育出版社 2007 年版，第 516 页。

就集中地体现了这样的文学诉求与表达，文本具有极强的民族、道德、文化、精神指向，体现了文学是精神意志之光的照耀。正如鲁迅先生所说："文艺是国民精神所发出的火光，同时也是引导国民精神的前途的灯火。"

1956 年，於梨华以英文创作的《扬子江头几多愁》获得米高梅公司设立的文学奖第一名，便有了进入美国文艺界的信心。据於梨华的生平自述，"一九五六到一九五九这四年"，一直"用英文来写作"不断碰壁受挫，"当时需要一个 outlet，一个发泄的出路，所以就开始用中文写作"①。1963 年於梨华将《梦回青河》带回中国台湾出版便令她声名大噪，此后便笔耕不辍，用华文写华人的故事，放弃英文创作。由"用外文写故事"到"用华文写华人故事"，再到挤入美国"中心"文坛的愿景彻底破灭，而后退居到"边缘"族裔的书写，这是於梨华被动的选择。长篇处女作《梦回青河》便成了一个"发泄口"，此后於梨华更擅长与当时美国的环境、留学生的处境做一个链接，真诚记录属于她们那一代的苦闷。被誉为留学生的扛鼎之作《又见棕榈，又见棕榈》便是这一记录的集大成之作。如果说《梦回青河》是一个年轻生命嫉妒另一个年轻生命，由爱生恨，为满足自己的私欲起了歹心的故事，同时揭露了日本法西斯行径导致了中国人的灾难与人性的分裂；那么《又见棕榈，又见棕榈》则是通过海外华人知识分子的精神创伤、漂泊离散的流寓书写，表达了对中国母体的游离与依存。

《梦回青河》与老舍的《四世同堂》、萧军的《八月的乡村》和萧红的《生死场》等都是抗日战争小说。於梨华以 20 世纪三四十年代伪政权时期的浙东宁波大家族社会生活为背景而创作，展现了林氏大家族的没落过程及几个青年男女的爱情传奇，素有"民国《红楼梦》"之誉。《梦回青河》是於梨华家园记忆书写的处女作，其家园想象的形式也比较单一，近乎是作为一种对过去时光的招魂。开篇的"写在

---

① 哈迎飞、吕若涵编：《於梨华自传：人在旅途》，江苏文艺出版社 2000 年版，第 8—10 页。

前面"便奠定了悲剧的基调："昨夜梦回青河乡，乡景未改，只是家屋已坍，荒草丈高，坍墙碎石中，依稀分辨得出旧日的门庭，天井里的花坛仍在，坛里的枇杷树早已死去，剩下一根枯黄的躯干，斑斑鳞鳞，尽是蛀孔。野草生满一坛，草堆里，有亮晶晶的破镜一角，仿佛记得，是美云死前，在我家住时，阿姆给她一个菱形的镜。"阴森森的鬼气流露、典雅的文字和白描的写法，颇有中国古诗文的意境。"我"（定玉）作为叙述者在叙述这个故事的时候，"她（美云）的死、国一的恨、祖善的毒""我"的残忍成为一种永恒的记忆存在，"我万念俱灰地走出客堂，走出二门，走出大门，走到田间小径，走向静止的青河"。可见，在定玉的一番忏悔里，有对过去旧时光的无限的眷恋与感慨，更有对美玉之死的愧疚与内心挣扎之呈现，但作家在展演悲剧命运时过于急促，且人为痕迹比较明显，因此显得稚嫩。

但《梦回青河》承载着乡土景观的情感、历史记忆及中国传统伦理道德。在"青河依旧，只是人面换了，旧的熟的面孔不见了，有的躲了起来，有的被捉了，有的身头分了家，有的在旧面孔上套了一个新的壳子"的故乡叙事中，写出了在抗战时期处于社会动荡中的个体生命沉浮的悲情，也探讨了由于日本帝国主义的侵略所造成的人的异化与精神伤害。故事聚焦于家庭内部空间，展示不同人物心理世界，战争只是作为外部大空间展开的一个导入口，并不正面描写敌伪政权下浙东人民的生活状态，而是着力对纠结的人性进行剖析。诸如对悲情的女主人公王美云的叙述，将一个承担了时代、社会、历史阴暗的女性的宿命展现得淋漓尽致。美云生性善良，长期受到继母及祖善兄弟的虐待，但她仍然怀着一颗宽恕的心，承受着命运的不公。她以自己的善良纯贞得到了国一的爱情，谁知在两人订婚后，不久便被算计，定玉伙同祖善、马浪荡等连续策划了两场阴谋，致使美云被强暴后自杀。

这里，於梨华看似是对历史中的女性命运进行展示，也就是说家国叙事隐去了宏大的背景，专注于对人物悲情命运的揭示，从中发掘出了女性—中华民族母体在战火纷飞年代里所遭受的蹂躏以及对戕害者的有力控诉。其实，於梨华看似平静的笔法凸显了山河巨变所带来的人的不安定、挣扎，以及光怪陆离的社会世相。如此，一方面对沉溺于个人世界的一些人的精神状态予以批判；另一方面也暗示出人们试图走出黑暗，拥有积极寻找光明的渴望。於梨华以昔日历史、现实生活为底子，展示了日常生活景观与历史记忆。於梨华说："舞台上的景被拆了，舞台上扮演的演员不在了，但故事没有被忘记。也不会，我希望。"① "材料是原来就有了"，是"童年和少年时代的资料"②。《梦回青河》中记忆流向现实的悲情里，盛着中华儿女顽强的精神意志，也有对非正常年代里人性的反思。徐讦对《梦回青河》的评价颇为中肯，认为"是第一部以敌伪时代地区为背景的文学"，但"故事所表现的则与时地没有关系，放在别的背景前也还是可以成立的"，"少了时代与社会的意义"③。《梦回青河》虽不过多涉及敌伪政权统治下浙东人民普遍的生活状态，但从主人公定玉的学校生活经历看到战争残酷和非日常性的一面：

> 国文的课本重新选择过，多半是一些歌颂日本人的文选，千篇一律，上的十分倒胃口；幸好王先生给我们出的题目还是和从前一样，十分挑逗文思的，如"我的童年""梦""秋天的落叶""家人归来"等题目，给我们很多发挥想象力的机会，而使我们暂时忘却不愉快的现实。④

但战争的非日常性的一面并不是作者关注的重点，侧重的是表现姑表兄弟之间的爱恨情仇，故事多停留于人性善恶的戏剧性冲突上。小说

---

① 於梨华：《考验·后记》，台湾大地出版社 1974 年版，第 4 页。
② 哈迎飞、吕若涵编：《於梨华自传：人在旅途》，江苏文艺出版社 2000 年版，第 8—10 页。
③ 於梨华：《梦回青河》，湖南文艺出版社 1987 年版，第 8 页。
④ 於梨华：《梦回青河》，湖南文艺出版社 1987 年版，第 6 页。

局限于女主人公大量心理独白式的反省，而哲学层面上的美学意义思考相对较弱。因此《梦回青河》并未形成深厚的社会寓意与精神象征，没有超越历史意识与道德意识，仅仅像作者本人自述一样，成为一个"发泄口"。那幽闭情感的宣泄，是对已逝去的家园所做的一次感性的无意识寻根的尝试。於梨华在多重移动空间中过的是"漂泊无着落的生活，过一天是一天的生活"，忍受着"难以解脱的孤寂"，应该说这是对美国生活世态的某些失望后，对阔别已久的故土进行了另一种空间之外的远眺，更确切地说是记忆式样的鸟瞰与精神上的有效回归，当然有对复杂人性做出透亮的甄别，间或对美好人性发出的赞美。"青河依旧，只是人面换了，旧的熟的面孔不见了，有的躲了起来，有的被捉了，有的身头分了家，有的在旧面孔上套了一个新的壳子"，"有些年轻力壮的农夫被拉去服侍皇军了"。战争撕毁了一切正常生活秩序，纵然青河依旧，但祖国山河已破。

其实，从《梦回青河》的创作时间、主题内容、传播路径来看，应该有时间、空间的机缘存在。首先，文学空间与意识形态的独立表达。1961年於梨华深陷烦琐家务和创作困惑中成就了《梦回青河》，将重返"家园"的目光投向海峡对岸的中国大陆而并非中国台湾，是与中国台湾主流文坛有意识地"疏离"。直到1967年的《又见棕榈，又见棕榈》才完全把这份疏离感艺术化地提取出来。20世纪五六十年代中国台湾文坛盛行着所谓的"反共抗俄"为内容的极端政治化、意识形态化的"战斗文艺"。① 而游离于主流文坛、"非主流"的创作思潮是"怀乡文学"，以思乡、怀乡为主题的文学几乎都回避政治的介入，有意识地开辟一个去政治化、充满温情的审美空间。《梦回青河》无形中与"怀乡文学"构成了一种对话关系，也是对怀乡、思乡主题的延续。1963年中国台湾皇冠出版了《梦回青河》，未料广受读者喜爱，这无疑是对"战斗文学"神话的极大讽刺。

---

① 刘登翰、庄明萱主编：《台湾文学史》第二册，现代教育出版社2007年版，第516页。

其次，於梨华重返"家园"的寻根叙事与自身文学观的调整有关。於梨华当时"对美国的文艺商场是一无所知的，完全不知道他们需要的是什么"①。其实当时美国的文艺市场对东方中国的想象、接受早已形成固定的模式。20世纪五六十年代在中美冷战对峙格局中，美国出版界市场比较热的是林语堂、韩素音。当然张爱玲对这两位作家就不以为然，认为林语堂"英文用字时常不恰当"②，韩素音只是一个"sentimental，写与白种人恋爱，也使读者能 identity 自己"③的二流作家。事实上，张爱玲在60年代出版的《怨女》以失败告终，促使其有了"用外文写中国故事"到"用华文写中国故事"的创作转变。1965年张爱玲在《自白》中声称："我来此地违抗着奇异的文学习尚——近代文学的异数：视中国为口吐金玉良缘的儒门哲学家所组成的国度。"④"奇异的文学习尚"指的是小说打破了美国出版界想象中国的方式，也暗含着张对西方以东方主义的眼光看待中国的嘲讽。"对东方特别喜爱的人，他们所喜欢的往往正是我想拆穿的。"⑤ 这一写作原则，张爱玲旅美后也并未改变，也意识到"语言障碍外的障碍"⑥ 无法克服。"西方人心目中的中国，荒诞、精巧、滑稽"⑦ 这一固化的后殖民式文化想象难以克服。而林语堂、韩素音式的中国故事，或许恰好符合美国主流文艺界对古老中国的想象，而叠加了后殖民式想象的美国文化选择性认同方式。这对于张爱玲、於梨华来说，却是难以撼动的。

最后，深受张爱玲创作的影响，开始了本土化的母语书写。於梨华在美国与张爱玲有了多次接触，并且还通信数年。於梨华在《飘零

① 张爱玲、宋淇、邝文美：《倾城之恋》，北京十月文艺出版社2012年版，第9页。
② 张爱玲、宋淇、邝文美：《倾城之恋》，北京十月文艺出版社2012年版，第60页。
③ 夏志清：《张爱玲给我的信件》，长江文艺出版社2014年版，第23页。
④ 高全之：《张爱玲学》，漓江出版社2015年版，第278页。
⑤ 夏志清：《张爱玲给我的信件》，长江文艺出版社2014年版，第13页。
⑥ 夏志清：《张爱玲给我的信件》，长江文艺出版社2014年版，第23页。
⑦ 刘登翰、庄明萱主编：《台湾文学史》第二册，现代教育出版社2007年版，第2页。

何处归》（2008）散文集中的《来也匆匆——忆张爱玲》一文中，记录了两人的交集，自然，文学观念、主张、格调等方面或多或少会受到张爱玲的影响。面对美国文艺的环境，於梨华也不得不调整自身的文学观，她与张爱玲的调整倒颇为相似，放弃了以"用外文写故事"，转向母语写作，不再苦苦与西方的文化语境纠缠，重新用华文写华人的故事。事实上，20世纪50年代台湾文坛除了"战斗文学""怀乡文学"外，还诞生了一批聚焦于家庭儿女情长的"闺阁文学"，而大陆主流作家的作品几乎都在台湾遭到禁封，张爱玲一向不屑于国家主义、民族意识形态层面的书写，聚焦于旧式贵族大家庭的日常生活，文学审美空间几乎回避或剔除了对政治意识形态的介入，此时却得以在中国台湾走红。於梨华与张爱玲总共有4次见面，但20世纪60年代中期於梨华与张爱玲还有一些通信往来，一直延续到1971年。於梨华十分崇拜张爱玲，甚至还邀请深居简出的张爱玲来美国大学做了题为"The Exotic West：From Rider' Haggard on"（"西方之异国情调：从哈葛德讲起"）的演讲。曾让自己的孩子写了贺年卡给张爱玲，此事张爱玲在1976年给夏志清的信件中提及："收到梨华的孩子们一张贺年卡"，于无意中才看到贺卡，但已将於梨华的索稿件交由宋淇代理，虽政见不同，还怕於梨华对此有误会，让夏志清代为转告。① 1976年，於梨华担任美洲版《星岛日报》的编辑，还与张爱玲、宋淇有来往。② 於梨华的创作多多少少也受到张爱玲的影响，两者都依照生活积累的底色来回溯，尤其是其中所涉及的战争，都是将其作为背景来处理，注重对家庭结构的描写与内在冲突的揭示，但张爱玲近乎冷静世故地叙述家庭的悲剧里抑制了光亮的透出，对人性的乖张与丑恶的白描渗透着清冷气息；於梨华的人性刻画则透出了忏悔与反省，甚至有温暖的散发，更侧重怀乡的抒情叙事，但人性的揭示难以深层立体。《梦

---

① 夏志清：《张爱玲给我的信件》，长江文艺出版社2014年版，第204页。
② 张爱玲、宋淇、邝文美：《倾城之恋》，北京十月文艺出版社2012年版，第197—199页。

回青河》在某种程度上可以说是"怀乡文学"与"闺阁文学"的结合体。因此,重返"家园"的寻根叙事书写,不仅使於梨华获得"发泄口",也无意间意识到自我文学观调整的可行性,于是便开始了重返"家园"的母语抒写。更确切地说是对中华民族的历史进行了鸟瞰式样的回顾,还有对家园精神上的有效回归,当然有对光洁明亮的人性做出透亮的赞美。但也透露出战争笼罩下的人物命运纠葛,他们犹如置身于挣扎在狭窄的悬崖边,极力地想去抓住一个能够维系情感的力量,也以此成全自己生命的完整,而极度不安全的生存环境,反而造就了人的非理性行为与扭曲心理。于是,人的倾轧与陷害便在潮湿的空间中滋生。这一切也反衬出战争、人性之恶,共同造成了人类的灾难。

《梦回青河》是於梨华的家园记忆书写的发端,对"过去"家园的怀念在其后以《又见棕榈,又见棕榈》为代表的留学生文学中,才真正集结成一股强劲的"怀乡"力量。如此,也就是说於梨华通过家园的文学表达,获得了文学之外的力量,不仅消融淤积在内心的孤独漂泊的消极情绪,也获得了一种积极的生命能量,去抗衡与搏击冷酷的现实。如果说《梦回青河》是於梨华无意识重返"家园"的一次尝试,到了《又见棕榈,又见棕榈》则是於梨华主动召唤"家园"的有意识创作。

2.《又见棕榈,又见棕榈》:消极抵抗的边缘人

白先勇素以"流浪的中国人""放逐"为关键词,来凸显两代中国台湾作家小说中的离散主题,并获得了学界与社会的广泛认同。他认为"在全面描绘中国知识分子旅美生涯方面,没有台湾作家比得上於梨华,她的作品,从此被称为'放逐者之歌'"。[①] 事实上,於梨华不仅触及漂泊海外的华人知识分子的精神创伤与挣扎,也将他们复杂的内心世界予以立体呈现。自《梦回青河》后,於梨华不仅恢复了写作的信心,还有了更多的时间写作,便一股劲创作了《归》(短篇小

---

① 白先勇:《白先勇自选集》,花城出版社 1996 年版,第 409—410 页。

说集）、《也是秋天》（中篇小说）、《变》（长篇小说）、《雪地上的星星》（短篇小说集），这些海外生活痕迹浓厚的作品，不断拓宽了於梨华的文学视野及表现领域。於梨华曾自述其写作状态："短短的几篇，长长的九年。九年，从一个把梦顶在头上的大学生，到一个把梦捧在手中的留学生，到一个把梦踩在脚下的女人——家庭主妇。"① 应该说有了这些生命体验的积淀，1967 年《又见棕榈，又见棕榈》的创作便显得游刃有余，且大获成功，终于奠定了於梨华在文坛的地位，於梨华也成为"无根的一代""留学生文学"的代言人。

从《梦回青河》到《又见棕榈，又见棕榈》，通过对家园记忆的书写，於梨华真实地呈现了一代中国台湾留学生的生存现实，其作品中怀乡的思念与"无根漂流"的生命状态，不仅是作家个人的写照与记忆，也成了一代人的共同记忆。

家园成了於梨华植入血液的牵念，也是精神根脉所在。正如米兰·昆德拉所言："家园：CHEZ—SOL，捷克语为 domov，德语是 das Heim，英语是 home，意即有我的根的地方，我所属的地方。家园可大可小，仅仅通过心灵的选择来决定，可以是一间空间，一处风景，一个国家，整个宇宙。"② 家园还是历史、现实、社会、文化等构成的公共空间，滋生有人类的普遍性经验与道德伦理准则。"家园"在留学生的视界中具有形而上的审美意义，是主体在漂泊、离散中理想的精神港湾。在"荷马史诗"中，奥德修斯被放逐后在海上漂泊十年，才回归家园。诗人杨炼认为"因为奥德修斯，海才开始漂流"。人类在漂流、迁徙中滋生了寻找家园的力量，"家园"也在召唤着思归漂泊的游子。

而《又见棕榈，又见棕榈》小说中的牟天磊不仅缺乏奥德修斯式的英雄力量，反而因为寻找"家园"而产生了不断往下沉的消极力

---

① 哈迎飞、吕若涵编：《於梨华自传：人在旅途》，江苏文艺出版社 2000 年版，第 5 页。
② ［捷克］米兰·昆德拉：《小说的艺术》，董强译，上海译文出版社 2004 年版，第 159 页。

量，最后终于发出"无根的一代"的感慨。与西方语境里的被迫流亡、被动放逐不同，无论是第一代知识分子由中国大陆到台湾，还是第二代知识分子由台湾到美国，都是自我放逐、自我选择的结果。因而，於梨华塑造的牟天磊不具备奥德修斯式的英雄力量，近乎是一个哈姆雷特式的人物。他对"留与不留"台湾迟迟无法做出选择；在寻找、召唤"家园"的过程中却陷入"何处是家园"的"无根"状态，更无法在台湾与美国的社会环境中"自植灵根"。于是，身份认同与文化归属感的缺失成为牟天磊一代人的共同苦闷。

牟天磊留学十年，昔日的恋人眉立随之嫁人。他在美国认识了已婚女人佳利，遣散了寂寞的时光。同时又结交了靠通信维持的台湾女友意珊。牟天磊为了寻根而回到台湾，又因女友意珊对美国生活的憧憬不得不返回美国。在美国没有根系地苟且生存，"怀乡的思念"和每隔几年回台湾就成了"快乐的希望"。① 最后，牟天磊将怀乡思念的触角伸向当时与美国、台湾处于隔绝状态的中国大陆，然而这能给自己带来片刻慰藉的"家园"，也只能是处于远处"眺望"。欣慰的是，"失根"的牟天磊内心有着对中华民族文化的认同感。"牟天磊的台湾本土身份认同与中国身份认同完全一致"，"作为民族国家共同体的母国，只能存在于他们的个人记忆与缥缈想象中，故土难归的悲情，构成了台湾乡愁文学和海外华文文学中国结的核心情感"。② 应该说，《又见棕榈，又见棕榈》中有着文化身份认同与精神皈依的牟天磊，眺望着海的另一岸大陆厦门，精神上获得平静与安然。

在国外的寂寞，"无根"的寂寞中，祖国已不是一个整体的实质，而是一个抽象的、想起来的时候心里充满着哀伤又欢喜的

---

① ［捷克］米兰·昆德拉：《小说的艺术》，董强译，上海译文出版社 2004 年版，第 99—100 页。

② 刘登翰：《双重经验的跨域书写——二十世纪美华文学史论》，上海三联书店 2007 年版，第 135 页。

乡思的一种凌空的梦境，想着战前小镇里的宁静得单调的、没有柏油的大街……这一切都反复在他美国地下室的日子里出现……祖国变成了一个没有实质而仅有回忆的梦境。①

於梨华正是透过塑造牟天磊这个典型人物形象，来表达自己的家国情怀与对中华民族的认同与精神皈依；但《又见棕榈，又见棕榈》没能打破题材、时代的限制，深入人类精神与哲学层面，更无法获得审美层面的升华，探索因空间移动导致的人的心理变化与人性本身的多维面；只是将故土难归的悲情提炼为一种中国文化乡愁，呈现为一种王鼎钧直言的"乡愁是美学"②。而小说中的牟天磊也更沉溺于个人的情感世界，散发着一种消极的情绪。

从《梦回青河》到《又见棕榈，又见棕榈》，於梨华创造了诸多对现状进行消极抵抗的"边缘人"，《梦回青河》中的大多数人即便身处战乱，也沉浸在自我小世界里，而《又见棕榈，又见棕榈》中的牟天磊是在美国的边缘处游离，也无力获救。本雅明认为"写小说意味着在人生的呈现中把不可言诠和交流之事推向极致。囿于生活之繁复丰盈而又呈现这丰盈，小说显示了生命深刻的困惑"③。而牟天磊们永不停歇的优柔寡断与他们"留与不留"纠结永远定格在20世纪60年代，但牟天磊们在过去、现在、未来时态中相互纠缠的"家园"苦闷，既有对中华母体难以割舍的精神依存，也是个人生命意志飘忽、游移的体现。而家园在自我在异域空间中的失落后，成了精神空间的支撑与所在。

其实，牟天磊们异域的处境使其陷入物质与精神上的困顿，很具有典型性。牟天磊曾经在离台之前到校园的棕榈树前告别，要立志出

---

① 於梨华：《又见棕榈，又见棕榈》，福建人民出版社1980年版，第148—149页。
② 王鼎钧：《左心房漩涡》，台北尔雅出版社1988年版，第201页。
③ ［德］汉娜·阿伦特编：《启迪：本雅明文选》，张旭东、王斑译，生活·读书·新知三联书店2009年版，第99页。

人头地。到了美国后,感受到自我压抑和来自种族的歧视。十年后回到中国台湾,才发觉自己是一个岛,岛上都是沙,每颗沙都是寂寞。再见棕榈感觉到自己畏缩胆小了,进而发现自己的故乡不是中国台湾。"我和这里也脱了节,在这里我也没有根。"牟天磊们的去与留,充满了辛酸,是属于海外华人的痛。於梨华自称:"我认为很有必要把我所知道的美国的实际情形报道给国内的年轻朋友们,让要来的有一个比较正确的心理准备,更让不能来的有一个较客观的了解。"① 她在1980年大陆版的《又见棕榈,又见棕榈》小说扉页印着"献给祖国的年轻朋友"。於梨华是五六十年代中国台湾留学生中的一员,去美国前就已对太平洋另一岸完全陌生的生活景观进行了第一轮想象体验,旅美真实生活的戏剧化落差是出国以前始料未及的。正如张爱玲的论述:"生活的戏剧化是不健康的。像我们这样生长在都市文化中的人,总是先看见海的图画,后看见海;先读到爱情小说,后知道爱;我们对于生活的体验往往是第二轮的,借助于人为的戏剧,因此在生活与生活的戏剧化之间很难划界。"② "留美热"的背后充斥着第二轮经验带来的落差,不仅有对美国的现实环境,也有精神期待的落差。於梨华自觉承担弥补这一落差的责任,这也是於梨华小说中道德感和使命感特别强的原因。

《又见棕榈,又见棕榈》中有大量牟天磊对现代化"黄金国"假象的拆穿:以前在中国台湾时看电影,最羡慕美国的,就是它的豪华,它的现代化,每一种用金钱与科学合制的摩登的享乐,美国都有。羡慕纽约的锥子似的高楼和第五街的橱窗所代表的高级生活,以及赌城五色夜灯下闪烁的高级享受。但是到了美国,去过曼哈顿的黑人区,芝加哥的南面,洛杉矶的瓦兹街,才知道美国的丑恶原来都是藏匿起来的,而一旦发现了之后使人觉得格外的惊愕,因为它所代表的贫穷

---

① 哈迎飞、吕若涵编:《於梨华自传:人在旅途》,江苏文艺出版社2000年版,第17页。
② 张爱玲:《流言》,北京十月文艺出版社2009年版,第105页。

不亚于地球上任何一个国家的贫民。

> 高架电车经过的路线都是大建筑物的背面、大仓库的晦灰的后墙、一排排快倒坍而仍旧住着白种人或生活尚过得去的黑人陈旧公寓的后窗，后窗封着尘土，后廊堆着破地毯、断了腿的桌椅、没了弹簧的床……
>
> 高架车快到芝加哥时，钻入地下，立刻就是黑暗一片，仅有轨道边的墙上，一幅幅眩眼的海报广告……把刚刚在后窗外看见的贫穷抖落在污黑的椅子上，随着人群从地底下升上去，面对着的，是芝加哥最繁荣富贵的斯的兹街……①

"倒坍的公寓""后窗""海报广告"等以所谓"风景的发现"的方式，进入因"失根"不知"何处是家园"孤独的情境中，"这间狭小、屋顶交叉地架着热气管、地下铺着冰冷的石板、只有小半个窗子露在地面上、仅靠电灯带来一丝光亮的地下室"②。这一切成了叙述者主观心境的外化，也暗含着异乡人对风景的阐释与解构。於梨华借助多愁善感的异乡人牟天磊之眼，打破了"黄金国"的神话。同时，也展示出了牟天磊的精神焦虑与无力感，以极大的勇气批判其生命所携带的消极力量。而对于留美学生真实处境与域外创伤经验的书写，於梨华显示出了倾泻式的表达。

《又见棕榈，又见棕榈》写出了牟天磊们陷入时代夹缝中的苦闷，人物刻画和内心描述方面细腻真实。夏志清认为："这一则不太温馨而充分象征时代苦闷的恋爱故事是於梨华小说艺术已臻新阶段的明证。"在《又见棕榈，又见棕榈》"序"中所述："旅美作家中，最有毅力，潜心求自己艺术的进步，想为当今文坛留下几篇值得给后世朗

---

① 於梨华：《又见棕榈，又见棕榈》，福建人民出版社 1980 年版，第 160—161 页。
② 於梨华：《又见棕榈，又见棕榈》，福建人民出版社 1980 年版，第 55 页。

诵的作品的，我知道的有两位：於梨华和白先勇。"① 白先勇倾向于追求一种自刎式的悲剧意蕴展示，而於梨华并没有过多地表现对虚无的绝望反抗，更擅长在日常生活场景中展示人物内心的困惑与苟且的生存状态。如借牟天磊的情妇佳利准确无误地指出了牟天磊的性格缺陷：牟天磊"不是一个不顾一切的人"，"他永不会是"②。牟天磊有阴柔性的女性化气质，受了父亲的训斥之后，情绪极为夸张甚至会痛哭流涕。情绪化的渲染确是於梨华小说的一大特点也是弊端所在，尽管有论者认为於梨华塑造的牟天磊传统文学气质很深③。倒是那些令牟天磊鄙薄的工科留美学生，"他们不会感到这些对灵魂内心的分析所引起的空虚与恐慌"。④ 而牟天磊陷入传统的家庭模式与情景中。

> 路边的人家，有灯无声，他想象着也许孩子在灯下做功课，母亲在灯下缝补，父亲在灯下看报，桌子下睡着是孩子们心爱的花猫，门外没有穿梭似的汽车，头顶也没有不停的机器声，远处没有叫人心眩意乱的电影广告，近处也没有蓬头披发少年所唱的现代爵士，在这样的环境里，父亲的欲望只是明年能加点薪水，母亲只想望过年给孩子们买点新衣服，而孩子们的愿望更简单，星期日不要做那么多习题吧。他宁愿过这种简单的生活，他宁愿。⑤

中国式享乐安逸的生存方式与内心的祥和是牟天磊期待的，"自己就顺着该过的日子过，不是简单得多吗？何必去体会人生而带来许

---

① 夏志清：《又见棕榈，又见棕榈·序》，见於梨华《又见棕榈，又见棕榈》，福建人民出版社 1980 年版。

② 於梨华：《又见棕榈，又见棕榈》，福建人民出版社 1980 年版，第 56 页。

③ 哈迎飞、吕若涵编：《於梨华自传：人在旅途》，江苏文艺出版社 2000 年版，第 339 页。

④ 於梨华：《又见棕榈，又见棕榈》，福建人民出版社 1980 年版，第 136 页。

⑤ 於梨华：《又见棕榈，又见棕榈》，福建人民出版社 1980 年版，第 171 页。

多不必要的烦恼呢?"① 而 "和美国人在一起,你就感觉到你不是他们中的一个,他们起劲地谈政治、足球、拳击,你觉得那与你无关。他们谈他们的国家前途、学校前途,你觉得那是他们的事,而你完全是个陌生人。不管你的个人成就怎么样,不管你的英文讲得多流利你还是外国人"②。但放弃在美国十年劳力痛苦所换来的一切,又不甘心。在精神皈依与飘忽状态之间,无处获得搁浅,这才是他真正的精神漂移的悲剧所在。牟天磊颇有中国传统文人式的自怜倾向。"作为知识分子,牟天磊的思考却限于对处境的消极式反弹,包括他软弱地从上一辈的落后观念中寻找慰藉,说明他缺乏对现代世界的客观理性认知。"③ 这看似是一种超然世外、宁静致远的高尚境界,颇有自命不凡的意味,但牟天磊无力摆脱现世的纷乱,也不具备悲剧英雄的力量,在这种淡泊名利的自我陶醉下,获得自我心灵慰藉而已。"於梨华的小说不够现代化,因为她太重情感",於梨华小说里的人物的寂寞"是中国传统式,李清照式的寂寞"④。从《梦回青河》到《又见棕榈,又见棕榈》,於梨华的家园记忆书写,更多的是停留在对过去家园的缅怀当中,而海外经验书写与怀乡情怀基本处于对峙状态。

当然,於梨华文本中也会集了人的七情六欲,人与人之间的关系,人在世上的修身齐家,人在社会中为生活、为前途、为抱负、为家庭、为父母子女所做的挣扎与奋斗,所产生的喜怒哀乐。对于留学生来说,域外空间中家园与漂散好似孪生,其张力形成了对抗力量。而精神情感和价值上的漂散,成为一种生命形态与时代的表征。一个时代的困惑与盲从,需要以理性来击穿。

其实,於梨华的家园记忆书写却深深维系着中华母体传,存在对

---

① 於梨华:《又见棕榈,又见棕榈》,福建人民出版社 1980 年版,第 229 页。
② 於梨华:《又见棕榈,又见棕榈》,福建人民出版社 1980 年版,第 80 页。
③ 刘登翰:《双重经验的跨域书写——二十世纪美华文学史论》,上海三联书店 2007 年版,第 135 页。
④ 刘登翰:《双重经验的跨域书写——二十世纪美华文学史论》,上海三联书店 2007 年版,第 11—12 页。

精神上的疏离与贴近之意。作为"他者"的美国，无法提供新的身份认同和文化归属感的场所，却使其陷入以美国话语为中心、以中国为边缘的怪圈之中。牟天磊们在边缘与中心的对峙中受挫重重，看不到生命的亮色。而作为"家园"以内的"边缘人"，是否可从内心的"失根"的消极生命经验中超越出来，寻找并获得新的和谐与平衡，成为於梨华小说所要找寻的道路。李欧梵认为可打破这种书写模式："这种过度的感时忧国剥夺了海外中国作家真正存在于边缘的难得的优势。我认为，只有真正存在于中国边缘（也就是海外），他们才能希望超越它，因为真正的边缘视角使得他们有足够的距离清除中心的困扰，这样才能全力投入于艺术处理。"①

　　从《梦回青河》带有闺怨中生命伦理的申诉，到《又见棕榈，又见棕榈》中"还我少年！还我少年"牟天磊无声的呐喊，再到《一个天使的沉沦》中对罗心玫悲剧根源的揭露，於梨华都在尝试以一种超越的视角，反思作为边缘人的精神处境和在美国长大的华人家庭的女孩罗心玫，遭遇近亲性侵，异化为一个离家出走、堕胎、吸毒、性放纵的问题女性，其成长携带着血泪对美国社会整体环境的堕落空气对青少年成长危害的有力控诉，也是中西文化教育的矛盾导致的社会悲剧。於梨华持中国立场进行书写，道出了海外华人对中华母体的精神依存，但将海外与本土进行对立、怀乡与融入对立，在这样的一种表达中，便预设了一种非理性的情境，造成极度的偏激情绪渲染，致使小说文本缺少理性主义的高扬。

　　3. 《傅家的儿女们》：主体性的精神家园建构

　　於梨华一方面为60年代末期旅美留学生中"最颓废也最现实的一群"画像，另一方面对新中国家园的精神建构中"觉醒的一代"形塑，展示他们渴望获得自我主体性。后者有意强调现代性是自我认同

---

① 李欧梵：《身处中国话语的边缘——边缘文化的个人意义思考》，美国哈佛大学东亚研究所2008年版，第17页。

与自我确证，体现了其本质就是主体性与个体性。如果说现代性是建立在工具理性、个人权利（无道德倾向）和民族认同上的社会经济、组织和文化现象，那么於梨华对现代性的认知，是建立在与传统家庭文化对抗或与西方文化存在的基础上所产生的一种新型的生命力量、民族与国家力量。

相较于《梦回青河》是讲述战争带给家园与人类的灾难，以及《又见棕榈，又见棕榈》侧重展示因空间的移动与身份的不确定带给主人公的焦虑，并且仍然没有看到主人公自我革命的迹象，小说《傅家的儿女们》於梨华真正想要表达的是，作为固守家园情结与逃离现实之间的矛盾的流散主体，在域外文化的包裹中，不仅拒绝源文化被同化与异化的命运，守护着"传统文化之根"，同时也糅合现代文化质素使其更为强大，试图建构属于自己的"中国性"与"主体性"。应该说，展示冲破现有家庭秩序与封闭的生命景观，获得主体性的自我建构与精神家园建构，是於梨华笔下的海外华人真正走出闭合空间的一次有效尝试，也拓展了於梨华家园书写的另一维度。

事实上，美国文化像一个大熔炉，把来自不同地域、不同文化背景的新移民统统熔化其间，让生活在这里的华人知识分子包括反抗者，都对自己产生一种不可抗拒的文化力与经济力，产生一种认同的渴望；同时又身处无法融入的现实处境，逼迫他们退缩到家园的空间里，但仍然难以真正摆脱来自异域文化秩序和生活秩序的捆绑。而在《傅家的儿女们》小说中的儿女们却拉开了阵仗，他们以新思想唤醒了自己，也唤醒了处于夹缝中的海外华人。同时他们有自我对家园的构设与理解，连同所要对自我文化空间的坚守与调适。

《傅家的儿女们》所传达的积极力量，不仅体现在中西文化的对抗上，还有中国传统宗法家庭伦理秩序与现代家庭文化理念的对抗。自然，在美国、中国台湾的生活空间移动中，於梨华通过傅家五个儿女在美国与中国台湾不同境遇的描写，展示了中国复杂的家庭伦理与生活观念。小说不仅写出了傅家兄妹同机回台为父暖寿期间，如曼、如杰回忆自己出国留学的辛酸、苦涩,也道出了小妹如玉和男友李泰拓、小弟如华的觉醒;而父亲是固守着传统家的模式中父权者与男性中心主义者形象,成了旧时代家庭、伦理观念的象征,同时有着崇洋媚外的思想,并将自己的生活理念强加给儿女们。小说中父亲傅振宇从日常生活中的琐事,到儿女的婚事,他都要按照自己的粗暴方式进行干涉,如饭菜不合他的胃口时,他会推碟而起。衬衫没有熨妥帖时,他会朝秀姐脸上摔去。还有应酬妻子不想去时,他虎起那双微暴的眼斥责:"不要噜苏,立刻去穿戴好!"① 女儿如曼在美国找到了自己的"真命天子",希望父母接受涉外婚姻,却得到了这样的回信:"如汝竟弃数十年家训不顾,擅敢与异邦外人亲密交往,甚至谈婚论嫁,实家门之大不幸,亦吾傅某人之养儿育女之失败也。若汝能体谅为父者养育之苦,寄望之深,则于接信后立即与对方断绝往来,若汝置汝父之忠言于罔闻,继与异族人往来,吾一旦知悉,当将立即终止按月汇款,望吾儿思之戒之。"② 一个保守与激进的复合体形象,跃然纸上。

而年轻的儿女们接受新的时代的文化教育,其"主体性与空间连接在一起,而且不断与空间的特定历史定义重新绞合在一起。在这个意义上,空间和主体性都不是自由漂浮的:它们相互依赖,复杂地构成统一体"③。女儿如玉是充满坚定的反抗者,当大哥要与文美结婚受到父亲的阻止时,她都会在心里要朝大哥直吼:"站起来!站起来!说话,说话呀!对爸爸说我喜欢她嘛,你拿我有什么办法?笨蛋,笨蛋,嗬,可怜的笨蛋!你怎么可以低头一句话都不说呢?那么走出去呀,走掉呀,为什么要听爸爸那一套没道理的话?!"④ 儿女们代表新型的自我主体建构的力量,对抗着传统家庭秩序,塑造着新时代里的

---

① 於梨华:《傅家的儿女们》,香港天地图书公司 1978 年版,第 43 页。

② 於梨华:《傅家的儿女们》,香港天地图书公司 1978 年版,第 114 页。

③ [英]凯·安德森、[美]莫娜·多莫什、[英]史蒂夫·派尔、[英]奈杰尔·思里夫特主编:《文化地理学手册》,李蕾蕾、张景秋译,商务印书馆 2009 年版,第 431 页。

④ 於梨华:《傅家的儿女们》,香港天地图书公司 1978 年版,第 181 页。

自我主体性。

　　於梨华显示出激进的现代女性意识与精神气质，尽管"於梨华似乎没有明确的女性主义的主张，但是她的许多作品，也许可以说大多数作品，都涉及女性所处的困境。她不是从理论认知出发，而是由于她具有一双作家的眼睛和一颗富于反叛精神的心，她从切身经历中感受到男女之间的不平等。无论在家庭还是在社会上，无论是在 50 年代之前的中国，还是在六七十年代的美国，尽管形式不同，性别歧视处处存在。她心有不甘。在她的作品中，我们时时可以看到一位性格刚烈的女子的抗议。""於梨华特别擅长于表现这种性格强烈的人物，尤其是具有反叛性格的女性。这些人物大都感情刚烈，内心充满着各种欲望的骚动，对现存环境和既定命运不满，并敢于进行挑战。"① 而女性自我主体的建构与精神家园建构的同一性，也是於梨华要探索的。

　　应该说，於梨华从对个体或群体主体性建构的强调，到对中华母体文化精神秩序的建构，才是对"无根一代"拯救的有效方式。中国台湾诗人余光中认为"她在下笔之际常常带一股豪气，和一种身在海外心存故国的充沛的民族感。在女作家中，她是少数能免于脂粉气和闺怨腔的一位"②。事实上，《傅家的儿女们》是对《梦回青河》到《又见棕榈，又见棕榈》的家园母题书写得更为深度的延伸，具有更为激进的一面，也为漂散的一代提供了可行的发展路径。

　　但不可否认，从《梦回青河》到《又见棕榈，又见棕榈》，再到《一个天使的沉沦》等，於梨华展示了一系列消极抵抗的边缘性人物的生命情状，而於梨华后期小说中的消极对抗的叙事模式更加尖锐，但也暴露出作家的书写弊病，即重于情绪的宣泄，而难以对人性进行深度的挖掘，更缺失对社会环境与人的互动性进行深度的表达，把人物局限在一个封闭夹缝中的心理空间中，进行了故事的讲述，致使文

---

① 李子云：《於梨华和她的〈屏风后的女人〉》，《世界华文文学论坛》1998 年第 1 期。
② 余光中语，引自於梨华《屏风后的女人》，人民文学出版社 1999 年版。

学表达打了折扣。

如果从世界性的角度来看,叙写人类存在的普遍人间性与现代性,是走向更为世界性的写作的核心所在。於梨华不似本雅明将笔触伸向公共领域,寻找走出精神迷惘之路径。於梨华显然守护着自己书写的道德准则与中国立场,她的"留学生小说"展示边缘人的消极与积极抗争,叙写着小人物的悲欢离合与心灵变化乃至精神皈依。"从艺术上说於梨华更多地接受了西洋文学的影响,当然也融汇了中国文学的传统。但是不能不说,这种融汇还远远不够,人们有理由期待作家从祖国丰富的艺术遗产中吸取更多的营养,从而创作出更多的浸润着中国血脉,中国气派的艺术佳作。在这方面,白先勇较之於梨华显然先走了一步"[1]。而与深深影响她创作的张爱玲相比,张爱玲坚持绝对的文学自由与自律,体现了个人主义的伸张,并将人性的乖戾与时代的衔接处理得精当、惊心,而於梨华更强调文学的功能性与群体性,有明确的主题先行之嫌;她要承担拆穿黄金国神话的任务,引导海外留学生与祖国年轻人,具有强烈的民族意识和使命感。但这样的书写同样存在局限性,仅仅将"留学生"当作一种题材,而不是当作人类文明生活中的一个问题、一种生存方式的困惑来进行探索,势必会导致文学的狭窄。

毋庸置疑,於梨华有其独特的文学价值。吴小如认为於梨华作为"老作家"的可贵之处正在于:"埋头苦干的精神""较深功底""丰富生活素材的积累";"我认为於梨华的小说内容还是很充实的,虽不如张爱玲那么才华横溢,却有现实生活的底子,从作品中可以看出一步一个脚印的扎实功夫"[2]。而她所创造的"无根的一代"留学生形象将永远成为中国当代文学史的经典艺术形象,於梨华也成为属于20世

---

① 袁良骏:《新领域·新开拓·新贡献——於梨华长篇小说试论》,《台港与海外华文文学评论和研究》1991年第2期。

② 吴小如:《张爱玲和於梨华》,《文学自由谈》1994年第2期。

纪 60 年代的代表性作家。而她 1980 年 4 月 20 日刊发在《人民日报》上的长信《我的留美经历——写给祖国的青年朋友们》，呼唤："你们来，带着我们中国绝不比人差的智慧来，带着我们特有的勤俭与韧性来，更不要忘了，带着个人及民族的自尊来。"更是体现了一个游子的心声，潜藏着对中国人的智慧、勤俭与韧性的赞美，践行了海外游子对本土母体深沉的爱。

於梨华也以《傅家的儿女们》等小说中一系列反叛人物的塑造来反证：海外华人个体获得主体性价值与生存空间，拥有足够的自信与精神的力量，才是中国人维系中华血脉的根本所在。小说中的小弟傅如华不顾父亲的反对，表示不去美国留学，而留在中国台湾教书。他说："现在台湾是中国，将来台湾解放了也还是中国。我是中国人，为什么我不能留在这里。"这样的心声彰显了中国新一代的思想，他们已经不再一味地崇洋媚外，而是能够理性地看待中西文化差异，以及中国文化的潜在优势。而小说中也融入了对民族主义、意识形态等考察。

对于於梨华来说，她深知"双重性是移民经验的本质。陷于两个世界之间，移民要转换一个新的社会空间陷于两种文化且常常是两种语言之间，作家要转换一个新的文学空间"[1]。自大陆重新开放后，1975 年於梨华便如愿以偿回镇海探亲，之后她写出了《新中国的新女性》《谁在西双版纳》等歌颂祖国的文章。为此还受到了台湾当局长达八年的冷冻，作品也一度被禁。於梨华在中西文化交流中发挥了中介与桥梁作用。於梨华曾经向《傅家的儿女们》告别："不但告别他们，也是告别他们所代表的段落，更是告别那个段落里的自己。"[2] 但於梨华也说："我的思维比较西化，比较自由独立。我的写作技巧很多是从外国文学里学来的，比如强调用短句达意等，但是我的思想依

---

① ［加］林达·哈切恩：《另外的孤独·序言》，《世界文学》1994 年第 5 期。
② 於梨华：《傅家的儿女们》"前言，也是后语"，香港天地图书公司 1978 年版，第 181 页。

然是中国的，中国传统文化在我脑海里的烙印坚固而不可逆转。两种文化在我身上没有冲突，让我的思想更加丰富。我写作的表现方式是西方化的，但我写作的内涵是中国化的。"① 於梨华穿越在时间、空间的移动中，永远将自己系在了中华民族母体之上，如此也才有了精神的皈依与生活的希望，而根脉性的家园母题便成为於梨华永远的阐释对象。

结　语

於梨华走进家园的叙事，具有一定的隐喻性。家园不只是虚构中的想象或符号，家园是历史记忆中的摇曳光芒，也是现实主义的存在，更是浪漫主义的精神想象。作家用想象的线条、色彩与气味，复原历史中被损害的家园，重构了一个传统文化意义中的家园，勾勒契合现实精神的家园，这一切汇聚与构成了有关家园的叙述动力。而於梨华用移动的文化视角来考察中华母体的存在，将所有的体验叠合投射到人物生存的逻辑走向里，合着内心热浪翻滚的节奏，艺术地考量了个人与民族、社会与国家，还有意识形态与现实关联问题，讲述中华儿女从消极的承受到积极的反抗，唤起与搭建一个属于原乡情感、历史、现实与精神意义的家园实体，而使之成为历史记忆的轮廓、真切的感念与可触碰的想象。这里的家园在本质上并不是断裂与消亡的，而是浸入心底的牵念与真实世界的共存。她的家园书写存在这样几个关键点。

首先，於梨华家园书写持以保守的中国立场，体现在她没有以现代性作为思考点，也没有从世界与人类的普遍性来看待生存问题，而是坚定地以中国视角与立场讲述华人的处境与难以完成的角色转换问题。《又见棕榈，又见棕榈》中的牟天磊的流散生命形态与心理状态，足以说明於梨华笔下"无根的一代"缺失主体意识。其实，海外华人

①　陈晓旻:《著名旅美作家於梨华访谈:乡愁是我终生的情怀》，中国宁波网，2014 年 11 月 9 日。

的生命形态与心理状态本身就是一面镜子，见证了所处中西文化交锋中的海外华人的历史境遇与生存环境。其次，於梨华的家园书写，体现了文学艺术是一种审美的精神形式，关乎道德、伦理、哲学问题，但陷入了世俗的现实生活泥沼与文化意识形态的狭窄，将海外与本土进行对立、怀乡与融入对立，在这样的一种表达中，会预设一种非理性的情境，造成极度的情绪渲染，致使小说文本缺少理性主义的高扬。而文学本身应该具备两个特点：一是意识形态内涵，二是具有文学审美特质。单就意识形态而言，它应具有超越意识形态的人类普遍价值，不是一个孤立存在，凝聚着人类经验、思想与智慧，具有超越自身国别、族别属性的价值和艺术力量。最后，家园虽然不是多重文化空间的整合，更强调的是母体文化—国家属性的政治性空间，但融入了种族歧视、民族主义、消费主义、资本主义、意识形态等复杂的考察变量，因而非固定的还是属于动态建构的空间，想象家园与现实存在的合一构成了精妙的文本存在。《梦回青河》《傅家的儿女们》等小说中的民族意识与家园意识是一体的。而人类命运共同体的家园，是世界上的每一个生命个体以共同的美好与爱构建的。

诚然，於梨华家园书写持以中国立场，尚未具有世界性的对人类普遍意义上的生命形态、价值理性等，体现为普适价值，但从另外的视角来说，她以自己的视角揭示海外华人的挣扎、反抗，乃至找寻生命存在的价值，也是於梨华文本意义与社会价值的体现。她的文本如《美国的来信》更是体现了一个中西文化融合中先进的知识分子的自我警觉意识。从《梦回青河》到《又见棕榈，又见棕榈》《傅家的儿女们》，於梨华虽不及张爱玲等一流作家的才华横溢，其细腻、感伤的写作情调，充满诗意光芒行云流水般的文字，依旧能感受到作者强烈的内心情感、道德意识、伦理关怀的积极流露。於梨华跨越中美文化时空的文学观念与写作心路历程，呈现出独特的文学气质与特定的历史语境，展示其在异域空间中所体现的极强的民族意识、道德意识、使命意识，是一个华人作家血脉中葆有的对中华母体的热爱，她通过日常性的生活景观展示、精神心理与个性的揭示，记录了留学生现实的生命形态、精神的皈依与生活的希望，也对中国母体文化因袭的精神以及存在的痼疾做出了理性的分析，指证了一个事实：即个体与群体获得主体性的建构本身，就是精神原乡与家园的建构。而於梨华永远的家园记忆书写无疑在文学史上留下了重重的一笔。

三 时间里的空间重叠或切换

1984 年中篇小说《棋王》问世之后，阿城随即于 1985 年应美国爱荷华大学国际写作计划前往美国，进行为期三个月的交流。这成为一个关键的转折点。此后阿城长期生活在美国，其间还有为期三个月的意大利威尼斯旅居经历，以及西方其他国家游历，直到 1998 年开始他才逐渐将重心迁移回国内。正是这些域外生活经历，以及阿城之前的知青等经验，共同积累着阿城的世俗经验，进而丰富了自己的知识文化结构，为进一步的艺术发展走向，以及与西方艺术前沿展开了对话，获得了多元的观察角度和审美空间。诸如《威尼斯日记》等呈现出了一种文化—文学的有效移动，不仅显示在世界上文化的一种共生性，也显示了中国文化在人类精神共同体构建中，所呈现出来的参与建构的主体性，以及中国古典文学与文化精神底色、光泽与气韵。当然，从阿城 20 世纪 80 年代就以"三王"（《棋王》《树王》《孩子王》）横空出世的"俗—雅"，到在 20 世纪末中国大陆、21 世纪初中国台湾推出小说选集《遍地风流》中的"雅—俗"尽显，再到《闲说闲话》《威尼斯日记》等彰显的泛"俗"，这基本上构成了阿城艺术创作的走向。

1. 《棋王》：母性与母体文化的审美写意

阿城深得古典文化气韵的真髓，早在 80 年代阿城的处女作《棋王》于 1984 年 7 月在《上海文学》发表时，就因为传统的白描手法与春秋笔法，以及独有的禅意的文本内涵，立即形成了轰动效应。但如果从写作时间来讲，"三王"应该是《树王》《棋王》《孩子王》这样一个排列，《棋王》写在 20 世纪 70 年代初，之前是"遍地风流"系列。① 80 年代适逢中国的"新时期文学"开启之时，在历经各种文艺思潮的迭起，诸如兴起的"伤痕文学""反思文学""改革文学"热潮，经历了"朦胧诗""现代派""主体性"问题争论之后，集体化与个人化、正统化与世俗化的博弈，就成为一个时代里显在的文化想象与时代诉求。"文化寻根"正是在西方现代性及拉美魔幻现实主义的感召下，开始了一波文化运动。但"阿城关注的只是知青记忆中的事实性，而不是事后所要作的批判性，这就是阿城超出伤痕、反思文学的地方"②。《棋王》伴随着知青岁月应运而生，撞开了世俗之门，没有被宏大的主流叙事淹没，而是以一种别样的姿态浮出了水面，将《孟子·告子上》："告子曰：'食、色，性也。'"中的"食"进行了夸张性的描述，体现了世俗生命的物质需求与精神体验的有效融合，尽管阿城无意将男女的欲望放大聚焦，但单纯里透出了时代里的清奇，已足以撼动了当时意识形态盛行的文学书写环境。《棋王》小说一开始就渲染出时代的文化气息：

> 车站是乱得不能再乱。成千上万的人都在说话，谁也不去注意那条临时挂起来的大红布标语。这标语大约挂了不少次，字纸都折得有些坏。喇叭里放着一首又一首的毛主席语录歌儿，唱得大家心更慌。③

在这种时代氛围中，小说中的讲述人"我"置身其中，有着平常

---

① 阿城：《附录·简体版自序》，《棋王·树王·孩子王：阿城文集之一》，江苏凤凰文艺出版社 2016 年版，第 169 页。

② 陈晓明：《论〈棋王〉——唯物论意义的阐释或寻根的歧义》，《文艺争鸣》2007 年第 4 期。

③ 阿城：《棋王·树王·孩子王：阿城文集之一》，江苏凤凰文艺出版社 2016 年版，第 2 页。

人的生活认知与行为规范，父母在动乱中被打死，迫于生计的考量，被迫选择了赴农村插队。在火车站结识了王一生，当时他妹妹赶来送他，王一生却躲在车厢里平心静气地下棋。在王一生看来，"去的是有饭吃的地方"，不必哭哭泣泣，令踌躇不前的"我"肃然起敬，暗自称奇。

而随着小说叙述的推进，很快王一生的"异态"频发，更是让"我"始料未及。王一生展现出对吃的享受与节制："他对吃是虔诚的，而且很精细。有时你会可怜那些饭被他吃得一个渣儿都不剩，真有点儿惨无人道。"①用王一生的话说：主要是对吃要求得比较实在，只要有饭吃，满足基本物质需要，就已知足了。所以"人要知足，顿顿饱就是福"②。阿城在叙述中，展示了王一生对物质的节制与珍惜的一面，却正好体现了饥饿年代走过来的人们，经受过苦难与艰辛，有强烈的饥饿经验，所以倍加珍惜当下的物质享用。因此，阿城渲染故事中的饥饿感觉，这是符合人物性格、家庭背景与小说叙述环境及历史真实的。但这一切的缘由与真正内核，却来自王一生母亲这个艺术形象。小说叙述围绕王一生母亲的生到死，也在映照着王一生"棋王"的成就过程。从王一生跟随母亲给印刷厂叠书页子，偶然发现了棋书，开始迷恋上下棋，到受到了母亲踏实人生的路径选择，到拾荒老人的为棋与为生之道，再到最后车轮战的宏大场景的描述，无不有母亲显或隐形的力量在驱动。其实，妓女出身的母亲，内心却充满高贵与精神独立；她身上可贵的品质，获得王一生的尊敬，也获得了自身的尊严。母亲是整个故事叙述的策动源，也是王一生成就生命传奇的原动力。

如果说母亲是王一生遭遇"棋"的发起者，那么从王一生的成长

① 阿城：《棋王·树王·孩子王：阿城文集之一》，江苏凤凰文艺出版社 2016 年版，第 10—11 页。

② 阿城：《棋王·树王·孩子王：阿城文集之一》，江苏凤凰文艺出版社 2016 年版，第 16 页。

故事来看，所遇到的捡破烂的老者——一位身怀棋道秘诀之超脱者，他从阴阳平衡讲到"为生"与"为棋"之辩，很有生活哲学智慧，祖传"有训——'为棋不为生'，为棋是养性，生会坏性，所以生不可太盛。"① 这些便成了王一生的棋道之本，颇有深意。而好人脚卵即倪斌更是成就了王一生的生命高光时刻，当他与王一生初次见面，倪斌就发出问询：

"乃父也是棋道里的人么？"

王一生很快地摇头，刚要说什么，但只是喘了一口气。

这里，显示出了脚卵的文化教养与足够的善。而阿城近似白描、节制性的语言表述，将叙述控制在有限的逼仄空间中，却为读者留有足够的空白与想象。王一生的欲言又止，是难以言表，或是不可说、不能说的尴尬，留待读者去补足。因此，胡河清认为阿城小说具有"近于严谨的线描"，"特以骨力见胜"②。其实，小说中的母亲、拾荒老者、脚卵、书记等人物形象，作家也都以寥寥几笔，就刻画出深度的人物性格。小说中脚卵的侠义，为了王一生能够参赛和获得调动机会，不惜把父亲的篆字棋送给贪婪的书记。而拾荒老头的民间智慧与宽厚，成为王一生的精神支持。至于那地区书记的贪婪、权术、萎缩，更是昭然若揭。

当然，在小说人物序列中，最为动人心魄的要说是王一生的母亲了。王一生母亲原是从窑子里出来的，从良后成了小妾，受尽折磨，才与生父私奔。在王一生出生后，父亲又不辞而别。母亲只好带着王一生改嫁贫穷而没有文化的继父，并有了妹妹。母亲一直希望他能够

---

① 阿城：《棋王·树王·孩子王：阿城文集之一》，江苏凤凰文艺出版社 2016 年版，第 21 页。

② 胡河清：《论阿城、莫言对人格美的追求与东方文化传统》，《当代文艺思潮》1987 年第 5 期。

读书，获得谋生的能力，所以原本并不支持他下棋；但后来还是选择了理解并支持他。母亲在他上初中的时候去世，临走前，说她没钱能买盘像样的棋，就捡了人家扔的牙刷把，磨成了一个个棋子。但是她不识字，所以棋子上面也没刻什么。当她从枕头下拿出了悄悄用心磨制的一副"无字棋"，王一生彻底崩溃。后爸拉扯着他和妹妹这两个孩子，生活艰难。他也时刻谨记母亲的嘱咐："可你要记住，先说吃，再说下棋。"深知身处社会的底层，首先就是要活命，要吃饱了饭，要活下去；而唯有吃饱，才会有精神。这是王一生从母亲那里获得的朴素的生存逻辑。

阿城对小说中母亲的母性力量没有过度夸张表达，但也透露出一个苦难屈辱的女性，如何在苦难中显示出足够的生命韧性与承受力，并在困境中发出了反抗，还有充盈着改变自身的强烈的欲望。无疑，王一生承续了母亲的这种生命韧性与坚强的生存意志。阿城在《闲话闲说：阿城文集之五》中对此做出了注释："女子在世俗中特别韧，为什么？因为女子有母性。因为要养育，母性极其韧，韧到有侠气，这种侠气亦是妩媚，世俗间第一等的妩媚。我亦是偶有颓丧，就到热闹处去张望女子。"① 如《遍地风流》草原上骑行的女子，还有知青小玉等的美，皆是大美不俗。但阿城对女性的美与韧，确是克制的。在《棋王》中尤其是将母亲的"棋"与王一生的"棋"做了深层次的"回扣"，以此表达了对母亲深层的爱。

随着小说叙述逐渐进入高潮点，也就是王一生与得奖的几位约定下棋比赛的那个轰动的日子，为防不测，他把母亲留给他的"无字棋"托付给"我"，其时车轮战赛场热闹空前。

> 众人都轰动了，拥着往棋场走去。到了街上，百十人走成一片。行人见了，纷纷问怎么回事，可是知青大家？待明白了，多

---

① 阿城：《闲话闲说：阿城文集之五》，江苏凤凰文艺出版社 2016 年版，第 41 页。

久都跟着走。走过半条街，竟有上千人跟着跑来跑去。商店里的店员和顾客也都站出来张望。长途车路过这里开不过，乘客们纷纷探出头来，只见一街人头攒动，尘土飞起多高，轰轰的，乱纸踏得擦擦响。一个傻子呆呆地站在街中心，咿咿呀呀地唱。四五条狗窜来窜去，觉得是它们在引路打狼，汪汪叫着。①

在阿城的叙述节奏里，有着电影镜头的视角移动，尤其在车轮大战、力战九雄时，出现了这样的画面："王一生孤身一人坐在大屋子中央，瞪眼看着我们，双手支在膝上，铁铸一个细树桩，似无所见，似无所闻。高高的一盏电灯，暗暗地照在他脸上，眼睛深陷进去，黑黑的似俯视大千世界，茫茫宇宙。"② 在光与影的交叠中展示出了王一生如痴如醉，坚韧沉着，他将自己的生命铆钉在千变万化的棋的世界中。车轮大战后，王一生"喉咙嘶嘶地响着，慢慢把嘴张开，又合上，再张开，'啊啊'着。很久，才呜呜地说：'和了吧'"。③ 连最后与王一生和棋的老者都发出了"中华棋道，毕竟不颓"④ 的感叹。王一生却是固化了一般地处于深深凝视中，当"我"把攥在手里的他母亲留的棋子给王一生看的时候，至此他才彻底崩溃，声泪俱下，完全释放了自己紧绷的情绪与内心郁积的五味杂陈，或许这样的宣泄，也是告慰母亲的方式。

小说结尾处意味深长，道出了乡野中的村民，即便是在非常年代，难得也有自在的生活与劳作方式。"不做俗人，哪会知道这般乐趣……却自有真人生在里面，识到了，即是幸，即是福。衣食是本，自有人类，就是每日在忙这个。可囿在其中，终于还不太像人。"⑤ 应该说，

---

① 阿城：《棋王·树王·孩子王：阿城文集之一》，江苏凤凰文艺出版社2016年版，第48页。
② 阿城：《棋王·树王·孩子王：阿城文集之一》，江苏凤凰文艺出版社2016年版，第53页。
③ 阿城：《棋王·树王·孩子王：阿城文集之一》，江苏凤凰文艺出版社2016年版，第54页。
④ 阿城：《棋王·树王·孩子王：阿城文集之一》，江苏凤凰文艺出版社2016年版，第54页。
⑤ 阿城：《棋王·树王·孩子王：阿城文集之一》，江苏凤凰文艺出版社2016年版，第55页。

素朴乡野的中华母体的土地,因为原朴的生活秩序与文化生态,勃发出无限生机,自是令人欣慰,这为知青岁月平添了诸多情趣与回味;而知青从城市走向乡村的文化移动,也搅动了乡野,带来了城乡文化的有机融合。

如此,一个卓然于尘世中的傲然清吉之人,一个传奇中的英雄人物便跃然纸上,有遗世独立之感。无疑,阿城笔下的王一生是乱世中的"雅士",他自我构筑了一个精神世界,并沉迷其中。因狂热爱棋,这个知青时代的"棋呆子",不谙世事,不近流俗,所以即便经受了动荡浩劫派仗冲突的烽火、大串联的狂热,还有上山下乡岁月的蹉跎,他都能够心如止水,万物自鉴。竟达到了庄子"无听之以心,而听之以气"之境界,具有"扑不灭、压不住的民族的智慧、生机和意志"[1],王一生的做派尽显作家对中华古典文化中的意境追随。这一点正好体现了阿城以古代笔记小说的文体样式,将一个乱世中的"雅"形象写到了炉火纯青的地步,并将中华文化秩序中的从容与格局赋形到王一生的肉身,彰显出超越世俗的一种生命气度与自在精神。正如胡河清所言:"阿城的《棋王》表面上写棋,实质上则具有多层次的象征意义,表现着他对中国文化传统的历史评价和对中国文化进步的展望。"[2]同时,中国传统小说中的话本传奇、侠义传奇范式,乃至中华人民共和国成立初期文本盛行的集体主义精神,一起烘托出的高大上的英雄形象,为阿城书写一个时代里的英雄生命的传奇,积攒了精神文化资源与构成生命图景的文化元素,成就了个人在社会转型时期的英雄传奇。

《棋王》散发出简约、超然而世俗的多重面向,不仅有对母性温暖与生命韧性的礼赞,也有对母体文化的遵从与敬意,还有民间朴素的生存哲学之辨。尽管对此,有不同声音者"认为《棋王》中只有禅

---

① 曾镇南:《异彩与深味》,《上海文学》1984 年第 10 期。
② 胡河清:《灵地的缅想》,学林出版社 1994 年版,第 155 页。

道的外壳，并没有体现禅道的本质"。"《棋王》这部小说纵然没有把西方的东西硬塞到小说里去，却尝试把中国的哲理牵强附会地引进去。"① 阿城对诸如此类的批评也做了回应，"大概是《棋王》里有些角色的陈词滥调吧，后来不少批评者将我的小说引向道家。其实道家解决不了小说的问题，不过写小说倒有点像儒家。做艺术者有点像儒家，儒家重具体联系，要解决的也是具体关系"② 阿城为自己的《棋王》，揭开了谜底："从世俗小说的样貌来说，比如《棋王》里有'英雄传奇'、'现实演义'、'言情'因为较隐晦，……语言样貌无非是'话本'变奏，细节过程与转接暗取《老残游记》和《儒林外史》，意象取《史记》和张岱的一些笔记吧，因为我很着迷太史公与张岱之间的一些意象相通点。"③ 的确，阿城文本中既有古典的侠义与气韵，也有民间的粗朴，存在俗与雅之间的转换，就是在现实的泥沼中升腾起来的那种雅，甚至成为一种禅修的境界。阿城能够将俗世里的景致，带入一个唯美的境地，散发出不同凡响的美，倒是不假。

在阿城的文化认知结构中，世俗的自为空间的显现，即从世俗的角度来看，就是中国文化移向了正常。即"世俗世俗，就是活生生的多重实在"④ 构成了世俗景观。1998 年出版的小说《遍地风流》原本是阿城当年知青岁月的记录，由 69 个短篇构成，分为"遍地风流""彼时正年轻""杂色""其他"四部分，书中的故事发生在各个不同的地方，原本就是一些日常风景与生活点滴，但阿城却能够将世俗里的琐事，捯饬得颇有江湖上的侠义，直抬升了几个段位，显露出了中国世俗的性格。《洗澡》中蒙古骑手驰骋之余，在河中洗澡，尽显豪放的身姿，吸引到岸上行走的女子的注目，并有了禅意的对话，清奇

---

① ［菲律宾］黄凤祝：《试论〈棋王〉》，《文艺理论研究》1987 年第 2 期。
② 阿城：《棋王·树王·孩子王：阿城文集之一》，江苏凤凰文艺出版社 2016 年版，第170 页。
③ 阿城：《闲话闲说：阿城文集之五》，江苏凤凰文艺出版社 2016 年版，第 148—149 页。
④ 阿城：《闲话闲说：阿城文集之五》，江苏凤凰文艺出版社 2016 年版，第 105 页。

里透着英气。那女子又向骑手说了:"你很好。"骑手一下子得意得不行,伸开两条胳膊舞了一下,又叽叽地拍着胸膛,很快地说:"草原大得很,白云美得很,男子应该像最好的马,"他的声音忽然轻柔极了,只有蒙语才能这样又轻又快又柔:"你懂的草原。"那女子向远处望了一下,胯下的马在原地倒换了一下蹄子。她也极快地说:"草原大得孤独,白云美得忧愁,我不知道是不是碰到了最好的马,也许我还没有走遍草原。"话毕,悠悠而去。《遍地风流》《彼时正年轻》《杂色》等小说携带一种古朴的气韵,或是乡野的撒泼。这恰恰是中华根系文化在民间里深植。

多年之后,当洪子诚在《当代文学史》一书中,指出"寻根"作为一种文学主张,意在"以'现代意识'来重新观照'传统',将寻找自我和寻找民族文化精神联系起来,这种'本原'性(事物的'根')的东西,将能为社会和民族精神的修复提供可靠的根基"①。这或许能够暗合阿城的所有书写真谛。无独有偶,陈思和认为"从人类精神现象释文化,寻根者所寻之根,应该是最富有现代感,最有益于现代生活的内核"②。无论是现代的观照还是现代的内核的确然,对于诸如此类的命名与归类,阿城倒显得拘谨而审慎,他自称:"后来我的作品被当做中国小说'寻根'派之一,这有道理,但又不是全部的道理……在我刚刚开始写作的时候,我有十分切实的荒原感。一百年来,中国在文化中持续处于破坏的状态,很少积累,当你要完整地思考和表达时,你不可能不后退一百年去一个人尝试,这当然是一种'寻根',而这时我找到了抵抗当代专制文化的东西。这也许类似欧洲中世纪的'文艺复兴'要'寻根'到古希腊。寻根的两个方面一是纵的古典,二是横的当代民间,民间包括了当代个人的内心深处。广义地说,当代中国一切背离专制文化的行为,无不处于寻找的状态,重

---

① 洪子诚:《当代文学史》,北京大学出版社 1999 年版,第 323 页。
② 陈思和:《当代中国的文化寻根意识》,《文学评论》1986 年第 6 期。

新在西方寻找，亦是一种现实的要求。"① 曾经有成长中的"文化大革命"经验，也获得山西、内蒙古、云南边地等的知青经验的阿城，一个葆有传统文化浸入式的观察者，再度选择到西方开始了"真经"的寻度，其实，个中体味与文化的寻踪，便集中体现在了《威尼斯日记》《闲话闲说》等的整体构架与文本内涵上。

2. 《威尼斯日记》：中国传统笔记小说的外壳

20 世纪 90 年代在现代性的导入过程中，一方面主流意识形态逐渐松动，显示了对个体主义精神弘扬高涨的时代情绪；另一方面消费主义开始抬头，并显示出了强劲的态势，也将人们导入市场经济发展的思维模式中。这也正是阿城将"世俗主义"作为自己明确的行动风标的时刻。这与转型期的中国伴随着社会结构和外部环境的不断变化，文化趋向于向世俗化发展关联。在社会学界面的世俗化的概念有两个基本意义："其一是随着科学的发展，普遍主义与理性原则取代神学教条；其二是指一种消费主义和享乐主义，注重现世的善的生活，而不是来世的生活方式，世俗化表明信仰力量的消解和宗教禁忌的瓦解。"② 但对于阿城来说，世俗的意义不仅指散落在乡野的原始精神与生命形态，也是属于文化层面的，即相对于主流意识形态话语系统，一个具有民间自主性的再生空间与生态系统。

1998 年阿城旅居美国十多年后，逐渐回撤到国内，并把重心放在了杂文、散文、访谈、编剧等方面，其实 1992 年阿城受意大利官方邀请后，旅居威尼斯三个月的随感和见闻散文性的日记，原本"《威尼斯日记》是应威尼斯市邀请而写的。他们每年从世界上挑选一个作家住到威尼斯三个月，离开之前把书稿交给他们，他们译成意大利文，印出来，作为威尼斯的礼物，所以是非卖品"③。于 1997 年出版的

---

① 阿城：《谈谈我的创作》，《香港文学》1986 年第 4 期。
② 吴忠民：《发展社会学》，高等教育出版社 2002 年版，第 157 页。
③ 阿城：《闲话闲说：阿城文集之五》，江苏凤凰文艺出版社 2016 年版，第 320 页。

《威尼斯日记》,延续了阿城之前一贯的随意、雅趣、世俗、高洁,虽以日记的形式进行了记录,但却不是流水账式的书写,而是一部蕴含着生活智慧与精神智慧的散文集存。如文中《五月十二日》一录,任由与友人晚餐的时光,一直穿行至《旧唐书》和《教坊记》舞蹈的曼妙与惊心。《五月八日》一录谈到了《教坊记》:"在钱与性上,我们比古人,没有什么变化。……后人,宋、元、明、清,都有学者斥《教访记》鄙俗,意识上有如明清的官方禁《金瓶梅》、《红楼梦》。这也是直到今天《教访记》只被引用其中的音乐舞蹈的资料的原因吧?"①《五月十四日》一录,由朋友所赠《茶经》,追溯到古老中国文化的混杂与融合,并洋洋洒洒地谈起了《扬州画舫录》《庄子》《红楼梦》《教坊记》等,字里行间充斥着对于传统文化的近乎炫耀的展示。"《教坊记》所记载的歌舞,多是由西亚传来,教坊内外的艺人,也多有西亚人。看唐长安地图,西域人社区之大,有如观今之纽约、洛杉矶的族裔社区。"②《六月五日》从在威尼斯观看公牛与开拓者比赛,到列数《扬州画舫录》中的奇闻逸事。其中讲到了有乡下人跑到城里著名戏班子定戏,领班的欺负他是一介莽夫,一出戏必备大洋三百,并配备上好的茶食。结果乡下人果然照办,但谁料这乡野村夫原来道行颇深,等戏开了后,戏者每唱错一个音,这乡下老者即拍着界尺,直把唱错《琵琶记》的演员叱责得惊魂失魄。

该日记有独特的表达方式,即存在时间的空间重叠或切换,应是在一种特定时间里的多重空间叙述,将人物或事件叠放在一起,构成了复杂对应彼此联结的叙事体,进而在这种叙事结构或模块中获得多维而立体的故事与图景。因此,《威尼斯日记》体现了一种文化的融合、对照表达,通过威尼斯城市空间中的人、事、物,以及威尼斯河流、深邃街巷、神秘的教堂、倾斜的钟楼等,一起构成的自然与人文

① 阿城:《威尼斯日记:阿城文集之三》,江苏凤凰文艺出版社 2016 年版,第 14 页。
② 阿城:《威尼斯日记:阿城文集之三》,江苏凤凰文艺出版社 2016 年版,第 31 页。

景观，与中国文化景观形成了一种鲜明的对照。作家自是融入其中，"那个倾斜的钟楼，钟敲得很猖狂，音质特别，是预感到自己要倒了吗？我特地穿过小巷寻到它脚下，仰望许久。它就在那里斜着，坚持不说话，只敲钟。它大概是威尼斯最有性格的钟楼"。① 作家爱将眼里的世界与心中的世界，随意切换或折叠。或者说透过威尼斯的人文景观展示，为进入中国传统文化空间的基底提供了一种前奏，而真正地对中国本土文化空间中的文学、历史、世情等的追述，反倒成为记录中的主体内容。如谈意大利人的发色到谈文化的移动及多文化的融合，或从威尼斯的歌剧演出，到对唐人崔令钦的《教坊记》中的舞蹈画面细节与人物故事的展示，尽显世俗里人性的驳杂与深邃。而在融合与迁移中延续的历史惯性、文化习俗、宗教信仰、风物世态等，也是作家所感兴趣的。

无疑，阿城在这种移动的空间中，奇妙地将当下的现实与历史勾连，也将中西文化本身的迁移通过细微的放大，进行了复原性的探讨。也再次印证了中华民族本身体现了文化的融合性，但又有独立性。而通过中西文化的比较，将人类精神构成的立体多样性呈现了出来。"中国的戏棚里可以喝茶，中国人喝茶是坐着的，所以楼上楼下的人都有座。同时期的欧洲剧院最底层的人是站着看戏的。中国戏曲的开场锣鼓与意大利歌剧的序曲的早期作用相同，就是镇压观众的嘈杂声浪，提醒戏开始了，因为那时中国欧洲都一样，剧院里可以卖吃食、招呼朋友和打架。前些年伦敦发掘十九世纪的蔷薇剧场遗址，发现里面堆满了果壳。莎士比亚的哈姆雷特大概是在果壳的破裂声中说出'生存还是灭亡'（to be or not to be）这个名句的吧？"想来莎士比亚是烟火世俗中生成的，"我一直认为莎士比亚的戏是世俗剧，上好的世俗剧"②。

当然，威尼斯城市的世俗风情、文化底蕴及精神构成也在阿城的

---

① 阿城：《威尼斯日记：阿城文集之三》，江苏凤凰文艺出版社 2016 年版，第 10 页。
② 阿城：《威尼斯日记：阿城文集之三》，江苏凤凰文艺出版社 2016 年版，第 16—17 页。

记载之中。他在《威尼斯日记》中坦言自己是歌剧迷，一听歌剧，就丧失理智。应该说，威尼斯满足了阿城各种艺术享受。他说："威尼斯像'赋'，铺陈雕琢，满满荡荡的一篇文章。华丽亦可以是一种压迫。"① 那"火鸟旅馆在火鸟歌剧院的后面，可以听到人在练声和器乐的练习声。威尔第的《弄臣》一百四十一年前就是在这家歌剧院首演的，当时住在这座小楼这间屋子里的人是不是也能听到人在练习，例如第三幕中那段四重唱《爱之骄子》？据说那段著名的《女人善变》是秘密准备的，临场演唱，极为轰动。演出结束后，威尼斯人举着火把，高唱《女人善变》，穿过小巷，从一个方场游行到另一个方场。威尼斯的女人们听到这样的歌声，怎么想呢？也许女人们也在游行的行列里高唱女人爱变心"②。而在欣赏意大利雕塑后，则进一步指出："文艺复兴，复兴的是饱满的人文精神，论到造型，古埃及、古希腊、古罗马都早将原理确立了"③。随后，便又切换到古老中国大地，将那扬州、苏州、洛阳等的传奇故事悉数登场。

阿城的随意切换全在于中国式样的直觉与艺术感悟。如果说《棋王》中的"他以'我'的存在为起点，深入自我以外的现象世界，通过对一个个具体人生故事或片断的叙述，又返回到一个新的更为丰富的自我之中。他笔下的全部故事，都在'我'一次一次的认知感悟过程中，完成着感情与思想的升华"④。那么，《威尼斯日记》中的阿城则是漂移在物理空间中，将中国传统文化直接带入他所生活的威尼斯场域中，并且将中国历史与现实中的烟火气息在威尼斯水城中无限舒张开来，犹如中国画中的墨迹一般，渗透放大到威尼斯的景观中。最为奇妙的是，这种嵌入式的文化图景的进入，竟然在彼岸的生命形态与艺术构成里，找到了妥帖的多重呼应。事实上，威尼斯原本就存

① 阿城：《威尼斯日记：阿城文集之三》，江苏凤凰文艺出版社 2016 年版，第 9 页。
② 阿城：《威尼斯日记：阿城文集之三》，江苏凤凰文艺出版社 2016 年版，第 6 页。
③ 阿城：《威尼斯日记：阿城文集之三》，江苏凤凰文艺出版社 2016 年版，第 23 页。
④ 季红真：《宇宙·自然·生命·人》，《读书》1986 年第 1 期。

在中西文化融合与中国元素。如书中有城市地标文化景观的中国元素：

> 圣马可广场上有大博物馆 MuseoCivicoCorrer，上二楼，一进
> 门，即看到墙上供着一顶帽子，像极了帝王图里唐太宗头上的那
> 顶。问了，原来是古时威尼斯市长的官帽。
>
> 往里走，诸般兵器，又像极了《水浒》、《三国演义》小说里
> 的雕版插图，尤其是关云长的青龙偃月刀、吕布的方天画戟、李
> 逵的板斧、张翼德的丈八蛇矛。鞭、锏、锤、爪，一应俱全，一
> 时以为进了京戏班子的后台。①

还有阿城在威尼斯的歌剧中发现了中国文化元素，惊讶于中国文
化之根早已植入人类文化的艺术形式中。火鸟歌剧院正在纪念建立二
百周年（1792—1992），演出普契尼的《茶兰多特》（Turandot）。这是
一个讲蒙古公主与中亚王子的故事。普契尼在歌剧中用了中国江南的
民歌《好一朵茉莉花》做茶兰多特公主的音乐主题，这歌如今中国还
在流行，是赞美女人的柔顺美丽。茶兰多特公主却好像蒙古草原上的
罂粟花，艳丽而有一些毒。② 这也决定了阿城与查建英谈到"寻根文
学"时，浩然地说道："我的文化构成让我知道根是什么，我不要
寻。"③ 阿城进一步指出，如果寻根的结果是导入了原来的意识形态轨
道，而不是增加知识结构和文化的构成、具有人类的视野与格局，这
是令人担忧的；因为根脉就在于中华儿女的本体上，作为个体生命理
应有对祖先优秀文化的遵从，还有对异域外化的兼容与尊重。

3. 阿城：成为移动文化根脉的传递者

阿城在"三王"（《棋王》《树王》《孩子王》）、《威尼斯日记》

---

① 季红真：《宇宙·自然·生命·人》，《读书》1986 年第 1 期。
② 阿城：《威尼斯日记：阿城文集之三》，江苏凤凰文艺出版社 2016 年版，第 10—11 页。
③ 查建英编：《八十年代访谈录·阿城》，生活·读书·新知三联书店 2005 年版，第 33、
50 页。

中显示出足够的从容，但其实包括他的散文《闲话闲说》等中，都显示出对中国本土知识结构、社会现实及主流意识的一种焦虑。比如文学如何表达，便是阿城所关注的。尤其是当下文学的现实令人担忧。"讲哲学，庄子用散文，老子用韵文，孔子是对话体，两千年来，汉语里再也没有类似他们那样既讲形而上也讲形而下的好文章了。现在是不管有道理没道理，都叙述得令人昏昏欲睡。"[1]　其实，阿城所忧虑的是作家或艺术家要介入现实生活，体现民间生活情态与心理世界，彰显出一种世俗精神。"中国传统小说的精华，其实就是中国世俗精神。"[2]　"中国小说的性格是世俗。"[3]　中国文化的核心就是世俗。但自"五四"以来，尤其是1985年前后盛行的西方现代理论，成为冲击与改变中国主流文化的核心推手，这样也导致了中国文化结构与文化构成，甚至激起了前卫的知识分子对传统文化价值观的全盘剥蚀，进而形成了80年代的一种激进的内在文化逻辑，忽略与反叛中华传统文化，向西方现代化看齐。"所谓'后现代主义'也是'当下'的'言说'，因为'当下'而重叠空间，潜在地否定时间。"[4]　倘若这样一种极端文化潮流及趋势，任由其消极地发展下去，就是远离中国社会现实、远离民间需要，有悖于中国文化肌理构成，必然会背离世俗与传统文化，导致文化的畸形发展与失去自主性。

阿城恰恰接续了这种中国传统小说真髓，诸如《红楼梦》《西游记》等以神话预示因果脉象的走向，并深得其世俗性的真传，将这种文学气质贯穿到知青笔记中。阿城小说的艺术形式，多呈现为以白描见长于小说样式的叙述，而非直接刻画人物心理，承继了传统艺术注重空间感，遂有留白的惯用的艺术手法。一种近似于古代笔记体的语言看似简约，实则以"春秋之笔法"构设了言说格局。而这种文言句

---

[1]　阿城：《威尼斯日记：阿城文集之三》，江苏凤凰文艺出版社2016年版，第4页。
[2]　阿城：《威尼斯日记：阿城文集之三》，江苏凤凰文艺出版社2016年版，第52页。
[3]　阿城：《威尼斯日记：阿城文集之三》，江苏凤凰文艺出版社2016年版，第102页。
[4]　阿城：《威尼斯日记：阿城文集之三》，江苏凤凰文艺出版社2016年版，第36页。

式和口语句式的混搭，形成了阿城写意的审美表达方式，也自然在散文日记中行走自如，散发出中国文学独有的禅意与情趣。在《遍地风流》中，无论是对青春里透着时代的癫狂的叙述，将乡野饮食男女之生命形态与自然天成情状，尽情挥洒，无论是《天骂》中乡野的泼妇站在房顶的骂街撒泼，还是《小玉》中陷落村野的无奈，还有《打赌》中老实人孙福因为赌注而毙命的荒唐，都透出了极致的情绪释放。即便是对自然里的山川景观呈现，如《峡谷》"山被直着劈开，于是当中有七八里谷地。大约是那刀有些弯，结果谷底中央高出如许，愈近峡口，便愈低"，生生地透出了一阵阵奇拔的气势。最重要的是，作家把《大门》里的红卫兵在青春激荡的岁月中，显出的粗暴与无知，予以暴露。正如作家自述："不过依我的经验，青春这件事，多的是恶。这种恶，来源于青春是盲目的。即本能的发散，好像老鼠的啃东西，好像猫发情时的搅扰，受扰者皆会有怒气。"① 阿城以回忆的方式，清理着青春岁月中的疯狂，以及对所处非理性时代的重新审视。

因此，阿城以自我的艺术实践，践行了一个中国人对中华母题文化根基的守护。身在异域的阿城，发出感叹："中国文化一直是混杂的，也因此而有生气。"② 阿城深得中国传统文化的浸润，深植于中华血脉根系，所以无论是小说《棋王》中的身怀绝技的拾荒者，还是《树王》里"树王"萧疙瘩以身殉树，充满了悲壮与蒙昧，潜在着朴素的良知，对抗的是激进的愚昧，具有超前的生态意识。还有《孩子王》散发着对中国文化的遵从，强调个性的知识构成和表意方式，却与非常时代盛行的主流文化格格不入，具有清醒的文化意识。这也导致了"老杆儿"被调回生产队劳动。③ 不管是散文性的《威尼斯日记》，还是充满着野性力量的《遍地风流》，其所携带的中国深层的根

① 阿城：《遍地风流：阿城文集之二》"自序"，江苏凤凰文艺出版社2016年版。
② 阿城：《遍地风流：阿城文集之二》"自序"，江苏凤凰文艺出版社2016年版，第28页。
③ 1998年重新出版旧作，恢复了《孩子王》在《人民文学》（1985年第2期）发表时被删除部分。

脉性文化,是支撑人物、事件、精神的底色或内核。如阿城所述:"我之所以写小说,是因为有'意',行之以'象',达到'意象',或者随手写'象',不知会有何'意','意象'既出,就结束。"① 而其所受的域外文学与文化的影响,无不是以中国传统影响为控制的。"阿城笔下的人都是作为场域中的象来写的,因此人物性格的塑造不是阿城少作的追求,甚至也不是后来轰动文坛的'三王'的美学追求。"② 如《树王》中所展示的烧山场面:"山上是彻底地沸腾了。数万棵大树在火焰中离开大地,升向天空。正以为它们要飞去,却又缓缓飘下来,在空中互相撞击着,断裂开,于是再升起来,升得更高,再飘下来,再升上去,升上去,升上去。……山如烫伤一般,发出各种怪叫,一个宇宙都惊慌起来。"③ 这里渲染出的人对树疯狂的砍伐、烧山等行为,已经彻底将宇宙、人、自然等共生的秩序破坏,导致了作为人与自然的"树王"(意与象的统一)休戚与共的悲情命运,也直击知青到边陲存在的"现实性"。

应该说,阿城从《棋王》的"雅"走到《威尼斯日记》的"俗",是代表了一种当代文化的走向,也是大俗为大雅的审美经验的一种。事实上,中国文化成为人类艺术的构成元素,也早已在文明的进程中参与到了人类主体性建构。"如果将自己的创作植根于悠久的民族文化传统,以中国人的审美感受吸收消化西方近现代的审美观念与形式,必能取得可观的艺术成就。……阿城是那个时代的'漏网之鱼',却不是'中国文化'的殉道者,否则,就不会离开自己的文学土壤,赶时髦跑美国,玩起行为艺术来。"④ 阿城践行了自己对中华团体文化根系的维系,也展现了中西文化的双向互逆运动。

---

① 阿城:《附录·小说选日文版自序》,自《棋王·树王·孩子王:阿城文集之一》,江苏凤凰文艺出版社 2016 年版,第 177 页。

② 文贵良:《阿城的短句》,《文学评论》2009 年第 3 期。

③ 文贵良:《阿城的短句》,《文学评论》2009 年第 3 期。

④ 李兆忠:《阿城:画插图不过瘾逼出〈棋王〉——"重读红色经典"之一》,《博览群书》2019 年第 12 期。

有意思的是，移步到国外的阿城，便将中国文化景象带到了异域空间，或是本来中国文化根系已经生长在异域的文化之中。于是，当年的画风中有了再一次的主角转场，"小的时候，我家住的大杂院里的妇女们无事时会聚到一起听《红楼梦》，我家阿姨叫做周玉洁的，识字，她念，大家插嘴，所以常常停下来"①。"以平常心论，所谓中国文化，我想基本是世俗文化吧。"② 而在威尼斯的空间中，诸如《庄子》《教坊记》《水浒传》《三国演义》《金瓶梅》《红楼梦》《牡丹亭》《茶经》《蛟湖诗草》《旧唐书》《北史》《隋书》《全唐诗》《文房小说》《扬州画舫录》等，以及中外经典作家莎士比亚、托尔斯泰、卡尔维诺、张爱玲、黄仁宇、苏童、王安忆等都入了他的场域，在威尼斯的悠长深邃的文化空间中，他将所有文本缕析一遍，如数家珍，可最终将这些巨著或巨人都冠以"世俗"之标签，尽显古典文人的闲情野趣、市井风情。当然，还有匪夷所思的武断立论。"中国古典小说中，宋明话本将宿命隐藏在因果报应的说教下面，《金瓶梅》铺开了生活流程的规模，《红楼梦》则用神话预言生活流程的宿命结果，这样成熟迷人的文学，民国有接续，例如张爱玲，可惜四九年又断了。"③ 但似乎也没有人予以反驳。"中国读书人对世俗的迷恋把玩，是有传统的，而且不断地将所谓'雅'带向世俗，将所谓'俗'弄成'雅'，俗到极时便是雅，雅至极处亦为俗。"④ 这就是阿城从"雅"走向"俗"的路径，他有着中国文化精神与底蕴的豪迈，穿越异国的时空、文化体制与文化制度。也难怪有论家说："阿城知识结构的'旧'与'俗'，有点类似周作人知识结构的'杂'和鲁迅知识结构的'野'……阿城因其'旧'与'俗'，正好与时代所宣扬的'新'与'正'拉开了距离，使得他的视角不同于时代和国家赋予年轻人的国

---

① 阿城：《闲话闲说：阿城文集之五》，江苏凤凰文艺出版社 2016 年版，第 96 页。
② 阿城：《闲话闲说：阿城文集之五》，江苏凤凰文艺出版社 2016 年版，第 122 页。
③ 阿城：《威尼斯日记：阿城文集之三》，江苏凤凰文艺出版社 2016 年版，第 51 页。
④ 阿城：《威尼斯日记：阿城文集之三》，江苏凤凰文艺出版社 2016 年版，第 66 页。

家视角。"① 走笔至此，我们就不妨大胆地说，阿城已是持人类的视角，在人类普遍意义上思索着人与社会、存在与艺术之间的关联性。

德国汉学家阿克曼曾以《阿城：这位名士成了精》一文高度赞赏"阿城的出现，才使我真正体会到中国文化和文学的魅力"②。的确，阿城跨界的艺术创作，从小说介入视觉文本的创作，除了"三王"小说纷纷被改编为影视作品，还担任了《芙蓉镇》（1986）、《棋王》（1991）、《画皮之阴阳法王》（1993）、《小城之春》（2002）、《刺客聂隐娘》（2015）等电影的编剧及制作。也出版了散文《威尼斯日记》（1997）、《好说歹说》（2010），以及作品集《阿城文集》（2016），成为一个跨越中西、跨界的艺术实践者，并享誉国内外。阿城不仅涉猎文学、电影，还有绘画、书法等，并且以灵动与不俗的气场，为诸多艺术的发展注入了新质。其实，阿城是生活即艺术，艺术即经验的实践者。他也说："对于生活，经验就是真实。我们是靠经验理解和判断过去，现在与未来。……经验可以帮我们跨越时空"③"我希望经验也可以帮我们跨越文化。……当然，只有良知，只有良知，才是跨越文化的最根本的途径。"④ 王安忆说："他的艺术是体现在生活上的。就是说，他有一种生活美学的观念。"⑤ 而他核心的经验就是对世俗的文学—文化实践，其实"世俗主义"成为阿城生活与书写的关键词，阿城所构设的"自为的空间"⑥，就是活生生的多重实在，这里容纳着对鲜活的民间性智慧的敬仰，还有生存趣味性的审美体验，以及活泛的朴素而简约的生存哲学。当然，世俗中的丑恶与卑鄙，还有意识形

---

① 文贵良：《阿城的短句》，《文学评论》2009 年第 3 期。
② 牛文怡编：《最爱北京人》，生活·读书·新知三联书店 2012 年版，第 44—47 页。
③ 阿城：《棋王·树王·孩子王：阿城文集之一》，江苏凤凰文艺出版社 2016 年版，第 172—173 页。
④ 阿城：《棋王·树王·孩子王：阿城文集之一》，江苏凤凰文艺出版社 2016 年版，第 173 页。
⑤ 王安忆、张新颖：《谈话录（五）：同代人》，《西部：新文学（上）》2007 年第 6 期。
⑥ 阿城：《闲话闲说·阿城文集之五》，台北时报文化 1997 年版，第 33 页。

态导致的僵化思维与恶性环境，导致了不断的循环混合，自然需要构建一种世俗生活的秩序，实现世俗自身净化，"阿城向往一种市井甚或山野文化，作为对正统的批判，甚或对正统的救赎"①。无疑，阿城独步中国古典与现代、中国与西方，世俗与现实之间，成就了生命与时代的传奇。

阿城的父亲钟惦棐曾经这样说："艺术真实，观照的是人类精神现象中的理想范畴。这个范畴对于人类目前的思维空间而言，几乎是永恒的。它成为一种艺术命题时，生命力非常之长久，只是在艺术的审美理想中，要防止其中生活现实这个被观照层次失之浅薄。"②而现实作为艺术的土壤可以滋生思想，也可使观察者陷入泥沼。而对于阿城来说，无论东西，或是古今，他都能够妥帖地接壤文化沉底的部分，去激发或唤醒自己所有的艺术想象和自由精神，但阿城从来没有游离出时代与当下的社会现实与文艺思潮。阿城如小说中举着王一生母亲棋子的"我"，看着充盈着母性温暖与爱及希望之结晶的那一枚棋子，"在太阳底下竟是半透明的，像是一只眼睛，正柔和地瞧着，我把它攥在手里"③。多年来，他把浸染着中国人的智慧与生活希望的"那枚棋子"一直扛着，移动在城乡、中西文化交融中，成为携带中国文化母体根脉及精神气质延伸的传递者。

---

① 王德威：《当代小说二十家》，生活·读书·新知三联书店 2006 年版，第 305 页。
② 钟惦棐主编：《电影美学：1984》，中国电影出版社 1985 年版，第 309 页。
③ 阿城：《棋王·树王·孩子王：阿城文集之一》，江苏凤凰文艺出版社 2016 年版，第 50 页。

第三章　走出性别困境：女性自我想象与意义形塑

在海外华文文学的女性主义书写场域中，女作家惯以在中国本土、异域空间、乌托邦神话世界的移动空间中，试图挣脱固有的性别文化的结构性困境，构筑女性自我想象与意义的形塑。尤其是在 21 世纪前后的线性时间流动中，不仅涉及中外历史空间与文化空间的变迁，也涵盖了来自中国移民群体的女性经验与历史记忆。事实上，海外华文女性文学从关注对个体或群体在时空移动中海外经验、文化记忆、历史境遇等问题的剖析，到对中华母体文化的遵从与根脉文化的坚守，再到对人类整体经验与未来的探索，表现出了多维、立体的发展态势。同时，海外华文女作家也通过多重关于女性本体与主体写作实验，不断探索时代更迭、世纪转轨前后女性生存及出路问题，体现了女性主义的美学实践。

海外华文女作家一路书写着女性自我移动中的人生经验与历史记忆，整体上构建了一个中国本土与域外、传统与现代之间的对话空间。但 20 世纪 60 年代海外女作家萧特、芝青、梅拉的创作反映海外华人历史与经济状况，女性声音相对微弱，而海外华人女作家的创作经历了明显的内在逻辑转变：从"自我身份认同时代"（1970—1980）—"自我性别主体建构时代"（1980—1990）—"世俗主义时代"（1990—

2000）——"人类共同经验时代"（2000 年至今），这似乎天然构成一个以时间概念为主导的现代性脉络，但在书写女性的生存这个问题上，其写作历程更像是一个逆向求索的闭环：围绕女性生存问题，开始了大胆质疑男性文化所构建的权力世界，再到后期写作的爆裂，尝试冲出父权的樊篱，开始进行女性论审美模式与演绎，以建构自己的性别文化想象与完成意义搭建，并在后现代理路与激进女性主义方向上继续挺进，其本身就是一场尚在进行中的女性主义实验。

　　而海外华文女性书写，整体形成态势开启于 20 世纪 70 年代，并于 80 年代逐步成熟。这个时间节点恰好逢迎世界女性主义话语崛起的年代，也即女性主义开始了自我身体与性别话语的构建，并扭转了对男性政治文化的强力批判。而拉康（Jaques Lacan）的性别理论，尤其是菲勒斯——逻各斯中心主义（phallogocentrism），为 20 世纪 70 年代以来的女性主义提供了启示。1975 年，法国埃莱娜·西苏在《美杜莎的笑声》中写道："必须写妇女，促使妇女开始写作。"① "只有通过写作，通过出自妇女并且面向妇女的写作，通过接受一直由男性崇拜统治的言论的挑战，妇女才能确立自己的地位。这不是那种保留在象征符号里并由象征符号来保留的地位，也就是说，不是沉默的地位。妇女应该冲出沉默的罗网。她们不应该受骗上当去接受一块其实只是边缘地带或闺房后宫的活动领域。"② 西苏激进的倡议，吸引了海外华文女作家的大胆尝试，但相对来说，这种指令在 80 年代的海外华文书写，乃至 90 年代的中国大陆才大胆地实施。而以美国的桑德拉·吉尔伯特和苏珊·古芭在 1979 年发表的著作《阁楼上的疯女人》为标志，聚焦一直被忽略的女性书写，打开了一个全新的女性主义话语场。这两位号称"学术界的疯女人"的勇敢作家，以《简·爱》中两个女性

---

　　① ［法］埃莱娜·西苏：《美杜莎的笑声》，引自张京媛主编《当代女性主义文学批评》，北京大学出版社 1992 年版，第 8 页。
　　② ［法］埃莱娜·西苏：《美杜莎的笑声》，引自张京媛主编《当代女性主义文学批评》，北京大学出版社 1992 年版，第 195 页。

形象，即被罗切斯特厌弃而幽禁在阁楼的前妻伯莎和作为现在的恋人的家庭教师简·爱为隐喻，构成其理论的意义指涉：二者在"回到未来"与"走向过去"的意义上互为镜像，是海外华人女性集体潜意识的产物，象征了女性在面对代表父权的桑菲尔德庄园时结成的命运共同体。非常有意味的是，女性主义在西方发展得如火如荼之际，彼时海外女作家的女性主义写作正在发生，并在话语探索和自我建构的过程中，与之形成互文，暗合了其中的一些重要命题。

　　无疑，在跨度几十年的海外华文女性写作和想象的话语谱系里，是以反抗的姿态出现的，但这种反抗本身也存在一种游离与移动性。诸如张爱玲、陈若曦、吕大明、汤亭亭、聂华苓、於梨华、虹影、查建英、刘索拉、林湄、李彦、李黎、黎紫书、吕红、陈瑞林、陈谦、赵彦等女作家，以平实而又飘逸的笔法，为我们描绘出了各个时代中女性的梦想、现实、历史、记忆与想象，而女性形象不仅构成了反观世界各个面向的棱镜，也具有超越时代的共通性，体现在作家笔下的画面形象与主体形象的统一性。而女性形象作为表意符号，体现不同时代的特质与文化内涵，其本身携带有社会属性，也表征了两性文化、中西文化、人类文化的演进。"当文学的新主题、新人物与现实题材的创作关系被再次提出的时候，隐含着两个未被言说的问题：一是在这方面我们遇到了新问题，或者说我们需要在这方面做出新的思考和探索；另一方面则隐含着一个潜在的对话关系，这个对话关系就是文学史上是如何处理主题、人物与现实关系的。"[1] 从这里可以看出，符合时代要求、与时代能够构成同构关系的女性人物形象，就显得尤为重要。女性形象作为时代的表意符号，体现的是时代意志与女性经验的赋形。一般来说海外华人女作家笔下的女性形象大致有五种。其一，不再是本土式的刻板的传统女性形象塑造，恪守着中华民族女性的优

---

① 孟繁华：《历史、传统与文学新人物——关于青年文学形象的思考》，《文艺争鸣》2020年第2期。

秀品质，但仍然携带有传统文化印记，如《小团圆》中的母亲是一位叛逆的女性，但仍然对女人身体的纯洁性有着奇异的重视，在思想上仍然受制于"男尊女卑"的性别控制；还有聂华苓《桑青与桃红》中在中国儒家父权和西方女权理论中游离的女性形象，一直处于分裂的状态。其二，海外华裔后代的想象性现代女性形象具有叛逆性，如汤亭亭的《女勇士》中的关于"我"的故事，"我"在不同的中美文化环境中成长，但也遭际了重男轻女的家庭环境与周围环境，所以自小就萌生了反抗的意识。其三，西方文化价值观与影响下的女性形象，西方语境中的中国叙事产物，如查建英的小说《丛林下的冰河》中的"我"，就是处于叛逆与妥协的女性形象。其四，中西文化互通中的新女性形象，如於梨华小说《傅家的儿女们》中的小女儿形象，就是一个具有现代思维的叛逆女性。其五，超越中西文化束缚，在人类未来界面塑造的女性形象，如张辛欣小说《IT童话》中的"想哭"，就是一个智能时代的机器病毒，但经过逆变之后，具有了女人的情感与思维。但女作家并不局限于女性形象的塑造，也挖掘了很多的男性艺术形象，诸如於梨华《又见棕榈，又见棕榈》中的"牟天磊"等摇摆了中国与美国的漂移的心理世界的展示；汤亭亭《女勇士》中对缺席的男人进行不在场的描绘，通过对让姑姑怀孕的"无名男人"、父亲与姨夫等男性形象的塑造，突出了女性被边缘化的史实。这些艺术形象的塑造，体现了女作家对走出性别文化结构性困境的途径探索。

如果说，女作家以笔去构建女性的主体地位及路径，并在不同时代做出了各种尝试，"女作家们的自我意识如何在文学中从一个特殊的位置和跨度来表达自己，发展变化以及可能走向何处"[1]。那么女性文本中体现的话语实践，就是逐渐走出漂泊、流浪、彷徨意识的流散叙事，走出性别文化的结构性困境之后，开始的女性自我想象与意义

①　［挪威］陶丽·莫依：《性与文本的政治——女权主义文学理论》，林建法、赵拓译，时代文艺出版社1992年版，第2页。

建构，不仅参与了家国同构的主流话语书写，书写身份认同、民族主体在异域环境的出离与回切本土，也体现为冲出男性话语走向自我确证，在本体与主体之间的建构中有了女性蜕变，既有身体性的放逐与灵魂摆渡，也有被消费主义逻辑改写的宿命，更有作为女性主体参与人类精神共同体的构建。

一　女性在本体与主体之间的蜕变

海外女作家移动到异域空间，面对新思潮的不断涌现，开始了自我书写的裂变。于是一种新女性文学现象发生，即西式文化及女性主义刺激下滋生了的新女性想象，引发了女作家笔下人物的分裂与自我构想的双向互逆。与此同时，提供了一个自我构想的心理活动立场，即拉康的"想象界"，它"规定了一种对自身的无尽追寻，一个为了支撑其统一性的虚构而合并越来越多的复制与相似之情形的过程"①。这种合并或模仿行为就是处在一个试图永远让他异之物与自我统一的过程中，也正是在不断认知到自身内部的一种他异性，才造成了自我主体的发现。一方面无限向往着异他性，但同时也在反观自身，构建着自我主体性。而这种内心矛盾也外现于海外华文女性写作中，表现为在自我驯化被消解，男性权力作为他者世界的逻辑逐渐崩解。这个经典的成长叙事被置入女性主体意识，而传统文化霸权主导性有所松动，由此带来了新的生机，在女性的自我审视中，自我主体性得以开始构建。但不得不承认，此时的女性主义意识尚处于比较混沌或无意识的阶段，因而作品质量参差，未能实现彻底的革命性。

事实上，20 世纪 60—70 年代是海外华人女性创作的又一个高潮，涌现出了如张爱玲、汤亭亭、陈若曦、聂华苓等众多女作家。这一时期"乡愁与乡恋"主题仍是其创作主流，融汇中西、传统与现代，尤

---

① ［英］托尼·迈尔斯：《导读齐泽克》，白轻译，重庆大学出版社 2018 年版，第 27 页。

其是借鉴西方小说、诗歌结构等现代化的表达方式，颇有创新性。如於梨华的《梦回青河》、聂华苓的《桑青与桃红》等在一方面中外空间中展示海外华人的心灵世界与生命轨迹。另一方面借助西方现代化的表达，开始融入中国本土化实践，如华裔女作家汤亭亭的《女勇士》，获得 1976 年美国全国图书评论界非小说类最佳作品，这部小说容纳了很多中外文化质素，成为海外华文小说经典版本。还有在第二次世界大战后海外华文创作中具有承前启后、重要地位的女作家陈若曦（陈秀美），她 1960 年与白先勇、王文兴等创办《现代文学》杂志，曾获中山文艺奖、联合报小说特别奖、吴三连文艺奖等。她的足迹更遍及中国、加拿大和美国。小说有《最后夜戏》（1961）、《尹县长》（1974）、《耿尔在北京》（1976）等，一连串描写"文化大革命"的纪实小说的出炉，奠定了她在文坛的地位。三毛《撒哈拉的故事》（1976）、《哭泣的骆驼》（1977）则书写域外生活经验与旅行感悟，还有迷人而唯美的旷世恋情。

这里特别要提及的是，张爱玲擅长以个人主义视角表达女性体验，从成名作《沉香屑·第一炉香》，到后来的《金锁记》《倾城之恋》《红玫瑰与白玫瑰》等，即便张爱玲在 1955 年后到美国的创作，走向了更为冷峻与从容的书写实验，呈现出经久不衰的"张爱玲现象"及书写传奇。而于 20 世纪 70 年代推出了《色，戒》《相见欢》《浮花浪蕊》，尽管这几部小说都是其 50 年代所作，张爱玲在《惘然记》中也自述："这三篇近作其实都是一九五〇年间写的，不过此后屡经彻底改写，《相见欢》和《色，戒》发表后又还添改多处。《浮花浪蕊》最后一次大改，才参用社会小说做法，题材比近代小说散漫，是一个实验"。① 1975 年成稿的《小团圆》（2009 年正式出版）则标志着张爱玲在继 40 年代《传奇》为代表的高峰之后，写作进入了"小说创作的第二个高潮"。

---

① 张爱玲：《〈惘然记〉序》，张爱玲：《重访边城》，北京十月文艺出版社 2012 年版，第 121 页。

张爱玲一直孜孜于女性本体及悲惨命运的描写，不仅表达了对男权社会制度下被摧残女性的深切同情，更从原罪意识出发，对女性自身的人格弱点予以深刻批判。张爱玲个人主义的乖张性格和古典荒凉的美学格调深刻地埋藏在她的精神底色中，张爱玲对同期乃至后辈的影响除了渗透在语言和美学风格方面，更深刻地表现在女性人物的选择与塑造方面。这样的女性形象与凡俗世界呈现疏离的姿态，这源于作者通过冷静、内省的独特叙述风格，主动地制造出自我主体与他者世界的距离。文本叙述者中自我生命经验的嵌入，不断地进行自我质疑、反思，并试图与外在世界展开对话，不仅使写作中混有冷眼疏离的质感，也使张爱玲笔下女性主体意识的自我建构有迹可循。无疑，张爱玲小说中蕴含的精神力量，是挣脱性别困境与希望所在。

其实，张爱玲对于政治一向保持淡漠，并非不涉及政治题材，而是通过建构有意味的男性革命叙述空间与女性主义美学空间的二元对立，而实现政治化的祛魅，最终推导出温润、处变不惊的女性力量，具有消解宏大革命历史作用的功能。可以看出，早期她对女性的想象是规避政治的，既不是被裹挟在革命洪流里的革命女性，也不是站在革命对立面去抗议历史伤痛的受害者，她对革命本身的评判是空白的，这种缺失是作者刻意为之，主要目的是站在纯粹的性别立场，书写男性的政治欲望和女性以爱与美作为生命第一要义的性别差异。

在张爱玲的这些文本中，女性并未获得真正的解放，而是蜷缩在狭窄的生活空间中，刻意回避社会的复杂与男性的压榨，而张爱玲惯以书写女性遗世独立的高蹈品质，更以别样的自由意志呈现她们的精神追求，但其暗藏的逻辑依旧是女性的附属性，她们在历史中谦卑地退守，恪守传统性别秩序中的"男尊女卑"的模式，这种孱弱的个人主义审美方式，并不能成为真正的革命力量，甚至可以说是一种自我蒙蔽。这种将女性力量囚禁在美学范畴的写作实验，构建出一个架空的"传奇"空间，它不仅远离现实政治，甚至以取消成长叙事的幻觉，来消解女性的焦虑来源，刻意避免在历史的宏大层面为女性明确寻找一个合理的位置，但又想凸显女性的特殊力量，这显现出早期女性意识的混沌与孱弱。

进入 80 年代后，海外华文女作家的女性意识呈现出了与中国本土殊途同归的发展趋势，一起完成了一个多姿多彩的文学图景，共同建构了中国女性文学的生态。尤其是 80 年代中期以后，随着意识形态的宽松，文化政治发生了很大变化，社会也处在一个整合转轨时期，相应地体现在文学上，则是任何一种流派、风格都不能再像以前那样独领风骚，文坛越来越趋向众声喧哗，一个多元化、多样化文学景观越来越鲜明地呈现出来。创作上互相渗透、彼此融合。1987 年 9 月，於梨华和陈若曦共同发起筹备海外华文女作家协会。1989 年，"第一届海外华文女作家会议"于美国加州陈若曦家中成功召开，这对开展海外女性书写交流，具有重要的意义。可以说，20 世纪 80 年代海外华文女性书写注重流散苦难经验的书写，但不可同避的是 80 年代是海外华文女性创作的低潮，身份认同与融入海外生活与文化场域的障碍依然存在，海外华人女作家暂时走入沉寂。陈若曦《纸婚》（1987）、查建英《丛林下的冰河》（1988）、谭恩美的《喜福会》（1989）等文本的出现倒是激起了一些浪花。陈若曦的日记体小说《纸婚》来源于她去法国看望朋友的经历。当时朋友家住了一个北京姑娘，为了能永久居留而"假结婚"，最后发现自己爱上了对方。陈若曦获得"一个适宜的入口处"[①]，她将《纸婚》移植到美国空间中，讲述了在美国加州来自上海女子 35 岁的尤怡平为了继续在美国学习，需要获得在美国的居留权，无奈与项·墨非结婚，开始了与同性恋男人于 1985 年为期十个月的奇特情感形式，但两人之间尽管没有世俗与婚姻中约定俗成的"性"的存在，却最终演化为一种超越世俗之爱柏拉图式的爱情。项·墨非曾经有过嬉皮士的生活经历，曾参加过反战和反文化传统的抗争；而尤怡平也有过失败的情感经历。于是两人在共同的生活空间

---

① 程德培：《当代小说艺术论》，学林出版社 1990 年版，第 263 页。

中，于患难中激发出了内心深处的爱，在精神上达到了契合，以至于最终项·墨非在得知自己患了艾滋病，在遗嘱中称尤怡平为"我挚爱的妻子"；而尤怡平说过："如果我能早些认识项，我会改变他的生活的"。陈若曦在小说中嵌入了贝克特的名剧《等待戈多》的故事，侧面展示了女性从对情感的选择的无奈、不悔与虚妄，却在项·墨非生病中给以温情的呵护，成为项·墨非精神的拯救者，两人走向了精神世界的叠合，最终获得了对性别文化的超越及自我的精神成长。查建英在小说《丛林下的冰河》中写道"那年我整整二十岁。当时中国已有几十年无人做这种性质的远征。这两个因素使得一切都染上一层浓郁的浪漫冒险色彩"①。"我"在美国找不到情感皈依，于是回望过去在国内所发生的一切，显得非常重要，对于"我"越来越刻骨铭心。《到美国去！到美国去！》（1988）讲述的是一个具有"土插队"和"洋插队"经验的女性故事，小说文本将"文化大革命"经验、知青生活经验、美国金钱社会经验等交织在一起，展示了女主人公伍珍所经历时代迥异的生活，所携带的都是背井离乡，抛离了原有的生活轨道而陷入新的精神困境与挣扎。在"美国梦"的寻找中，不惜通过整容改变自我，之后的她成了华人老板约翰的情人，并获得帮她办成绿卡的承诺。而后伍珍悲哀地发现约翰只不过把她当成妓女看待，更加陷入了了失落。正如在《芝加哥重逢》小说中男主人公发出这样的感叹："在异国生活了一段时间的人，性格和感情会逐渐发生一种分裂，内在的，潜移默化的变化。两种文化会同时对你产生吸引力和离心力，你会品尝前所未有的苦果，感受到前所未有的压力和矛盾。你的民族性在减弱的同时，你的世界性在把你推向一片广阔的高原的同时，使你面临孤独的深谷……"② 其实，"这样，那些有关冒险、探寻、爱情，有关来自不同文化的人之间的互相迷恋又互相误会，有关不同种

---

① 查建英：《丛林下的冰河》，《人民文学》1988 年第 11 期。
② 查建英：《芝加哥重逢》，选自《丛林下的冰河》，时代文艺出版社 1995 年版，第 98 页。

族之间的疑虑、隔阂与相通，有关人在成长、走向成熟当中如何安放青春理想，有关他乡与故乡的关系……种种场景、人物和思绪，很自然就全都涌出来、以不同方式进到小说里了，因为这些都是我在美国那几年里亲身体验、日思夜想的东西。……那时候反思八十年代以及我自己青春期的写作，有几个问题想得比较多。一个是精英主义的倾向，一个是过于自我和个人化的写作"①。蒋濮留学日本后的《不要问我从哪里来》小说，1988年在《上海文学》发表，小说女主人公魏琳琳是怀着对物质的空前兴趣来到日本的，到日本后，尽管生存艰难，但是她并没有像邵阳阳那样的女性一样放逐自己，而是希望以自己的方式获得生命追求。但随后出国的丈夫亚非却并不适应日本的残酷竞争和低人一头的打工生活，彷徨无着，竟有了外遇。情感上的变故，令她的精神彻底崩溃。小说发表后在日本引起了反响。《读卖新闻》评论中说这是继郁达夫小说《沉沦》之后60年又出现的中国留学生文学。也有评论家这样认为，"叙述人总是一个高尚的女性，通常才貌双全，人品出众，性格温柔，教养不俗，却屡屡因受小人的背叛、嫉妒或陷害打击而陷于困境，由她反衬周围环境的庸俗、委琐和卑劣"②。蒋濮从此名声大作，接着《东京恋》《东京梦》也相继发表，颇受好评。蒋濮的可贵之处在于写出了留日女性在日本社会的生存状态与精神状态，也反映出了日本社会对留学女性的影响与塑形。谭恩美《喜福会》根据外婆和母亲的经历，以四对母女的故事为经纬，讲述了母女之间的情感波动。该书连续40周登上《纽约时报》畅销书排行榜，销量达到500万册，并获得了"全美图书奖"等一系列文学大奖，还被好莱坞拍成了电影，广受追捧。

90年代以来，随着中外文学与文化交流加剧，中国本土作家作品

---

① 江少川：《查建英专访："找到的就已不是你所要找的"》，《世界华人周刊》2014年3月14日，《红杉林》2014年春季号。

② 参见李兆忠在《文学自由谈》上发表的系列文章，《新留日文学缘何没有大手笔》《被妖魔化的日本人》等。

纷纷进入海外市场，同时海外华人文学也大量融入了中国，这对促进文学的相互辐射以共同进步大有好处。同时移民文学和留学生文学兴起，在日益国际化、资讯化的中国，任何时髦的、尖端的理论或作品，较新的文学理论像新批评、结构主义、解构主义、新女性主义文学等，都能以最快的速度进入，对其创作形成极大影响。中外文艺同步接轨，感应着时代的潮流。伴随着社会工商化、都市化的步伐，出现许多都市化的作品，例如风行一时的都市诗，把触角伸向都市生活的各个角落，发掘现代文明在人心灵所造成的种种冲击。90 年代女作家习惯把女人与个人同时作为主题词，进入女性的表叙世界，成为她们阐释的对象，开始了融入群体性的经验之后的对女性自我经验的拯救与回复，更加强调的是主体性的确立，或是追随身体欲望的疯狂写作，或是更趋生活化、故事化，或兼具乡愁文学特性和时代感的离散文学等。这一时期的女作家彰显出不同的身份认同与文化认同方式，或显示出了逐步融入异质文化，如周励《曼哈顿的中国女人》（1992）凭借自身的拼搏精神、个人的奋斗、创业激情，最终融入了美国主流文化，充满了中国文化自信。或显示出在异域生存的尴尬与伤痛，如蒋濮《东京没有爱情》（1990）指出了留学生在异域情感的变异；阎真的《白雪红尘》（《曾在天涯》，1996）逼真地描写了一代留学生的内心痛苦和窘迫处境。陈玉慧的《深夜穿过蓝色的城市》（1994）显示出了漂移的清冷，陷入了无法摆脱的境地。黄宝莲的《暴戾的夏天》（1997）写出漂泊带给华人的严重后果，故事中混血德安与弟弟分别认同中国母亲与美国父亲的身份与根脉，德安选择了回到中国，在西藏邂逅索玛，索玛留了南方海洋中一个小岛的地址，于是德安如约而至，然而就在两人约会的第二天早晨，"飞行的中国人"德安却在海边选择了自杀，永远留在了国内。而如严歌苓小说《扶桑》（1995）讲述被拐骗到美国的妓女扶桑的悲惨命运和经历，折射出 19 世纪华人移民史。曹明华自传体散文集《世纪末在美国》（1998），观察不同的文明中相同的人性，以及对人与自然、人与万物之间的关联的思考。而一些女作家则将目光投射到中国本土，开始了回溯女性在历史中的承受与承担，如严歌苓《穗子物语》系列（2004年中国台湾版）小说有《柳腊姐》《梨花疫》《小艳情》《白麻雀》等，讲述了"穗子"群体在"文化大革命"中成长故事；虹影的《饥饿的女儿》（1997）以酣畅淋漓的笔法抖落暴露家族隐私，剖析自己作为私生女内心世界与挣扎的灵魂，在代际的结构褶皱中挖掘深藏的历史、社会、家庭痕迹，体现了身份的主体意识的觉醒和对人的生存状态的深层思考。可见，女性作为个体或群体，在国家、民族的历史脉络中，从来就不是单纯的个体存在，必然会被历史容纳、包装，或者说女性作为历史中的个体存在，已成为反思社会历史文化演变本身的线索。

尤其是21世纪以来随着视觉化、媒介化力量的增强，女作家一方面逐渐走出女性偏狭，更倾向于在大视域中，超越个人—历史—现实经验，超越形而上或下的限度，承担对生命—世界的客观、冷静认知，寻觅展演平凡生活中的平实与奇迹，充满了无尽的想象，尽管间或有淡淡的忧伤、焦虑，却并不绝望，且充满了阳光般的欣喜、跃动与欢腾。这其中，文本中的中外女性的成长顺着一条男性给予的现代性理路一路攀爬，而女作家则试图将权力主体置换给女性，使其获得自我救赎的根本路径，因为在其底层文化逻辑里，男性是现代理性的代表，女性主体性的生成则必须通过背离现代性而进行选择。因此，作家笔下的女性主义话语生成和对现代性的批判是绑缚在一起的。但同时漂泊的主题依然成为叙述的核心，多以海外华人生命经验，来写他们在信仰与生存的故事，如王小慧的《我的视觉日记——旅德生活十五年》（2001），展示了生命传奇性与自我奋斗的经历。郭丹的《别爱苏黎世》（2001）中三个中国女留学生的故事，在欧洲最富有的城市求学，想要实现梦想，甚至生存需要绝对的勇敢和坚强。如张翎的《邮购新娘》（2004）以海外华人女性的故事为切入点，写出了时代洪流中苦苦挣扎的普通人的共情感。林湄的《天望》（2004）展示了海外华人与自然、环境、社会的关联，以及最终质疑信仰虚幻的故事。张爱玲的《小团圆》表达了在海外境遇中自我情感的迁移与对中国本土传统文化的回切。张辛欣的《流浪世界的方式》（2002）、《我的好莱坞大学》（2003）、《选择流落》（2016）、《我的伪造生涯》（2017）等非虚构小说，通过回溯、回忆的方式的"召回"，更强调了主观性与个体主体的经验性，而《IT 童话》（2015）则是对未来智能世界的勾勒，展示了人与欲望的纠缠，具有生态警示性。加拿大华裔女作家张翎的《阵痛》（2014），通过对固化的女性生育功能的另类书写，找寻到女性主体性的突围与表达，也见证了苦难对个体精神的毁灭，还铸成了对社会生态的挑战与破坏力。

事实上，无论是张爱玲、聂华苓、於梨华、陈若曦，还是虹影、严歌苓、张辛欣、吕大明等，各个时代的海外华人女作家，都表达出了难以割舍的"中国性"或"本土性"。可以说，她们把海外生活经验，容纳到文学创作中，并进行了创造性的转化，体现出独特的虚构能力和艺术构型能力，在自我与他者之间的镜像关系中寻找女性个人主体性的确证，放弃将女性主体融入既定的社会符号场域，在自我与本体之间开始了女性自我的蜕变，去接受身份"询唤"，从在异质文化中步步退守，回归美学范畴，进行自我的摆渡，再到回到本土文化、母体文化发掘与积蓄走向自我的力量。在这个意义上，尽管海外华文女作家呈现为跨界、跨文化的漂移的状态，在不同文化背景、国家、民族的差异中，其女性主义写作整体上尚不具备彻底的革命性与反叛性，但逐渐开启了走向自我主体构建的书写模式。正如张旭东在《本雅明的意义》一文中指出："本雅明对时代以及人在这个时代处境的洞察，以及他的思想方式和表达方式的独特超出了同时代人的理解力，更确切地说，超出了那个时代的意识形态的承受力。"① 本雅明在异域文化中的这种表达张力，成了一些海外华人女作家的创作范式，也激

---

① ［德］瓦尔特·本雅明：《发达资本主义时代的抒情诗人》，张旭东、魏文生译，生活·读书·新知三联书店 1989 年版，第 3 页。

励着她们在性别、种族、文化、女性、男性等的冲突与融合中的艺术创造。

二　性别结构性困境与性别闭环

"性别"成了一把魔剑，击穿了女性身份的传统文化构成，也揭开了女性被社会关系缠绕的尴尬，被男权意识与权力强制设定的命运；但却无力撼动性别文化的结构性困境。性别关系是考量人类社会文化进步的指标，两性平等与差异性存在的问题，是性别文化反思与建构的核心问题。玛丽·伊格尔顿认为："男女之间最明显的差异，我们能肯定的唯一永恒的差异是主体的差异，这一差异一直被用来证明一种性别有权控制另一种性别的借口。"① 海外华人女性写作揭示了在以男权为主导的社会文化结构中，性别平等在现实生活中仍然难以彻底实现。因为"三从四德"理念、"男尊女卑"理念仍然潜在地起着作用。甚至异域现代性也成为禁锢女性的新力量，都市理性制造出多重身份焦虑、人格裂变、主体性缺失、疯癫与文明的悖论等都成为女性书写中的共同符码。女作家意识到都市以其多种形态的制度性力量，造成了女性生存的艰难和心灵扭曲，1970—1980 这个阶段初期的小说文本集中关注更为广大的失根、分裂的现代女性的共同命运，为她们多重面向的现实处境和由身份焦虑带来的精神痛苦而深深忧虑。如查建英的中篇小说《丛林下的冰河》（1988）中的女主人公"我"在反抗与妥协的道路上的徘徊，在父亲的老战友来访吃饭走后，她成了被指责的对象，"中心问题是整个晚上'我'的肩膀几乎全露在外面，上头只搭了两根细带子……我运了运气，准备道个歉，忍了，结果冲

---

① ［英］玛丽·伊格尔顿：《女权主义文学理论》，胡敏译，湖南文艺出版社 1989 年版，第 410 页。

口来了这么一句：Leave me alone.（让我一个人待着，别理我，烦着呢！）"① 当她到 D 沉入冰河的地点去了一趟之后，"我"又明白，"我"根本就和这块土地有了不可磨合的裂痕。"既不能像 D 那样死去，又不能像周围大多数人那样活着。"② 于是"我"回到美国。在美国的时候，"我"遭到了中国留学生的嘲笑，认为她"比洋人还洋，给中国人丢脸，作风令人作呕"等，美国男友捷夫，"从浴室走出来，赤裸的身体漫出一团若有若无的水蒸汽。他在这种时候常常是不可抵御的，也常常不受任何抵御"③。但"我"最终以"一种说不清的滋味"向捷夫提出了分手。而在小说《留美故事》中有这样的描述："一个人，可以睡得极为惬意。干脆连睡衣也不穿，将四肢伸得开开的，呈大字……有片刻身心似乎悠悠地超越了时空，步入一片永恒的旷野。不禁想到，或许庄子的'吾丧我'，便指的是这种赤条条无牵无挂的时刻和意境。"④ 但来自女性身体伦理上的捍卫与反抗，以及追求身体的释然成为一种习惯，更何况放纵和对禁锢的身体释放本来就不是一个同义词。尤其是精神上仍然存在苦闷，"具有第三世界血缘的'夹缝人'或'香蕉人'外黄里白。他们在东西冲突中颇感尴尬，面对西方经常处于一种失语与无根状态，却在面对东方时又具有西方人的优越感"⑤。因此，由于文化价值观的模糊与颠倒，导致了在主体认知上的偏离，这成为一些海外夹缝中人的通病。这是典型的父权社会逻辑之下的事件，与作家所持有的生存哲学：游走于社会准则边缘，追求极度的自由，还有个人主义至上。不同于前期书写女性在世俗社会中的失根、飘零、无法获得自我统一性以至于疯癫的生存状态，海外女作家兼具神性品质与世俗肉身，具有了自我圆融性的追求，开始

---

① 查建英：《留美故事》，花山文艺出版社 2003 年版，第 177—178 页。
② 查建英：《留美故事》，花山文艺出版社 2003 年版，第 176 页。
③ 查建英：《留美故事》，花山文艺出版社 2003 年版，第 153 页。
④ 查建英：《留美故事》，花山文艺出版社 2003 年版，第 179 页。
⑤ 王岳川：《后殖民主义与新历史主义文论》，山东教育出版社 1999 年版，第 43 页。

了真正意义上的反叛与主体性建构。正如霍米·巴巴对想象机制的分析："主体通过一种同时疏离进而潜在对抗的图像寻找或认识自己，这就是两种关系相近的身份形式——它们合一为自恋性和侵略性的图像——的基础。"①

　　20世纪90年代起女性获得了世俗意义上的真正成长。女作家开始了激进表达之后的流变，即回到女性时代。意味着女作家回到女性生命基点上，开始介入真正的女性本体意志与想象。走进女性时代的乌托邦，意味着女作家在一种精神想象空间中，对超越世俗、社会文化结构的一种虚构，但却是指向现实的，具有象征意义，从而体现了最大化的女性主体性。20世纪英国的克莱夫·贝尔认为："艺术品中必定存在着某种特性，离开它，艺术品就不能作为艺术品而存在；……在各个不同的作品中，线条、色彩的关系和组合，这些给人们以审美感受的形式，我们称之为有意味的形式。"② 的确，具有激进的女性主义意味的文本，这一时期横空出世，如虹影的《饥饿的女儿》等文本，"女性不是作为所谓'男性社会'——这是一个虚假的设定——的对立的反叛力量出现的，而是作为清算形而上学的个体力量所能显示的女性个体的独特的差异性和敏锐性，介入根本的恢复存在的生成性活力的斗争。"③ 但随着世俗主义与消费主义抬头，海外华文文学中出现了女性生活逻辑被消费主义逻辑所改写，"以西方现代享乐主义为核心的新道德诠释，重新规定了财富、荣誉、体面、上流、甚至是享乐的内涵与定义，当人们兴高采烈地夸张享乐和消费至上时，享乐和欲望也已经转换成特定诠释下的某种场景、形式、游戏内容及其规则"④。诸如严歌苓的《快乐时光》《谁家有女初长成》、张翎的

① 赵稀方：《后殖民理论》，北京大学出版社2009年版，第104页。
② ［英］克莱夫·贝尔：《艺术》，周金环等译，中国文联出版公司1984年版，第4页。
③ 萌萌：《后现代主义和女性问题》，引自叶舒宪主编《性别诗学》，社会科学文献出版社1999年版，第56页。
④ 陈思和：《现代都市社会的"欲望"文本：以卫慧和棉棉的创作为例》，《小说界》2000年第3期。

《唐山大地震》《劳燕》、陈河的《布偶》、曾晓文的《慈善夜》等小说,在面对现代语境中衍生出的女性弱势地位的形态与非理性秩序空间,一方面有着对女性生命形态的揭露,另一方面试图构建新的性别秩序,但仍然无法摆脱性别文化的结构性困境。

> 她干巴巴地讲着她所经历的一切劫难,她意识不到她讲的已不全是实话,尤其是讲到她小产后两个畜生男人浴着她的血轮番地受用她,受用到她奄奄一息。她不认为这印象有多大误差,它就是她心理存留的对整桩事情的惟一印象。①

新经济学家马克·格兰诺维特认为,个体经济行为并不是孤立的,而是在具体社会与经济结构中实实在在与其他经济与制度结构相联结的②。如果我们顺着结构性研究视角所强调的,性别现象的产生并不是单一的原因,而是多个矛盾与问题相互交织叠加形成的结构性问题。周志强"所说的 21 世纪中国知识分子的'结构性困境'呢?就是不由你个人境遇所决定的一种困境,是你只要在当下的环境或者说处境里,你就不得不面对的一个困境"③。这种困境在中外空间中都是存在的,即便在新媒体语境下存在女性身份自我建构及潜在的性别话语抗争,传统文化中男性主导的性别关系,随着新媒介的到来也发生着改变,女性由被动转变为主动出击,逐渐形成了新的性别文化结构,同时由于延续的性别不平等秩序的惯性以及性别歧视、压迫等,女性在世界性范围内仍然身处性别文化结构性的困境中,究其原因,大致有三个:男女主体性的不对称;身份认同的问题;社会性别基于传统文化对女性的塑造,存在层级压迫和垂

---

① 严歌苓:《谁家有女初长成》,北京联合出版公司 2013 年版,第 79 页。
② [美] 马克·格兰诺维特:《镶嵌:社会网与经济行动》,罗家德译,社会科学文献出版社 2007 年版。
③ 周志强:《知识分子的结构性困境》,《中国图书评论》2015 年第 7 期。

直压制。于是，海外华文女性写作出现了对隐秘性的性别文化的批判。具体体现在以下两个方面。

一是对性别歧视的批判。严歌苓在《雌性的草地》"从雌性出发代自序"中告诉我们她是这样理解生命的命运、人性还有动物性的："这条命运线诠释了书中许多生命的命运——要成为一匹优秀的军马，就得去掉马性；要成为一条杰出的狗，就得灭除狗性；要做一个忠实的女修士，就得扼杀女性。一切生命的'性'都是理想准则的对立面。'性'被消灭，生命才得以纯粹。这似乎是一个残酷而圆满的逻辑，起码在那个年代。""我也企图在人的性爱与动物的性爱中找到一点共同，那就是，性爱是毁灭，更是永生。"① 严歌苓赋予草地以性别，对生活在此的女性的一种隐喻，审视她们如何在激进年代被销蚀或扼杀。严歌苓指认了非常时代女性被控制与无自主性的悲剧命运，并发出了强有力的控诉。"主要以小点儿的观察角度来表现这个女修士般的集体。这个集体从人性的层面看是荒诞的，从神性的层面却是庄严的。……而同样是这份荒诞的庄严扼杀了全部女孩，把她们年轻的肉体和灵魂作为牺牲，捧上了理想的祭坛。因此这份庄严而荒诞的理想便最终被认清为罪恶。"②

美籍华人邝丽莎的《雪花与秘密的扇子》(2005)，与白先勇小说《孽子》聚焦于20世纪60年代前后的台湾同性恋少年，所遭受社会、家庭、亲人的排挤而成为社会的边缘人的不同；而更多地把这种内心的撕裂归咎于时代里的传统的性别秩序，透过80岁湖南省瑶族聚居地江永县女主人公百合的讲述，通过她与雪花写在扇面上的女书为线索，展示了关于女性的悲与喜、爱与痛、真诚与背叛的故事。百合经历了自幼被裹脚、成婚、生子的女子被塑形的过程，成了县里大户人家的儿媳妇"卢夫人"，却在婚后与7岁就结为老同的雪花的关系破裂。

---

① 严歌苓：《雌性的草地》"从雌性出发代自序"，春风文艺出版社1998年版，第5页。
② 严歌苓：《雌性的草地》"从雌性出发代自序"，春风文艺出版社1998年版，第5页。

两人曾经发誓结为精神伴侣，永远忠于对方，并透过折扇上的女书互相精神分享，但由于误解、失信导致最终决裂。百合绝望甚至用最为公开的斥责歌来报复雪花。直到雪花临死前，两个人才化解误会。严歌苓《穗子物语》中的小说《白麻雀》，讲述了藏族女孩斑玛措因为天生的好嗓门被挖掘进部队的演唱队，但是为了迎合主流审美，弱化了自身藏族的气质和音色，结果反倒成了部队精简裁员的首选对象。斑玛措深处困境，便把情感移情到汉族女孩何小蓉的身上，然而纠结半生的情感最终却难以抗衡小蓉老公的婚姻牢固性。

陈谦的中篇小说《木棉花开》以辛迪、养母珍妮、养女戴安、生母之间的故事展开了叙事，蕴含了两重意思：一是因为性别遭受遗弃的指认，二是身份角色带来的结构性困境的展示。故事讲述戴安的美国养母珍妮，现为硅谷著名高科技公司的市场运营官，已经跟青少年心理问题领域的专家、旧金山湾区著名心理治疗师辛迪反复沟通了近一个星期，才安排妥与戴安的一对一视频会议。因为戴安小学毕业12岁返回中国寻根之旅，引发戴安的精神危机。因第一次参加"海外遗孤中华寻根之旅"回来，刚升入初中的戴安不久便突发精神崩溃，开始自残。其实，在戴安发病之前，珍妮年年都带她去旧金山看元宵节、中秋节中国社区灯会等活动。但戴安发病后，几乎所有寒暑假的家庭旅行都绕开亚洲大陆，连戴安每周末的中文课也停了。幸亏遇到辛迪，才走出可怕境地，最后升入大学，住在曼哈顿租金昂贵的公寓塔楼里，在NYU（纽约大学）学电影。

其实，戴安遭遇了自我角色的认知障碍。她一直都把自己的母亲想象得太完美，放在至高的位置上，但又不能够接受被抛弃，是因为辛迪的开导，开始对自己的身世释然，并与自己的内心和解。她认为最大的善意，要给接养了自己的妈咪和爹地，并不该再让他们担心。戴安为自己相认的短片"木棉花开"做了片花，视频中的肯尼迪机场的出境大厅，母女相认的画面中"圈在黄女士厚实的肩上的那只细长的手臂，手腕上有个漂亮的刺青，镜头摇近，再摇近，那是一朵刚刚初放的木棉，正盖在辛迪曾经非常熟悉的那个创口上。"①这里，"木棉花开"具有很有意味的象征，是女性包容、开放的自我，并获得了生命里的新质与爱。

同样有被遗弃命运的辛迪，她的韩文名字是"金顺来"，是生母顺来与英国水兵的混血私生女，这成了顺来人生背景里难以磨灭的红字。生母除了给她留下的韩国名字，别无他物。在年仅两岁半时，她被在内华达沙漠小镇高速公路旁经营汽车旅馆的韦伯夫妇收养。从记事起，就再没人叫过她顺子，直到她年过四十，看到自己的出生证后，才将这个韩文名字正式加到自己的法定名字中。"这之间发生的一切，让我成为今日之我"，当她已从洛杉矶加大的心理学博士毕业，拥有了自己的心理诊所，并成为活跃的民权活动家。与自己交往了近两年的未婚夫马克，没有对她的个人史表现出特别兴趣。辛迪也不时反省自己第一段破裂的婚姻和后来几段无疾而终的关系，才意识到马克对自己其实很包容。这让她越来越愿意与马克讨论婚礼的细节和未来的生活计划。

其实，背后牵扯到关于东亚文化、中国性别文化、20世纪80年代的国策，以及它带来的错综复杂的因果关系。美国已进入"人种"成为敏感词、人的身份被笼统成"民族"的时代，辛迪自己是韩战遗孤的弃婴身份，她的生母有过艰难的人生，战乱中生下她这令人蒙羞的混血女儿，改嫁时又不得不抛弃这个女儿。而戴安生母黄桂香当年遗弃女儿"小木棉"时，还未成年。她15岁就辍学，跟着老乡从桂西中越边境上的贫困山乡出逃，来到北海打黑工。她先在菜场里的米粉摊上卖米粉炸油条，不久就给工头骗到银滩海边当了陪泳女郎。遇到了戴安的生父，一个广东过来的小镇工厂主，是雇小桂香给陪泳的客人。不久他将桂香带出海滨，帮着做饭洗衣，桂香很快就发现怀孕，男人掏出三千块钱，说生下儿子就可带她去广东落户。后因

---

① 陈谦：《木棉花开》，《上海文学》2020年第7期。

生了女儿，便遭到抛弃。黄桂香无奈遗弃女儿，并认识了电缆厂那比她大二十多岁的刘老板，成为他两个儿子的后妈，接手了丈夫的厂子。年近不惑的她是佛山一家有千余员工的私营电缆厂的老板娘，生意做得很成功。但她一直没有忘记寻找女儿，更是长年烧香拜佛做善事，祈求找到女儿。

二是对底层女性遭受性别暴力与杀戮的揭露，并指向刻板的"女性＝母性"的合一性的文化批判。刘瑛是德国华裔作家，短篇小说《第三位幸运者》（2021），讲述了一个心灵扭曲的故事。德国人施罗德通过付费的私密俱乐部网站，结识了一些妓女，便以招聘上门服务为由，陆续把她们杀害。作为专业赛车俱乐部常年高薪聘请的一级汽车护理师，貌似品行端正、令人信赖、受人尊敬。在几十年职业生涯中，他从未出过差错。与妻子也恩爱有加，性格开朗、心智健康，是个难得的好丈夫、好父亲。此外，还是小镇的志愿者，热心本地的各项公益活动与家庭问题义务调解员。这一切却因他突发心肌梗塞死亡后，秘密被揭开。把童年的对妓女的恨，转嫁到对日后妓女的报复与杀戮。在一个自制的视频中，他说他恨妓女，恨那些上门撩汉的"骚货"，把上门服务的女性麻醉之后，再实施作案。来自俄罗斯、罗马尼亚、南斯拉夫、保加利亚等地的妓女，其中有 2 位被他杀死。

德国男人施罗德的杀戮行为，其悲剧的根源在于，在七岁那年，他母亲重病住院。耐不住寂寞的父亲此时却在家中召妓。不知那妓女使了何种魔法，从那时开始，他父亲开始经常夜不归宿。家里的一点钱，都交到了那个妓女手上。那一年，他的生活里充斥着父母的争吵。后来，父母离异。大病之后的母亲还没等恢复，就遭此变故，彻底伤了元气，患上了忧郁症。旧病添新病，有两年的时间几乎天天以泪洗面。施罗德就在这种阴影中长到 10 岁，直到母亲带着他重新出嫁。

而让施罗德真正痛下杀手的却是让他动心的波兰女人沙碧娜，她告诉施罗德来德国是为了自由，所以当施罗德允诺会娶她为妻时，被沙碧娜拒绝了。对于身为性服务者的沙碧娜来说，在现代性的环境中，仍然应该保持有人格独立、精神自由和情感需求，拒绝一个不能够获利的空壳婚姻，是符合自己作为现代女性的生活需要的。但施罗德却认为这是背离自己的价值判断，同时也挑战了自己的性别心理与经济优势，一种文化习惯、生活方式、社会心理、价值观念、经济情况、社会地位等助长起来的自我认知。或许这就是杀戮妓女的动念，充满了疯狂。

后来是来自保加利亚乡村的女人塔莎，进入了他的视线，她到德国后总在寻找赚钱的机会与寻找居留的可能，做过好几份临时工，生活一直很不稳定。直到两年前嫁给了一个德国人，生了一个儿子。儿子现在一岁半了，丈夫却移情别恋，与她分居了。按德国法律，在托比 18 岁之前，塔莎可以作为孩子的监护人合法地居留在德国；孩子父亲每月须支付给母子俩一定的抚养费，德国政府补助一部分房租，再加上孩子每月的"儿童金"，母子俩吃穿住不愁，生活已有基本保障。但她仍然出来工作，并应约到施罗德家中进行陪护，并让施罗德感受到一位母亲的温暖与厚爱。

而来自中国的网名叫"茉莉花"的"我"，在 6 岁那年父亲离世。丈夫是她青梅竹马的初恋，农业大学毕业后，分到林业局工作。一年后，他们结了婚。第二年生下了儿子。丈夫在一次陪同领导到林场检查工作时，被突然伐倒下的树砸伤了腿，工伤，成了残疾人。她自己高中时成绩不够理想，只考上了一所大专学校。毕业后分别在私营广告公司、房地产公司短暂工作过，还做过收入报酬很不错的月嫂。后来凭着提交的设计作品，被德国一所专科学院录取。儿子有哮喘病，在雾霾严重的日子，经常喘不上气来。她很想把儿子带到德国来，不为别的，只因为这儿空气好。在上门服务的过程中，她讲了自己生病的儿子，并告诉他儿子给自己手机下载了定位。或许施罗德感受到"她"的善良、自然、素朴、爱心、单纯，他并没有加害她，反而送了烟盒大小的礼物，并着重地说："这是我 7 岁时收到的礼物，一直跟随着我，就像我的护身符，保佑着我。现在送给您 7 岁的儿子吧！他救了您。祝他好运！"① 一个内心残酷的男人，最后一点善念，或许来自对身为母亲的尊重。但他对女性根深蒂固的性别偏见与杀戮，是无法抵消与饶恕的。

巴特勒在《性别麻烦》中说道，"女性""只是一个麻烦的词语，一个争论的场域，一个焦虑的起因"。② 可见，传统女性范式，固化在男性文化中，即便是西方男人，仍然是作为"道德主体"出现的，对女性采取了粗暴的杀戮，这是西方文化优势叠加了男性中心文化，从而助长了对女性的极端暴力。虹影的《月光武士》与此如出一辙，小说中秦佳慧遭遇着丈夫杨钢邦长期的身体与精神上的控制与家庭暴力，却一直采取了隐忍与妥协，直到最后发起了反抗。与之形成强烈对照的是虹影的《康乃馨俱乐部：女子有行》三部曲（《上海：康乃馨俱乐部》《纽约：逃出纽约》《布拉格：布拉格的陷落》），还有"海上花三部曲"（《上海王》《上海之死》《上海魔术师》）中的女性面对男性秩序的捆绑，予以坚定的反抗，并试图撑开性别闭环的怪圈。

三　身体的放逐与灵魂摆渡

文学承担着建构人类意义和价值的功能，这将引发文学的革命，而本土格调的主体性建构及实践是必然之路。如此，不仅"对人物和生活的描述如此深刻、丰富、真确并富有同情心，使得每一个有感情、有文化的中国人都能在故事中找到认同感"③，而且能够与我们身处的时代、环境发生意义，"不仅隐喻着人类心灵层面的潜力，同时也是赋予人类生命活的力量，赋予宇宙万事万物活的力量"④。这里不可忽

① 刘瑛：《第三位幸运者》，《中国作家》2021 年第 12 期。
② ［美］朱迪·巴特勒：《性别麻烦》，宋素凤译，上海三联书店 2009 年版，第 4 页。
③ 哈金：《呼唤伟大的"中国小说"》，《青年文学》2005 年第 7 期。
④ ［美］约瑟夫·坎贝尔（Joseph Campbell）：《神话的力量》，朱侃如译，台北立绪 1997 年版，第 42—43 页。

视的是海外华文女作家既是对西方现代文化的延续与拓展，又回切到中国本土文化语境中，不仅昭示了海外华人对中华母体的精神皈依性，也显示了个体或群体在多元文化建构中的主体性至关重要。从张爱玲、聂华苓、虹影等作家的文本可以看出，一方面在中国本土脉络上，展示中国故事、世情伦理、道德秩序与情感结构等，同时也将目光投向了世界性的维度上，寻求女性主体建构的多种可能性与必然性。因此，文本不仅具有中华母体文化的内涵与精神底蕴，也有当代现实意义与审美价值。而海外华人女作家掀起的艺术实践，不仅促动了女性小说主流叙事方式的改变，也突破了女性书写本身的形式框定与现代意识形态规约，作为华文文学主要组成部分，与中国本土的女性书写共振，并促进了整个中国文学艺术现代化的发展，也使中国传统文化、生存经验、中国故事得到世界意义上的传播。

在世纪之交时，延续对身体欲望和官能世界的书写，并指出在生命从成熟走向垂死的过程中，象征青春的女性力量是抵抗时间的唯一救赎之道。对女性的符码化表达集中体现在小说文本中。而书写中凝练了对时间、政治、命运的想象。这种高度精神化的幻影以实体的触感留存在历史与现实的记忆里，成为该阶段女性书写的双向维度：放逐身体性、肉欲的表达；探索女性精神内部从神性到魔性的发现。于是有了诸多海外华裔后代的想象性现代女性形象。在严歌苓的《少女小渔》小说中，小渔的破处经历却是一种近乎宗教般的单纯救赎，无关爱情，甚至算是奇崛的"献祭"，尽管她的本能有意反抗传统的身体伦理规约。"一个病人，快死了，他喜欢了我一年多……他跟渴极了似的，样子真痛苦，真可怜。"① 当然，这种"失贞取义"的献身，是有悖传统道德文化伦理规约的，甚至显得极为荒诞、不可信。应该说，身体成为拯救中介，在道德上获得了默许，这甚至与现代意义上的女性身体伦理主张相左。

---

① 严歌苓：《无非男女》，花山文艺出版社 2003 年版，第 270—271 页。

21 世纪中西文化互通中的新女性形象，也在西班牙华裔作家赵彦的中篇小说《乳房》（2021）中有所体现，这个看似是一个身体的故事，但其实作家以散淡的方式勾勒了"我"与所谓的社会关系中的别人的故事，如"那个女孩有刻意模糊自己性别的倾向，就像其他矮胖女生那样，习惯于在人前收起本来就内存不多的女性特征，以便不玷污女性或者女人这类词，不过这里有谁在乎呢？"① 还有女同事和她丈夫的故事，父母的故事，这些构成了结构性的困境，也存在一种紧张关系，对婚姻的恐惧，对衰老的恐惧，还有对情感的漠然，赵彦以不动声色的笔调，把人与现实的关系缕析得很清晰，即人总会在困顿之中，获得自己的平静内心的方式。在世纪转型期的"后色情时代"，她超越于性别对立之上，展开对人的存在和人类历史发展的总体反思：选择告别传统性别秩序之下的女性想象，走向更具爆裂性、力量感的女性自我想象世界的构建，让她的女性主义不断回溯古典美学的驱动力，显然已不是传统旧文化式的朝圣旧道德的镣铐，反而是走出精神桎梏的勇气，在这个意义上，她的女性主义又是"面向未来"的。在创作的实践过程中，她也最终找到了自己灵魂的皈依——具备阴性神力的、背离现代性的恒定美学世界。

与前阶段刻意书写女性以神性游离于男权社会之外不同，女性写作下沉到真实的世俗世界，开始坦然地接受女性的"他者"立场，从容流转于各种身份之间，不卑不亢地做一名物质狂欢者，女性不需要为权力或反权力斗争本身而故作姿态，奥地利华裔女作家方丽娜中篇小说《蝴蝶坊》（2021），就展示了身体与精神漂泊中的灵魂摆渡。方丽娜祖籍河南商丘，现居奥地利维也纳，欧洲华文笔会会长。毕业于商丘师院英语系、奥地利多瑙大学工商管理硕士、鲁迅文学院第十三届中青年作家高研班。作品发表和转载于《人民文学》《北京文学》《中国作家》《十月》《作品》《小说月报》等。著有小说集《夜蝴蝶》

---

① 赵彦：《乳房》，原载于《作品》2021 年第 5 期。

《蝴蝶飞过的村庄》、散文集《蓝色乡愁》《远方有诗意》等。代表作"蝴蝶三部曲"获"首届华人影视文学优秀创意奖"。《蝴蝶坊》中的东北女人秋月立身在异国街头，成为站街女的她，曾经是一个灵魂的摆渡者，内心比肉体更沉重。在十五岁时，将父亲出轨的事情暴露无遗，让父亲颜面扫地，气焰全消。而秋月不时爆发的冷与狠，正是不折不扣地从父亲身上继承的血性。她永远忘不了随之而来的夏季，父亲将一张存折递给她时的那份温软与战栗。也许是良心发现，父亲离家出走前，将自己全部的积蓄给了秋月，并叮嘱她照顾好自己。从此，便销声匿迹。

在异国用自己的身体，撑起孩子的希望。这符合东北女人的性格，也符合中国妇女的美德。秋月为了丈夫大寒和儿子小寒，辗转俄罗斯、巴黎、维也纳等欧洲各地，顾不得别人的冷眼，她有时候恨不得变成隐形人，湮没在这间不堪入目的房间里。在维也纳到城市边缘的隐蔽地带，或是人工密集的厂房、公司和仓储门前去开展业务。于是，近郊的这家大型停车场，也成了她的流连之地。而偶然的教堂，成了她洗刷心灵之所。

周日，秋月破天荒走出蝴蝶坊，跟随马休走进主街上的玛利亚大教堂。他们和众人一道端坐在教堂的木凳上，听神父肃穆而安详地做着祈祷。白衣少年举着烟雾缭绕的香薰灯，穿行于圣徒中间。与此同时，神父面色端凝地开始布道：切莫让黑暗及恐惧扰乱和控制我们的生活，不要对阴暗世界失去希望。这时，嘹亮的管风琴声骤然响起，一种神圣而美妙的感受，迅速传遍秋月的周身。①

在维也纳遇到了马休，开启了新的人生。而他的潜意识里是想

---

① 方丽娜：《蝴蝶坊》，《作品》2021 年第 1 期。

回到她的子宫，温湿而安全的地方。然而，在瘫痪多年的太太身上，马休自然找不到这种感觉。许是太太生前对他管得太严，物极必反，太太病逝后，马休彻底解放。醉心于蝴蝶坊的温暖与安适。连马休自己都想不通，这个陌生的东方女人，竟成了他梦里栖息的地方！而对于秋月来说，这些年，她从俄罗斯到巴黎再到维也纳，一路走来，风雨飘摇，饱受皮肉之苦的同时，也承受着数不尽的屈辱与无常。秋月做梦都想靠定这样一个肩膀，让它成为永远的依傍。变幻不定的灯光摇曳生辉，也鼓励着秋月，让她一路畅想：如果跟定了马休，不仅能免去她在这个陌生世界里的惊恐与流离，还能过上自己向往的生活。

　　然而，为了看望生病的父亲，她回国了。面对故土，秋月本能地有些躲闪，甚至有几分心悸。故乡依旧破败、荒蛮，并透着一股说不出的压抑。乡里乡亲见了秋月，那微妙的静默里，糅合了一丝好奇、疑惑和诡异的神情。秋月将奥地利的巧克力、法国的润肤霜，挨门挨户地送给左邻右舍，那凝聚眉心的疑惑似乎瞬间泯灭。而夫妻之间，却升起了一道这个世界上最难跨越的鸿沟。秋月深感没了梦和远方，还能靠什么苟且呢？对于漂泊过的人来说，真正令人心碎的，是当你怀着浓情，回到故乡时，却发现，家已经回不去了。丈夫还是那个丈夫，而她已经不是从前的她了。她正是怀着简单的梦想和追求走出家门的，可不知为什么，走着走着却变了样。如今，丈夫和儿子知道她卖身的事情，尤其是儿子小寒，拒绝跟她有任何交流。无奈，她返回了维也纳，却发现莎莎横刀夺爱。在愤怒和绝望的驱使下，秋月一步步顺应着自己的本能。就在莎莎与马休双宿双飞忘乎所以的时候，仇恨，符咒般在秋月的体内膨胀、挥发，漫无边际。秋月杀死了莎莎后，逃到布拉格，躲入教堂，获得感悟。

　　　面对上帝，秋月第一次充满了敬畏，并意识到自己杀了人，　　杀了昔日朝夕相伴的同胞，试图夺回自己梦寐以求的男人。为此，她失去了一切，连同内心这份永恒的安宁。因生存欲望驱使的纵火，注定了会导致生命之火的熄灭——虽然这些生命之火，早已脆弱、微暗、弱不禁风。①

几经内心的挣扎后，秋月决定面对现实，后来拨通了马休的电话。之后，走出没有死刑的奥地利监狱，在难民营里做了一段时间的义工。在马休的鼎力相助下，秋月被允许作为蝴蝶坊的一名志愿工作者，为这些散居在维也纳的女性同胞提供服务，并栖身于此。自此，秋月灵魂及内心获得了安然。这里，标志着女性以一种睥睨视角或独立的旁视视角，以神学的、美学的主体观念看待现实世界，是在根本上认可了这种自由游离式的女性存在方式。

同时也要注意到，20 世纪末声势浩大的后现代主义拒斥实现人类解放的革命理想，强调多元性、边缘性和异质性，提倡关注话语、文化、身份、权利等领域，质疑并开始拒斥集体意识形态、传统伦理意识形态的"宏大叙事"框架。此时的女性写作恰好暗合了女性主义在世纪末的后现代转向："议题从'妇女为何受压迫和如何结束压迫'转向'作为女人意味着什么'，分析路径从物质结构层面向符号意义层面转变，研究取向从宏大叙事向关注个体日常经验转变，研究目的从实现社会变革向寻求身份认同转变。"② 这个阶段的女性写作，将颓废而强悍的异域生活场景中的都市情感经验与世纪末的"谜境"感受糅杂在一起，虽然已展露出较为强力的变革意识，但新自由主义女性话语占据上风，依旧停留在精英主义的文化批判层面，并不能为女性普遍生存境况的改变提供革命性斗争方案，这也是女性主义写作实验为马克思主义女性主义所一直诟病的原因所在。

---

① 方丽娜：《蝴蝶坊》，《作品》2021 年第 1 期。
② 钟路：《21 世纪马克思主义女性主义的论域与展望》，《国外理论动态》2020 年第 6 期。

四 撑开性别闭环的怪圈:从小说到视觉文本

文学艺术力量首先是一种批判的力量,由于所持立场不同,会隐含有某种道德政治或审美倾向,对整个人类精神生活做出理性的反思和审视,既与现实关联,也超越当下的精神思想,具有跨越时代的经典价值与意义。艺术也是传达人类情感的力量,而一个时代里和一个人类社会中所认同的审美文化、宗教意识、伦理道德等,会影响所要表达的情感价值与意义。同时艺术传达的审美情感是艺术家体验过的具有独立性的真实经验表达。文学在消费—媒介时代,随着网络化与智能化之后,不同的作家群体坚持自我心灵阵地,不入流俗,倘若不介入多元的生态和情况,就带有某种封闭性与局限性,也拒绝对历史的承担,是属于个人的经验与体验,也要有对公共领域的精神搭建。而艺术依靠的正是作为思想载体的经验世界。

在此意义上说,海外女作家面临的场域、媒介环境是驳杂的,具体而言,她们正经受着书写的革命,从传统的书写方式到网络媒介时代的书写,逐渐向自我书写界面挺进,开始探寻自我的意义、自我与自然、自我与社会,乃至人类意义上的探索与关联等。当然,不可回避的还要受西方话语资本、中国主流意识形态与女性主义本土话语建构等的影响,致使这一革命的过程经过了三大潮流的洗涤,即主流意识形态话语、西方话语本土化与自由消费话语。事实上,海外女性存在连同女性书写的尴尬,在于赋予女性以当代自主意识与价值的同时,女性却仍然滞留在一个历史、文化、经济、资本等多种场域构成的系统中,面临着来自当代世界历史、文化语境与社会场域中阶层、性别与话语等的歧视、牵引。诸如受生产方式、条件、流程、资本运作等方面的制约,加之主体性、精神性、独立性、视觉性、资本性等因素的选择不同而导致文本生产的不同,而女性文本信息、市场性、增殖性也成为文化资本再生产的考量参照,而文化资本的形成与分配也涉及了女性文本的生产与消费,并日渐影响着女性书写的再生长与演进方式。海外华文文学书写在新媒介时代艺术有跨界的移动与新的转向,存在小说形象向女性视觉形象的转换。自20世纪80年代末、90年代起,乃至新媒体时代,女性书写在跨界与共生的多层发展中,获得了自己的艺术发展路径,也将女性及性别书写带入了新的艺术空间中,从而审视在世俗主义、消费主义空间中的女性主体性;同时,也陷入了多重资本与媒介的围剿,也就是说女性书写除了依附自身的发展逻辑外,还遭受了经济资本力量的侵入,并展开博弈式的对抗与妥协、迎合与拒绝,从而影响了女性小说、散文、诗歌等自身发展的轨迹。

1. "改编潮":小说的视觉化倾向

海外华文女性文学激进地承接西方女性话语资本的渗入,呈现了多样化发展的态势。尤其是在90年代后期乃至21世纪以来,女性书写逐渐向现实主义秩序靠拢,即女性写作开始回归自我本土书写逻辑,试图扭转90年代初对世界的割裂与隔离,在自我世界里的沉迷与弥漫,摒弃"小我"境界,女性文学主潮也呈现出从模仿到自创、从主观意识到客观、从个体到群体等转变的一个趋势。也就是海外女性书写在两个向度上展开了博弈——内环境与外环境。前者涉及女性自身的文学自觉意识以及与环境匹配的现实情怀,后者营造与内在精神相关联的社会文化环境,而体现其主旨的就是现实精神。相应地,本土性意味与现实性成了女性新文学生态最主要的建构元素,表现出相应的特质:从模仿回到自身进行探索,女性现实主义精神得到强化,以及开始了多重精神资源的掘进与表达。最终旨在完成一个良性的文学、伦理、道德秩序文化构建。但同时一个更严重的干扰素在发酵,即市场商业的介入,导致了消费与自我消费。从20世纪八九十年代到当下,海外女性写作发生了双向背离:逐渐走出西方女性话语资本的导引,而进入了中国本土文化语境的话语资本中;与此同时,随着视觉发生了新的转向,即视觉化文化、艺术的崛起以及商品化艺术的增殖,加之新媒介的出现①,潜在的消费资本力量又悄然介入女性写作,进而引发了文化资本的再分配等问题。确切地说,消费主义及资本力量,改写了海外华文女性写作模式,导致其进一步分化,并呈现出多种路向的选择。

　　尤其是21世纪以来,虹影、严歌苓、张翎、石小克、六六、桐华等的小说,成了改编的热点,从文学文本到视觉文本的跨媒介的移动过程中,涉及故事情节、主题结构、人物再塑等具体问题,同时政治意识形态、商业消费主义的考量等外在因素也成为关键性的因素,影响到最终视觉文本的成型。事实上,近年来影视剧、话剧等热映,对文学文本的反哺作用与传播具有重大的影响。影视剧、话剧等青睐具有视觉化、故事性、商业性等文本,能够产生有效的资本效应,从而改变了海外女性书写生态。结果是演进为两种模式的视觉文本的生成。

　　一方面女性小说难以摆脱商业消费主义伦理的注入,成为影视、话剧等文本的"底本"。我们反观一些影视文本,就可以发现这种端倪,如电影《金陵十三钗》兼有抗日主题、《山楂树之恋》具有"文化大革命"知青主题;电视剧《狐步谍影》带有谍战主题、《玉卿嫂》《娘要嫁人》还有家庭伦理主题等,都具有一种潜在小说向市场价值演绎的痕迹;桐华小说改编的宫廷电视剧《步步惊心》《最美的时光》等,在历史时间构架中,在清王朝、汉王朝的历史情节中寻找民族的足迹,却显示了现代人的精神气质。另一方面女作家也介入弘扬中华文化、讲好中国故事的文艺实践中。旅美作家石小克的《基因之战》、《食人鱼事件》、《香草美人》以及"无敌"系列(《仁者无敌》《勇者无敌》《智者无敌》《正者无敌》)中的情节线索、结构关系都较为完整地转换为电视剧剧本,具有民族文化气息。常琳小说《雪后多伦

---

① 〔德〕沃尔夫冈·伊瑟尔:《虚构与想象——文学人类学疆界》"译丛总序",陈定家、汪正龙等译,吉林人民出版社2011年版。

多》和《堂兄弟》分别被演绎成电视剧《别了，温哥华》和《北京青年》，充满了家国叙事的多种可能性。最为重磅的张爱玲小说《色，戒》（初载 1978 年旧《皇冠》杂志第 12 卷第 2 期），被改编为同名电影，由李安执导，通过将性、情色、性别、阶级、革命、人性与意识形态等相糅合，显示出多重的文化内涵与审美趣味。

这里特别要提及的是虹影的影视化走向问题。小说《绿袖子》就是虹影以剧本的形式诞生的。小说《上海王》改编为同名电视剧；电影《上海王》由在好莱坞拍过片的著名导演胡雪桦买下电影版权，相继推出；虹影《阿难》由刘列雄与印度宝莱坞联合拍摄；《饥饿的女儿》在天津电视台被改编为电视连续剧。虹影后来索性成立了自己的影视工作室。小说《月光武士》故事讲述了幼年丧父的 12 岁少年窦晓明，因被中日混血美女秦佳惠温柔以待，面对婚姻不幸的秦佳惠，窦晓明内心充满英雄主义浪漫气息与少年的纯真，决心要做她的那个"月光武士"，守护她一生，可随之而来的离去让秦佳惠远离了他的生活。二十年后，窦晓明医专毕业，成了医院的药剂师，还开了几家店，但婚后并不和谐，而秦佳惠的回国似乎激起了他所有的幻想，随着秦佳惠再一次不告而别，成为他一生难以愈合的伤痛，带来了为虚幻爱情之精神献祭的虚幻感。

相较于《饥饿的女儿》《阿难》等故事，重在对精神上的寻度，《月光武士》在山城重庆烟火气息浓重的氛围中，在迷漫着世俗的自然与人文景观里，虚设了一个梦幻而真实的情感故事。"月光武士"是一个英雄气质叠加神性的精神想象，是秦佳惠父母从日本童话中演绎下来的精神偶像，也成了秦佳惠与窦晓明共同构筑的精神图腾。同时小说中也以纵放的笔法，尽洒钢哥和芳芳在江滩上苟合、窦晓明与苏瀸旅行途中街边热辣疯狂场景，情色的意味浓烈火爆。这样一个虚幻而真实、情色与纯真、市井和崇高的爱情故事，不仅具有视觉的冲击力与画面感，还有戏剧的冲突性，颇具电影所需要的自然景象、文化元素与故事结构。果然，虹影亲自编剧并执导《月光武士》（2022），电影由寰乐（重庆）影业股份有限公司、上海虹珀文化传媒有限公司制作出品，贾樟柯监制，左航、冯家妹、蔡珩、白恩等出演。该片以重庆为地理背景，以一个小家庭为时代缩影和一个少年的成长讲述城市故事。影片仅用了一个多月的时间就拍摄完成，尽显重庆地方场景，白沙镇、塘河镇、图强村、长江、朝天门码头、趸船和长江两岸建筑、老码头、老街道、老医院等多处极具符合 70 年代老重庆人文景观与自然风貌。可见，虹影加入了这个影视与文学互动的大创作环境之中，看到了影视剧在文学传播中的作用。而"小说改编电影是一个富于诱惑力的设想，因为电影和小说有两个共同点。它们都是叙述形式，也都是参考性的。它们都是在时间的流程之中制作故事，也都涉及或暗示既存物质"①。但是由女性小说到电影的转换过程中，女性自身所携带的女性主体意识，乃至对未来精神构建的承担，却不应该被搁置。

2. 新媒介下女性书写的"混搭"

新媒介时代，摇摆于市场性和介入性之间的"写作模式"，代表性作家有严歌苓、虹影、张翎、桐华等。在生产与传播的过程中，多媒介的交织进入了女性书写，出现了"混搭"，也就是说在女性小说逻辑日渐被影视、戏剧逻辑侵入，并在此过程中，接受市场资本的同时，还能够兼具承担女性小说问询社会、质疑、反思社会的一种思考。她们介入市场，同时还保持着深层次的女性—社会—历史—现实的思考。但这种葆有女性质素思考最终屈从于资本文化逻辑，并在此纠葛中义无反顾卸下了文化思考的重负。如在这一写作模式中，因为影视作用于女性小说的资本力量，女性小说被市场诱惑，进入"媚影视"式的小说创作，与影视构成了"文本互涉"，进入了文化资本生产链条中。同时，视觉女性形象作为消费社会的一种主导性文化形态，也被刻意地一起打造，甚至连同女性身体资本也转换为经济资本或文化资本，成为文化产业链条中的一个重要组成部分。当然，在此过程中，

---

① ［英］J. 奥尔、王昶：《欧美电影文学改编》，《世界电影》1999 年第 3 期。

女作家显示出了性别优势，不仅将女性存在作为反思历史的线索，也彰显出了对性别困境的挑战与破解。

但同时出现了影视逻辑的强行植入，女性小说被商业产业"潜规则"，受到控制，毫无知觉地成为谋利的工具，体现了时代快乐、身体快乐，显示出了民族政治、历史真实的冷漠。严歌苓是站在影视的门槛上书写着她的故事，几乎可以弥合影视与小说的间离。因此，她成了影视界的"宠儿"招牌，某种程度上，她的书写本身就是资本运作的一个开端，同时能够自我闭合性地回馈到创作本身——从生产到消费的密匝合缝。小说的视觉质素，还有视觉"噱头"，具有卖点潜质与效应。严歌苓小说改编的电视剧《小姨多鹤》《幸福来敲门》等，改编为同名电影的《金陵十三钗》小说，《归来》改编自《陆犯焉识》小说，就是一个女性失语、沉默的在场，放弃了本能的女性意识抗争，故事混杂着影视的逻辑，即强调故事直观性与可视性，放弃了深度人性与主题的尽可能探索。严歌苓多部小说的版权经纪工作由北京新华先锋出版科技有限公司（以下简称"新华先锋"）负责，小说版权资源的全媒体互动，除了为作家量身定制出版规划外，新华先锋还对严歌苓小说的包装、营销和推广，实现了全媒体的互动，最大化利用版权资源。新华先锋在出版图书时，帮助作家做影视产品和数字产品等衍生品的开发，围绕图书版权进行多元化经营，让一个作家在这个平台上实现价值最大化。① 不可否认，《金陵十三钗》从小说到电影的成功，是一次成功的商业模式运作，成功归结于新华先锋的经营，也在于从小说到电影转换中的文化资本的增殖。《金陵十三钗》女性小说的主题、女性立场，被商业文化道德置换。实质上，这里蕴含着身体资本—经济资本—文化资本的转换，布迪厄（Pierre Bourdieu）有过这样的表述，"身体是一种资本，而且是一种作为价值承载者的资本，积累着社会的权力和社会不平等的差异性。或许，正是在身体成为资

---

① 参见毛俊玉《严歌苓作品版权运营幕后故事》，《中国文化报》2013 年 4 月 6 日。

本的这种现代图景中，身体资本转化为经济资本，也可以转化为一种文化资本。在这个意义上，身体就是资本，也是象征的符号；身体是工具，也是自身控制和被控制、被支配的'他者'（other），身体是一种话语的形式，在现代性的状况中，在身体和社会之间，具有多种不平等的权力关系"①。叙事逻辑转变导致的主题置换，实质上是商业性票房绑架了女性文本表达，而小说对艺术理性的诉求，难以对抗商业资本的控制。

而海外女作家如美国顾晓阳的电影剧本《不见不散》、石小克的电视剧剧本《食人鱼事件》和《基因之战》、严歌苓的电影剧本《梅兰芳》、新加坡六六的电视剧剧本《心术》等，这些都体现出了视觉文本的范式，即技术性的视觉化、模式化，逐渐疏离了艺术所要承担的意义与价值的构建功能，更淡化了女性自我主体意识。

3. 小说与影视的"文本互涉"现象

视觉文本需要集中处理人物关系和戏剧冲突，而不似小说文本的故事的起承转合的故事讲述。六六创作的典型小说与影视互文，《蜗居》由郭海萍与丈夫苏淳购房展开情节的推进，郭海萍夫妻购房的艰难与曲折，交织在妹妹婚外情的脉络上，而郭海藻与小贝、宋思明之间的情感纠葛来自姐姐的购房。购房作为因果链条中的中介，勾连出了动态的都市生活情状。六六强调人物冲突、矛盾，淡化了人物心理的叙写，以物质考验人的精神价值取向、情感、道德等，折射了当代人存在的尴尬、背离与冲突，极具话题性、现实性、视觉性，深具画面感：

> 海藻送小贝到火车站，跟他吻别。
> 宋思明和太太到机场接小舅子一家。

---

① 王岳川：《全球化消费主义中的当代传媒问题》，《文化研究》，天津社会科学院出版社2000年版，第210页。

满大街都张灯结彩，眼见着春节就到了。

海藻在海萍家的电话里跟准公婆拜年，电视里春节联欢晚会正在上演。①

小说在 2007 年出版，由六六改编的同名电视剧于 2009 年底播出，之后带动原著小说的热销，原因在于两点：一是六六抓住了一个资本时代的题材，女性妥协于男性、金钱的合围中，资本与金钱对人精神价值的颠覆；二是从小说到电视剧，都迎合了市场对女性的"塑形"。

在现代性的过程中，促使了女性走向精神独立，但也容纳了资本主义的介质，而这成了女性精神、生存的障碍，也是妥协的根源。现代知识女性郭海萍，被物质彻底打败，面对生活重压和丈夫软弱的双重困境，发出消极的感叹："什么样的男人决定你有什么样的命运，嫁给什么样的男人你就是什么命。"事实上，"男主外，女主内"的传统文化心理、家庭模式仍然作祟，她对丈夫说："我能干有什么用？我希望你能干，我才心里踏实。"为买房缺钱和丈夫爆发无数次战争后，爱情也让位于物质，导致了她进一步对性别角色、情感等重新看待：爱情那都是男人骗女人的把戏。……男人若真爱一个女人，别净玩儿虚的，你爱这个女人，第一要给的，既不是你的心，也不是你的身体，一是拍上一摞票子，让女人不必担心未来；二是奉上一幢房子，至少在拥有不了男人的时候，心失落了，身体还有着落。随之，获取物质能力的匮乏与经济的尴尬，导致一个现代知识女性独立精神向无自主的回流。

孟悦和戴锦华说："当民族群体要挣脱一个旧的父子秩序的束缚时，女性与它在利益和目的上都是合一的。但是，一旦民族群体趋于安顿于一个新秩序，而这新秩序又带有明显的父权标志时，女性便成了被排斥者和异己，她的利益，她的解放，她的阐释和反阐释力，都

---

① 六六：《蜗居》，长江文艺出版社 2007 年版，第 149 页。

与民族群体发生了分歧乃至冲突。其结果，她总是重新回到'解放'之前。"① 李银河也说："新女性主义的长期目标，应当从之前的男女二元对立到争取两性和谐，使性别作为一个社会因素变得越来越不重要，使每个人的个性得到充足发展，从而实现男女两性的真正平等。"② 可见，在以男性为主导的媒介文化资本力量的干预下，女性小说里的自我独立意识以及反叛意识荡然无存，又回归到男性中心话语系统中。而这符合市场消费逻辑，以及满足大众消费的意识形态，从社会心理的角度看又切合男权主义的意识形态。女性小说建构起来的价值判断、女性自主意识等，又在女性小说乃至衍生品的转换中，被过滤、稀释与消解。一句话，女性自我发展逻辑被市场法则、消费逻辑僭越性地改写，这也是海外女作家涉入视觉文本后被媒介力量深深地"反噬"。

4. 媒介力量助推小说"增殖"的生成与转换

欧阳左权所说："商品权利话语消解了高雅文化的壁垒而与通俗文化合谋，轻而易举地通过大众传媒侵入到当代文化的神经，将日常生活作为市场需求和大众文化模式设定为当下社会文化的普遍原则。于是，消费成了文化，消费文化成了文化消费，也成了消费意识形态的文化表达。"③ 伴随消费主义的新起，加上新媒介与资本力量等的助推，为海外女作家提供了视觉化生成的空间。如此，致使女性逻辑被消费主义逻辑改写后生成了系列的"女性群像"，一方面成为时代中偏离自我主体性的边缘人；另一方面成了商业化语境运作下的"新性别"形象，即随着日益开放多元化的新媒体语境，展开了对男性文化的疏离，甚至出现了如百合、耽美、雌雄同体等，而这些另外的性别恰恰吸引到女性读者群体。

---

① 孟悦、戴锦华：《浮出历史地表》，北京大学出版社 2018 年版，第 25 页。
② 李银河：《女性的权利》，山东人民出版社 2005 年版。
③ 欧阳左权：《网络文学：消费意识形态的文化表达》，《理论与创作》2005 年第 2 期。

　　小说也开始向影视文本延展。桐华、艾米等网络女性写作，面临女性生产条件的制约，其写作场域或直接环境要求她们的书写本身就是在资本的运作中产生，"卖点""看点"等推进了"写手"的文本构成，可以说，市场的需求与自身的存在是一种共生共栖，而在图像化的时代，她们接受了消费逻辑的强行注入，并顺畅地对接了消费文化资本的塑造，从而将被动消费自然地转换成主动消费，女性作为一个自我消费符号，进入了女性小说的生产中，风生水起地展开了与消费文化现实的接洽，成了由网络走向视觉艺术的成功的新生代网络女作家。由于低成本、题材资源丰厚、女性体验、收视率能够保障等原因，自 2000 年逐渐进入影视猎头的视线，尤其是 2008 年成为一种风潮，逐渐得到影视界的青睐，桐华的《步步惊心》、《大漠谣》、《云中歌》及艾米的《山楂树之恋》等一大批网络小说改编为影视作品，也催生了众多的"80 后""90 后"网络女作家转型为编剧，与消费文化资本结合，为大众消费直接提供脚本资源。

　　《步步惊心》故事逻辑还基本上是按照女性自我的逻辑来书写的。若曦的姐姐若兰有心上人，但无奈成了八阿哥的侧福晋，体现为一个对皇权体制既服从又反叛的典型代表。而若曦穿越前是现代都市中精明干练的女性张晓，因为世俗生活中的情感不顺，而误遭车祸，穿越到了清朝康熙时期九子夺嫡、尔虞我诈的皇宫，成了满族少女马尔泰·若曦，在充满明争暗斗的清宫环境中谋求生存，并获得了"拼命十三妹"的称号。皇上为她赐婚十四阿哥时，她进行了反抗。而若曦的一句"无关风月，只为真心"，获得了洒脱不羁、旷达包容的十三阿哥的赞赏。若曦与八阿哥互生情愫，但也清晰地认识到八阿哥不过是对一个喜欢的女人的好，绝不会放弃皇位之争。她便选择了离开。更是与四阿哥有了爱情的结晶，但最终选择了退出。故事在虚拟的空间中，对身份与情感进行自由切入与转换。而《那片星空那片海》等后期文本，无论是语言描写还是人物形象的塑造，都显得粗糙浅薄，具有明显的从众性和类型化特征。

小说《山楂树之恋》源自真实的爱情故事,由艾米的好友提供。故事讲述了一段 20 世纪 70 年代,静秋因家庭成分不好,屡屡自卑,但被军区司令员之子老三看上,等着她毕业、工作、转正,一切如愿了,与她结婚。谁料老三却得病去世了。艾米将小说贴在海外文学网站上,很快小说成为海外读者追捧的"网络时代的手抄本",随后传回国内,顷刻间引发无数个人在博客、论坛、贴吧的热议,形成了奇异的"山楂树现象",即超越时代的纯真初恋情感的代名词。王蒙、刘心武、苏童、熊召政等成了"山楂"阵营,对《山楂树之恋》赞赏有加。因先在网络上拥有了大量"粉丝",引发了话题效应,还有网络圈粉的加持。由网络催红的小说首印一般在 10 万—20 万册,而此番《山楂树之恋》首印便抛出了惊人的 80 万册。之后被改编为电影《山楂树之恋》(2010),由张艺谋执导,周冬雨、窦骁等主演,讲述了静秋、老三之间相识、相恋,最后天人永隔的故事。该片入围柏林国际电影节水晶熊奖、香港金像奖最佳亚洲电影,并获得华表奖优秀故事片奖。2018 年被评为改革开放 40 周年中国十大优秀爱情电影之一。网络女性小说与电影构成了互利模式,联手完成了文化资本—消费资本的转换。而早在被张艺谋买去电影版版权之先,《山楂树之恋》话剧版版权便被话剧制作人、国家话剧院演员周莉购买,并着手开始了筹拍工作。话剧《山楂树之恋》(2014)由导演田沁鑫编导,旨在将纯爱推向极致,将散文诗话的语言与简约唯美的舞台变幻搭配,展示单纯的爱情精神。

可以发现,在这种不同媒介的转换中,有由小说到视觉文本、视觉文本到小说文本后的再生产两种模式。张翎的中篇小说《余震》也发生了"逆变"。小说以唐山大地震为背景,讲述了叫王小灯的女人,当年地震发生时她年仅 7 岁,当年母亲面临她和双胞胎弟弟两者只能救一人的情况时,母亲最终痛苦地选择了弟弟。小灯幸存后的 30 年却一直生活在怨恨之中,最后才获得救赎。冯小刚根据《余震》改编拍摄的《唐山大地震》(2010),被作为一部新主流电影,重在讲述灾后家庭—国家的精神重建，当年票房收入超亿元。随之张翎又注入了很多影视文化元素与故事情节，也不再谋求心灵的展示，更强调视觉化的冲击和阅读趣味，补足了长篇小说《唐山大地震》（2013），结果发行量暴增。

从以上几位女作家的书写经验来看，她们有机地将小说、影视、话剧等的界限模糊，而女性的形象、身体、精神气质成了弥合两者之间的中介或黏合剂。当然，这里包含作家被动的妥协与退让，即市场价值置换了女性—美学—伦理—社会价值的追诉。从小说文本到视觉文本，完成了商品化的蜕变，但是一个文化产品本该具有的精神内在品质与文化指向，却在精美的形式之下流失。视觉文本理应挖掘小说被作家隐藏在文本里的思想与情绪，进而延伸文本更深层内涵。事实上，视觉文本无法承担这一转换，并直接影响女性写作的叙事逻辑。而进入女性文本的资本力量的吊诡之处在于，视觉文本又逆袭着女性小说文本的创作，致使女性小说立场在文化资本与商业资本的对抗中，发生了位移，也就是说女性小说的书写已经植入了浓重的商业因素，而这严重地制约了女性小说回归现实、干预社会现实的能力，也影响到女性小说自身发展逻辑。

5. 精神内核：撑开性别闭环的怪圈

视觉艺术作为一种综合的文化艺术，逐渐与小说形成了互文共生现象，从小说中获得给养也延展了小说生命，关涉从小说到视觉文本的走向、视觉文本再到小说的"逆生长"效应。大体来看，小说本身具有的戏剧性张力、故事性，隐含有激发影像想象力的生长点，以及强大的内在生命力，是所改编小说不可或缺的质素；而视觉文本对小说的阐释也是对应现实的别一种媒介，不仅反映了社会时代情绪，包含最深沉、最普遍的情感，还有知性的理性引导与激越的道德情怀，展示了夹缝中的文化冲突，而一些影视、话剧等具有革命性的视觉渲染，寻找到了一个有效的视角与途径，借此审视世情与风物、情绪与时代、历史与现实，具有一定的现实意义与美学价值。

陈若曦的长篇小说《纸婚》后被改编为剧本,成为著名导演李安"家庭三部曲"之一的《喜宴》(1993)。故事将小说中的两人精神情感世界,导入伟同、赛门和顾葳最终构筑的"三位一体"的家庭模式,华人伟同与赛门是同性恋,但迫于久居美国父母对根系文化与血脉传承的施压,无奈与为了获得绿卡的顾葳假结婚,并在美国举办了盛大婚礼,谁知在新婚之夜竟有了肉体的交集,致使顾葳意外怀孕,导致事情败露。电影不仅讲述了中西文化的碰撞,也渲染了中国文化对性的极度压抑,并对性别秩序给以极大的讽刺。严歌苓的小说《少女小渔》(1991),于1995年由中国台湾张艾嘉导演改编为同名电影,小说中的少女小渔在男友江伟的安排下,与一位澳籍意大利老头假结婚以获取永久居留权,在江伟的威逼之下离开了弥留之际的马里奥。而小渔发现马里奥病危之后,拒绝了男友的威逼,最终选择留下来,彻底与江伟决裂,意味着小渔在人性纯良的坚守,也意味着她走向了自我主体性的身份建构。电影《一个温州的女人》(2013)由海达执导,马翎雁等主演,改编自女作家张翎的中篇小说《空巢》(2006),以多伦多和北京为背景,透过两代人的精神世界,描述了一个失偶老人面临空巢期的情感失落。电影基本尊重了小说的逻辑,但电影叙事上又做了删减、增设,提升了电影的品质,肯定了女性价值和女性生存发展的能力,同时也从更深层讨论了女性的家庭担当与婚姻焦虑的问题。电影故事不落俗套,有了一个开放式的结尾。小说中离异的女儿在美国跟男友修成正果,教授用决绝的方式回到春枝所在的小镇,跟春枝结婚了,他们彼此各得其所。但电影呈现给我们的是春枝前夫要求复婚,而教授则带着春枝小女儿的北京入学通知书来到了碗窑小镇,并给小学生上课。把小说里的俗世故事提升到精神追索的层面,把很多的情感纠葛,回归到了一种人性基点,来考察人性的一种脆弱,展示人性的互相给予、扶持。电影更强调在商业消费时代,人性之间的彼此温暖再现,显示出了可贵的品质。

话剧《寻她芳踪·张爱玲》(2020)对张爱玲的寻踪置放在三个

时空,并将张爱玲的三部作品《半生缘》《红玫瑰与白玫瑰》《小团圆》中的各色女子同时搬上舞台,借由顾曼桢、王娇蕊、盛九莉等的故事,讲述了张爱玲充满爱恨纠葛的传奇人生。通过多媒介与传统文本的互文,将战争、情爱、家庭、婚姻等永恒的问题,再一次聚焦,同时把这些问题植入当代生活中,共同发酵,促使人们做出理性的选择。张爱玲文本中的性别闭环、人性畸变与精神建构成为叙述的支柱,而解码与发掘其文本的精神力量,以寻找到走出性别困境的希望所在,构成了该剧的叙述逻辑。

如此来看,海外华文女性写作不仅为我们呈现了海外华裔女性日常的生活场景,也为我们呈现了寓言性的反讽指涉和主体性建构,通过荒诞与夸张的修辞,指向了人性的贪婪与癫狂,以及人所处时代的混乱与无序。而这种生命经验的表达,不仅具有世界的普遍性,还具有人本身的内在价值和思想意义。而视觉文本是借用印刷"母本"的再创造,需用影像在讲故事、在推动整个艺术世界的建构,尽管媒介、市场、资本力量等使海外一些女作家的书写发生了偏离,产生了女性逻辑被消费主义改写,但无疑,从印刷文本到视觉文本的移动,包含了改编者的立场、时代的内涵与文化的需求等要素,如此,视觉文本也就成了另外的一种艺术形式,演绎着女性经验与生命中的传奇,甚至也承担了中华母体精神共同体的构建。

五 女性主体与人类精神共同体的构建

海外华文女作家书写的视域,随着移动而发生了变异,增加了文学内涵表达的深度,同时也从女性视角去探索人类普遍意义上存在的价值与意义,既是"女性"的,更是"世界性"的,以最终探索女性、人类生命与生活的意义所在。而女性主体被高度抽象为一个符号,一种美学甚至是伦理学的理念,表征在灵与肉的二元分裂的混杂内部。对女性主义思考的更高阶段,借以表达性别观、情爱观、人类观的特殊方式。一方面展示了海外华裔女性存在的无祖国、无父祖、无性别、无意义，消解了包括性别话语在内的一切现代宏大叙事，借以表达出自己对处于现代性进程中的父权时代的背弃；另一方面在去性别化的无性爱时代，女作家肯定了精神性的爱的传奇，在历史的转捩点，男女将会翻转身份地位，一种跨性别写作转体后，其美好的女性主义愿景与想象，从本质上讲依旧是一种朴素的空想，并没有实践力量。此外，应该说，海外华文女性书写逐渐从狭窄的女性视域已经进入宏阔的人类界面，体现了一种普世的价值，开始了女性主体与构建人类命运共同体的共同有效的尝试。

在中西、传统与现代生态文化的移动、融合与固化中，女性是如何获得自我生长空间与自我释放的，海外华文女作家也进一步以女性生态书写进行探索，她们在哲学、美学的高度，持有自然性、生态美学及整体观，同时结合女性生态美学精神，其实，环境伦理、道德伦理、女性伦理理应是一种叠合，彼此滋生、融合，女性现代生态伦理是基于女性自身，是女性—生态的受益者，也是其构建者，女性、伦理、生态共置的系统中，如何确立的女性与群体或外环境自然、社会、男性共享、共生，同时与自我个体或本体内环境的角色中母性、女儿性、妻性和谐，以及自我精神生态与自我性别的和谐，体现为一种良性的生存姿态与价值取向，还要承担对女性伦理精神的发掘与深化，剥离中国传统伦理"人伦秩序"对女性的控制，同时要体现出现代化反思性、现实性、批判性与建构性。不仅从西方生态女性经验中借鉴，更要从中国本土生态智慧、精神资源中有效获取，承续和谐、整体、正义、发展的生态伦理的特质，建构女性生态美学伦理精神，体现为具有反思、批判与实践性的新女性现实主义精神。

荷兰华人女作家林湄奉上的长篇小说《天望》（2004），就容纳了这种文化质素，不仅有对宗教信仰的颠覆性的解释。"因为我有宗教信仰。就是让'有限'接触'无限'，实际上是指人与自然、宇宙的一种和谐关系。当一个人无法适应混沌的社会现实时，容易处于迷茫、彷徨、失落、消极的状况，宗教能净化人的心灵，让人心平气静地观望世情，从混沌中提升到一个高度，从而扩大人的心胸和视野，不仅学会自审、审人，更学会自度、超越，并在关注自身命运中不忘思考灵魂特性和生存意识。"① 同时，林湄发掘着女性自身的觉醒力量，对接世俗的陋习陈见，以及消费主义对人的侵蚀。

林湄祖籍福建福清。1973 年自上海移居香港，曾任新闻记者、编辑，业余时间从事文学创作。1989 年移居比利时，1990 年定居荷兰，从事专栏和专业作家创作。著有随笔《我歌我泣》《精神王国的求索者》，散文选集《如果这是情》，散文诗集《生命、爱、希望》，长篇小说《泪洒苦行路》《漂泊》《浮生外记》《爱瑟湖》，中短篇小说《不动的风车》《西风瘦马不相识》等。曾获 1995 年中国台湾"第一届海外华文创作佳作奖"，荷兰 1991 年和 1996 年诗歌奖。其散文多次入选"年度精品选"及中学教材阅读参考等，个人资料先后进入《世界华人文学艺术界名人录》《世界华人当代名人大辞典》等。长篇小说《天望》从一个外籍华人的"边缘"视角，将人文精神、书卷经验、生存感观、生存意识以及对灵魂、肉体的哲学和美学思考，编织成串串问号望天兴问，以魔幻现实主义的手法表现出不同文化冲突下的社会众生相。《天望》的结构基于两条线索的延展，一是欧洲庄园主弗来得与华人妻子微云的悲欢离合，来审视人如何处理世俗情感与精神信仰的问题；二是展示人类陷入恶劣的生态环境，试图找寻到人类面对困顿的现实如何精神获救。小说一方面对欧洲的整体环境做了鸟瞰式的展现，面对外来文化不断渗透的欧洲社会现实，小说不是停留在移民者的困境、迷茫和失落等社会问题上，而是站在时代精神的高度，审视人与自然生态的共栖，也在找寻不同文化由冲突到有效地和谐融合的路径，进而探讨了人类生存处境中的多样的生命形态与精神世界问题。

① 王红旗、林湄：《"坐云看世景"的荷兰华文女作家》，《华文文学》2007 年第 2 期。

《天望》小说里写到原本如世外桃源似的 A 镇怪病蔓延，满山的葡萄架变成了僵死的枯藤。A 镇里的人精神几近疯狂的生态描绘，那里三面依山，满山均是葡萄，南面对着幽幽河道，风景宜人，如世外桃源，原有千多户口，以种植葡萄为生，人民丰衣足食，自从河畔开发成旅游区后，这里发生了巨变，环境开始恶化，房屋、汽车、废气废物日益增多，A 镇从此开始接连不断地出现交通意外，接着出现各种早已灭绝的病毒，地方政府决定进行空气消毒，病毒没了，可是满山遍野的葡萄则变成条条枯藤，像僵死的干杆。居民的身体和生活也渐渐地起了变化，全部患上恐惧症，害怕不愿出门，怕光怕见到人，怕电视、电话、收音机、音响、汽车、电脑……胆大的性欲超凡，见异性就想做爱，而不愿用避孕套。"时间一秒一秒地过去。视野里，世界像一座大殿堂，外表装潢得华丽辉煌，里面已经破烂不堪，又像一座古老的大屋，经过历代浩劫、蹂躏、破坏，被血和龌龊污染，已成一片废墟……或像地理学家和气象学家的预见一样，地在浮动、旋转，空气在变异，所有支撑房舍和殿堂的柱子均将被灾难和病毒所冲击，不是倒塌，就是毁灭。"① 这里更加压抑、可怕，风刮着砂石簌簌作响，乌鸦不知躲到哪里去了，树枝摇摆的摇摆，断裂的断裂，下坠的下坠，半空的电线发出悲戚的呜呜声，一个人影也没有。事实上，这种人就置身于触目惊心的生态环境。有关人的生命以何种方式存在，杨匡汉也做出了这样的申明:"人类需要彻底反思人与自然的伦理关系，重返自然，重建家园，重现正常的生态。这不是简单的'复古'，而是树立一种全新的生命观、宇宙观。人与山川河流，人与动物植物，人与日月星辰，人与一切能触摸或能感知的存在都将重新结盟;'人是自然界的灵长'的观念，将被'人与宇宙中的万物平等'的理念所替代。"② 可是生态环境改善的根本在于人对自然控制的松绑。

---

① 林湄:《天望》，长江文艺出版社 2004 年版，第 381—382 页。
② 杨匡汉:《哥白尼的天体学说与中国作家的天望情怀》，《粤海风》2008 年第 4 期。

这也涉及，需要彻底改变生态文化理念的问题。文化与文化间性是每一个移民作家要触碰的，它整合着人性，也具有社会性、民族性和公民性，因此从人类的共性和个性方面去探讨人的生存境况和面临的问题。一种属于中西的"混搭"。当然，有生态文化差异：弗来得用刀叉把微云烧好的鱼翻来翻去，在微云看来，这是诅咒父母亲"翻船"；家中的小鸟卡那利死了，微云把它用一张旧报纸包好随意丢在垃圾桶里，弗来得回家后大惊失色，"你呀……你！你怎么……能……这样！""即使它死了，也不可以……丢在……垃圾桶，你……怎……怎么这样……残酷……无情？我原……以……以为……你们……东方人……像土耳其人一样……仁慈……对待……禽兽……"①他把卡那利从桶里的纸包里取出来，凑近嘴唇吻了吻，闭上眼睛放在自己的胸口热泪滚滚，再次包好了放进冰箱并要把它埋葬。这里蕴含了人与自然、人与社会、人与自我之间的生态伦理关系。

显然，在这里，作家并不是简单地描写文化、民族、地域等差异导致现实生活中的碰撞与融合问题。小说运用象征、隐喻、魔幻等多种艺术手法，通过对小说主人公微云和弗来得的内心世界与精神世界的展示，阐明了他们的审美意识、价值观、人生观等，也以此来反观现实世界与整个社会关系的驳杂，体现了中国与西方、乡村和城市、传统与现代性、消费主义与精神信仰等的交锋，进而展开了对中西方交汇中人类自身存在的思考，涉及人与自然、人与人、人与社会关系的深层探索。

作家有意地将困顿中的人们的情感与理智、信仰世俗等矛盾冲突，叠加在小说人物形象身上。小说中有马里若士庄园主、中西混血儿劳路任、商海冒险的拼搏者依里克、同性恋者画家艾克、中国大陆访问学者及留学生、中国新移民、科学家、艺术家，贩毒者、偷渡客、流浪者等，构成一个众生的社会网络群落。而女主角微云来自中国东南

---

① 林湄：《天望》，长江文艺出版社2004年版，第47页。

沿海的一个小渔村，她是渔民的独生女儿。她大专毕业后，因患全身皮肤病未能够继续深造，却学到了老中医"中草药美容"的祖传秘方。恰逢改革开放浪潮，她在家人的鼓动下，通过非法偷渡，到了彼岸"欧洲大陆"。与翠芯、阿彩等移民女性群体一样，她们既承受离开中国本土的心灵创伤，又要承受着异族文化的孤立和挤压的现实处境。为了生存和居留权，她们把婚姻当成实现梦想的主要途径。微云虽然不甘平庸，却也无兴趣去思考灵魂与肉体等哲学问题，她像浮萍一样，有着对男人的依附和顺从。她认为自己就是那室外的攀树藤，没有依附体就无法活下去。在现实的婚姻中，微云基本上逆来顺受，面对弗来得要卖地离家，她选择了沉默。认为这是"男人家里事，问多了，人家还以为你贪财"，"自己有什么能力、资格去说服对方的思想和行动呢"。之后她参加了反君主组织游行，"与那些人一起往女皇出访的花车丢蛋糕、鸡蛋和喷汽水"，而且"不像过去那么腼腆了，还发表了一篇讲话，说什么'假民主、假平等'君主制对纳税人不公平"等的言论。这倒颇让丈夫感到吃惊。更让人吃惊的是，微云却与同族人老陆之间有了短暂的"婚外情"，为此，遭受到社会压力与自我精神的惩罚。之后面对儿子撒母耳的出生与"婚外情"的暴露，微云选择了主动离开。随之，因经营相面馆和中医馆的失败以及中国人相互间的帮派争斗，生活陷入了困顿。

小说还展示了信仰的虚幻与对信仰的坚守的矛盾性。微云持有朴素的信仰，一直佩戴着保佑平安的玉石，每遭遇困难的时候，便祈求获得护佑。海神却仿佛"闭上眼睛睡着了"，尤其是家庭发生了变故，加之父亲的离世，她逐渐对中国东南沿海普遍信仰的海神，产生了质疑。"我们家信了这么多年海神，我的父亲却葬身大海……而他们是那么地虔诚、执着，所以，我不再相信……什么神明了……"微云最后说，"我现在才明白，中国有那么多神，这个不灵就信那一个，都没有可信的时候，就信自己的祖先，直到你认为灵验为止。"应该说，微云的信仰发生了转变，由对海神崇拜到开始怀疑，再到反思自己的精神信仰，逐渐成为一个具有东方精神气质的自强不息的新移民女性形象。

　　而与之形成对照的是丈夫弗来得，他是一个虔诚的基督教传道者，他是欧洲年轻的庄园主继承人，却视万物如粪土，在家中唯一的长辈爷爷去世之后，即刻变卖了土地、农场、鸡舍，云游四方，热诚传道。他清醒地指出："现在，信仰没落了，人们转而追求金钱、高科技、美女和性事……结果，离婚率冒升，未婚妈妈数字增加，性病数目急升，毒品、枪杀，无奇不有……道德、家庭、伦理观日渐丧亡。政府要花费无数的人力、财力、物质去解决艾滋病、毒品、枪械等等问题，却没有一个执政者考虑到医治人的灵魂比医治人的肉体更为重要……欧洲比美国还糟糕，是吃美国的垃圾虫……败坏的风气比美国有增无减。"他坚守的是"人的最高特性是神性"。为了传道，他甘愿居无定所，只为得到精神的皈依。但现实却是残酷的，弗来得的精神理想被击碎，他被黑帮组织打瘸了腿，眼睛也瞎了，加之哥哥依里克执意要拆掉小教堂来开发地产，还要卖掉祖传的圣水壶。弗来得因绝望而生命垂危，此时微云再次选择了一无所有的他，并给予爱与温暖及拯救。

　　《天望》被认为是当前新移民文学中重要收获，比利时皇家科学院院士查理·威里曼评价说："在经济全球化带来文化全球化的今天，《天望》是一部'坐云看世界'的优秀小说。作者以超凡的理念，深刻的洞察力，精湛的艺术手法，深入人类精神本质和心灵体验，再现了人类生存处境中的绚烂与堕落、美与丑、强与弱、虚与实、真与假的景况，点出人类躯体内的精神世界问题。面对外来文化不断渗透的欧洲社会现实，小说不是停留在移民者的困境、迷茫和失落等社会问题上，而是经沉痛思考后，站在时代精神的高度，以高贵单纯美德与爱，拉近不同文化间的距离，将不同文化交往、碰撞中产生的种种冲突，化为和谐之美，是欧洲世纪交接时期的一份历史见证。"[①]《天望》

---

① 转引自王卉《华裔女作家林湄推出新作〈天望〉》，《人民日报》（海外版）2004 年 12 月 6 日。

完稿后在《欧洲时报》连载，获巴黎大学比较文学系韦遨宇教授的认可，"《天望》是这场新千年，新时代的文艺复兴运动的一只报春之燕"。"小说《天望》是一部诞生于世纪之交的跨文化，跨哲学，跨宗教，跨艺术和跨学科的鸿篇巨制。她的问世，向奠基于传统和现代乃至后现代意义上的地缘政治学之上的文化学，向传统和反传统的文学理论和文学批评实践，提出了有力的挑战。"① 而林湄道出创作的初衷："《天望》即取天人相望之意。现代人往往自视甚高，每天忙忙碌碌，但要问他到底忙个什么，在生活中到底要什么，他又说不上来。这说明人活得聪明还不够，还要活得有智慧。"②

林湄的另外的长篇《天外》则以第三空间的视角叙写众生相，展示了欲望中的人们陷入劳苦与愁烦及无奈焦虑的境地，小说蕴含着对生命个体的生存哲学的考量，还有对人类之爱的追索。林湄的书写其实早已在内地—香港—比利时—荷兰的空间移动中，完成了精神的蜕变，也呈现出了一种标识性的在场的新移民文学生态，以之与 20 世纪60—70 年代的"留学生文学"相区别，也与"新移民文学"阵营中的曹桂林《北京人在纽约》与周励《曼哈顿的中国女人》、樊祥达《上海人在东京》、刘观德《我的财富在澳洲》、黄晓敏《三色太阳》，以其对"美国梦""日本梦""澳洲梦""欧洲梦"的叙写及其对"梦的破灭"的演绎，形成了极大的反差。正如於梨华所言："早期移民的精神困境和信仰迷失，主要体现为'他者'的生存困境、不同文化间的隔膜与冲突，以及浓烈的文化乡愁。今天全球化大潮的冲击和现代传媒的发展，对于移民有了开放的视野和不同的文化情怀，文化乡愁大大淡化。"③ 显然，与其说作家专注于对移民故事的讲述，在中西

---

① 韦遨宇：《论〈天望〉的认识论意义和艺术价值》，《汕头大学学报》（人文社会科学版）2005 年第 3 期。

② 唐文魁：《〈天望〉作者的出生地在泉州》，《东南早报》2004 年 10 月 20 日。

③ 陈晓旻：《著名旅美作家於梨华访谈：乡愁是我终生的情怀》，中国宁波网，2014 年 11 月 9 日，http://www.cnnb.com.cn。

会通、信仰与危机、宗教与理想、家庭与情感、激情与意志等复杂的关系链条上，并不单纯地聚焦于文化、民族、地域等差异导致现实生活中碰撞与融合问题；而是通过对世俗男女的家庭结构变动及社会关系的透视，进而展开了对人与自然关系的深层思考，更重要的是，在人类经验层面，开始了对人类永恒价值与生存命运及精神世界的探讨。当然，也体现了女性主体与人类精神共同体的构建。

结　语

　　海外华文女性写作以独有的性别视角，呈现了多重立体的女性形象，容纳了中国传统古典审美底色，也携带有世界性的现代女性特质。这种审美方式直接影响到女作家对女性命运的思考方式，尽管未能有直面父姓权威并以自我毁灭的精神去摧毁和挑战的勇气，尚存在犹豫与彷徨，但巧妙规避了最为关键的内核。不仅与主流话语拉开距离，也与极端的女性主义保持了审慎的认同方式，并且另辟蹊径进入女性内心世界，发掘女性最终获得尊严与自我价值及生命意义之女性主义之路。尽管现代性为女性打开了女性意识的窗口，但受制于性别文化结构困境的影响，女性在走出女性自我解放的道路上显得自我分裂。因此，即便她们意识到需要女性自我革命，但是依旧无法为革命找到正确的道路：依旧是审美的、个人主义的，抑或是精英主义的，这或许和 20 世纪后十年，伴随着后现代女性主义的兴起有关。而跨过了性别意识，以尝试避开女性主义的关键问题，而走向跨性别—人类意义层面的书写。但其实，海外女性书写渴望找寻到一种革命性力量，成为一种终极意义上的救赎性的批判，就成为当下海外华文女性书写的一种文学现实。而对于理想女性主义的构建，海外女作家始终坚持抒情式的美学救赎方式，呈现为矛盾体，尚没有回到真正的女性自我主体，转体之后的女性自我想象与意义的建构，仍然是一个正在时。

第四章　伦理冲突中的存在与反抗

海外华文作家在历史场景、现实图景中站在前沿阵地，吸纳中外文化元素，体现了两种文化的融合与差异的共同存在，同时也生出了夹缝中生存的难以回避的尴尬与困惑性。文学创作的主题一直在不停地演变、发展、深化并增添新的意义内容。从表述异域空间中的陌生感和恐惧感，到在全球化的背景下重新思索"家国文化"的时代意义以及它与"西方文化"之间的复杂关系，将"民族""性别""生态""种族""阶级"等问题纳入他们的创作视野，也在审视国外的现代性是如何冲击中国本土传统文化、思维逻辑、文化制度等，而深植于中国人血脉中的文化根性又是如何影响世界文化的，进而呈现出强劲的域外书写反射弧。

一　家庭结构中的情感迁移与传统文化的回切

张爱玲移居美国多年后，于 1975 年写成了《小团圆》，而 1976 年
3 月完成的为第二稿①。张爱玲深知在主流意识形态层面，《小团圆》
中九莉与邵之雍的故事（即她与胡兰成）是属于边缘的，也是不合时

---

① 陈子善：《小团圆的前世今生》，载陈子善编《张爱玲丛考》，海豚出版社 2015 年版，第 226 页。

宜的；同时也囿于时代和个人隐私的顾虑，张爱玲生前并未出版《小团圆》，晚年不断修订却始终未完成，甚至在答复友人宋淇的信中还一度想销毁。这也最终导致了长篇小说《小团圆》于 2009 年才得以和读者见面，《小团圆》有别于《色，戒》《浪花浮蕊》《同学少年都不贱》等，更与其 20 世纪 40 年代创作的代表"第一个高潮时期"的《传奇》形成了极大的反差。《小团圆》带有自传性质的书写，但也糅合了自己的主观想象。小说因"情节复杂，很有戏剧性，full of shocks"①，成了张爱玲"小说创作的第二个高潮"中"最具分量的代表"②。张爱玲在异国空间，其叙述视角是驿动的。与聂华苓、於梨华小说题材的宏大叙述不一，显示出了个人性的俗世表达，但俗世其实是张爱玲一贯的障眼法，其真正内涵近乎是精神的"还魂"。

1. 回切母体—家庭空间的渴望与背离

其实，1955 年赴美以后张爱玲的创作并非是沉寂的，小说《小团圆》、散文《异乡记》（2010）和书信集《张爱玲私语录》（2011），显示了张爱玲在美的清冷岁月，以及"总在作新尝试，从来不走旧路，也不摹仿别人"③ 的创作心路历程。《小团圆》的内容有一部分便来自张爱玲早年的散文《私语》《烬余录》《童言无忌》。其实，为开辟美国主流出版界市场，在五六十年代张爱玲还用英文创作了一部两卷的长篇小说《雷峰塔》和《易经》，可以说这是《小团圆》的前身，一起构成所谓的张爱玲"人生三部曲"。张爱玲自己说过："最好的材料是你最深知的材料。"④《私语》《烬余录》《对照记》最具自传价值，也深为读者看重；但在"最深知"上相比，它们都难跟《小团圆》同日而语，《小团圆》对家族往事的回忆中，也叠放了张爱玲个人的生命经

① 张爱玲：《小团圆》，北京十月文艺出版社 2012 年版，第 4 页。
② 张爱玲：《小团圆》，北京十月文艺出版社 2012 年版，第 222 页。
③ 张爱玲、宋淇、宋邝文美著，宋以朗编：《张爱玲私语录》，北京十月文艺出版社 2019 年版，第 9 页。
④ 张爱玲：《小团圆》，北京十月文艺出版社 2012 年版，第 5 页。

验，但小说的背景显然都不在当时的美国，却是三四十年代动荡的中国，展现人们在其中的生命常态与非常态的经验及精神体悟。

　　关于张爱玲《小团圆》书写的直接动因，学界有论者认为是源自胡兰成《今生今世》一书，因为其中涉及了两人的情感脉络与诀别的不实之处，于是张爱玲便以《小团圆》作为回应。其实，张爱玲书写的缘由大致有四：一是有关《小团圆》的构想由来已久，且一些真实场景已经散落在先前的散文之中；二是之前云集心头的过往经验，因耽于"国家主义"的禁忌，未曾一吐为快；三是对情感幻灭之后的心理祭奠，或者与往事告别，予以心理上的彻底切割，需要有一个最终的仪式。四是对抗来自美国社会文化空间对中国"矮化"的反击。这些就构成了《小团圆》的内外动因。张爱玲曾经说："我来此地违抗着奇异的文学习尚——近代文学的异数：视中国为口土金玉良缘的儒门哲学家所组成的国度。"[1] 这样的"奇异的文学习尚"就如《沉香屑·第一炉香》对山腰上白房子的描写："英国人老远的来看看中国，不能不给点中国给他们瞧瞧。但是这里的中国，是西方人心目中的中国，荒诞、精巧、滑稽。"[2] 写这段自白时张爱玲已赴美十年，依然存在生活与写作上的不适。"对东方特别喜爱的人，他们所喜欢的往往正是我想拆穿的。"[3] 正是如此，张爱玲在 1965 年后投身《海上花》的翻译和《红楼梦》的解析，回切到中国本土的自我逻辑上进行书写，而《小团圆》《色，戒》《同学少年都不贱》等便是在 70 年代中期创作的。但《小团圆》于 2009 年 3 月出版于皇冠文化出版有限公司（台北），内地于同年 4 月首发于北京十月文艺出版社。

　　对于张爱玲来说，《小团圆》是一次书写上的转折。小说中以情感展现为主线，"除了她的爱情，更让她念兹在兹的应是她与母亲的

----

① 高全之：《张爱玲学》，漓江出版社 2015 年版，第 278 页。
② 张爱玲：《倾城之恋》，北京十月文艺出版社 2012 年版，第 2 页。
③ 夏志清：《张爱玲给我的信件》，长江文艺出版社 2014 年版，第 13 页。

紧张关系"①。而家族血脉深深植入张爱玲的身体与精神，九莉对祖父、祖母有甚深情感的独白："她爱他们。他们不干涉她，只静静地躺在她的血液里，等她死的时候再死一次。"② 回溯中所涉及的家族成员、情感纠葛中的男女以及周遭的所有人，这一切都贯穿在人与人、人与城市的共栖、疏离中，在张爱玲笔下获得了真实的体现。张爱玲借盛九莉的女性移动视角，还原了一个动荡不已的香港与"黯淡破败"的上海，当然还有记忆中温暖的天津。

显然，城市一直是张爱玲后期创作的地理与精神空间，独特的都市文化景观等也使张爱玲形成了自己独有的文学格调。在美国的张爱玲"以自己的方式在西方的语境纠缠，寻求文化的生存空间"③，着手修订《海上花》和《红楼梦》，也"是在自我拓展和反思的过程中回归到中国文化的传统"④。或许是中外文化教育、家庭环境与现代社会的驱使，张爱玲将五四时期文学所倡导的文学的革命精神选择性地吸收，同时由于特殊的遗老家庭的家庭文化背景，使她也从《红楼梦》《金瓶梅》《海上花列传》《西游记》《三国演义》《醒世姻缘》等中摄取到了真传，诸如其中的自然生态、人情世态、俗世风情与精神传统关系等，都对张爱玲的创作与价值观产生了很大的影响，并形成张式独有的古典小说叙事格调与意味，而对西方文本中所崇尚的重物质性的功利性却不能够彻底认同。但同时张爱玲透过这些文本，对在中国传统文化里蕴含的伦理秩序中"男尊女卑"或"重男轻女"思想，一直保持着清醒的认识，即这种性别刻板的文化构造，使女性成为空洞的生殖符号，也导致性别困境的因果链形成。此外，性别结构的固化以及两性对立造成的归属与认同感，形成了困扰的性别关系；而性别闭环里存在的层级之间的剥削，这不仅仅是生理性别决定的，更是来

① 陈子善编：《张爱玲丛考》，海豚出版社 2015 年版，第 224 页。
② 张爱玲：《小团圆》，北京十月文艺出版社 2012 年版，第 106 页。
③ 张重岗：《夏志清的张爱玲论及其文化逻辑》，《中国文学批评》2016 年第 2 期。
④ 张重岗：《夏志清的张爱玲论及其文化逻辑》，《中国文学批评》2016 年第 2 期。

自社会性别歧视与构成性别的立场。但一些传统文本里也鲜有清新的性别认知，如《红楼梦》第二十回里，曹雪芹更是将贾宝玉的性别观写得很清楚："原来天生人为万物之灵，凡山川日月之精秀，只钟于女儿，须眉男子不过是些渣滓浊沫而已。"诸如此类的中外文化积累与生命经验等，成为张爱玲继而重返昔日沦陷区这一文学场域的又一动力，并通过现代女性的移动视角，深刻地解读和演绎中国传统文化伦理秩序与道德内涵，去拆穿刻板的性别结构背后的缘由。

张爱玲在1965年的《自白》中也谈到这一文学场域："我最关切两者之间那几十年：荒废、最终的狂闹、混乱，以及焦灼不安的个人主义的那些年。在过去千年与未来或许几百年之间，那几十年短得可怜。然而中国未来任何变化，都可能萌芽于那浅尝即止的自由。"① 应该说"上海沦陷，才给了她机会。日本侵略者和汪精卫政权把新文学的传统一刀切断了，只要不反对他们，有点文学艺术粉饰太平，求之不得"，"给张爱玲提供了大显身手的舞台"。所以"抗战胜利以后"，"更没有曹七巧、流苏一流人物的立足之地"。② 然赴美后张爱玲在西方主流市场中惨败，因而作为归来之作的《小团圆》不仅是家族"团圆"故事，还是张爱玲回到自我主体书写的逻辑的重要制作，与《半生缘》《红玫瑰与白玫瑰》《倾城之恋》中在情场中精打细算的白流苏、曹七巧等所不同的是，小说中的主人公盛九莉既是一个清醒的反抗者，以一种出奇的冷静面对家族、代际、性别、战争等构成的一切，同时也是一个逃避的妥协者。如小说中九莉与邵之雍有关爱与形式的讨论的场景。

　　　　九莉坐在窗口书桌前，窗外就是洋台，听见之雍问比比："一个人能同时爱两个人吗？"窗外天色突然黑了下来，也都没听

---

① 高全之：《张爱玲学》，漓江出版社2015年版，第279页。
② 柯灵：《遥寄张爱玲》，载陈子善编《私语张爱玲》，浙江文艺出版社1996年版，第23页。

见比比有没有回答。大概没有认真回答，也甚至于当是说她，在跟她调情。她以后从来没跟九莉提起这话。

比比去后，九莉微笑道："你刚才说一个人能不能同时爱两个人，我好像忽然天黑了下来。"

九莉一直在传统女性模板与现代女性范式中穿行、挣扎，陷入了邵之雍情感的魔怔中，不得不违心地妥协，也在痛苦的纠葛中，最终选择了逃离。而与母亲关系同样如此。她与母亲进行经济切割，实际上是一种追求经济乃至精神独立的表现。当她把钱还给母亲，却招来了母亲的误解与哭泣。母亲受了西式教育与文化浸染，但母亲精神内核中"男尊女卑"的思想却深入血液，因此她一方面欣喜女儿接受新文化教育；另一方面又会灌输女人身体的纯洁性，以迎合男性社会的认同。因此，《小团圆》自然也延续了《红玫瑰与白玫瑰》里的白月光与朱砂痣的貌合神离，还有《倾城之恋》中钩心斗法的范柳原和白流苏的投机的爱。在世俗与高雅、真实与虚构、生活与艺术之间摆渡的张爱玲，形成了内在的蕴藏与冲突的故事张力，提供的是一个巨大的空间，促使我们对女性与社会、历史、男性的关联问题进行深入全面的思考，这便是小说的光辉与意义所在。

2. 女性立场在家族、战争与国家空间中的游离

张爱玲从20世纪40年代起，就站在女性立场以"另类"方式，书写女性在家族、战争与国家的关联，一直延续到了在美国晚期的创作。而贯穿其中的是挣脱现有生活困境与性别秩序，逸出政治、战争、历史、伦理捆绑，获得基于人类普遍性情感的诉求；但求得现世的安稳以及情感的皈依，这反倒成了一种历史与现实里的奢望与宿命。《小团圆》就是这种性别困境与性别闭环创作的表达，彰显了叙述的主体性与客观性的深度融合。

一是成为历史中的女性"在场者"与叙述者的合一。从《小团圆》所显示的文本特征来看，与早年的《传奇》短篇小说集相比，

"意象的繁复和丰富"① 消逝了，"瘦劲枯涩，人文俱老"②。早期风格
中为人称赞的 "以实写虚"③ 的逆向意象技巧似也被摒弃了。《小团
圆》的文字依旧是讥诮的张爱玲式的，但已很少使用意象的功能，更
重要的是"《小团圆》里不但有盛九莉和作者张爱玲两种截然不同的
声音，还会加入第三种声音：读者的声音。小说中的许多空白，许多
跳跃，需要读者自己去填补想象"④。在《小团圆》中，张爱玲反倒成
了 "在场"者，也是故事的讲述者。因此，《小团圆》打破《雷峰塔》
《易经》单一的按照时间发展的叙事模式，展示为一个跳跃性的空间。
在一个相对稳定的叙述空间里，从儿童视角进入回溯，或从叙述者视
角切入。但回溯性叙事的儿童视角，"存在一个或隐或显的成年叙事
者的声音"，也 "无法彻底摒弃成人经验与判断的渗入。回溯的姿态
本身已经先在地预示了成年世界超越审视的存在。尽管儿时的记忆在
细部上可以是充满童趣的，真切的，原生的，但由于成年叙事者的存
在以及叙述的当下性，决定了儿童视角是一种有限度的视角，它的自
足性只能是相对的"⑤。因此，决定了 "叙事者的回忆在叙事层面指向
的是过去的儿童天地，而在本质上则指向的是'此在'，回溯性叙事
由此构成了'与时间交流的另一种方式'"，因此 "再纯粹的儿童视角
也无法彻底摒弃成人经验与判断的渗入"。结果是，"在时间流的两端
连结着当下与过去，从而关于童年的讲述便构成了遥指当下的讲述。它
最终暗含了两个时空、两个世界、两种生存的遭遇与参照"⑥。小说有这

① 夏志清：《中国现代小说史》，香港中文大学出版社 1979 年版，第 342 页。
② 许子东：《张爱玲晚期小说中的 "爱情故事"》，载许子东《无处安放——张爱玲文学价
值重估》，陕西人民出版社 2019 年版，第 3 页。
③ 许子东：《张爱玲晚期小说中的 "爱情故事"》，载许子东《无处安放——张爱玲文学价
值重估》，陕西人民出版社 2019 年版，第 133 页。
④ 陈子善：《小团圆的前世今生》，载陈子善编《张爱玲丛考》，海豚出版社 2015 年版，
第 226 页。
⑤ 吴晓东、倪文尖、罗岗：《现代小说研究的诗学视域》，《中国现代文学研究丛刊》1999
年第 1 期。
⑥ 吴晓东、倪文尖、罗岗：《现代小说研究的诗学视域》，《中国现代文学研究丛刊》1999
年第 1 期。

样描述第一次坠入爱河的九莉梦幻的心情：

> 她觉得过了童年就没有这样平安过。时间变得悠长，无穷无尽，是个金色的沙漠，浩浩荡荡一无所有，只有嘹亮的音乐，过去未来重门洞开，永生大概只能是这样。①

再有《小团圆》中"北方童年空间"里有小九莉与用人、弟弟在乱世中的温馨画面，但也夹带着与外面的大环境"隔离"的悲情与无奈。随之，很快又切换到了美国生活空间，看着一个外国小女孩攀着铁门爬上爬下，"以为她是外国人——在中国的外国人——因为隔离"②，两个空间形成了强烈的"参差对照"。还有《小团圆》中少女九莉一直小心翼翼活在后母的阴影下，而正是因为沪战，才得以借口离开父亲与后母的老洋房，来到当时母亲蕊秋和姑姑楚娣合租的公寓，获得独处自由的快乐。空间转移不仅意味着少女九莉获得人身自由的起点，也意味着对旧式父权专制压抑的反叛，更是在新的家庭—文化秩序里获得重新安排自我的开端。应该说，这里成为"女性情感联盟"空间，也是九莉的女性身份、女性意识自觉以及社会归属感形成的装置空间。但也是一个聚合的复杂空间，因为新潮母亲骨子里却是一个极为保守的女性，她重视年轻女性身体的纯洁性，指责楚娣与绪表哥的冲破禁忌之行为，尽管她决然地选择背离刻板的传统家庭模式，离婚后也有多次非婚堕胎的经历。

一是精神的乖离与叛逆并存，体现在对外在社会空间与生活环境的冷漠。《小团圆》以九莉与邵之雍的情感故事为主线，其中穿插了九莉与父母代际间的复杂关系，独赴香港的求学经历以及与邵之雍暧昧的情感纠葛。其中，开篇回忆的便是欧战爆发香港沦陷前夕，因为

---

① 张爱玲：《小团圆》，北京十月文艺出版社2012年版，第150页。
② 张爱玲：《小团圆》，北京十月文艺出版社2012年版，第190页。

战争,"喜悦的浪潮一阵阵高涨上来,冲洗着岩石。也是不敢动,怕流露出欣喜的神情"①。九莉一扫大考前的焦虑,但"九莉经过两次沪战,觉得只要照她父亲说的多囤点米、煤,吃得将就点,不要到户外去就是了"②。这些俗世日常的细节描写,"它所摧毁的是人性中心论(centrality of humanity),而中国现代性往往不假思索地将人性中心论当成是理想与道德原则。在张爱玲的语言之中,冷漠感有着主导地位,导致了非以人类为中心的情感结构,往往透过毁坏与荒凉的描述来传达"③。九莉劈出一块自我空间,不仅为战争免去了考试而窃喜,甚至对教授的死都漠然待之。九莉乖张的心理与行为,在张爱玲在 1975 年与宋淇的信中有所解释:"我在《小团圆》里讲到自己也很不客气,这种地方总是自己来揭发得好。当然也并不是否定自己。"④ 因为对九莉来说,"身边的事比世界大事要紧,因为画图远近大小的比例。窗台上的瓶花比窗外的群众场面大"⑤。显然,个人世界的封闭空间,是九莉要守护的精神领域。这也显示出了张爱玲有意控制对现世的洞察与疏离,要保持适度的距离。

一是执着于个人经验而淡化宏大的国家、民族与战争叙事。《小团圆》内部场景聚焦于家庭内部空间,但涉及了战争的时代,这与张爱玲 40 年代的战争经验书写依旧是相衔接的。如《倾城之恋》《封锁》《烬余录》等都体现了"非主流"的战争体验,没有民族、国家这类宏大的叙事特征,一如她在《自己的文章》中强调"人生安稳的一面",小说里"全是些不彻底的人物。他们不是英雄,他们可是这时代的广大负荷者","虽然不过是软弱的凡人,不及英雄的有力,但正是这些凡人比英雄更能代表这时代的总量"。⑥ 尽管《小团圆》小说

---

① 张爱玲:《小团圆》,北京十月文艺出版社 2012 年版,第 46 页。
② 张爱玲:《小团圆》,北京十月文艺出版社 2012 年版,第 48 页。
③ 周蕾:《妇女与中国现代性》,上海三联书店 2008 年版,第 175 页。
④ 张爱玲:《小团圆》,北京十月文艺出版社 2012 年版,第 2 页。
⑤ 张爱玲:《小团圆》,北京十月文艺出版社 2012 年版,第 45 页。
⑥ 张爱玲:《自己的文章》,张爱玲《流言》,北京十月文艺出版社 2019 年版,第 92—93 页。

背景是乱世战火纷飞，战争并不作为正面描写，更专注于对颓靡气息的旧式贵族家庭的探微。因此，战争一方面成为造成个人灾难的因素，但另一方面也成为九莉挣脱颓靡家族束缚的一个"出口"。而张爱玲巧妙地将战争残酷的体验贴切地与日常生活感性、真实、安稳的一面链接起来。与主流战争文学所强调的英雄主义弘扬不同，显示出"非主流""边缘化"样式，以"个人本位"来"观察、体验与表现这场战争，关注的是个体生命在战争中的生存困境"，发掘"形而上层面上的更具有人类学普遍意义的困惑与矛盾"①。而张爱玲无疑是属于后者。她刻意抽离了邵之雍的身份政治，也稀释了乱世的驳杂与动荡，运用人尽皆知的"张胡恋"为故事原型，将盛九莉、邵之雍塑造成被时代追赶的芸芸众生中的饮食男女。毫无疑问，小说的侧重点并不刻意在宣扬政治意识形态，甚至是有意淡化意识形态，而所呈现出来的战争只是作为必要的时间推移、环境渲染的背景，借此深化在时代这一"翻云覆雨手"下普通个人的命运无奈与无常。

这也正是张爱玲经常被一些批评家指责的地方："与简·奥斯丁所具有的普遍性意义相比，张爱玲还更多地停留在个人经验的层面"，"在张爱玲身上，小说充斥着伦理上的张力，但在历史思考的开掘上则有所不足。其中的制约性因素，与张爱玲的个人经验有关，也与其历史文化的视野有关"②。还有"国家主义是二十世纪的一个普遍的宗教。她不信教"③。张爱玲不认同这种宗教式的"想象的共同体"，不做过多的政治表达，依旧保持非常自我、孤立的写作姿态。因此以战争为大背景的《小团圆》，它的聚焦点完全落在盛九莉与母亲蕊秋、情人邵之雍的情感纠葛上。张爱玲曾在《自己的文章》中这样为其"另类"的战争书写辩驳："这时代，旧的东西在崩坏，新的在滋长

---

① 钱理群：《四十年代小说的历史地位与总体结构》，钱理群主讲《对话与漫游：四十年代小说研读》，上海文艺出版社 1999 年版，第 505 页。
② 张重岗：《夏志清的张爱玲论及其文化逻辑》，《中国文学批评》2016 年第 2 期。
③ 张爱玲：《小团圆》，北京十月文艺出版社 2012 年版，第 56 页。

中……人是生活于一个时代里的，可是这时代却在影子似的沉没下去，人觉得自己是被抛弃了。为要证实自己的存在，抓住一点真实的，最基本的东西，不能不求助于古老的记忆，人类在一切时代之中生活过的记忆，这比瞭望将来要更明晰、亲切。"① "真实的，最基本的东西"在张爱玲的小说里正是吃喝住行、饮食男女这些世俗的东西，"去掉了一切的浮文，剩下的仿佛只是饮食男女这两项"②。对于九莉来说，对战争的恐慌已经变得麻木，在港战中面对被洗劫过的英文教授住宅，"她看他的书架，抽出一本毕尔斯莱插画的《莎乐美》，竟把插图全撕了下来，下决心要带回上海去，保存一线西方文明"③。"差点炸死了，都没有可告诉，她若有所失。"④ 战争导致了动荡的时代，也将一个少女的成长锁在了狭窄的物理空间与精神空间之中。

3. 洒落在人世间的情感回味与理性的纠葛

深受张爱玲影响的中国台湾作家朱天文认为"《小团圆》更是这样，张爱玲把她家族所有的人，所有的故事都拆解了"⑤。其实，张爱玲本无意做出任何拆解，而只是真实地呈现家庭架构中的情感迁移。在传统化的家庭模板中，女人是作为陪衬的，儿女也是作为被支配的对象，所以邵之雍对女人的"博爱"，就是传统情感结构中的延伸。而对传统性别结构与情感结构的颠覆，就成了张爱玲的有效方式。

《小团圆》中个人情感的拆解不到三分之一的篇幅，重点纠缠于家族、母女关系等问题上。根据宋淇与张爱玲的书信，应该是1959年胡兰成《今生今世》促动与影响了《小团圆》的创作，张爱玲要复原曾经的支离破碎的情感故事，也撕开曾经寄予种种幻想的婚姻现实。显然，与《今生今世》玄幻、暧昧、夸张的情感表述相左，张爱玲让

① 张爱玲：《自己的文章》，见张爱玲《流言》，北京十月文艺出版社2019年版，第93页。
② 张爱玲：《烬余录》，见张爱玲《流言》，北京十月文艺出版社2019年版，第58页。
③ 张爱玲：《小团圆》，北京十月文艺出版社2012年版，第62页。
④ 张爱玲：《小团圆》，北京十月文艺出版社2012年版，第52页。
⑤ 喻盈：《朱天文：写作是天赋，也是诅咒》，《时代周报》2009年7月16日。

《小团圆》充满了世俗饮食男女的烟火气息，还有将真实情感一股脑地裸露在河川的底部。

　　首先，盛九莉对爱是纯真的，自始至终，没有携带世俗的功利，某种程度上可以说，盛九莉的爱是开在世俗里的罂粟一般美丽，单纯观赏就好，一旦吸吮起来就是致命的。张爱玲的《小团圆》回到了尘世，颇有《海上花》特点，"是极度经济，读着像剧本，只有对白与少量动作。暗写，白描，又都轻描淡写不落痕迹，织成一般人的生活的质地，粗疏，灰扑扑的，许多事'当时浑不觉'"①。《小团圆》在人物的"穿插闪躲"中成就了九莉的生命轨迹，张爱玲以从容的笔法，回到了自我主体的逻辑叙事，她不再追求早期《传奇》中的生命传奇与偶然，而是以《小团圆》戳破了她对世界人生、宇宙万物中的神话，以故事中的九莉与真实自我的故事错综复杂地交叠，决绝地抽离了幻象，让她们一起坠落在尘世里。但这一次，张爱玲以决绝的方式，将苍凉的手势定格在所有的过往岁月，她所有的生命经验凝结成的《小团圆》，是梦与现实、真实与想象、世俗与精神、希望与绝望再一次的生命回放。1976 年 4 月 22 日张爱玲在给宋淇的信中写道：

　　　　这是一个热情的故事，我想表达出爱情的万转千回，完全幻灭了之后也还有点什么东西在。我现在的感觉是不属于这故事。②

　　《小团圆》中的盛九莉即便幻灭了对未来所有世俗的渴望，也从来没有放弃过内心坚守的崇高之爱，一种近乎宗教一般的情感皈依。小说有这样的场景：战后九莉探望四处逃难的汉奸丈夫邵之雍，在回

---

　　① 张爱玲：《忆胡适之》，见张爱玲《重访边城》，北京十月文艺出版社 2012 年版，第 25 页。
　　② 张爱玲：《小团圆》，北京十月文艺出版社 2012 年版，第 7 页。

来路上被庆祝的人潮围住，"自己知道泥足了，违反世界潮流，蹭蹬定了"①。后在公车上还遭遇"汉奸妻，人人可戏"被攻击的一幕。"《小团圆》渗透这样一种价值观，尤其在男女关系中，个人情感视角比社会政治背景更重要。"② 九莉企及的是"只有无目的性的爱才是真的"③，但明晰这种情感结构里，有着不可逆的背叛，"她不过陪他多走了一段路。在金色梦的河上划船，随时可以上岸"④ "她也有点知道没有这天长地久的感觉"⑤ "让她在这金色的永生里再沉浸一会"⑥ "她也有点感觉到他所谓结婚是另一回事"⑦ 等。对于二十二岁"写爱情故事，但从来没有恋爱过"⑧ 的九莉来说，遇见风流成性的邵之雍注定是一个不平等的遭际，未来可怕的情感背叛更是防不胜防。因为盛九莉的爱是坠入凡尘中的莲花，只能够自己枯萎，而不能够被亵渎。当然，张爱玲的爱也是要超越世俗主义与政治意识形态的。

其次，《小团圆》与《今生今世》的文本对比，可以比照出张爱玲的真实，即一种照进现实的爱的实体存在。如《今生今世》胡兰成认为张爱玲丝毫不介意自己脚踏几条船："我已有妻室，她并不在意。我有许多女友，乃至携妓游玩，她亦不吃醋。她倒是愿意世上所有的女子都欢喜我。"⑨ 而《小团圆》中九莉对此事却是十分痛苦的："并不是她笃信一夫一妻制，只晓得她受不了。"⑩ 九莉试图以一种轻松的微笑来化解这种尴尬，也给邵之雍日后情感的回旋留了足够的空间。其实，九莉一直是清醒的，只是她抱有幻想，认为"他的过去有声有

① 张爱玲：《小团圆》，北京十月文艺出版社 2012 年版，第 218 页。
② 许子东：《张爱玲晚期小说中的"爱情故事"》，载许子东《无处安放——张爱玲文学价值重估》，陕西人民出版社 2019 年版，第 23 页。
③ 张爱玲：《小团圆》，北京十月文艺出版社 2012 年版，第 144 页。
④ 张爱玲：《小团圆》，北京十月文艺出版社 2012 年版，第 150 页。
⑤ 张爱玲：《小团圆》，北京十月文艺出版社 2012 年版，第 150 页。
⑥ 张爱玲：《小团圆》，北京十月文艺出版社 2012 年版，第 152 页。
⑦ 张爱玲：《小团圆》，北京十月文艺出版社 2012 年版，第 154 页。
⑧ 张爱玲：《小团圆》，北京十月文艺出版社 2012 年版，第 141 页。
⑨ 胡兰成：《今生今世》，中国社会科学出版社 2003 年版，第 154 页。
⑩ 张爱玲：《小团圆》，北京十月文艺出版社 2012 年版，第 242 页。

色，不是那么空虚，在等着她来"①。但无从改变的事实是九莉"和很多女人争夺邵之雍，又和很多男人争夺她母亲"。② 而她情感脉络中最为致命的两翼，存在与母亲在爱、性与教育上的对抗，以及与"邵之雍"的情感对抗。自然，内心深处所期冀的与母亲与丈夫的和谐共存的世俗想望，原本是清奇女子九莉的世俗欲求，就成了一种精神上的构想——"团圆"，一种情感残缺中所企及的象征，而不圆满才是真正的常态。

再次，张爱玲所企及的母性爱的圆满从来没有熄灭。张爱玲重视世俗情感和谐的常态，还有对母性之爱场景的期待与构想。然而当宋淇在回复张爱玲的信中这样提及《小团圆》："才子佳人小说中的男主角都中了状元，然后三妻四妾个个貌美和顺，心甘情愿同他一起生活，所以是'大团圆'。现在这部小说里的男主角是一个汉奸，最后躲了起来，个个同他好的女人都或被休，或困于情势，或看穿了他为人，都同他分了手，结果只有一阵风光，连'小团圆'都称不上。"③ 显然，宋淇的解读使故事中的"小团圆"成为一种反讽性质的指涉。但不可否认，"两性关系、婚姻关系，是张爱玲发掘人性、发掘洋场生活特殊本质的主要角度，在张爱玲，这是一个有利而且运用得有力的角度"④。而张爱玲内心存在对母亲温暖力量的渴望，以及对享有世俗情感与家庭结构的深情期许。小说的结尾处的梦境只是九莉无法实现的旧梦，既是内心孤独感的延伸，也是天然的母爱从心底的散发。

青山上红棕色的小木屋，映着碧蓝的天，阳光下满地树影摇

---

① 张爱玲：《小团圆》，北京十月文艺出版社 2012 年版，第 165 页。
② 许子东：《张爱玲晚期小说中的"爱情故事"》，载许子东《无处安放——张爱玲文学价值重估》，陕西人民出版社 2019 年版，第 40 页。
③ 张爱玲：《小团圆》，北京十月文艺出版社 2012 年版，第 8 页。
④ 赵园：《论小说十家》，生活·读书·新知三联书店 2011 年版，第 223 页。

晃着，有几个小孩在松林里出没，都是她的。之雍出现了。微笑着把她往木屋里拉。非常可笑，她忽然羞涩起来，两人的手臂拉成一条直线，就在这时候醒了。二十年前的影片，十年前的人。她醒来快乐了很久很久。①

最后，冷静而理性地对性别情感结构的拆解中，获得清醒的性别认知。张爱玲希望九莉在幻灭之后还能攀住所谓的"一点真实的、最基本的东西"②，而对当年曾经的婚约，依然铭刻在心："邵之雍盛九莉签定终身，结为夫妇。岁月静好，现世安稳。"九莉反哺着与邵之雍相识、热恋、诀别等过程，在召回的记忆中，反复咀嚼着曾经的美好，也难以消除压在心上的家族的破败、母亲的严苛与丈夫的背叛，家国、家族与个人的失落之情纠结在一起，成为一种压抑的情绪，也使自己再一次陷落在尘世的虚无之中。张爱玲为其人生的传奇与坎坷作出了注解，也幻化出一种清奇的遗世独立与虚幻的想象。因为"将来的荒原下，断瓦颓垣里，只有蹦蹦戏花旦这样的女人，她能够夷然地活下去，在任何时代，任何社会里，到处是她的家"③。而现实生活中如戏中一样的别无特点女人，却最能够获得世俗滋润。她们只有地位，没有长度阔度，但"是最普遍的，基本的，代表四季循环，土地，生老病死，饮食繁殖"。"把人类飞越太空的灵智拴在踏实的根桩上。"④　而像自己的女人，"她只有长度阔度厚度，没有地位"。只能"狼狈的在一排排座位中间挤出去"⑤。而盛九莉的宿命源自所处的动荡社会、时代里的性别困境等，还有叛逆的不惜代价的自身性格，以及绝望里的所有挣扎，这与张爱玲不妥协的性格基本是一

---

① 张爱玲：《小团圆》，北京十月文艺出版社 2012 年版，第 283 页。

② 张爱玲：《自己的文章》，见张爱玲《流言》，北京十月文艺出版社 2019 年版，第 93 页。

③ 张爱玲：《传奇再版的话》，见张爱玲《流言》，北京十月文艺出版社 2019 年版，第 165 页。

④ 张爱玲：《谈女人》，见张爱玲《流言》，北京十月文艺出版社 2019 年版，第 67 页。

⑤ 张爱玲：《小团圆》，北京十月文艺出版社 2012 年版，第 231 页。

致的。

张爱玲所传达的性别意识和感受力，以及内在的张力，彰显了张爱玲文学决绝的自审—审他—审她的精神。正如张爱玲当年赴美后在给邝文美的信中说："我要写书——每一本都不同"①，而《小团圆》有意"在人类经验的边缘上开发探索，边缘上有它自己的法律"②。她借盛九莉之手彻底撕毁了曾经的爱情神话与家族神话，这也是一次与往事的最后一次清算。张爱玲的《小团圆》沿着这样的路径，塑造了一个"违反世界潮流""打破常规"的"另类"女性形象九莉，发掘着人类经验边缘处的风景，也在揭示女性悲剧的根源在于女性自我的性别构架，即缺失自我主体的游离，以及内心对爱的遵从。

结　语

家庭和爱在张爱玲小说中一向是中心关键词，也就是说世俗里的情感纠葛、俗事等倒是构成了张爱玲文学表达空间的主体内容，当然个人主义的体验、丰富的想象和强烈的主观情感也成为她文学叙事的主体。《小团圆》是张爱玲基于史实的复原与召回，但是因为时空移动，个人恩怨与沉寂在内心的纠结，依然无法得到释怀，但精神企及的爱的神化的欲念化作云烟，仍然弥漫在字里行间。而张爱玲注入了"情感神话"的主观性想象，或者说张爱玲本身就一直耽于精神性的搭建，即便是在所谓的"拆解"情感与家庭之后，仍然能够感受到来自张爱玲一贯的超越世俗的精神追随。因此，《小团圆》是张爱玲向传统文化回切的记录，重返上海沦陷区这一文学场域，以个人化的女性立场对家族、情感、代际、婚姻等的审视，与主流战争文学书写不同，她有意识地淡化战争残酷的体验，也并未强调民族经验与国家主义，而是刻意形塑自我主体以及强调个人情感的皈依，还在渲染家庭

———————

① 张爱玲、宋淇、宋邝文美著，宋以朗编：《张爱玲私语录》，北京十月文艺出版社 2019 年版，第 51 页。

② 张爱玲：《谈看书》，见张爱玲《重访边城》，北京十月文艺出版社 2012 年版，第 56 页。

日常的温暖与疏离，更是将情感放置在生活的中心位置。而这种极端的女性主义立场凌驾于民族经验的渲染，也使张爱玲封闭在自我狭窄的空间中，未能扛起真正女性主义的大旗。而有一点也是确然的，尽管《小团圆》没有获得世俗里情感企及的和谐，但恰恰指证了性别文化困境与性别闭环的存在。

二　伦理视角的介入及其文本实践

自 1978 年 11 月在上海《文汇报》发表短篇小说《伤痕》，卢新华陆续出版、发表了中篇小说《魔》（1979），长篇小说《森林之梦》（1986），短篇小说《上帝原谅他》（1978）、《晚霞》（1978）、《爱之咎》（1980）、《落榜的孩子》（1980）、《表叔》（1980）、《典型》（1980）等。1986 年 9 月卢新华出国留学，就读于美国加州大学洛杉矶分校东亚语言文化系，后获文学硕士学位。留美期间曾蹬过三轮车，他卖过废电缆，做过金融期货，当过赌场发牌员，这些经历让他具有多重的异质性生存经验。1998 年 6 月，随着中篇小说《细节》在《钟山》的发表，卢新华以海外华文作家身份，开始回归大陆文坛。进入 21 世纪后，卢新华创作了长篇小说《紫禁女》（2004）、《伤魂》（2013），中篇小说《梦中人》（2014）、《米勒》（2021）等小说作品，散文《沉沦》（2005）、《道失而求诸夷》（2010）、《论回头》（2012），以及随笔《财富如水》（2010）、《三本书主义》（2018）等作品。其中《伤痕》《紫禁女》、《米勒》等小说，将女性问题纳入伦理世界加以考察，揭示了激进时代对代际伦理及情感的形塑、传统文化心理对身体伦理的锁定、消费主义对女性情爱伦理的侵害，同时也彰显了因女性自身精神痼疾与主体性缺失，指证了女性伦理在性别文化、传统伦理、男权文化、世俗主义等背景中杂糅生成。卢新华认为"对于中国这样一个由传统伦理向现代文明转型的国家来说，女性的解放程度也透露出社会的解放程度。对于女性命运的考察仅仅是一个切口，她们往往是作为悲剧的载体而存在"①。显然，对于卢新华来说，对女性现实性进行剖析，构成了他现实主义创作的内在理路，也是他以文学进行观察与介入中国社会与文化现实的方式，更是一种指向未来的探索实践。

1. 激进时代对代际伦理及情感的形塑

20 世纪 70 年代，中国社会政治文化秩序处于动荡之中，人的心理也日趋紧张与困顿。一个自觉对时代和社会负有责任的作家，不仅要赞美所处的时代，也要暴露藏匿在时代里的痼疾。而对 70 年代末意识形态文化进行反思，就要捕捉人性的变动与人物的内心世界，以及揭示创伤记忆之社会问题的症结所在。卢新华的《伤痕》以女知青的遭遇复原了这一段历史的沉重与灾难。小说尽管从女性视角切入了伦理，但他的文本并没有显示出自觉的性别伦理，反而是一种女性无意识的伦理介入。其实性别伦理是一个随着社会发展的变量，也意味着女性挣脱给定的性别束缚，开始走上自我发展道路，一种基于性别想象与建构主体性的诉求，不仅指向外在的社会秩序与历史秩序，也体现在女性内在的自我身体与精神层面。如果以此来看，《伤痕》就是一个关于意识形态、代际伦理、社会道德、人性纠葛在一起的故事。

卢新华短篇小说《伤痕》开篇即点明："这已经是一九七八年的春天了。"② 当年读《伤痕》，"全国人民所流的泪可以成为一条河"③。当时王朝闻、陈荒煤、吴强等都撰写了文章予以肯定，但也还是有人认为它是"春天里的一股冷风"，并有个别领导人说它是"哭哭啼啼，没出息"。但 1979 年春，卢新华凭借《伤痕》获得第一届全国优秀短篇小说奖，与其同时获奖的刘心武、王亚平等人被共同指认为"伤痕文学"的领军人物。

确切地说，是批判现实主义大师鲁迅的精神思想触动了卢新华。

① 卢新华、王冬梅：《积蓄力量"再出发"——卢新华访谈》，《中国现代文学论丛》2015 年第 1 期。

② 卢新华：《伤痕》，《文汇报》1978 年 8 月 11 日。

③ 卢新华：《〈伤痕〉得以问世的几个特别的因缘》，《天涯》2008 年第 3 期。

"人世间的惨事，不惨在狼吃阿毛，而惨在封建礼教吃祥林嫂"，直接启发了卢新华《伤痕》的写作："动乱的十年所造成的巨大伤痕，不仅表现在生产力遭到巨大破坏上，更主要的还反映在人们的精神、思想和心灵所受的巨大摧残上。"① 这种破坏不仅对经济、对人的精神造成了创伤，留下了无法愈合的伤痕。其实，对人的情感能力，尤其是个人的情感、家庭情感结构与社会道德情感也具有更大的杀伤力。

《伤痕》叙述的正是一个有关女性代际伦理的故事。小说奇妙地在移动的时间—空间中展开，采用了倒叙、顺叙、穿插，还加入了信件、日记等文字形式，构成了整个女性伦理叙事，指向了革命意识形态话语与权力结构，如何以"正义"的方式，从公共领域进入私人领域，涉入家庭结构中的母女关系，并导致母女情感破裂、家庭最终拆解。"文化大革命"时期，女中学生王晓华，当母亲被定性为"叛徒"，她为了要做一个坚定的无产阶级革命事业接班人，强抑对"叛徒"妈妈的愤恨，怀着极度矛盾的心理，没有毕业就报名上山下乡，只给母亲在桌上留了一纸条："我和你，也和这个家庭彻底决裂了，你不用再找我。"② 就决绝地到临近渤海湾的乡村插队落户。这种叛离家庭背后大致有两个原因：一是对正义的主张，二是对危险的恐惧。而因恐惧而生成的创伤经验，衍生于对所有情感具有摧毁性的政治文化暴力，同时也因为自身缺少自由独立的思想与精神。这既是个体的，又是社会的，具有普遍性意义。事实上，为了免除恐惧与危险，采取了"积极"的规避，以"正义"的方式开始了背离，但"叛徒母亲"的"政治阴影"始终伴随着她，一切都事与愿违。诸如在入团和情感的问题上都受到了波及。八年后，当她得知母亲的"叛徒问题"原本就是一起冤假错案，便带着不安与负疚的情绪，赶回去看望母亲，渴望得到母亲的宽恕；而被摧残身患重疾的母亲却撒手尘寰。尤其是当

---

① 卢新华：《要真诚，永远也不要虚伪》，《齐齐哈尔师范学院学报》1983 年第 3 期。
② 卢新华：《伤痕》，《文汇报》1978 年 8 月 11 日。

王晓华看到母亲的日记，其中有"虽然孩子身上没有像我挨过那么多'四人帮'的皮鞭，但我知道，孩子心上的伤痕也许比我还要深得多"① 这样的记载，让她彻底崩溃，母与女之间的战役以母亲的凋亡而结束，但留存在内心的伤痕却无法抹去，留给人们无尽的思索。

毋庸置疑，《班主任》《伤痕》等"伤痕书写"是以正义的立场切入悲情时代的叙述，陈荒煤认为"这些作品是反映了我们一个特定时代的悲剧，是时代的烙印、时代的脚迹，确实反映了广大人民的心声，是无法否定的"②。而中国台湾学者许芥昱认为"《伤痕》，很出锋头"，但"还没有提出一个解决之道"③。作为卢新华同代人的钱虹一针见血地戳破了《伤痕》的"结痂"，认为是政治因素导致了对人的身心创伤与人伦破坏，从而造成了人伦、家庭、道德的"断裂带"。卢新华"抓住了中华民族几千年来最为重视甚至赖以生存的以血缘血脉为纽带建立起来的人伦纲常与家庭关系，在以革命名义或是阶级立场的'人以群分'之下轰然崩溃与四分五裂，于是，亲人反目，家庭解体，伦理瓦解，天理不存"④。如此，也深层次进入文化肌理进行分析伤痕的悲剧性。

不可否认，小说潜在深层次地对民族、文化、社会的"悲剧命运"根源，以及对伦理与人性的考量及思考，仍然是卢新华探索的核心问题。被认为"很出锋头"的"《伤痕》迈出了走向艺术真实的蹒跚的一步"，而《伤痕》所引发的更多"伤痕艺术"获得了读者的普遍欢迎，促动了"暴露文学"发展，"并构成了以后新时期十年文学和艺术的主流"，通过对现实中英雄的歌颂对历史给予批判。"在这些作品中，重要的不是艺术而是一种政治态度，虽然这种政治态度的后

① 卢新华：《伤痕》，《文汇报》1978 年 8 月 11 日。
② 陈荒煤：《衷心的祝贺》，《人民文学》1979 年第 4 期。
③ 许芥昱：《美国加州旧金山州立大学中共文学讨论会上的发言》（1976 年 7 月 3 日），转引自吴丰兴《中国大陆的伤痕文学》，幼狮文化事业公司 1983 年版，第 4—5 页。
④ 钱虹：《铁肩担道义，妙手著文章——论卢新华 40 年的创作道路》，《华文文学》2019 年第 3 期。

面不一定有科学的批判理性支持，但从具体的历史背景上看也是十分鲜明和有勇气的"①。新时期的文艺思潮对这一历史浩劫进行反省，他们揭开被遮蔽的人性，展示被作为政治符号的中国人的生命形态。

卢新华笔下母女两代人之间的精神隔膜、情感阻断，并不仅仅是因为所持政治立场的不同，还带有对革命正义的主张。当然，这是一种内化在阶级立场内核中的意识形态文化。作为情感主体的个人，其美德伦理或自然人性应该体现在情感主义与理性主义的有效融合。特定语境中的极端的意识形态与特殊时代的政治文化，具有强烈的破坏性，甚至带给人类的就是灾难。其实，非理性暴力不仅造成了家庭结构中的情感撕裂，也剥夺了个体情感的自主能力，更形塑了其情感内容。卢新华以女性伦理视角切入了非理性时代，指向了女性的现实生活，以及作为人的潜在现实性。

首先，《伤痕》展现并戳中了非正常时代母女代际的非正常对抗与"和解"。这种对抗蕴含着被改写了的政治或阶级立场的不同，还有遮蔽着个人价值观的差异。同时，也昭示了中国的血脉与根系经受了几千年的绵延，而强大的革命情绪、政治主张是撕裂意识形态阵营、家庭伦理、社会秩序的最大引爆力，这种狂热的革命激情烘托甚至构成了非理性的潮流，足以推翻一切的正常存在。卢新华试图剥离开文化环境对文艺生成的束缚，让笔下的女性走出这种束缚尽管难以完全摆脱这种潜在话语的控制，如卡鲁斯指出创伤"是对一个或几个重要事件的反应，时间上通常滞后，表现为重复、幻想、梦幻或事件促成的思想和行为等形式"②。《伤痕》是刺向野蛮的利剑，有着勇敢的寒光闪耀，清算附着在女性身上的精神枷锁带给心理的控制；也以母女之爱的温情唤起对心理创伤进行干预，消除严

① 参见吕澎、易丹《1979 年以来的中国艺术史》，中国青年出版社 2011 年版，第 25 页。
② Caruth, Cathy, *Unclaimed Experience: Trauma, Narrative, and History*, Baltimore and Maryland: Johns Hopkins UP, 1996 (4).

重的心灵恐惧。紧接着卢新华又推出了带有探索性的中篇小说《魔》，主要是写"文化大革命"时代，是"阶级和阶级斗争的理论"让农村一个基层干部为它着魔，并最终也让自己成为"魔"的故事。但小说展现了在处理人的内心、思维的时候，仍然难以摆脱时代语境主流话语的限制，主人公成了受制于文化政治时代的符码。而"伤痕文学"的历史局限性，是所处的时代使然，作家普遍难以超越一体化的主流意识形态思想。

其次，卢新华还是尽力展示外在温润的女性形象与内在坚定的反叛之间的张力，指出这是由于革命意识形态、母女情感伦理及女性意识等发生纠葛而产生，同时也发掘女性身上的精神力量，一种能够超越阶级、政治、文化、历史、现实的聚合力。《伤痕》不但触及了对家庭情感结构、社会道德情感的反思，同时仍有对被损害的美好女性形象的呈现。比如对女儿的刻画：

> 这是一张方正、白嫩、丰腴的面庞：端正的鼻梁、小巧的嘴唇，各自嵌在自己适中的部位上，下巴颏微微向前突起；淡黑的眉毛下，是一对深潭般的幽静的眸子，那间或的一滚，便泛起道道微波的闪光。她从来没有这样细致地审视过自己青春美丽的容貌。可是，看着看着，她却发现镜子里自己黑黑的眼珠上滚过了点点泪光。她神经质地一下子将小镜抱贴在自己胸口。①

因此，在卢新华看来，越是这样的纯情少女，越能够深刻感悟到女主人公的悲情。"当时的感觉好像不是在写，而是在记录，不仅记录一个人，同时也记录一个时代的故事和命运。"② 即指向了非正常年

---

① 卢新华：《伤痕》，《文汇报》1978 年 8 月 11 日。
② 卢新华：《我看鲁迅——兼谈鲁迅对我文学创作和人生的影响》，《鲁迅研究月刊》2018 年第 9 期。

代里母女情感、家庭结构崩裂的悲剧。但同时也从这种悲剧中发掘中华母体的精神力量，诸如小说中的母亲基本没有正面出场，但这个曾经在战场上冒着生命危险在炮火下抢救过伤员后成为学校校长的女性，透过生前的父亲、信件、苏小林的转述，才显现出一位温润、厚实、坚强的英雄母亲形象，她打听到女儿的地址，邮寄衣物，尽管遭到拒收。她理解包容了极端激进的女儿，也没有抱怨社会的不公，平反后积极投入了工作。或许就是这样的母亲形象，让我们看到了中国人的生命底色与所蕴藏的历史理性。无论经受了什么样的打击，个体蕴藏着生命的坚韧与精神力量，也正是这样的中国式样的母亲负载着社会、历史在发展。

再次，《伤痕》是真正切入女性代际情感的小说，尽管尚没有指明缝合或弥合情感断裂之根法，只是揭开与控诉了革命暴力对生命、精神及人性等造成残酷伤害的现实。但卢新华《伤痕》中所涉及的女性伦理是针对人性申诉的伴随，而这种指向女性伦理与革命意识形态关联的发声，已经催生了中国整个艺术界的联动，具体体现为艺术精神在无形中引向人们的内心世界，迎来了文学介入女性现实与社会现实的必然性与多种可能性。当然，也激发了新时期十年文学和艺术的有效交流，并一致对历史给予"清算"。同时，尽管小说《伤痕》没有展示文化斗殴和杀戮暴力对人的侵害的画面，只聚焦了一对母女情感、政治立场对抗的悲剧，却透着一种清醒的反思情绪，搅起了社会风暴。

最后，对文化和意识形态强加于女性的精神控制与身体伤害予以批判。这里，革命意识形态与文化成为一种主导力量，充斥在社会空间，并压制、挤压到家庭空间，家庭结构遭受到拆分；同时作为社会中的一员，已经在精神上被塑形与改造。这种夹杂着所谓的革命意识形态的高蹈与政治的激进，颠倒了正常的社会秩序；以一种非理性存在，直接击碎了中国家庭伦理中的秩序，也颠覆了母女代际的情感伦理。在卢新华看来，这样一个人伦悲剧故事，这一视角正好契合鲁迅

"揭出病苦,引起疗救的注意"① 的文学主张,同时也能够挖掘民族文化中存在的因素,进而找到女性代际悲剧的根源。他坚信鲁迅"敢于直面惨淡的人生"的文学使命,以及暴露现实所带给人们的恐惧与不安,这些都是自己要秉持的。而包括中外曹雪芹、鲁迅、巴金、茅盾、托尔斯泰、陀思妥耶夫斯基、果戈理、契诃夫、都德、雨果和莫泊桑等的文本,都对卢新华产生了积极的影响;甚至发觉了自己所喜爱的鲁迅的小说,其实也曾受到了俄罗斯文学,尤其是契诃夫和果戈理等批判现实主义作家们的影响。② 这些无疑助推了卢新华以文学力量改变社会现实的文学实践。进一步说,卢新华在处理"个人"与"历史"、"情感"与"形式"之间对自我主体、艺术本体的关注,也是代表着对女性历史与现实批判的逻辑结果。这也正是 20 世纪 80 年代艺术的一个主要流向。

可以说,《伤痕》指向了社会对人的情感的形塑与牵制,牵动了中国当代艺术的一种走向,拓展了人们对生活在社会空间的全面反思,更重要的是发掘着女性身上的正义与母体的伟大力量,还有对整个精神世界的审核,延续到对处在底层生活世界的人们的全方位展示。诸如严歌苓《陆犯焉识》、虹影《饥饿的女儿》、张翎《唐山大地震》等战争、灾难乃至人伦进入"新伤痕叙事"。而相比较于《伤痕》和《魇》的反思笔法,《梦中人》《紫禁女》《伤魂》《米勒》等作品,则更加切入社会内核、文化基底进行深度挖掘。

2. 传统文化心理对身体伦理的锁定与女性解锁

学界将女性伦理(Feminine Ethics)认定为对女性问题的伦理探讨,涉及对一切女性相关问题的伦理道德等方面的深究。而在美国求学、工作期间作为"边缘人"身份的卢新华,更能够在现实中感知身

---

① 鲁迅:《我怎么做起小说来》,《鲁迅全集》第 4 卷,人民文学出版社 1981 年版,第 512 页。
② 童波:《卢新华:人生需要读好"三本书"》,绍兴网,2019 年 11 月 7 日。

为夹缝人的尴尬处境，并在现实经验和女性伦理及性别伦理之间，通过对女性的处境与内心世界及外在世界建立起伦理联系。也就是说，女性性别有其生理性别（sex）与社会性别（gender）之分，而父权制伦理构建了女性的社会性别，甚至如朱迪斯·巴特勒（Judith Butler）所述，"生理性别其实自始至终就是社会性别"①。自 20 世纪 80 年代以来，包括女权主义理论在内的西方理论进入中国，但在中西文化交汇空间中，仍然存在男权中心文化的蔓延，以及男人性别想象的同构性，对女性身体及性伦理产生了影响，从而压制了女性的主体性经验，导致女性主体性的被压抑与被破损。当然也会出现女性伦理的表达误区。这基本上是 20 世纪 90 年代卢新华开始的新的指认。

卢新华的小说在 20 世纪八九十年代仍然沿用从历史语境、社会变革等外围因素切入女性生存，如 1986 年卢新华创作了《森林之梦》，这仍然是对《伤痕》的延续，以返城后的女知识青年白娴与林一鸣、贾海才之间的爱情、婚姻纠葛为主线，反映了改革开放初期社会的变革，带给人们精神上、心灵上的冲击。正如创伤理论家凯西·卡露丝（Cathy Caruth）指出："创伤携带着一种使它抵抗叙事结构和线性时间的精确力量。由于在发生的瞬间没有被充分领会，创伤不受个体的控制，不能被随心所欲地重述，而是作为一种盘旋和萦绕不去的影响发挥作用。"② 其实小说出版不久的这一年，卢新华随即下海、后远涉重洋抵达美国。之后，卢新华远涉美国，生活轨迹发生了重大改变，但是对现实的关切，却从来没有放松过。1998 年《细节》写了两个男人漂泊异国的生活、工作及情感，寻求着新的文学转型。从《细节》到《伤魂》，卢新华真正地从社会批判走向了文化批判，小说叙事主题也发生了改变。更确切地说，从 2004 年《紫

---

① ［美］朱迪斯·巴特勒：《性别麻烦：女性主义与身份的颠覆》，宋素凤译，上海三联书店 2009 年版，第 12 页。

② 转引自［英］安妮·怀特海德《创伤小说》，李敏译，河南大学出版社 2011 年版，第 5 页。

禁女》起，卢新华即进入文化伦理批判界面，对准女性心灵的挣扎；2013 年的《伤魂》则是叩问权谋文化浸淫下的人性异化及女性悲剧之根由。

小说《紫禁女》的题眼就是"一个东方女子关于自己身体的告白"，讲述了女主人公"石女"与三个恋人的情感纠葛，并揭示了中西方文化碰撞带来的对个体、群体及本民族的冲击。石玉是天生的石女，医学上称"阴道闭锁症"。作为一个有生理缺陷的女人，石玉成了一个被传统消极文化奴役的符号。石玉的亲生母亲叫美华，天生是傻女。"文化大革命"中两个江南村落进行武斗，其中一方自感吃亏，于是在一个夜晚进入石姓村落。他们发现了一个傻女，就施行了轮奸。傻女后有了身孕。石玉一出生就带着母亲受辱的恐怖印记，同时身体也有缺陷。外公本来想要溺死她，外婆出于善心用木盆漂走了她。而收养石玉的中医父亲，在人性悖谬的年代中，竟然被颠倒黑白批斗致死，傻母亲也追随他投河而去。之后，石玉由住在县城里、笃信佛祖的姑姑石兰养大成人，并于 80 年代中期考入上海的名校 F 大学。石玉因自身卑微的家庭出身、闭锁残缺的身体以及周围窥探歧视的眼光，没有领取大学毕业证书，选择了逃避，与 F 大学的美国留学生大布鲁斯以"假结婚"的形式，远渡重洋来到美国。在美国与大学同学常道交好，她想通过手术开始正常的男欢女爱，没料到的是，常道原来也是身体畸形。初恋吴源在婚后过得很不幸福，在美国与石玉短暂的相聚中，彼此已全然陌生。面对石玉正常的身体，吴源竟然产生了生理的障碍。具有讽刺意味的是，石玉的"幽闭"让她失去了吴源，石玉的"开禁"让她失去了常道。吴源和常道先后介入她的生活，又陡然发生了新的错位，在漂泊多舛的命运发展中，爱情只成了一种精神毁灭的助燃物，始终难以消除肉与灵的疼痛。于是，被欲望激活的身体失控，石玉夜晚跑到大街上拉扯黑人流浪汉。而最终固化在思维中的"性伦理"，使她"拼死抵抗"，在警察到来赶走黑人流浪汉后，她"痛悔不已"。石玉认为"一个身体就是一段祖上留下的经文，就是一张和神达成的契约，一个字也改动不得的，即便是错字"①。而陷入中西伦理文化夹缝中的石玉无法自我挣脱，在欲望的拯救中又陷入了新的困惑。

应该说，小说具有女性苦难命运的文化隐喻性，呈现了在传统文化秩序中充满悲剧的女性群像：石玉和尹华身体有残缺；石玉精神病的生母美华后来自杀；石玉的养母石兰遁入空门，在革命年代还俗，后中风病死。石玉自己也意识到了异化：身心被欲望控制，难以自拔。事实证明，石玉不管遭遇哪个男人，其实都没有获救，而真正的自我拯救也未能实现。但更为悲惨的是，她在怀着混血的胎儿回国寻找心仪的爱人时却发生了子宫破裂，成为母亲的梦想破灭了。

《紫禁女》中石玉的心灵挣扎，她几次梦游、幻想，是困顿中的暂时游离，呈现了她奇妙丰富而隐秘的内心世界。当石玉身体是闭锁的，她精神上也处于自闭，不想看外面的世界，只沉湎于对自己身体幸福的幻想中。当她身体获得了解放，却因了这空虚，身心也有一种莫名其妙的浮躁和饥渴，盛满了各种各样肮脏和贪婪的欲望。由于来自世俗与身体的限制，还有性别文化本身的迷乱，石玉觉得自我本体与异己、异性力量的同体存在；自己也是无性或双性的，同时又具备了一切性的特征。同样，《紫禁女》具有双重隐喻性：一是展现石玉有着绝望中的拯救，渴望找寻到摆脱自我挣扎的状态，尽管最终没有获得有效的路径；一是通过男女之间的性爱、情色故事，隐喻和象征了千百年来传统文化与伦理对身体欲望的抑制与禁锢。如卢新华所说的那样："在这种思考下，我写成了《紫禁女》一书，通过一个'半封闭'的石女，在打开、封闭、再打开、再封闭，再打开，最后达致肉体的空洞和心灵的空虚的双重磨难。通过这样一个历史的和文化的双向循环的心路历程，表面上叙述了几个青年男女之间的情色故事，深层里却隐喻和象征了千百年来中华民族思想文化发展和成长

---

① 卢新华:《紫禁女》，长江文艺出版社 2004 年版，第 125 页。

的轨迹。"① 卢新华意在指出，由于未能够在中西文化交汇中，获得正确的生存价值观，还有文化价值观的模糊与颠倒，导致了海外华人主体认知的偏离，这也成为一些海外夹缝中人的通病。其实，"性"是一种症候，潜藏着女性的现实性存在。

可以说，卢新华从母女关系的现实抵牾，到思考两性伦理关系，卢新华不仅仅指向了女性被压抑的欲望，也在展示女性抛开了生殖与婚姻之意义上的束缚，以身体作为媒介与男性维持关系，这一切所带来的新的困惑。于是，出现了一种悖论：女性试图冲出自然的、世俗化与女性化之维，渴望成为自我身体的主宰者，但社会、道德、宗教、文化等方面的因素，仍然框定了女性作为主体性的构建及存在。当然，故事核心在于展示中国文化在中西夹缝中的被控制与反控制。

3. 世俗主义对新女性主体的流动性建构影响与制约

中国伦理秩序的原则就是以人伦为基石，在传统的文化伦理中，诸如在《易·系辞上》中有"天尊地卑，乾坤定矣。卑高以陈，贵贱位矣。"《孟子·滕文公上》第四节中指出人伦秩序的存在："父子有亲、君臣有义、夫妇有别、长幼有序、朋友有信。"东汉班昭在《女诫·夫妇》中对女性做出了规约："夫妇之道，参配阴阳，通达神明，信天地之弘义，人伦之大节也。"这些固化了中国传统文化心理、道德观念、伦理价值等，规定了性别差异，对当代女性具有潜在的制约性。而麦金农（Catharine Mackinnon）认为，"性和社会性别是一个世界性的男人统治女人的制度，通过性和社会性别去控制性观念、性行为和生育"②。英国著名政治学、经济学自由主义理论家穆勒则认为："规范两性之间的社会关系的原则——一个性别从属于另一个性

---

① 卢新华：《我看鲁迅——兼谈鲁迅对我文学创作和人生的影响》，《鲁迅研究月刊》2018年第9期。

② 王政、杜芳琴主编：《社会性别研究选择》，生活·读书·新知三联书店1998年版，第391页。

别——其本身是错误的。"① 但传统文化伦理在现代消费语境中又发生了变异，于是新的世俗伦理对新女性主体的流动性建构产生了新的影响与制约。

自 20 世纪 90 年代末，到新世纪有了明显的性别转向，即女性走向了自我，试图重构自我主体，而将女性的经验、价值、选择和实践纳入女性自我建构的序列，成为彰显女性主义伦理的一大方式。而世俗化与消费文化刺激了社会的发展，也冲击着人的物欲，导致了严重的反噬后果，即人被异化与扭曲。同时也在促动我们新的思考，即在现代性的语境中，性别化的身体是如何被物质化的，并且女性的主体是如何被压抑与被破损的。而对叛逆反抗的女性的极端惩戒，就是内在化的传统伦理、社会规约和商业等级的逻辑等形成的隐形的社会破坏力量。于是，反传统伦理道德立场与女性身体、精神的解放成为一种显在的矛盾。而试图获得反道德主义的坚持与女性自我主体性的建构之间互为张力，就成了一剂悬在女性头顶的迷幻药。我们从卢新华的文本中可以看出这种复杂的力量在博弈：一方面显示了人们试图走出宗教文化束缚，回到世俗的轨道，又面临着消费主义对生存逻辑的强行改变；另一方面则是反映了女性伴随着世俗主义发展的脉络，开始有了走向自我主体的流动性建构，但世俗主义并不能够导向性别平等。这一切都在逼迫卢新华重新寻找答案。

首先，在卢新华的叙述中展示了男性作为道德主体的简单、粗暴，并对反抗的女人作为"不道德的主体"是加以批判的。进一步说，作家既对女性的"三从""四德"等传统伦理价值观进行了充分展示和反思；也对女性的现实处境与精神困顿进行了伦理审视，以一种警觉展现了消费时代中扭曲的人性与怪诞的现实。卢新华的《伤魂》不仅暴露了官至局长龚合国以权谋私、谋利的怪诞行为，还有"一夫两

---

① ［英］玛丽·沃斯通克拉夫特、约翰·斯图尔特·穆勒：《女权辩护　妇女的屈从地位》，王蓁、汪溪译，商务印书馆 1995 年版，第 255 页。

妻"怪异家庭模式出现，更滑稽的是面对女婿龚合国出轨，岳父反倒劝服女儿要妥协；而邬红梅则凭借掌控经济大权的方式，缓解了情感失势的心理落差。而《梦中人》则讲述了来自孔孟故里的患有"梦游症"的小伙子孟崇仁，因为未婚妻孔三小姐嫌他太正经，丢下他出去闯荡世界。而他辗转多个城市，最终在"有缘足浴"店里见到了未婚妻，并误伤孔三小姐致死；然而他没有悔意，反而认为她终于被他成功地拯救了。可以说，小说构筑了社会乱象中光怪陆离的生命镜像，却是指向现实的，蕴含着对于女性生命的主观化体认，涉及个体、社会、文化等生命体所处的环境，而作家的观照对象尽可能地涵盖了内宇宙和外宇宙的所有生命形式。

其次，在卢新华的认知结构中，一个人必须对自然有所敬畏，对自身有所反省，对他人或他族常怀慈悲之心。而对于自我主体生命的体认，不能简单理解为自身对接社会的本能反应，需要整合自己的价值、道德、文化修为等，构成对社会具有建构的革命意义。如果说《伤痕》中的王晓华以恐惧、正义的方式走向了背叛，是一种政治文化力量的驱动；而《森林之梦》中美丽而又软弱的女知青白娴、《紫禁女》中的身体与精神残缺的石玉、《梦中人》中的痴迷金钱出走的未婚妻孔三小姐、《伤魂》中的依附于有财富有权势的有妇之夫白瓷等，这些女性如空心人一般，成为物质主义或消费主义时代的享乐的商业符号，她们往往是作为悲剧的载体存在，其命运无一不跟"美的毁灭"与"恶"相关。这些女性自身在日常生活中的沉落起因，不仅仅在于外在的社会、经济等因素，也在于女性所持有的贪婪与欲望的叠加，以性解放与精神自由的名义，对自我身体与情感的自残式的抛弃。而这种情感上的背叛、身体的出轨与精神的扭曲，不仅对自我构成了伤害，也成为他人与社会环境的一种消极的污染源。这是一种闭合性的循环，直接构成了对自我与社会危害的陷阱。这里特别要提及的是，女性自 20 世纪 80 年代以来逐渐唤起了自我意识，追求自我解放，到 90 年代激进的女性高蹈着自我革命的旗帜，甚至彻底以身体的释放作为反叛的方式，但是女性主义伦理本身并没有朗照到女性生存现实的大地，更有消费主义与世俗主义的泛滥，使女知识分子所倡导的激进的女性主义，最后走向了极端的女性主义，即女性挣脱传统伦理的束缚，但以身体及性作为追求所谓享乐自由的中介，反而对女性精神本身造成了另外的伤害。

最后，女性作为主体的存在，理应基于自我理性与情感需求，对外在的制度、风习、秩序、规范、准则等进行回应。"女性主义伦理学为女性们提供了为之匹配的生活方式、价值观和自我设想方式。"①作为女性主义伦理学不仅强调反对性别歧视和压迫，追求平等的性别生态生成，也在超越自身诉求，追求人类意义上关怀与光明。而卢新华将女性纳入伦理世界，对所有这些女性形象的展示，都是将女性命运的考察作为一个切口，以女性为主体解决女性自身存在的问题，即从极端的文化意识形态、商业文化意识形态中挣脱出来，避免将女性沦为新的灾难性伦理的见证。当然，卢新华也试图在世俗主义与女性主体之间获得一条有效的途径，他更强调的是对中国母体境遇的关注，中国与世界关系遂成为他的考察对象。

2021 年卢新华的中篇小说《米勒》是继《紫禁女》之后另一跨国别的域外书写。这部小说是站在一个在世界格局中对人类生存伦理进行的思考，也展示了世俗主义与人的精神世界的冲突，涉及人的存在与精神信仰、爱与苦、生与死、人的内心的善与世俗现实环境之间的博弈。曾经身为洛杉矶卡莫司扑克牌赌场发牌员的华裔"我"（Terry），偶然结识了来自柬埔寨逃亡的僧人无漏（米勒）及他的师妹图图，并展示了他们相遇、错开与重逢的故事。这"不是一场简单的离散多年后亲人间的重逢，还是种族和种族，宗教和宗教，历史和历史，

---

① 转引自［英］苏珊·弗兰克·帕森斯《性别伦理学》，史军译，北京大学出版社 2009年版，第 154—155 页。

命运和命运之间的一次重逢"①。小说以这次重逢巧妙地设置了对人物关系伦理，还有其思想与生命轨迹的展示，也蕴含了时间、空间中的现实对历史的对接。在卢新华的理解中，生活总会删剪掉许多它认为不合适的东西。历史也会不断地淘汰掉一些东西，同时又会捡拾起另外一些东西。但"心外无物，心内无我。——那才是宇宙的本色"②。这样的生存理念却是时空难以撼动的，具有超越永恒性。这也成为卢新华小说伦理的主题所在。

小说中图图自幼在柬埔寨与师兄青梅竹马，苦于师兄无漏难以逾越佛法律条，并以"燃指供佛"明志，断念俗世情缘。她也遵从自我本性和欲念，后与来自中国投身柬埔寨解放的"革命者"吴怀宇相爱。在图图的认知里，她觉得吴怀宇和师兄无漏其实很相似，他们信仰一种东西，要追求一种东西，便无所不用其极。图图是渴望获得现世安稳的女人，她学会了透过控制与释放自己的身体及情感，来获得与无漏、吴怀宇之间关系的平衡，仍然无法阻止他们两人的明争暗斗，无漏对吴怀玉狂热的革命行为甚为不满，在其推倒佛像之时发出了诅咒，吴被倒地的佛像砸中而亡。由此，无漏开始了逃亡之旅。最后落脚在洛杉矶，追求着"和其光同其尘"的"随缘而住"的生命境界，以此抵制物欲横流的西方世界的价值观。而图图在男友出了意外后，坚强地回到广西产子，结识了美国人后，远嫁美国。丈夫死后，靠着自身不断的努力，有了一份属于自己和儿子的生活。在美国作为夹缝中族群的一员，并没有显现出过分地对族群认同的焦虑感，而更加强调的是对现实处境的适应，在重逢了劫后余生的师兄米勒后，早已将生命及身体的恐慌及伤害，通过自身的超越或隐匿而获得心灵的安宁，这似乎为女性自我伦理的确立，已经给出了一个较为真实的答案，即脱去了来自身体、宗教及性伦理等的恐惧，归于本性的自我，便可成

---

① 卢新华：《米勒》，《江南》2021 年第 6 期。
② 卢新华：《米勒》，《江南》2021 年第 6 期。

为超越于历史与现实伦理中的新女性主体。尽管图图在小说中是边缘性的人物，但是作为故事推动的关键性人物，恰恰处于伦理中心位置。

应该说，相较于《伤痕》小说显示出主流题材与价值，《紫禁女》在中美文化空间中展示女性心灵的幽闭与精神的受限；《伤魂》回切到中国社会场域，揭示了传统文化之病灶，审视女性伦理处境；《米勒》则是在柬埔寨、中国、美国空间切换中，展示人物命运，但其精神形态与文化内核依然是属于中国本土的。无疑，卢新华不是从女性的视角来审视整个社会的伦理道德问题，是男性叙述的女性视点在移动，但卢新华的伦理视角，关乎政治、阶级、性别这些关键词，也涉及两性关系及女性自身成长的现实伦理，打破了刻板的女性形象塑造，让我们在思索女性现实的诸多问题，获得了很好的文化伦理视角，具有重要的女性伦理价值与意义，同时也对中国的未来发展具有警示作用。作家也这样说："如果将我几十年前的作品《伤痕》中的'伤痕'看作'旧伤痕'的话，我们可以给它一个定义：即此伤痕主要是指'文化大革命'那个特定的历史时期中，全社会因笃信'阶级斗争'和'无产阶级专政'理论，以至于'亲不亲，阶级分'，引至各行各业'阶级仇恨'如野火一般肆虐，最终给全民族的身心烙下难以愈合的伤痕。而'新伤痕'则主要是指全民在对物质财富、权力、肉欲的疯狂追逐中，精神和灵魂逐步迷失，不仅导致外部生存环境满目疮痍，也导致每个人身心不同程度地沉沦和堕落，以至于伤痕累累。"[1] 这一切正是阻碍中华民族复兴、构建人类命运共同体的消极力量。而中国民间中容纳的这种消极的非理性存在，依然侵蚀着人们的思想意识与观念。应该说，卢新华跨越四十余载，在多重文化生活空间中，在有限的世界经验积累中，始终关切中国的整体命运走向。可以说，从 20 世纪 80 年代对女性代际伦理悲剧根源的挖掘，到 21 世纪揭示女性主

---

① 卢新华、王冬梅：《积蓄力量"再出发"——卢新华访谈》，《中国现代文学论丛》2015年第 1 辑。

体被消费意识形态等侵蚀，以及由此带来的消极力量对人精神与观念的潜在伤害；也在试图发掘女性个体为构建中华母体的精神力量所在。这也正体现了一个海外华文作家的一种使命感。

结　语

卢新华以文学构筑的"女性镜像"所反映出来的整体文化环境及生命形态，同样引起了我们的警觉。当我们倡导女性要有独立的思想与精神意志，并对女性伦理建构性主体呼吁的同时，也需要营造具有内在逻辑的文化、民间和公共秩序空间，以抵挡当代文化空间被激进的革命意识形态、消极传统文化意识形态、消费意识形态等这种具有魅惑力的文化垃圾与文化泡沫侵占。同时"作家不仅受社会的影响，他也要影响社会。艺术不仅重现生活，而且也改造生活"[1]。而如何建立契合于性别、秩序、话语空间等主题，以真正地实现女性伦理主体及文化的有效建构；同时需要参与到中西文化中嫁接、整合与杂糅本土的文化重建，共同构建属于新时代及人类意义上永恒和谐的中华母体文化精神，是我们目前的迫切要求。

三　域外文学强劲的反射弧：物哀文化与先锋叙事

被文坛喻为"陕军东征"遗漏的旅居日本的"陕军"作家亦夫（吕伯平），惯以奇崛魔幻小说方式演绎现实生命里的传奇，或以一种温婉散文格调抒发人生的温暖至情。他陆续出版了乡村小说"原欲三部曲"（《土街》《媾疫》《一树谎花》）及《吕镇》《生旦净末的爱情物语》等，涉及都市生活的小说有《玄鸟》《迷失》《城市尖叫》等，还有动物小说《咬你》以及散文集《虚无的守望》《盛期，我与你总是擦肩而过》等。无论是"精神妄想"的小说，还是"世俗观照"的

---

① ［美］勒内·韦勒克、奥斯汀·沃伦：《文学理论》，刘象愚、邢培明、陈圣生、李哲明译，江苏教育出版社 2005 年版，第 110 页。

散文随笔，都以犀利笔触直击历史与现实现场，解析人性的复杂与幽暗，充满对原欲的惶恐和不安，也充盈着世态里的温情与飘逸。

随着长篇小说（《无花果落地的声响》）的出版①，意味着亦夫开始了真正意义上的域外书写。李建军认为《无花果落地的声响》"是一部精美的作品，像景德镇的瓷器一样精美，每一个句子都写得极为用心，叙述舒缓而低沉，含着感伤而甜蜜的意味，使人陶醉。此书标志着作家亦夫写作的巨变和成熟"②。这部以日本为背景的长篇小说，曾斩获2019年"第二届'大诚杯'日本华文文学奖大奖"、2020年"第五届华侨华人中山文学奖优秀奖"。正如中山文学奖评委会在颁奖词中所述："亦夫的语言华美如诗，情绪敏感入微，他将日本文学中最为精髓的部分融入到汉语之中，这让他的小说具有强烈的东方色彩。独一无二的美感，让这个凄美的故事变得柔和，伦理的禁忌与身体的乡愁也获得了合理的证词。"③ 其实，这里的"伦理的禁忌"与"身体的乡愁"还远远不足以涵盖《无花果落地的声响》所蕴含的指涉，因为，这部小说有别于亦夫之前的小说模式，主题内容不再局限于中国本土，人物活动也不再拘泥于此，而是在中日空间移动中完成的。故事是作家"我"与岳母惠子、妻子桃香及学生中内千夏三人之间的人性纠葛的缩影。亦夫以其近乎淡雅的叙述，一改雄浑粗犷气魄，将唯美的故事通过对移动的人物的精心塑造与刻画，将看得见的光亮展现出来，也蕴含了作家诸多的看不见的精神想象，是看得见的光亮与看不见的影子的合体。小说弥漫着丰沛的日式物哀气息，但掩盖不了作家真实的叙述"内核"，依然延续了之前对人类困境的揭示，指向了被囚禁的欲望还有极度扭曲的心灵与恣肆的情绪，同时充满了对生存、

---

① 先以《被囚禁的果实》为题刊发于《当代长篇小说选刊》2018年第6期，后改为《无花果落地的声响》，于2019年由人民文学出版社出版。
② 亦夫：《无花果落地的声响》封底，人民文学出版社2019年版。
③ 祁军平：《亦夫长篇小说获第五届华侨华人中山文学奖》，《作家网》2020年9月7日。http：//www. zuojiawang. com/xinwenkuaibao/43019. html。

生活、欲望、情感、伦理等的哲学思辨。小说是指向现实的，也是虚幻的；既是基于日常现实的叙事，也是一种东方先锋的叙述方式。其实，展示整个人性和人类处境，找寻人类生活经验的情感、欲望、激情、非理性与哲学之间的关系，一直是亦夫思考的主题。

1. 反思性欲望：自我囚禁与道德的自律之间

《被囚禁的果实》最初见于亦夫的散文集《虚无的守望》。将一棵寂寞而缀满鲜活果实的桃树为赞美对象，亦夫这样写道："这些果实看似悲惨的命运，其实并非被遗忘，而是源于一种与自我认知相悖的习俗的囚禁……"① 小说《被囚禁的果实》与其说是题材的转型，不如说是叙事方式的转型。

亦夫过去的所有长篇小说，采取的都是第三人称的写作方式。而此小说首次采取了第一人称的写作方式。就题材而言，他不想重复过去移民文学局外人的视角，亦夫"想以一个被异国生活所操控、所淹没的局内人的感觉，来写一种人处在夹缝中的状态"② 。其实早在二十年前，亦夫因妻子远赴东京而开始了旅居日本的生活。这期间，他的生活状态是闲适的也是充实的，尽管亦夫刻意坚守自己母语的艺术感觉，作为有旅居海外二十年漫长时光的心灵流浪者，日本文化、世俗风情与自我体验，还有对日本经典作品如夏目漱石的《我是猫》、谷崎润一郎的《刺青》、川端康成的《伊豆的舞女》、太宰治的《人间失格》等的阅读，这些自然会影响到亦夫的生活态度和观察世界的眼光。

亦夫散文集《虚无的守望》混合着世俗的温情、爱意、悲悯、宽恕等情绪。其中《角色中的男人》《虚无的守望》《某一种距离》等写出了乡村教师父亲的正直与无奈；《重访稻城》里散发着日本普通人的温情脉脉；《静谧的午后》日本小河的似水年华中的自然、快意；

① 亦夫：《被囚禁的果实》，选自《虚无的守望》，北京邮电大学出版社 2015 年版。
② 江少川：《居东瀛，用母语写作守望精神孤独——亦夫访谈录》，《世界文学评论》（高教版）2019 年第 2 期。

《蒲生夫妻》中日本人的友好与善意；《老人加藤》一个地道的日本人的质朴，以及面对现代的困境；《生活在摇摇晃晃的他乡》有对日本人的理性给以赞赏。正是诸如此类的积蕴，触动了亦夫的书写发生了迁移，直接将日本人的生活现实与生命形态纳入自己的书写中。亦夫从乡村到都市、从本土到异域，将笔触伸及中国与日本的空间中，来写处在夹缝中的人的生存与理想冲突尴尬，并传达出一种声音：人对欲望的自我囚禁，源自文化或宗教因素，让世俗的人们，丧失了本应该具有的天性和自然欲望。

《无花果落地的声响》体现了中日文化的相互交融与精神会通。小说以戏剧性的冲突与情节，来陈述日常的生活经验。第一人称的讲述，也为小说增加了表达的主观性。亦夫以扭曲的情感为切入点，通过作家"我"与岳母惠子、妻子桃香及学生中内千夏三人之间的人性纠葛，反映了在异域空间中的伦理与情感冲突，以及展示所进行的自我剖析与拯救，进而对人类如何走出悲剧性的精神困境做出探索。亦夫展示了现实世界的不圆润，甚至说带有人生缺损的一面；这一切又都借助虚构与想象获得心理的满足，去弥补真实生活里的不可避免的缺憾，并将这种真实与虚幻投射到小说人物的塑形中。

小说中的人物塑造呈现出立体多面性，也就是正形象与异质形象的合体。"隐身"的主人公惠子作为一个实体与想象的存在，成了罗文辉欲望的载体，也切换着井上正雄即罗文辉理想与现实的空间及场域。惠子尽管逝去了，却成为一道阴影，弥漫在罗文辉的生活中，既让罗文辉压抑又充满无法割舍的迷恋。事实上，惠子不仅是罗文辉错位的人生与婚姻的根源所在，改变了他的生命轨迹，也始终是其存在空间没有出离的见证者与参与者，呈现出诸多的荒诞性。

罗文辉对惠子充满复杂暧昧的情绪，刻意将其"复活"，并赋予其肉身的塑形。惠子是作为完美的女性想象出现的，惠子典雅的外表，使罗文辉一见钟情，并日渐痴迷，不仅辞去了在中国公务员的工作，也为了走近惠子，竟然娶了惠子智障的女儿，不惜入赘成为上门女婿，甚至更名为井上正雄，彻底改变了自己的身份。作为精神幻象的存在，惠子延伸到了罗文辉生活的现实世界，这种"发乎情，止于理"的精神柏拉图式的爱，又似乎补足了他对生活所有的缺憾。惠子作为道德想象与规范原则，成为一种生活的警示，尤其是当他跟妓女厮混后，灵魂的腐朽气息始终伴随着他，他因此感受到了来自惠子的注视。真实惠子的异形象：酗酒与放荡不羁造成了女儿的弱智。通过惠子的闺蜜，揭开了惠子的面纱，但来自"惠子闺密的话，好像打碎了我一直小心翼翼供奉在内心深处的一尊佛像，既让我伤心愤怒，又似乎带有一丝从此摆脱沉重的轻松"①。惠子的多面性营构了多重欲望化的日本形象，惠子本身作为社会角色之一，隐藏与携带着日本社会的众生相介质。凡此种种，佐证了罗文辉建构了复杂立体的惠子形象：理想中的女神般的惠子，是他将对女性美好的想象投射的载体；同时罗文辉又通过一条暗线，呈现了惠子癫狂的另一面。

于是，真实与虚构之间的界限逐渐被消解，现实与想象中的惠子缠绕在一起，寄生在罗文辉的生命中，成了罗文辉挥之不去的影子，始终在时空中伴随，并导致了罗文辉的人生与生活的错位，犹如多米诺骨牌效应一样出现在生活中，诸如他的婚姻、情感、文学、荣誉等，都在错开中延展开来，并且构成了因果链条，环环相扣。

其实，让逝去的不在场的惠子，成为叙述中的关键角色，成为小说中最为关键的核心人物，这是亦夫的叙事策略。小说叠加了套层结构，讲述了"我"的小说《圣徒的眼泪》以惠子为主人公的创作酝酿和发表的过程，并有对自我处境的反思与审视。惠子作为影子的存在，始终没有缺席。精神想象与记忆的复活使惠子成为显的存在，惠子的死亡只是作为一种仪式，但惠子是无处不在的一个看不见的隐身者。

作为中心人物，惠子参与了罗文辉的私人空间、社会空间、小说空间，也运行在商业空间中。罗文辉以"我"与惠子为模板的小说

---

① 亦夫：《无花果落地的声响》，人民文学出版社 2019 年版，第 288 页。

《圣徒的眼泪》大获成功，使他成了道德的圣徒，受到了读者与粉丝的崇拜赞扬。被毛燕北等誉为"充满了修炼者身上自律的道德光辉"。①商业的魔法掺杂着作为作家罗文辉的声誉，他的所有绯闻皆成为利益包装，被毛燕北精心制造。一个醉心于灵魂超度的作家罗文辉，其自身被心灵带到阳光下去接受正义、自主的审判，却在利益的链条中被纷扰击垮，淡泊金钱的男人成了一种后现代文化生产模式中交易或置换的筹码，彰显了人的无奈与人生的荒诞。对于罗文辉来说，所有这些与文学创作无关的涉入，颇具讽刺性，是对现实生活的截取与展示。内心欲望与恪守纯度的坚持，更使这个命名为井上正雄的中国男人陷入了精神绝境，于是"灵魂腐烂发臭的气息"始终萦绕在罗文辉的生命遭际中。同时罗文辉清醒的内心也在提醒他，意识到"我正是自己灵魂的囚笼，非关他人"。

被惠子劫持了灵魂的罗文辉，继续妥协于自我囚禁的生存方式，也蔓延着这种虚无的情绪，使自己不堪重负，而又沉醉其中，就如同在日本遇到的中内千夏女士对自己的单恋一样。然后"把两人的关系上升到道德与欲望、理性与冲动！人性的明与暗甚至哲学意义上的生与死，展示一尊圣像被构建并最终摧毁的过程"②。这样一种执念，是一种放大盲目情绪、放逐理性之后的沉迷，并伴随着内心自我强化的虚无与神圣感。而击溃罗文辉的却是，桃香从一个智障女人，成为一个附体的惠子，并击穿罗文辉内心所有阴暗秘密。这的确是一个惊心的翻转。"桃香并非一个智障的简单女人，而是一个以此来伪装自己的灵魂偷窥者"。面对惠子和桃香母女，作家罗文辉从灵魂的"偷窥者"变成一个不折不扣的"被窥者"，显示出了生命的被动性。加之，儿子来路不明，成了罗文辉不能够明示的耻辱。而对惠子畸形之情感与欲望，则是充当了虚幻想象里的精神支撑，"但当我身上那种似乎

---

① 亦夫：《无花果落地的声响》，人民文学出版社 2019 年版，第 146 页。
② 亦夫：《无花果落地的声响》，人民文学出版社 2019 年版，第 265 页。

只有自己能察觉到的'灵魂腐烂的气味'随着时间渐渐消失之后，我却会一次又一次无耻地找借口原谅自己，重新人模狗样地扮演着众人眼里的正常角色"①。对惠子扭曲的畸形之恋，成为生命里的亮色与阴影的共同体。

　　故事不仅展示了惠子、女儿桃香与罗文辉面临的尴尬的处境，还有父女的对抗、父子的疏离、母女的割裂等，这一切错综复杂的情感线交织在一起，萦绕在罗文辉世俗的现实里。生命的亮色从看得见的风景穿过，散落在尘世，而看不见的影子却如影随形。

　　应该说，亦夫在哲学的高度思索人的复杂存在，在欲望与理性、生与死的点位上开始故事的讲述，在中国与日本的交错空间中，超越了国别、民族的狭隘，是剑指复杂人性的多面，以探究人的内心世界与飘忽的灵魂。惠子的死与桃香的生，还有古谷的生与父亲的死、三木太太的生与女儿真子的死亡叙述，以及中内千夏的死与罗文辉的生，这一切的"死"成就了"生"的欲望延展，"生"是对"死"的抗争与坚守。而小说中的生死闭环中的三位女性的悲惨命运，构成了罗文辉视域中的人物代际悲情序列。

　　首先，母女的代际传递：惠子是作为精英的典范存在的，而桃香只在母亲惠子死后，才逐渐显出了生的生机。也许弱智成了她自我保护的盔甲，而富有哲理的智慧却附着在肉体上。从桃香茫然地摆弄沙漏，到她惊人地画出沙漏，生命惯性得到了改变。而桃香变化的直接动因，作者始终没有给定。但无疑桃香成了罗文辉命运中难以摆脱的梦魇般存在，既是惠子的延续，又是惠子的变体。

　　其次，父女代际的惩戒：罗文辉的学生古谷的生命定格在 15 岁，那年她遭到了父亲的强奸，使她产生了对生命存在的毁灭感，也导致了她日后不婚与性的泛滥。她选择了自我放弃与放纵，开始了肉体连同精神的自虐。以"男人于我，唯性有用"的方式，作为对自己被粗

---

① 亦夫：《无花果落地的声响》，人民文学出版社 2019 年版，第 204 页。

暴剥夺少女身体与梦想的祭奠。而父亲龙太郎的奇异死亡，还有古谷的失踪或自杀，都充满了非同寻常。但小说里的这个悬疑案例，应该是符合人物命运发展逻辑的，但也存在作家离奇刻意模糊的处理。

再次，代际母女间的复仇。三木的女儿小泽真子柔弱阴郁，因为母亲与叔叔的乱伦，自小充满了对母亲的痛恨。在她因为丈夫的出轨选择离婚后，以惨烈的放火方式，谋划了与母亲同归于尽。但劫后余生的三木太太却变得愈加滋润，如枯木逢春般焕发出了勃勃生机，显示出了豁达和对苦难的顺从，甚至是以一种博大和深刻的仁爱，面对周遭一切。她将女儿的日记交给了罗文辉，以异乎寻常的冷静，处理与切割了与女儿的母女情。

最后，代际的父子关系的错位。罗文辉的儿子来路不明，成了他不能够明示的耻辱。但"井上勉的意外到来，不仅彻底缓解了来自父亲传宗接代的压力，而且为我和桃香这桩一直被外人怀疑和猜忌的婚姻，充当了一件美化和修饰的绝好道具，让一切流言蜚语都因这枚'爱情的结晶'而销声匿迹"①。罗文辉违心地扮演着这种人伦角色，构筑着一个看似正常和谐的家庭结构，来抵挡世俗的看待，更以此来遮蔽自己对惠子的不伦之恋。

这里所有代际间的冲突，实际上就是欲望的恣肆、伦理的混乱在时间上的延续，尽显了扭曲的人类关系，导致了充满着消极的善和积极的恶共生，还有自我与现实的相对分离。在现实与理想之中又无法达到平衡的失落的众生，于是，死亡成了他们最终的归宿；但活的精神存在却超越了生命规律界限，并成了另外个体超越生命的力量。而对于罗文辉来说，真实的活着就是要击穿死的表象的壳，让自律的道德光辉所掩盖着的怯懦、猥琐、卑微与矛盾的灵魂，当然也有快感与幻觉，一起出现在光亮处。于是近乎疯狂畸形的爱，连同情感与婚姻的怪诞，充斥在罗文辉的周遭。

---

① 亦夫：《无花果落地的声响》，人民文学出版社 2019 年版，第 299 页。

    如此来看,《无花果落地的声响》考察了这样一个核心问题:人类对欲望的释放与对欲望的控制相伴而行,无可避免。亦夫文本所涉及的反思性的欲望,充满警觉、积极与批判性,是社会现代性的一种伴随,既是对传统的因袭的批判,也是对消费时代对人的戕害的指认。当然,他为小说注入了自己东方式的世界观与价值观,因此,尽管罗文辉深陷现实泥沼,但他的生命底色应该是哲学的、思辨的,他竭力地在思考如何高洁地面对生存与现实、灵魂与被囚禁的欲望等问题。

    其实,欲望就其本质上来说,是生命内在的欲求,环境只是压抑或促进欲望的实现而已。而反思性的欲望,在玛莎·努斯鲍姆《欲望的治疗》一书中,是经过理性的思想实验塑造的欲望,"这种思想实验涉及复杂的想象和比较活动;它们引发和考虑的欲望不是无理性的或未被训练的,而是经过了论证和慎思(deliberation)的深层塑造"①。应该说,承担着对人类生活与欲望形式的判断的所谓"反思性欲望",其实是理性对欲望的控制和范导,反思性欲望必然涉及本体的价值观、心理需求、社会环境等。

    确切地说,亦夫小说中的欲望,也可以说是一种反思性的欲望,但不是思想实验的结果,而是一种日常生活的反思性欲望。这种日常生活的反思性欲望,是理性控制与导引下的欲望,既有欲望本身的原始力量,但又时刻在理性的监控之下,既散发着理性的亮光,使人不至完全沉浸在欲望之中,又洋溢着欲望的感性生命力;这种反思性的欲望蕴含着生命的理性,是意识与原始欲望的混合体,是悬在空中的一把利剑,散发着亮光,导引罗文辉在想象中奔跑,去追逐感性生命的自身愉悦,从而打破理性现实与欲望之间的壁垒,获得精神上的平衡与自足。但世俗中的他却又陷入了自我理想或在现实处境中构筑的爱欲的封闭世界,受制于自我认知世界的情感选择,也在于自我本性

---

    ① [美]玛莎·努斯鲍姆:《欲望的治疗:希腊化时期的伦理理论与实践》,徐向东、陈玮译,北京大学出版社2018年版,第63页。

与环境的交互作用生长出来的压制性与自我冲突性，导致陷入了虚无人生的处境；同时社会商业空间也在吞噬着精神的自主性。亦夫将笔触探及一个个体生命形态与内心世界，将人类意义上的精神困境逐一展现，也试图寻找超越困境的途径及生命的意义。而作为人类的反思性欲望，文学要承担的道德的、伦理的、美学的，甚至是哲学的反思也是一种必然的追随。

2. 物哀文化与本土生命哲学糅合的多重经验

随着移动空间的改变，亦夫的创作题材存在从农村题材、都市题材到移民题材的切换，文风也由粗粝转向了婉约。尽管《无花果落地的声响》主要以日本生活为题材，且没有"原欲三部曲"《土街》《媾疫》《一树谎花》里所"展露恶之花的感觉"的格调，即人们"往往忽略的或刻意或无意掩饰的人性之恶的东西"，但仍然对扭曲复杂的人性做了深度的剖析，甚至是对多重的欲望化的日本形象进行营构。《无花果落地的声响》彰显了中国的生存哲学，也糅合了日本物哀文化及多重生活经验。我们从文本内涵及作家的经验资源的角度看，仍然可以捕捉到亦夫精神谱系的来源。

小说笼罩着一种散淡而虚无的消极情绪，还有一种无尽的哀伤，并展开了对生存与世情的思考，通体散发着一种"物哀"精神气息。物哀原是日本江户时代国学大家本居宣长（もとおりのりなが Mo-toori Norinaga）提出的文学理念，也可以说是他的世界观，意为"真情流露"。"物，mono"就是认识感知的对象，"哀れ，aware"，是认识感知的主体，感情的主体。换言之，物哀就是情感主观接触外界事物时，自然而然或情不自禁地产生的幽深玄静的情感。对于"物哀"的本意蕴含，久松潜一则在《日本文学思潮史》一书中指出，日本人的"物哀"精神可分为感动、调和、优美、情趣和哀感五种不同的特质，而其最突出的是哀感。日本作为一个岛国，有着独特的文化性格和精神结构，诸如日本古代神话、历史传说、歌谣等口头文学，以及历史文学《古事记》《日本书纪》和最早的诗集《万叶集》等作品，萌发日本文学的"哀"的美学理念。及至中古紫式部《源氏物语》等日本物语文学，逐渐形成"物哀"的美。"物哀"也在日本的特殊艺术茶道、俳谐的领域里，产生了"空家"和"闲寂"之美；甚至日本文化里崇尚武士精神的同时，也常常会飘荡着物哀美的情绪，成为日本民族独特的审美理念与审美趣味。当然，诸如川端康成的《伊豆的舞女》《名人》、村上春树的《挪威的森林》，以及实验主义式的动漫家今敏的《千年女优》等均弥漫着物哀情绪，有着对生命形态的喟叹，细腻又沉重。

　　无疑，亦夫生活在日本二十余载，渗透在日本文化、艺术、世俗生活里的"物哀"，对他产生了潜移默化的影响。《无花果落地的声响》通篇是"我"在道德伦理规约中的自我反省与挣脱，不仅表达了人对欲望的自我囚禁，也指出了文化或宗教是扼杀人的天性和自然欲望的"黑手"。小说散发着物哀的情绪，充满对人与世态、世情的感慨。罗文辉与"一直神性存在于我精神世界里的圣洁高贵的女人"惠子，与她的"乱伦"想象，只是"怀有一种微妙的情感"，并沉迷陶醉其中，形成了一种自我审美陶醉；"但这个永远的秘密却形成了我做事的诸多禁忌"，也使自己陷入一种精神泥沼。儿子勉"那双狼一样阴沉地在暗中盯着我的目光"，迫使"我"沉默，将非婚生儿子的秘密继续藏在心底。妻子桃香的呆滞与非婚生子的故事，如此物哀的情感缠绕与以理性的中国生存哲学思想的拯救，反而造成了罗文辉的分裂，对于惠子、妻子、儿子的无奈，同时迷茫于自己的身份，以井上正雄生活在日本东京，完全掩盖了真实的罗文辉。于是罗文辉的生命陷入了怪圈，伴随着生命的毁灭感，还有虚无中的沉迷与消极的守望，甚至越来越迷恋死亡，陷入无以自拔的夹缝境地，尽管他试图完成拯救。

　　虽然亦夫的叙事脱去东方式样的魔幻叙事表达，但仍然延续了探究人性的锋芒和深度的先锋气质。亦夫借助魔幻来表现现实，而不是把魔幻当成一种艺术形式。墨西哥作家路易斯·莱阿尔认为"魔幻现实主义文学首先是一种态度"，"魔幻现实主义的主要特点并不是去虚构一系列的人物或者虚幻的世界，而是要发现存在在人与人、人与周围环境之间的神秘关系"①。亦夫尝试捕捉现存世界的神秘，也在发掘着西北大地上的人伦秩序与生存之秘密。自 20 世纪 90 年代以来，小说《土街》《吕镇》《玄鸟》《媾疫》《迷失》《一树谎花》等基本上都具有浓厚的魔幻现实主义色彩，这些小说都是经由现实而指向现实，以荒诞的故事构成了寓言式的叙述。亦夫西北乡村、城市系列的狂放、粗犷的新魔幻现实主义的表达，其核心是人与自然、人与自我、人与他者的隔阂，显示出了人们在现实中的无以退避的困境与挣扎，也传达了中国古老生态哲学思想的"天人合一"。小说《土街》（1994）以虚幻的方式展示了一个关中平原偏僻、闭塞乡村，因本性原欲的失控导致了精神迷失与灵魂迷乱的人们，他们奇崛而执拗的生命群落藏匿着惊心动魄的精神事件。小说具有玄幻传奇色彩，是乡村记忆与意识幻化交织，这种幻化和变形浓缩了北中国乡土生态，传达了现实的怪异与困顿，甚至是一种精神寓言。《玄鸟》中有关干旱的描述，"今年这个城市不知中了什么邪还是要有不寻常的事情发生，一切都一反常态，到了六月雨季仍万里无云，四处干燥龟裂"。《一树谎花》中那场罕见的狂风，"官庄四周的土原、平地、壕沟上到处黄尘飞扬，几米之外，难见天日。村前那棵早已枯死的老柳树，本是官庄的标志，这天竟被大风拦腰折断，犬牙一般的白茬儿令人心悸地刺向天空"。《媾疫》（1994）中的太阳几乎发疯，"烫得烙脚的土地、树丛深处疯狂的蝉鸣和把鱼儿、青蛙煮得死尸漂起一层的池水"。小说《吕镇》（2015）讲述了一个前有忘忧河、后有石鹰山的偏远小镇在毁灭性的灾难来临之前人与人、人与动物之间的紧张关系。亦夫把中国传统的真实人文关系、人生与哲学理念嵌入现实生活中，让人物遵从自己的逻辑，而非刻板的对生活的简单记录，也无意构建道德秩序，只是如原生态一样进行了"艺术

---

① ［墨西哥］路易斯·莱阿尔：《论西班牙语美洲文学中的魔幻现实主义》，转引自陈光孚《魔幻现实主义》，花城出版社 1986 年版，第 196 页。

变形现实"的演绎方式。在《土街》中有怪异的景象,"火辣辣的太阳像愤怒的目光一样仇视地死盯着这片土地不放。这年的麦子最终全部烧死在田野里,整个土街颗粒无收"。在《城市尖叫》中,白斑症患者带着满脸满身形状各异的白斑图案和半白半黑的阴阳嘴脸穿行,满目疮痍的城市充斥着酸雾、发霉的街道和腐蚀的建筑物等,所有的家禽牲畜都集体感染白斑症而一一死去,只有乌鸦以褪尽黑色为代价活了下来。如果说《土街》和《媾疫》是作者曾经乡村记忆的描摹与勾勒,那么《玄鸟》《城市尖叫》是他站在城市与乡村的交叉地带,对城市精神生态的真实誊写。《迷失》(《生活在经典缺失的年代》)以一种反差来叙写信仰崇高的作家的落魄和漫不经心的画家的发达的生活现实。而《戏子世家的爱情》道出了演艺世家三代人不同的情感状态。这两部充满黑色幽默色彩的小说,展示了日常中的生命形态。

评论界认为亦夫的创作深受萨特、加缪、卡夫卡、马尔克斯等现代派作家的影响。孙德喜称《土街》这部小说是20世纪中国的"《百年孤独》"[1],"亦夫的魔幻叙事则是在向传统文化、地域文化和西方现代派开放中以寓言的方式展示20世纪人类的生存和精神的双重困境,因而他所揭示的现代人的孤独、沉沦、迷失和错乱可以说在精神层次上与拉美的魔幻现实主义是相通的"[2]。但亦夫的小说的魔幻中蕴含了中国生态哲学思想与佛教的因果轮回律,其内核是指向整个生存环境与人与自然的警示预警。尽管如陈忠实在《〈城市尖叫〉阅读笔记》一文中曾经这样表述:"每一个人物,对作为读者的我都是一个谜。这个谜是猜不透的,因为亦夫笔下的这些人物总是离轨,离开通常生活经验判断之轨。"[3] 但正是这些"离轨"的呈现,却寄予着唤起人类

---

① 孙德喜:《灵魂的迷失与无望的救赎——亦夫〈土街〉的文化意蕴》,《松辽学刊》1997年第2期。

② 孙德喜:《灵魂的迷失与无望的救赎——亦夫〈土街〉的文化意蕴》,《松辽学刊》1997年第2期。

③ 陈忠实:《〈城市尖叫〉阅读笔记》,载亦夫《城市尖叫》,文化艺术出版社2001年版,第2页。

的生存理性。在亦夫看来，中西魔幻现实主义因生活环境、文化背景等的不同，会让东西方的魔幻现实主义带有地域特色，但剥离这些属性，两者在本质上是一脉相承的。先锋叩问的是社会灵魂存在与缺失状态，因此"艺术除了观察之外，还需要超越，它的职责是将精神视觉赋予现实意义，就如同陀思妥耶夫斯基所做的那样，以天才的力量第一个揭示出即将到来的时代病"。① 事实上，这种现象在 21 世纪的中国愈加严重，前卫的艺术家们迷失在新的美学构架前，以一种形式大于内容、大于思想的艺术形式出现。而亦夫通过对现实世界、对生活做出的精准观察，表达的是人在现实中的态度。《无花果落地的声响》依然具有先锋气质，在近乎怪诞的"离轨"的现实中，指涉了人类精神的困境与自我束缚及宿命性。

事实上，在亦夫转型后的长篇小说新作里，也蕴含着中国文化里的生存哲学思想。亦夫试图以哲学的方式处理世俗人们所困惑的问题，反思人类存在本身，追求最完整的善作为伦理目的。就如亦夫所言："写跟人类生存哲学思辨有关的长篇，我觉得这是我写作的一贯追求。"② 亦夫也声称"《被囚禁的果实》中岳母、妻子、儿子和我奇特古怪关系的设计，都是为了这部小说的哲学主题：宗教式的文化自陷构成了对人性和原欲的自我囚禁，而这种囚禁不具有任何道德意义"③。亦夫小说里所传达的，正是指向了中国文化里存在的生存环境强化着集体的生命意志与活着的欲望，有着共生共存的存在方式。尤其是对苦难经验的表达，是体现为生命主题的一种。

毋庸置疑，苦难叙事或死亡叙述已然成为当代文学的一大奇观。余华小说《十八岁出门远行》《世事如烟》《活着》《兄弟》基本上都

---

① ［俄］安德烈·塔可夫斯基：《雕刻时光》，张晓东译，南海出版公司 2019 年版，第 106 页。
② 江少川：《居东瀛，用母语写作守望精神孤独——亦夫访谈录》，《世界文学评论》（高教版）2019 年第 2 期。
③ 江少川：《居东瀛，用母语写作守望精神孤独——亦夫访谈录》，《世界文学评论》（高教版）2019 年第 2 期。

是涉及死亡主题，对死亡作了不同视角、不同意义内涵的表现。死亡不再是叙述的起点与终点，只成为叙述的意象，一方面漂浮着生命对现世的绝望；另一方面有着漠视生死之后对尊严的诉求与平静。这一切指向了对残酷、荒诞与离奇现实的控诉。而亦夫的小说也涉及苦难与死亡，但"原欲三部曲"等小说与其说在表达对人性之恶的控诉，不如说是表达对自己内心许多原欲的惶恐和不安。①《土街》展示了父亲在遭到儿子挑战后，蒙羞而跳井自杀，以及乡村因为饥饿而死的惨状。而《媾疫》写出了得了梦游症的儿子保英，与母亲乱伦生了五斤，真相大白后，母子俩人先后自杀。小说一方面展示了原始欲望与道德秩序之间的对峙，另一方面也在找寻携带在人们身上的精神意志力与重塑人类主体的秘密，诸如小说中讲述了遭受磨难的牛牛，最后成为乡间的救死扶伤的拯救者的故事。小说也赋予女性最大的同情，并通过对日常生活场景的展示，塑造了众多坚强的女性形象，其中有鳖旦的婆姨、改改、银珍等，并且在女性身上发掘出了滋生新生力量的精神因子。《玄鸟》展示了人们沦陷于死亡和怪异的现实困境。亦夫的《土街》《媾疫》等与余华的《活着》都是"悲情叙事"，可谓互为补充，亦夫的"悲情叙事"，直逼生命的形态与精神世界，更重要的是在具体的历史与时间的刻度上，以哲学的方式对人性的深度、灵魂的治疗及构造进行探索，并指认了人是苦难的制造者、承受者。余华则彰显了生命的坚持与韧性，渲染了福贵等人对苦难的无辜与超越，两者都合力书写了中国乡村故事演绎了传奇。两者本质上都是在揭示如何关注影响乡村现实的问题。

而《无花果落地的声响》中的反思性欲望叙事，是以先锋文学的样式，完成了精神的探索，也是一种对忤逆现实道德的积极反抗。尽管小说充满了对小人物命运的自嘲，但也展示了罗文辉式样的人物在

---

① 江少川：《居东瀛，用母语写作守望精神孤独——亦夫访谈录》，《世界文学评论》（高教版）2019年第2期。

自我本体内获得了光亮。小说所表达的死亡、欲望、生命、意义、诗性、意味、意蕴、价值构成了一个隐形网，涉及生的尊严与死得其所，蕴藏了不动声色的故事节奏、叙述的用心把控，以及刻意的叙述缜密性，这样一种严丝合缝的故事叙述逻辑与生活逻辑甚至与社会逻辑浑然一体。罗文辉内心空虚而极重视外在形象，他压抑自己的情感，以一种无形的伦理来规约自己的行为，也只有在文学的表达中获救，从而得到释放。罗文辉看得到的风景是，一个人的幸福是伴随着不安定的情感与精神困扰，同时也内生一种走出去的冲动，去寻找生命的亮光。看不到的影子，却仿佛看到精神描摹中爱情的模样，尽管虚幻，却又是支持自己想象的另外一种形式。

或许，亦夫所表达的生命哲学，就是一种蕴含东方气质的质询方式，也是一种消解与反思性欲望的方式。前者体现了艺术作为一种本质的人类活动和创造而存在，保持了与社会不妥协的一种精神对抗，表述了人的主体生命的意义与探索永不停止的一种积极性；后者表达了苦难这一人类困境为精神想象所消解。亦夫小说呈现出生命的张力，以决绝的死对应着生的韧性，显示了生命形态的多样与不确定甚至是无常。

3. 人类形象的重建：基于人性之恶批判的延伸与力量传递

亦夫的"原欲三部曲"中的《土街》《媾疫》《一树谎花》有明显的共同之处：与世隔绝的蛮荒之地；父子、母子、恋人间存在人类原始欲望和社会道德的纠结和冲突，无可避免地引发了一场又一场人性灾难。而《无花果落地的声响》标志着亦夫小说路向开始了新的转换，相较于之前的小说，褪去了魔幻表层的色泽，显示了一种逸出沉重的飘逸，也缺少了原朴野性荒原上的人性奔放与豪情，多了几许雅意，如同日本的清酒一样，淡淡地透着生命的清香的味道，却是经过了历练与生命透悟之后的一种超越世俗的生活的展示。

从艺术角度看，亦夫抽离了加持在生活本身之上的沉重，显示出一种更为深沉内敛的书写气度，但依然延续了之前对人类困境的解释。

确切地说，亦夫似乎放弃了"变形""离轨"的叙事表达，从魔幻现实主义叙事转向了中日生存夹缝交融的欲望叙事，这一次是真正地衔接了人间烟火的情感经验与精神困惑，但还是延续了之前探究人性的锋芒和深度的先锋气质，以现代性的光亮照拂现实大地，并形成了强劲的反射弧，蕴含中国的生态哲学思想与生存经验。

显然，亦夫所揭示的作家罗文辉的内心世界是分裂的，情感的坚持与道德的受限一直左右着他的悲苦人生，尽管算不上是典型悲剧，但绝对是没有喜感的，而其怪异与扭曲的欲望心理导致了如是结果，生成了近乎畸形的爱。"这是一个成长于闭塞环境之中的懵懂少年对女人、对母性、对爱等柔软情感瞬间觉醒后的第一印象，它既是肉身又不是肉身，既具体又抽象，既唤醒起欲望又压制欲望，既让人幸福又让人痛苦……"① 即便是在惠子去世后，这种惯性一直影响到罗文辉的生活，惠子是现实中的存在，也是想象中的存在，更是自我欲望性反思的中介或介质。"来自别人的这种赞许像一个双面镜，其一面具有美化和放大功能，让我看上去面相庄严，像圣人一样连自己都为之陶醉。而其另一面却是照妖镜，我清晰地看见了另一个自己，一个真实的自己：懦弱、卑怯、猥琐，一切所做和所想都充满矛盾……"② 罗文辉开始了对自己情感状态、生命本身及哲学意义层面的审视。而哲学之主流中对于伦理秩序的反思与批判，是其本身的重要组成部分。

因此，《无花果落地的声响》深受日本"物哀美"的影响，散发着一种虚无与迷情的消极情绪，但并没有放弃以哲学方式干预社会现实的介入性。恰恰相反，显现出以文学体现现代精神的艺术叙事张力，以一种静态反映处于时代尘嚣中人的内心世界，在人类精神层面的高度，挖掘人的灵魂深度与隐秘处，找寻符合时代发展轨迹的积极动力。具体而言，亦夫显示出了冷静的批判性，而这种批判性蕴含着人类形

① 亦夫：《无花果落地的声响》，人民文学出版社 2019 年版，第 238 页。
② 亦夫：《无花果落地的声响》，人民文学出版社 2019 年版，第 146 页。

象的重建，具体体现在三个维度。

首先，文本中有对伦理道德的反思与伦理道德秩序的建构，成了批判中的伴随，进而彰显出批判的力量。比如对惠子复合型的扭曲性格的展示，一方面蕴含了现实环境对女性命运的改造；另一方面也有一种道德的批判标准体现。正如索尔仁尼琴所说："每一位作家对人类的罪恶都有普遍的道德责任。"① 这种道德的责任是社会良知的体现，也是社会发展的动力所在，更是人类维系社会的道德法则。而道德特质存在于人物形象中，也体现为作家的主观倾向。《城市尖叫》（2001）触目惊心地描写了一座北方之城在重度雾霾下的可怕生活，彰显出先锋的预见性。对于亦夫来说，多年之后，他在与异文化的比较中眼界更开阔，对人性、对生存的认识更为深刻。《无花果落地的声响》没有纠缠于惯常的文化冲突、身份困扰、民族矛盾与乡愁之类，而是直抵人性深处，探讨不同民族的哲学、伦理、道德、文化等现实问题，指向了因道德、伦理的"僭越"，也因陷入虚妄与空洞的爱，而产生的自我抑制与悲剧性的精神困境。罗文辉对自己陷入畸形的爱，充满了合道德的稳定性要求。同时被道德、爱、认同、罪恶以及反思所拉扯。这恰恰是亦夫小说《土街》《媾疫》主人公的原罪意识的再一次求证。事实上，所谓移民题材于亦夫而言，只是作品的底色不同，故事发生环境的不同而已，并不会对其所追求的写作风格产生实质性的影响。

其次，直指人类情感的异化与钝化，充满着人性光亮的寻找及精神重建。文学是社会现实的反映，是人们精神生活的征兆。一个时代的文学要想成为有价值的文学，就必须揭示出携带在个体的生命内心的隐秘与复杂的思想，同时也需要有一种自省的意识与自我革命的勇气。而伦理体认与关怀成为小说最为内在的价值，推进生活的力量，

---

① 参见李臻、余诗平主编《诺言——诺贝尔奖得主的经典语录》，文汇出版社 2006 年版，第 240 页。

从而让伦理道德产生积极的影响作用。莱昂内尔·特里林在《风俗、道德与小说》一文中，陈述了道德的理性力量，"将读者本人引入道德生活中去，邀请他审视自己的动机"①，小说提供了人们认识人类多样化的程度，以及这种多样化的价值。就像柯罗连科所说的那样："在托尔斯泰的笔下，这些'人所共知的真理'失去了它们的晦暗性和陈腐性，重又闪现出生命的全部光彩，唤起人们新的愤慨，惊扰人心，重新迫使人们寻找出路……"② 在亦夫看来："每个作家作为写作灵魂的'内核'则是贯穿其写作始终的。我的小说写作一直钟情于对人性暗黑之处的挖掘和揭露，偏重于哲学深思，所以很容易读起来具有不带感情色彩的客观和冷静之感。一个作家写作风格的形成，固然会受到诸多因素的影响，但我觉得最主要的因素是作家本人的个性和思考方式，只是某一种写作风格正好最适于他的表达。"③《无花果落地的声响》小说中的华人作家，与智障的日本妻子桃香、华文报纸编辑毛燕北、处于反抗期的儿子井上勉和死去的岳母惠子构成了畸形的关系，这种错位的情感与选择，其本身都走向了理想的反面，也蕴含着人性的幽暗与越轨，这正是亦夫要加以批判的。但同时也发掘着类似"智障"妻子桃香身上的美德与智慧，这一点与《土街》《媾疫》中所展现的对女性的赞美是一脉相承的。

最后，秉持正义与温情的审美倾向，以"奇崛"与温润的人物形象的叠合与分离，串联起世俗生命存在的自在逻辑。艺术形象的使命就是具象地体现生活本身，而杜绝形象倾向化、意识形态化，成为亦夫小说依托于现实的虚构但又与现实贴合的形象结构方式。小说《土街》《媾疫》中尽显西北乡村俚俗及人物风情，既有饱含欲望的人性

---

① ［美］莱昂内尔·特里林：《知性乃道德职责》，严志军、张沫译，译林出版社2011年版，第119页。

② ［俄］柯罗连科：《文学回忆录》，丰一吟译，人民文学出版社1985年版，第135页。

③ 江少川：《居东瀛，用母语写作守望精神孤独——亦夫访谈录》，《世界文学评论》（高教版）2019年第2期。

及离奇的故事情节，更有奇崛的小说语言，粗朴而执拗。而《无花果落地的声响》尽管没有嘈杂喧闹，但人物温润中透着执拗，也衍生出一种有效的力量，不仅是象征的。小说结构中一直是两个主体之间的延伸，作者"我"形象与惠子之间的互动与牵制，成为小说叙述的动力。惠子自然成了绝对的主体，但又是一种被动的主体呈现。而个性与现实的一种紧张关系，通过分裂的艺术形象的表达，以一种近乎魔幻的现实主义样式，进行呈现，这也是亦夫惯用的方式。其实，惠子作为道德精神形象，是作家罗文辉要审视的对象。亦夫通过对不同精神问题、精神层面的差异及不同需求的表达，蕴含了建构人类形象的多重性。《土街》《媾疫》《无花果落地的声响》等强调的都是人的精神经验的匮乏，同时也印证了系列人物"一方面，作为文学典型，他们身上积累着那个时代既定的社会准则。另一方面，他们身上又有着某种全人类的主题，这是因为，文学人物如果反映了世事发展的通则，就有可能成为典型人物"①。亦夫的系列人物的内在世界逐渐清晰，他们挣扎在反叛与自省的路径上，也以不同的方式开始了自我审视与自我修正，同时也塑造着社会结构乃至世界本身。

其实，展示作为夹缝人的精神处境的尴尬，似乎无关中日空间的移动，只是作为人的存在面对现实的无奈。而亦夫以哲学介入人类精神与世俗存在，涉及人的情感、欲望与思想，并为深陷困境的人们寻找挣脱的路径。显然，亦夫试图以审视艰难的心灵境遇和生存困境，来隐射现代人处境的尴尬，以及他们所有为此做出的挣扎与获救。亦夫在《生物学与文学的关系》一文中说过："我之所以迷恋文学，其实是当年对生物学痴迷与梦想的一种转移：采用文学虚构的方式，同样可以创造一个与现实相去甚远甚至完全无关的奇妙世界。"② 当然，

---

① ［俄］安德烈·塔可夫斯基：《雕刻时光》，张晓东译，南海出版公司2019年版，第122页。

② 亦夫：《生物学与文学的关系》，载《虚无的守望》，北京邮电大学出版社2015年版，第278页。

亦夫表达虚妄之爱或空洞欲望的同时，也在这种叙述圈套中隐含了对现代人在媒介时代中的焦虑与欲望的批判及哲学反思，秉承了先锋所具有的批判、反思、先导的特质，同时糅合了传统中国哲学中的生存理念。亦夫试图以温和先锋文学的样式，抹去一切制衡生活的消极力量，而让笔下的人物追逐光亮、散发着生的坚强与韧性，获得心灵力量、内在价值与理性尊严。亦夫后来的长篇小说《咬你》(2021)，通过走狗"太岁"的视角反观人类的荒诞性，被日本汉学家、文学博士岛由子誉为21世纪的《野性的呼唤》。小说延续了之前的创作风格，具有批判性与讽喻性。这也是继《无花果落地的声响》之后亦夫真正硬核的落地。

结　语

在整个世界文学的比较视境里，我们可以发现一些经典的著作中所揭示的问题意识，无不是脱去了狭隘的民族意识，拥有更为深刻的思想，彰显出一种超越世俗的批判精神与文学力量，乃至具有人类形象重塑、现代性的价值建构及意义的找寻。作为成功的文学探索，《无花果落地的声响》标志着亦夫小说路向实现了新的转换——从魔幻现实主义叙事转向了中日生存夹缝交融的欲望叙事，但仍然延续了探究人性的锋芒和深度的先锋气质。

亦夫以哲学的方式介入人类的需求与欲望，存在批判的自主性与因果律存在之间的张力，并引渡到对人的内在价值与人生意义的深度思考，延续了"原欲三部曲"小说对自己内心原欲的惶恐和不安的揭示，但杂糅在物哀文化与中国本土生存哲学之间，本该具有的浑然一体的东方诗意与美感却始终得不到优雅呈现，最终体现为夹缝尴尬人视角的内审与外审，无力也无意指向文化本身的局限，但已经将所处时代的尴尬与人性的隐秘显露无遗。

显然，在新媒介时代的当代文学的转捩过程中，缕析伦理与生命本体的欲望之需乃至真理存在的关联，建构一种崭新的能够体现当代文学精神的样式，势必要体现出一种聚合着文化、伦理、政治、历史、哲学等内容的复杂现象，真正能够抵达与人类经验相通的"普遍性"和"世界性"，这已经是共识。在当下的文化场域里唤起我们对自身文化的关注和理性的思考，激发对于华夏民族未来的殷切期望与生命激情，并从个体的单向度的经验，转向民族性和传统性的建构，是一种历史的必然选择；同时，走向世界的场域，甚至扩展到人类、宇宙，走向一个更为宽阔的审美和艺术空间，进而体认中国本土传统文化精神中的博大与辉煌，这仍然是我们当代华人文艺家必然的理性选择。如果从这一角度来看，文学如宗教信仰般的精神生活，提供给了亦夫创造纯粹生活的多种可能性，使他能够作为文学与生活的观察者，甚至是"偷窥者"，创造一种崭新的、神奇的、与现实有距离的杂交般的存在，并发掘生命进程中的精神意义，这也成为他这样一个拒绝创作模式化、机械化的非主流作家的必然选择。

第五章　移动之后：母体与变体之间的自主性

　　海外华文文学是一个移动的时空文化结构，容纳了海外华人的智慧，其意义世界的构成本身是立体与多维的，具有移动之后在母体与变体之间的自主性，不仅具有思想内涵与意义，还有道德、伦理、价值的判断，也关乎人类探索与宇宙共同存在的根本问题，当然，还体现了人类丰沛的情感体认与主体实践性。诸如从凌叔华创作自传性质的英文小说《古韵》、韩素音的自传三部曲《伤残的树》《凋谢的花朵》《无鸟的夏天》，及《青山青》《吾宅双门》《再生凤凰》，白先勇的《芝加哥之死》，周励的《曼哈顿的中国女人》，张辛欣的《IT童话》，虹影的《饥饿的女儿》，郭小橹的《我心中的石头镇》，钟宜霖的《唐人街：在伦敦的中国人》，秋尘的《青青子衿》，赵彦的《乳房》，等等，都是移动中的经典之作，这些作品容纳了时代变化、文化习俗、精神信仰、伦理道德等，不仅在"漂移"中坚守"根"的维系，也在移动中完成了自我的自主性建构。同时这些移动是从内外两个视角介入的，这里的"本土内视角"是指中国人本土的视域，而"域外视角"则专之从异域着眼的。此外，还有本土、域外视角的转换与切换。大体上，作为海外华文作家，必然体现出中华母体精神文化、中国经验与异文化的碰撞与杂糅，在过去、现在与未来的时空中，以非虚构与虚构之间的精神想象，在行走中完成了文学表达与多重意义建构，从"地平线"上走向未来之境。

一 非虚构与虚构之间的精神想象

格雷厄姆·格林（Graham Greene）说："作家在童年和青少年时观察世界，一辈子只有一次。而他整个写作生涯，就是努力用大家共有的庞大公共世界，来解说他的私人世界。"对于虹影来说，她童年和青春里的所有观察与激荡，以及对苦难的承受，都是来自生命成长中的独特体验，并将这些生命经验转化为自我创作的资源与观察世界的方式，也成为她精神想象与精神建构的基石。陈晓明曾将虹影的创作称为"女性白日梦"，将虹影的小说创作称为当代小说最极端的女性主义写作。[①] 事实上，对于虹影来说，她并未恪守女性主义的圭臬，作为个体，她完成自我的生命—精神蜕变，也承担了历史变化与时代变迁的誊写，并通过塑造艺术形象，在非虚构与虚构、真实与虚幻之间，对历史与现实进行解读，并试图建构起个体与本土母体、自我与世界之间的精神想象共同体。

虹影是在中国与西方文化移动空间中展开了她所有的想象，并将其形塑为艺术形象。早在 1980 年她的处女作《组诗》发表在《重庆工人作品选》（1983 年第 2 期），到 1991 年虹影发表第一篇短篇小说《那年的田野》（《联合文学》第 12 期）。1991 年远赴英伦，1992 在中国台湾出版第一部长篇小说《背叛之夏》，1996 年开始游走印度、德国、英国等地。在此后的几年中，虹影的诗歌、中短篇小说创作屡屡在域外获奖。1997 年虹影的长篇自传小说《饥饿的儿女》问世，更为她迎来了文学方面的荣誉和关注。之后有《女子有行》（1999），长篇小说《K》（2002）、《阿难》（2002）和笔记小说《孔雀的叫喊》（2003），

---

① 参见陈晓明《女性白日梦与历史寓言》，《一个流浪女的未来》"序"，漓江出版社2001年版，第3页。

"海上花三部曲"(《上海王》(2003)、《上海之死》(2005)、《上海魔术师》(2006)),还有《好儿女花》(2009)、《月光武士》(2021)等,这些作品不单聚焦于女性视域,而在全球化背景下的多元文化撞击与融合之中,审视"女性"与"民族""历史""文化"等的关联,体现了虹影创作视野由本土到域外的走向,虹影因之成为一个真正跨空间、跨文化的作家,并获得了极大的声誉。2000年,她被新浪网投票评选为最有人气的作家;2001年,被《中国图书商报》评选为十大女作家之一;2002年,虹影的《K》,被英国《独立报》评选为年度十大好书之一;2005年,成为第一个荣获意大利罗马文学奖的华人作家。

其实,无论是《饥饿的儿女》三部曲及《女子有行》《阿难》等,虹影都是"站在世界地图上与男人较量"①,但虹影并不是自限于女性主义的作家,她甚至跳脱出女作家身份这个束缚,涉足多重题材的小说:关于战争境遇有《玄机之桥》《玉米的咒语》;有涉及反右、"文化大革命"、改革开放甚至反腐的《阿难》;关于60年代大饥荒的《饥饿的女儿》;有关三峡水库的《孔雀的叫喊》。此外,透过玄幻色彩的《月光武士》故事,展示了一座城的精神变迁史,一个人的精神成长史。虹影似乎找寻到安德森所言的"想象的共同体"的一种建构,"它是想象的,因为即使是最小的民族的成员,也不可能认识他们大多数的同胞,和他们相遇,或者甚至听说他们,然而,他们互相连结的意象却活在每一位成员的心中"②。因此,虹影文本呈现出松散自在的结构,却内蕴着一种独特而执拗的精神气质,即便是城市背景的生命样态,也颇具沉郁的气质与生命意象。虹影文本中一直找寻着生命的光亮,而这种光亮,不仅由人性的温暖与色泽构成,也是苦难境遇中孕育的精神意志,具有传奇的色泽与传奇模式,还有决绝而消

---

① 张真:《激情与梦魇的世界地图——写在国家之外的中国女作家群落》,《倾向》1996年第7—8期合刊。

② [美]本尼迪克特·安德森:《想象的共同体:民族主义的起源与散布》,吴叡人译,上海人民出版社2003年版,第11页。

极的反抗。

1. 苦难境遇中孕育的精神意志

虹影的文本透着自我与时代的双重传奇。这个诞生于 20 世纪 60 年代重庆一个船工家庭的女子，在她 18 岁私生女的身份得到确认后，她便离家出走，选择流浪和写诗。在经历了 20 世纪 80 年代青春激荡之后游走国外，开启了人生的新篇章。1997 年出版了与自我同构的长篇小说《饥饿的女儿》，虹影自称"这是我 18 岁以前经历的事。包括事件发生的顺序、时间、地点，都是当年的真人真事"①。该故事讲述的是 60 年代的中国一个女孩和一个家庭，顺应历史发展过程中的种种不幸。小说展现了母亲苦难的一生，也展示了个人—家庭—历史的勾连，以及所承接的痛苦的一脉相承性与必然性。小说时间跨度从中华人民共和国成立年到 1958 年"大跃进"，再到"文化大革命"，到 20 世纪 80 年代，乃至当下的社会现实，将当代中国及中华民族所走过的历程展现得波澜壮阔。这是一部可以和《活着》比肩的能够载入文学史的经典著作。小说并非如在西方语境中的中国叙事（如汤亭亭的文本），而是落实在本土环境中的女性书写。这是属于虹影个人化的记忆，也是有关女性的历史性书写。该著自 1997 年开始，先后在英国、澳大利亚、美国等出版英文版，引起了海外媒体杂志的高度关注，一时褒贬不一。李金妮在《多元文化评论》（*Multicultural Review*）中，称赞该小说的英文翻译者玛莎埃·弗里对这本书的翻译做出了贡献，但是认为"这本书似乎不值得她付出努力……这本书是一种不成熟的混合物即露骨的、不很优雅的性和暴力的混合物……作者又没有试图对它们做出解释"②。《饥饿的女儿》的英文翻译者、美国汉学家葛浩文（Howard Goldblatt）在中国台湾《联合报》上发表文章，则认为这

---

① 虹影、崔卫平：《将一种幽岸带到光亮之中》，《饥饿的女儿》，漓江出版社 2001 年版，第 260 页。

② Lee, Ginny, Summer of Betrayal（Book Review），*Multicultural Review*，September, 1997, Vol. 6, p. 65.

部书"说的是一个年轻姑娘与她的家庭的事,但也属于一个时代,一个地方,在最终意义上属于一个民族。这个民族与我们印象中的中国很不一样,与我们所了解的那一点'文化大革命'苦难相比,几乎不可同日而语"①,"许多此类书,我看有个共同点,就是想要宽恕自身劣行,或呼喊受冤,或自我标榜,或有意卖弄……《饥饿的女儿》贯穿的特点是坦率诚挚,不隐不瞒,它就是为什么连续三天时间我一直在读这本相当长的书稿。"② 海外学者刘再复说:"在这种期待下,看到《饥饿的女儿》这一拥抱时代抒写时代的作品,看到充溢于作品中作者对时代那种准确的、具体的、令人叹息不已的描摹与感受,我真的心情难以平静。虹影突破了自己,也超越了与她同时期中国女性小说写作流行的基调。"③

其实,《饥饿的女儿》涉及多重文化意蕴,既构成了城市与女人的关联,彼此映照;也是一个女人的成长与历史映照的故事;更是女性代际的冲突。故事背景推展到中国的饥荒年代,讲述母亲一个人靠苦力支撑一家八口人的生计,饥饿时常袭击着家人,于是这成了日后个人记忆中难以摆脱的阴霾,也因此记忆中的城市笼罩着灰色的基调,即便这个粗朴的城市在过于严肃的四十年革命之后,记忆里的自己青春风景里"我"(六六),被岁月投射到灰色的城市背景上,仍然是尴尬与困惑的。而致命的是伴随着自己的成长的私生女的身份,成为叛逆 18 岁的爆发点。"我"想表露自己的情感,对自己来说是难事,也没有什么人在乎自己情绪反应。家人会觉得所想说的一切纯属无聊。而唯一耐心倾听的人就是历史老师,并立即获得了她的信赖。终于遇见了一个能理解自己的人,他能站在比我周围人高的角度看这世上的

---

① [美]葛浩文:《饥饿的女儿——一个使人难以安枕的故事》,台湾《联合报》2005 年 8 月 28 日。

② [美]葛浩文:《饥饿的女儿——一个使人难以安枕的故事》,台湾《联合报》2005 年 8 月 28 日。

③ 刘再复:《虹影:双重饥饿的女儿》,虹影:《饥饿的女儿》"序",漓江出版社 2001 年版,第 3 页。

一切。六六在单调的城市空间中，获得一个通往倾诉的通道，在他别样的注视中，足以让她倾倒出从小关闭在心中的大大小小的问题。相较于时代植入每个个体的一种馈赠——饥饿，六六精神上与肉体的饥渴，暂时获得了缓解。但一切始料未及。即便是被六六视为精神之父的历史老师，这个曾经在"文化大革命"中的造反者，因给政府写信反映四川的灾情，揭露虚假丰收的谎言，被打成了右派，最后自杀。

于是，与母亲紧张的关系，再一次成了显在的矛盾。因为母亲一句"让你活下来就不错了"，六六开始游离于母爱之外，尽管之后虹影的内心与母亲得到了精神上的和解。如在《好儿女花》小说中散发出少有的母女代际的温情，虹影也坦言"这本书是关于我自己的记忆，是关于我母亲的故事，那些长年堆积在我心里的黑暗和爱"①。但内心过往的伤痕却难以消除。其实，小说中母女代际的疏离与隔阂，就是时代与意识形态强行介入家庭空间，无论是小说《孔雀的叫喊》中柳璀母爱的缺失，还是《上海王》中筱月桂与女儿常荔荔因为情人余其杨与母亲交恶，都是如此。而《饥饿的女儿》中女儿与母亲之间的对峙，还在于极度的物质匮乏与精神的恐慌，以及彼此的难以沟通。如大姐在1964年就响应号召下乡当知青，比别人多受了好些年的苦。因为最早，也就最不能够回到城市。她离过三次婚，有三个孩子。生了孩子就往父母这里一扔，自己又回去闹离婚、结婚。在农村待了九年才到四川边界一个小县的煤矿当工人。大姐一回来，待不了几天，就会跟母亲大吼大吵，拍桌子互相骂。直到把母亲闹哭，大姐才得胜地一走了之。

母亲因丈夫眼疾，所以她承担了临时工最繁重的体力活。她不是想做模范，而是怕失去工作。忍受着饥饿，她抬河沙，挑瓦、挑水泥，运耐火砖等，母亲去了一天干下来，工钱不到二元。母亲长年累月地

---

① 虹影：《好儿女花》"写在前面"，江苏人民出版社2009年版。

经受苦力，变成一身病痛的缺少精神的衰老的妇人。但是母亲曾经有过鲜亮，她带着女儿，从孢哥那里逃出，遇到了船工，日后又遇到情人，生下了小十岁情人的女儿六六。但饥饿、忍耐与吃苦，使母亲磨炼成几乎没有性别的女人。而外表冷漠、生硬的母亲，一个抬杠子重庆所谓的"棒棒"女子，是如何用坚硬的肩膀支撑着整个家庭度过这饥荒之年的？这是六六日后发出的疑问。还有母亲曾经甩给六六的话："六六，别拿脸色给妈看。实话讲，让你活着就不错了。人活着比啥子都强，不要有非分之想。"这些话让六六回味很久。

但非正常的时代里叛逆的青春恣肆中，还因为私生女的身份阴影，六六对母亲存在着隔阂，所以有了嵌入"文化大革命"岁月中的畸形师生恋、自杀、堕胎的自我沉溺中出走、流浪，彰显出一种癫狂的精神与紧张情绪，还有对世事百态的绝望，对人性的罪恶与耻辱的冲刷。虹影发出了这样的诘问：

> 饥饿是我的胎教，我们母女俩活了下来，饥饿却烙印在我的脑子里。母亲为了我的营养，究竟付出过怎样惨重代价？我不敢想象。
>
> 我整个平静的身体，一个年轻的外壳，不过是一个假相。我的思想总是顽固地纠缠在一个苦恼中：为什么我总感到自己是一个多余的人？[①]

小说展示了饥饿境遇下六六的所有挣脱，散发出近乎疯狂的野性和决然的反叛精神，还有最终在生命力的感召下，萌发出生命的激情和意志。这部蕴含着作家承受"饥饿"后的一种极度理性与非理性的反抗，与其说是对尴尬身份的反抗，倒不如说是对精神上苦闷的挣脱。

---

① 綮然、丁尘馨：《专访女作家虹影"爱写作就像爱男人"》，《新闻周刊》2004年第2期。

而极度疯狂之后的释放,成为生命里的常态,却又是精神极度贫困的表征。正如林白所言:"将那些曾经被集体叙事视为禁忌的个人性经历从受到压抑的记忆中释放出来。"① 虹影在释放着命运不公与边缘化的处境,也在找寻走出苦难、走向光明的唯一路径——"诗歌是滚动在我生命里面的,支撑着我的东西。"② 而《饥饿的女儿》以文学的方式宣泄着身体里的愤怒,还有孤独中的焦虑。"是你教会我成为一个最坏的女人//你说女人就得这样//我插在你身上的玫瑰//可以是我的未来//可以是这个夜晚//可以是一个日新月异的嘴唇或其他器官//它甚至可以是整个世界//我要的就是整个世界一片黑色//可以折叠起来//像我的瞳仁集中的这些世纪所有的泪水。"③ 这种自我意识与人类存在的困难成为一种因果关联,因为"现代艺术家普遍认识到人类生存的'苦难'问题,'苦难'意识不仅是作为艺术家对生存内省意识的理论概括作为进入生活内部的思引指导;而且作为历史的自我意识,那是人类生存不屈的自我表达。人类的生存忍辱负重而历尽艰辛,正是通过'苦难',人类意识到自己的存在"④。

虹影以笃定的姿态,执着于自己的疯狂的想象世界,尽管她自称"我不是女权主义者。我觉得这个世界是缺一不可的,缺少男性或女性都不行。如果女性真的达到那一步指身体写作,那整个世界恐怕就要到毁灭的程度了,会毁掉很多东西,包括性"⑤。的确,虹影无意要撕毁这个存在的性别秩序,而是要揭示苦难中的女性的生命形态与精神世界。"惟有那石榴不怕发疯,撕开自己,准备着碎裂的等待。我要的就是整个世界,一片黑色可以折叠起来,像我的瞳仁集中了这个世纪所有的泪水。"⑥《饥饿的女儿》不只是少女忍受各种饥饿的境况

---

① 林白:《记忆与个人化写作》,《花城》1996 年第 5 期。
② 于静:《不谈官司的虹影》,《中华读书报》2009 年 9 月 20 日。
③ 虹影:《琴声》,《危险地幽会》,中国文联出版社 1993 年版,第 76 页。
④ 陈晓明:《无边的挑战》,时代文艺出版社 1993 年版,第 150 页。
⑤ 虹影、张涛:《虹影:我为我的爱人写作》,《朔方》2005 年第 10 期。
⑥ 红尘:《饥饿的女儿》,《红岩》2000 年第 4 期。

与困顿，也是整个国家和民族遇到了极度的灾难，在"大饥荒"年代，人们不再渴求尊严，漫山遍野地挖野菜果腹，从江水里打捞菜叶、瓜皮，六六的亲人因饥饿而生病和死亡。

在李洁非看来，"不管他们（生于60年代者）幸运与否，他们自幼的生活，就是在物质匮乏的现实以及鼓励人们蔑视物质享受、把精神追求当成人生旨趣的舆论中度过的——虽然他们实际上既没有得到物质享受，也极少像四五十年代出生的人那样真正感受到什么来自精神追求的快乐（比如很多当过知青的人，都会在对'蹉跎岁月'表示抱怨和遗恨的同时，又情不自禁流露出曾经'崇高'过的洋洋自得)"①。虹影以自己真实的成长经验与真实的灵魂，复原了60年代的生活样态，而非遮蔽、涂抹或变形。

> "饥饿"绝非只意味着灰色的记忆，恰恰相反，这种与"温饱"绝缘的生命景况，还意味着顽强的求生意志、一无所有的野性和特立独行的反叛精神（所以，60年代出生者成为80年代中后期中国文化艺术的先锋派的主体，绝非偶然）。②

六六倔强的生命具象的形式表现了出来，不仅构成对男性社会、道德话语的反叛，也对记忆中的历史进行重新审视。而一九五七年反右造成的人的思想的困惑与生活的荒谬、一九五八年"大跃进"的虚假繁荣、60年代初的大饥荒到"文化大革命"等，这一切也作为隐秘的背景烘托着人物的走向。而《饥饿的女儿》内核迸发出来的强烈的走向光明的精神意志，足以把灰色的记忆冲淡。虹影把创作本身看作精神的表意，一种独立于世俗之外的本能化的主观情绪、情感、反思，她不追求展现典型环境中的典型人物，大多缠绵于以人物的简单而复

---

① 李洁非：《生于六十年代——读〈饥饿的女儿〉》，《南方周末》2000年4月21日。
② 李洁非：《生于六十年代——读〈饥饿的女儿〉》，《南方周末》2000年4月21日。

杂的情感流动与内心的挣扎，来反映人物与环境的对抗，由此生命与理想构成了极度有弹性的张力。因此，《饥饿的女儿》与其说是对生活本身的描述，不如说是对作为记忆中女性经验综合体的展示，来重构记忆中的中国。

2. 精神皈依中的摆渡与生命传奇展示

虹影小说不仅具有传记性，也彰显出刻意的传奇色泽。"海上花三部曲"（《上海王》《上海之死》《上海魔术师》），以及《英国情人》（原名《K》，中国台湾出版）等，都很具有传奇性。《上海魔术师》中兰胡儿和加里王子的身份颇具有传奇色彩。《上海王》里面的筱月桂自幼父母双亡，之后被舅妈卖到上海妓院做丫头。在一品楼遇到大自己三十几岁的洪门山主常力雄，竟然非常中意她，原本要娶她为妾时却被暗杀，她在举目无亲、再无依靠时，本想回到川沙乡下，但舅舅、舅妈，还有镇上的人对她也很不友好。慢慢的她知道"她想要的东西，想——兑现，还得好好卖几个月甚至几年的笑呢。虽然她急如灯火边的飞蛾，但沉得住气，是对付这个男人最好的办法"①。之后她独自成立戏班子，再度来沪，并借帮主黄佩玉之力立住脚跟，渐渐成了"申曲女王"。当筱月桂成为"上海申曲女王"荣归故里的时候，不但舅舅、舅妈还有乡里乡亲态度发生了巨变。甚至连族长都提到："陈家祠堂，本不容女流。但是月桂小姐是女中豪杰，名满大上海，为本乡造福，陈族全体感谢。"② 可见，一个女性自我价值的实现，即可挑动了家庭秩序与宗法伦理秩序。她与情人余其扬联手除掉黄佩玉，独掌洪门大权。从跻身"青楼"到"青帮混战"中成为三代黑帮老大的情妇，到最后成为"上海女王"。从一个渴求依附男人的女人，到筱月桂喊出："我不想属于哪个男人。"③ 筱月桂成为主体的自己。这

---

① 虹影：《上海王》，陕西师范大学出版社2009年版，第85页。
② 虹影：《上海王》，陕西师范大学出版社2009年版，第93页。
③ 虹影：《上海王》，陕西师范大学出版社2009年版，第93页。

是"新"女性对于传统社会的呐喊。

无论是《上海之死》中的于董服务于远东的间谍,以牺牲色相为远东谍报机关换来了关于日本人的情报,之后为了自己家国利益,不惜从国际饭店的最顶层跳下;抑或是《上海魔术师》中兰胡儿是一个被江湖班主张天师买来的孩子,在舞台上的翻腾滚打,学会了百般的忍耐,但为了与加里王子的爱,她不畏世俗,最终一对因魔术而结缘的少男少女会合在茫茫的大海上"真正在一起了"。其实,"海上花三部曲"是虹影在上海都市空间,为女性寻找到的现代性的想象路径的场域。而城与女人的故事就成了一个更为奇特的精神想象的表述。

与《饥饿的女儿》以及"海上花三部曲"相比,《英国情人》将笔触放置在中西文化的撞击中,故事讲述了27岁的英国青年诗人朱利安,想在中国投身革命,于是不远万里远渡重洋来到中国,起先在国立武汉大学任教,谁料却陷入了与已婚林的情感纠葛。为了摆脱,他选择了不辞而别,去四川找红军参加革命;但又没有办法忍受革命的残酷、暴力与血腥,便再度跑回武汉。后与情妇旧情复燃,被林的丈夫发现,于是他辞职回英国。不久又上了西班牙战场,去继续他的革命理想,直到被炸身亡。但就是这样一个心怀革命理想的人,他的灵魂深处却藏着种族主义倾向和对中国人的轻视,即便是在最心爱的女人面前,表现出了可怕的决断与绝情,显示出西方人的极端傲慢。

但相较于故事的传奇,虹影更注重对精神苦难的摆渡,并且把人放在全球视域下进行考察。《阿难》与以上小说相比,是一个饱含着精神苦难的文本,体现了精神寻找与主体建构的故事。小说中的阿难纠缠于中国、英国、印度夹缝之中,涉及多重文化景观与生存镜像,有着从著名歌手沦为经济要犯的传奇经历。阿难的出生本身就是传奇的,20世纪40年代在缅甸对日作战的一位中国远征军官败退到印度后,爱上了印度女子,并有了孩子阿难。之后,阿难的父母死于印巴分治时的种族仇杀,从小由叔叔婶婶把他带大,婶婶处处排斥他,也经常与叔叔吵架,但婶婶的死在他心里留下了阴影。他的生命一直在逆变，从少年时代受累于父亲的历史和中印冲突，后在"文化大革命"时期随人流冲进英国代办处纵火，再后来被下放到农场的八年里，成了割橡胶的能手，他每天早晨偷偷到树林里练琴和发声。到最后80年代成为摇滚巨星。但由于母爱缺失导致了他的忧郁、孤傲和冷漠，内心却极度渴望爱。他后来孤独地离开了故土，也离开了自己在香港的恋人。去了印度，渴望在宗教中寻找到精神皈依与爱。

阿难作为一个混血儿，身上携带了多种文化质素，却一直处于冲突的纠葛中，有精神的困惑与信仰的迷茫，同时他有着超越孤独、救赎苦难群体的希望，也渴望能够将心灵安放；但阿难无论是在加尔各答，还是在新德里，他想找寻到精神皈依，却苦寻无果，最终走向了死亡。应该说，阿难陷入多重文化的交割与牵扯之中，但缺失了文化的主体性与自我主体性，这也是阿难致命的弱点。虹影正是切中了阿难的"穴位"，透过香港文化、印度文化、中国文化、英国文化、泰国文化等跨国文化，深度挖掘他复杂的心灵世界，进行着不断的跨越与反思。显然，《阿难》的出现，标志着虹影不再局限于中国本土故事讲述，而是在多维时间与空间的移动中，展开了对中国与世界发生关联的故事讲述。

无疑，阿难生命个体的精神苦难与寻找具有象征意义。李洁非在《为何去印度——对虹影〈阿难〉的感思》一文中，认为有着游记般美丽和罪案小说般悬念的《阿难》，实际上是对中国和中华民族精神危机的一次长镜头式铺览，是对精神上"家"的概念的追问。中国人在"现代性"时代的精神无归或悬空状态，想必更具体，更有质感。中国自无奈踏上现代化之路、远离甚至不得不亲手破坏自己的精神家园以来，中国人就一直被悬于"信仰的真空"。"这才是清末以降中国持久的精神危机的真正根源。问题不在于中国文化有没有一个宗教核心，不在于中国人心灵是不是缺少宗教的支撑。假若固有精神文明未遭废黜，假若固有的哲学、价值体系仍可以运转，则中国人精神家园的充分性和完整性并不亚于基督徒、伊斯兰教徒、印度教徒或其他任何人。"① 李洁非进一步指出中国人的精神的支撑："《阿难》的主要故事，正好发生在这样一个时期。从诸多方面来看，阿难是一个精神危机象征；这种危机，部分是他作为一个人或一个个体的存在危机，部分则作为一种缩影，以反映置于全球化和现代性背景下的中国文化的厄难。……中国人的精神危机，并非其文化上先天匮乏宗教所致，更非走向恒河、耶路撒冷、麦加所能替代地解决。中国人的希望在于，能够回到自己固有的精神家园，简单地说，就是重新认同、肯定自己的历史、伦理和价值观，舍此别无他途。"② 显然，个体主体精神与中华母体主体性文化的重建，才是获得精神永恒的动力。

在异域空间中，虹影一直醉心于演绎中国本土为主体的故事，重构着属于中国的历史与现实的所有想象。小说中的人物如六六、筱月桂、于堇、兰胡儿、朱利安、阿难等都有虹影的影子，是她各个生命时段的精神与情绪的投射。正如虹影自述："我的小说，每一部构造一个不同的人生境界，段落分明，但也前后交揉，互为影响，每一部小说诞生，像是完成一段生命里程，在小说中，我寻到了自己。你可以说，没有这些小说，就没有虹影这个人——这个人就只是一个躯体，她的灵魂就是她的主人公的复合。"③ 虹影的小说基于历史史实，也都经过了自我想象的重新摄制。虹影以多重时空转换的方式来构架不同主题小说结构，展示了苦难的不可规避性与多样性。

从《饥饿的女儿》到"海上花三部曲"，再到《阿难》的叙述脉象来看，依然是从形而下到形而上的追索，并将人的生命形态与精神形态予以真切展示。其实，"在命运中暗自运行的是宏大的历史：古老的东方世界在与西方殖民主义的对抗中建立了现代民族国家，这是我们的根基、我们承续下来的遗产，这份遗产中充满激情和希望，也

---

① 李洁非：《为何去印度——对虹影〈阿难〉的感思》，《南方文坛》2002年第6期。
② 李洁非：《为何去印度——对虹影〈阿难〉的感思》，《南方文坛》2002年第6期。
③ 虹影：《火狐虹影》，远方出版社2003年版，第2页。

充满迷思和困窘"①。而透过历史镜像，捕捉到的也是作为人类经验的一部分，并且以自我的想象完成个体—群体—中华母体的精神同构。但"关于中国的想象有时是非常具体的多样的。但在大多数情况下，形象仅与'客体'的几个少量的特点与特征有关。这种极度简化了的、陈词滥调式的想象在社会学中被称为'既定模式'。……除了有关于其他群体的既定模式他人既定模式之外，还有关于自己群体的既定模式自我既定模式，另外还有关于其他的人或群体是怎样看待自己的既定模式"②。虹影却以独有的书写形式，成就了自我这一精神构想的表达。

但确切地说，虹影以《好儿女花》将笔墨尽洒到母亲以及母亲与儿女的关系上，穿过母亲和自己幽暗的岁月与记忆，才真正完成了自我精神的蜕变与重生。她在《好儿女花》的开头这样写道："温柔而暴烈，是女子远行之必要。""外婆的心眼儿诚，她种小桃红，朝夕祝福。母女之间长年存有的芥蒂之坝冲垮，母亲的心彻底向外婆投降。"③痛失母亲，又因与小唐、小姐姐的三人行关系导致了婚姻崩溃，加之原生家庭关系的冲突等，这一切复杂的情感交错，几乎击溃"我"。而女儿的诞生，泛起的母爱成为自己坚实的精神力量。

3. 决绝而消极的反抗

从《饥饿的女儿》到《阿难》等，虹影的小说充满了一种紧张的情绪，并试图寻找着精神的安放，但直到《好儿女花》《月光武士》出现，才缓解了这种情绪。虹影也说："我认为原谅、宽容以及自我审判才是文学更强大的力量，这种力量是女儿唤醒了我，只不过转换了一种方式去书写，我依然是一个女战士，在文本中书写女性的反叛。"④虹影采用多视角转换的方式，发掘社会底层人民的苦难，无论

① 李敬泽：《"行者"虹影追阿难——评〈阿难〉》，《涪陵师范学院学报》2007 年第 1 期。
② ［德］马勒茨克：《跨文化交流：不同文化的人与人之间的交往》，潘亚玲译，北京大学出版社 2002 年版，第 111 页。
③ 虹影：《好儿女花》，江苏人民出版社 2009 年版，第 25 页。
④ 卡生：《虹影：不再饥饿的女儿》，《三联生活周刊》2019 年第 41 期。

是知识分子还是贫苦农民，无论是外国友人还是街头市民，渲染他们凄婉的情绪，表达他们对苦难命运的抗争。而反抗与抗争的方式，则是采取了以下几种途径。

首先，宗教信仰的缓冲力。《饥饿的女儿》里经受过苦难的大姐，带领六六跪拜"江边白衣观音"，让观音保佑全家。她们朝幽暗的石壁拜了几拜。大姐又摸到潮湿的石壁下，捧了一掌水，低头喝了下去。并执意让六六去喝。就在她迟疑的时候，大姐弯下身，又捧了一掌，送到六六嘴边，水从她手指缝滴漏着，"菩萨水，香的，治百病"，她认真而强硬地说。还有一次听《圣经》经历，里面有一个温和的声音说着："我虽然行过死荫的幽谷，也不怕遭害，因为你与我同在；你的杖，你的竿，都在安慰我……你一生一世必有恩惠慈爱随着我，我且要住在耶和华的殿中，直到永远。"六六感应到这种精神的召唤，显示出了激动，眼里噙满泪水。应该说，处于这种现实困境中，她们无以排解，于是向神灵求助，显示了人的无奈与谦恭。而《阿难》中阿难的困境，是在现代语境中产生的，虹影希望阿难在宗教中获救，但事实上，这种精神困惑的问题症结并没有被解开，因为"卷入现代化对中国来说，最深刻的困境并不是经济或知识体系上的，那可以通过'转型'来克服，而有一种困境既必然发生又无法克服，亦即对自身文化的不认同（或曰难以认同）"①，而这种对根系文化的质疑，是无解的也是最大的悲剧根源。

其次，自虐：自我消化的方式。六六渴望看到生活令人兴奋斑斓的色彩，可她看不到，哪怕一些边角微光的暗示。她绝望地想，自己一定得有梦想。在18岁正在高考前夕，她跟已婚的历史老师有了不伦恋情，其实正如她后来的感受，她渴望获得爱情，但历史老师要的是刺激，用来减弱痛苦，他不需要爱情，引诱六六与之发生性关系，获得肉欲与身体的放纵。虹影认为："欲望确实是我作品中的主题。但

---

① 李洁非：《为何去印度——对虹影〈阿难〉的感思》，《南方文坛》2002 年第 6 期。

我所写的欲望是以女性为主体的。首先,我以为性的欲望一直是可以粉碎世界的。如果强烈的欲望最终不求解脱,一定会产生灾难。女人一定为爱而受苦,而牺牲,内心的世界也就变得特别丰富。"①《饥饿的女儿》中六六因为和历史老师的不伦之恋,怀孕堕胎后,没有顾忌现实的规矩,立刻就冲向澡堂子洗澡。在六六的认知中,"性"成了一种反抗与释放自我的方式。而虹影在钟红明的采访中也表示:"女性自己的性发现,也就是发现自我,或者说,发现自己的现代性。"②冲出世俗的一切,包括性禁忌,便是女人的现代性。

再次,逃离生存场所与生活空间。《饥饿的女儿》中六六知道自己的身世和爱情受挫之后,选择了流浪;"就是抓住一个不可能的梦想也行"。六六的大姐不满足于现实的生活状态也选择了下乡到农村,后又去四川的煤矿。只有逃离才能获得自我救赎,是对宿命的积极反抗。《上海魔术师》中的兰胡儿和加里在魔术团中因一起表演魔术而相爱,他们从相爱到历经磨难,于1948年随着众人一起逃离上海,他们那时"逃离的只是上海,逃离自己的出生,自己的身份,还有自己相依为命的亲人"③。《月光武士》中的中日混血秦佳惠,母亲在50年代被遣送回日本,父女俩因此备受歧视。成年后的秦佳惠无奈选择嫁给混社会的杨钢邦,却由此堕入深渊。窦晓明暗下决心,要做秦佳惠的"月光武士"(童话世界中的拯救者),让她远离丈夫的家暴和折磨。但现实里的爱是复杂与残酷的。秦佳惠遭逢巨变后,选择了移民日本的逃离方式,从此杳无音信。窦晓明却无休止地梦回过去。二十年后的他们重逢,但在理性与情感的选择中,他们依然选择了面对现实,并与现实进行了妥协性的和解。

又次,拯救女性自我与世界。相对于萎靡不振的男性形象,虹影

① 虹影:《女子有行》附录二,知识出版社2003年版。
② 钟红明:《女人的辛酸和苦难——关于虹影长篇小说〈上海王〉的对话》,《中华工商时报》2003年11月28日。
③ 虹影:《上海魔术师》,陕西师范大学出版社2009年版,第211页。

笔下的女性充满了义无反顾、肆无忌惮，展示了传奇性的女性，这些得以展现了虹影希望展现的女性的蓬勃生命力、自由意志与放荡不羁，作为反抗的一种。"海上花三部曲"透过不同的女性，谱写了上海女性的历史。《上海王》小说写了一个乡下女孩从妓院丫头，到黑帮老大情人，再到上海女教父的故事。虹影也说："我喜欢这些青楼女子，我可以重新写出她们的命运。我的主人公虽然身在青楼，是被人利用摆布最惨的，但又是很要强的一个人，这一生，一步步走过来，最后才明白什么才是她真正需要的。……我想写出风花雪月背后的苦难。"① 在虹影看来，中国主流文化里存在固化的性别体制。"小说的叙述者，小说的主人公，经常都有作者的主体投射。我说的'虚构自传'，主体性比这强得多。可以把筱月桂看成是我的另一个名字，她的生活经历是我的假定：落到这样一个处境，我会如何做，我就让筱月桂去做。"② 从《饥饿的女儿》身份迷失之痛，到《孔雀的叫喊》《绿袖子》及"海上花三部曲"等，都展示了故事中女性不屈的生命姿态。无论是《饥饿的女儿》、《女子有行》（《一个流浪女的未来》）中的"我"，还是《孔雀的叫喊》中的柳璀、《上海王》中的筱月桂、《玉米的咒语》中的"她"等，几乎都是虹影精神的变体。这些女性群体大多具有坚韧的反叛性，她们选择逃离生活现场，也逃离那些游离生活的男性。而虹影的《上海之死》更把女性嵌入上海历史，强调了女性主体性，讲述了女主人公于董参与了在太平洋战争前夕上海孤岛的国际谍报战，用自己的勇敢与智慧获取日军情报，改变了上海、中国乃至世界的历史。

最后，虹影的反抗蕴含一种充满激情的求生意志，是整个时代里的同代人的共同经验，而这种经验里饱含着一个时代里高扬着的崇高精神。《饥饿的女儿》在60年代那场大饥荒中，老百姓能自己弄到的

---

① 钟红明：《我笔下的女人离经叛道》，《南方日报》2003年11月26日。
② 钟红明：《我笔下的女人离经叛道》，《南方日报》2003年11月26日。

食品，是榆树的新叶，是树皮剥开露出里面的一层嫩皮，在石磨上推成酱泥，吃下充饥。那年四川树木毁掉不少，就是这样剥光皮后枯死的。野菜野蕈，早就被满山坡转的小孩，提着竹篮子、背着小筐摘尽了，抢吃野蕈中毒的孩子多得让医院无法处理。还有忠县关口寨的大表哥回乡发现，附近能吃的观音土都被挖净，吃在肚子里，发胀，解不出大便，死时肚子像大皮球一样。大舅妈是村子里头一个饿死的。大表哥从读书的煤校赶回，又匆匆地赶回了学校，不但一字未提母亲是饿死的，不提乡下饥饿的惨状，反而热情地赞颂党的领导下的大好形势，写了入党申请书，他急切要求进步，想毕业后不回到农村。在荒诞的年代里，高扬着政治意识形态的年代，人的意识里已经抽离了自我主体意识，而崇高的国家意识、民族意识成了日常生活场景中崇高的精神主宰，并洞悉了人们对世俗生活里最基本的想象。正如葛浩文所述："此书中有议论，甚至点到哲理，但是故事讲述之清淡，与所写生活的灰暗，与难以置信的残酷，包括天灾，包括人祸，配合得恰到好处。而死神实际地到来，没有使生命低贱，反而使生命得到升华。体制化的麻木不仁，经常是权力与特权的结果，但更使人愤怒的是受害者们甘心而默认的承受。"[1]《饥饿的女儿》的底色是灰暗的，而到了带有玄幻小说色彩的长篇小说《月光武士》在小说的叙述空间中，在山城重庆重重叠叠、纵横交错、鳞次栉比的建筑群落中，寄予了虹影青春里所有激情与理想的追踪。既有怅惘的情感流露，又呈现出一种通体的明亮。《月光武士》重返故土场景，在历史的叙述中，有着精神想象与现实的容纳，不再专注于《饥饿的女儿》《好儿女花》一样的家庭叙事，与《鹤止步》《阿难》一样，叙述中的人物主体不再专注于女性，也不只审视性别关系，而叙述中的主体人物是普通的城市各色人等，当"大粉子"秦佳惠出现时，"整个身影罩着一层光，

---

① ［美］葛浩文：《饥饿的女儿》"序"，参见《饥饿的女儿》，台北尔雅出版社有限公司1997年版，第2页。

跟做梦似的"，让少年窦晓明的"心飞快地跳动"。有美丽而恬静的中日混血儿秦佳惠，还有她落难的父亲大学教授秦源，丈夫黑社会混混头子杨钢邦，粗野泼辣而坚强的窦晓明母亲、知性而强劲的苏滟、野性玫瑰芳芳、疯癫狂野的黑姑，以及黑衣黑帽的神秘人物宾爷等，构成了城市人物画卷与城市景观，展现了城市中人的生命形态与精神情感。虹影尝试把现实剥开，重新构造我们想要的这个世界，因此虹影构造了"月光武士"，是她追逐的理想之中渴望保留的那份温馨和爱，一种属于世俗空间中凡人之间的情感，闪烁着生命与精神之光。就如同《月光武士》秦佳惠曾给窦晓明讲过一个日本童谣故事，充满了无限的侠义与柔情：

> 一个小小红衣武士，沐浴月光而来，骑着枣红马，闯荡世界，见不平事，就挺身相助。有一次红衣武士救了一个误入魔穴的小姑娘。可是小姑娘不想活下去，他便带小姑娘去看满山怒放的花朵，让小姑娘改变了心意。

综上，虹影小说大致呈现出了两种精神向度的求索：一是在异域空间里，由于海外华人无法真正介入新文化实体，一方面带来了孤独与焦虑，但在异域反而获得了自由审视本民族历史文化的空间。如《月光武士》中秦佳惠和钢哥在日本备感漂散与无有皈依感，他们只有回到山城重庆才能够感受到做人的尊严。在美国学者阿里夫·德里克看来："'海外中国人'……他们所处的位置意味着，在任何简单的可辨别的意义上，他们已不再是'中国人'，而是'接触地带'的产物，在这里，东方和西方已不再清晰可辨了。"① 而詹姆逊在论及第三世界文学时说"第三世界的文本，甚至那些看起来好像是关于个人和

---

① ［美］阿里夫·德里克：《中国历史与东方主义问题》，选自罗钢、刘象愚编选《后殖民主义文化理论》，中国社会科学出版社 1999 年版，第 93 页。

力比多驱力的文本，总是以民族寓言的形式来投射一种政治关于个人命运的故事包含着第三世界大众和社会受到冲击的寓言"①。其实，尽管身在异域空间，但作家在时空移动中却始终存在对母体文化的趋同，这不仅是人类的一种共同情感体认，也是在新的中西文化对撞中获得精神力量的行为。《女子有行》小说便在现实与梦幻中，展示了一个单身女人在未来时间里在上海、纽约、布拉格的奇特经历。二是对母体历史文化存在审慎的反思，体现出了对未来文化伦理秩序的精神想象共同体建构的自觉。在《女子有行》中，"虹影的叙事把男女关系推到极端，它们构成妇女被压迫、欺骗、遗弃的历史"②。王德威曾评点她的《K》"她笔下复杂的历史因缘，是写来用以烘托她的情欲、性爱观的"③。但其实即便是涉及性爱的表达，也是虹影让人物接近现代性的方式，更以此来反观与反思当时的社会环境，而这种反思与"七十年代末和八十年代初期，这种对人性的召唤表现为一种现实的功利主义倾向对'文化大革命'现实的人道主义批判与浓烈的政治意识和精英使命感以及对悲剧根源的反思交织在一起，形成了新时期现实主义文艺的第一个冲击波"④。但虹影却又高出一筹，正如埃莱娜·西苏所言："妇女必须把自己写进文本——就像通过自己的奋斗嵌入世界和历史一样。"⑤ 透过虹影的文本表达，我们可以发现《饥饿的女儿》《孔雀的叫喊》《上海王》《阿难》《K》《好儿女花》《月光武士》等，女人与历史有深度的交互与深切的关联性，也与自我的精神想象深度关联。当秦佳惠对窦晓明的告白，也是对过去的自己告别，"那天

---

① ［美］詹姆逊：《处于跨国资本主义时代的第三世界文学》，见张京媛主编《当代女性主义文学批评》，北京大学出版社 1992 年版，第 239 页。

② 参见陈晓明《女性白日梦与历史寓言》，《一个流浪女的未来》"序"，漓江出版社 2001 年版，第 6 页。

③ 王德威：《李昂，快看》，选自虹影《K》"附录"，花山文艺出版社 2002 年版，第 41 页。

④ 陆贵山：《中国当代文艺思潮》，中国人民大学出版社 2002 年版，第 142 页。

⑤ ［法］埃莱娜·西苏：《美杜莎的笑声》，引自张京媛主编《当代女性主义文学批评》，北京大学出版社 1992 年版，第 188 页。

我在鹅岭、在二厂看整个山城，看长江、嘉陵江，我发现，这么多年，我一直为别人活着，成为男人的一部分，男人总在我的生活中安排我的命运，从未问过我内心的想法。我不想再这样度过我的下半生，现在我要为自己而活，想要成就自己，首先我就得成为自己的月光武士，这一生才没有白活"①。成为真正自己的主宰，是秦佳惠最后的希望。

而秦佳惠的希望之城，也是虹影的精神所在。虹影在小说《英国情人》写长江中游的武汉，以及在"海上花三部曲"写长江下游的上海。《饥饿的女儿》和《孔雀的叫喊》是写长江上游的重庆包括三峡地区，而《月光武士》重回记忆中的山城"重庆的呼吸，重庆的心跳，重庆的沉沦和新生，我不必写，这座城是长在我心里，是我生命的一部分"②，"时间的流逝，丰富我，掠夺我，构造我。重庆这座山城，……是的，重庆一直在那儿，当我朝它转过身来，它就在对我说话。这几十年，我一直用别的城市代替重庆，我有意转移注视点，我书写武汉、北京、香港、布拉格、罗马、伦敦、纽约和瓦拉那。写别的城市，我是在写，可重庆，我发现，我害怕，我心疼"③。这才是虹影所要着力的地方，存放着童年和青春里的所有观察与激荡的城市，已浸入自己激越生命与贯穿到血脉中，也融进了自己所有成长中的苦难、希望、绝望、梦幻等，并成就了自己精神主体构建的一切。

城与虹影早已成为生命与精神的共栖。虹影也曾意味深长地说："我觉得自己曾经被毁灭过，曾经走到了绝境，曾经进入了死城，但后来又重生了，我确实在黑暗的世界里看到了光，这真是个奇迹。"④

---

① 虹影：《月光武士》，花城出版社 2021 年版，第 368 页。
② 虹影：《月光武士》"后记"，花城出版社 2021 年版，第 383 页。
③ 虹影：《月光武士》，花城出版社 2021 年版，第 382—383 页。
④ 孙康宜：《虹影在山上》，引自虹影《康乃馨俱乐部》，江苏文艺出版社 2005 年版，第 296—301 页。

虹影借此光亮,在非虚构与虚构之间,开始了个体与母体、自我与世界精神想象的建构。而伴随着中国社会的演进与发展,整个社会文化的结构化依赖人们的智慧,还有母体文化的整合与重建,积攒在人们内心与精神上的渴望,以及人们在精神上存在的共栖与疏离,也需要一种公共的个体—中国—人类精神给以补足。其实,即便非虚构是依据真实发生的故事与事件,进行的整合性的叙述,可以有穿插调动,也可以有主观的感受,但不可以虚假甚至是杜撰,它最终指向了艺术的真实,同时体现为作家所坚持的一种良知。在此意义上来说,虹影的小说是有价值的精神想象,也蕴藏着精神共同体构建的希望,并追逐着具有人类普遍意义与价值的精神之光。

二 行走中的文学表达与多重意义的建构

马克思在他的《关于费尔巴哈的提纲》中有一句名言:"哲学家们只是用不同的方式解释世界,而问题在于改变世界。"而文学该以怎样的方式存在,并以何种方式介入生活实践,成了一些前卫有良知者的追求。其实今天的文学已经拓宽视野、跨界整合,逸出了传统的书写边界,这不仅在于随着时代的变革与社会的变迁,也在于涌动不息的世界文化潮流的形态变化,更在于作家的文化视野与审美境界的生变等。美籍华人作家周励从《曼哈顿的中国女人》的发表,到《曼哈顿情商:我的美国生活与励志实录》再到《亲吻世界——曼哈顿手记》,一直进行着由中国到世界各地的空间切换,她从个人生命成长的续写,到对历史、战争、生命、世界、文化、理性等关键词的关注,拓宽了自己的书写路径与格局,也将个人生存价值的实现延伸到对人类整体命运的思考及精神共同体的构建,而这一切已不单纯是以文学—文化视角,而是将所有发掘的历史材料、历史题材、自然图景和人物聚合到一起,从历史、审美甚至是人类普遍性意义的视角来审视整个世界。周励以文学介入历史与现存世界,展示因不同时代与社会孕育了不同的文化形态与价值指向，弥合个人价值观念与现代世界的碎片化。她以文学的方式勾勒了世界变化的轮廓，抵达了人性深度的隐秘处与人类普遍性价值，承担着自然理性、人类经验与精神共同体的建构。这些都是我们要予以重点考察的。

1. 文学勾勒了世界变化的轮廓

周励与世界的关联颇有传奇性，她 18 岁从城市走入乡村，之后返城 21 岁上大学读医科，28 岁做医生并开始笔耕生涯，并崭露头角，35 岁经贾植芳推荐赴纽约州立大学留学，之后赤手空拳在美国创业经商获得成功，并以非虚构的方式记录了从北大荒到曼哈顿的经历。《曼哈顿的中国女人》最初在《十月》1992 年第 1 期、第 3 期选载后，于 1992 年 7 月由北京出版社出版单行本，小说由 "纽约商场风云"、"童年"、"少女的初恋"、"北大荒的小屋"、"留学美国" 和 "曼哈顿的中国女人" 六个章节组成，以非虚构的形式写出了在美国如何挣扎与创业，以及她的青春与北大荒岁月，展现了自我生命价值的实现。此著在 20 世纪 90 年代初畅销百万册，并获《十月》文学奖，入选 "九十年代最具影响力文学作品"，成为 "留学生文学" 的经典之作。被著名美籍华裔学者和文学评论家董鼎山教授称为 "展现了一个时代，影响了一代人" [1]。阿城认为，"这本书里有一种歪打正着的真实，作者将 1949 年以后中国文化构成的皮毛混杂写出来了，由新文学引进的一点欧洲浪漫遗绪，一点俄国文艺，一点苏联文艺，一点工农兵文艺，近年来的一点半商业文化和世俗虚荣，等等等等。狭窄得奇奇怪怪支离破碎却又都派上了用场，道出了五十年代就写东西的一代和当年上山下乡一代的文化样貌……《曼哈顿的中国女人》可算得是难得的野史，补写了新中国文化构成的真实，算得老实" [2]。之后她又于

---

① 董鼎山：《曼哈顿的中国女人》"新版序言"，引自周励《曼哈顿的中国女人》，上海文艺出版社 2003 年版，第 4 页。

② 阿城：《闲话闲说：阿城文集之五》，江苏凤凰文艺出版社 2016 年版，第 150—151 页。

2006 年出版了《曼哈顿情商：我的美国生活与励志实录》，该著虽是散文系列，但从内容上可视为《曼哈顿的中国女人》的续篇，书中的七章展现了主人公在曼哈顿 20 个春秋的立体生活轨迹，记录了在美经商与生活的感受。35 年后在纽约疫情肆虐之时开始了《亲吻世界——曼哈顿手记》（后文简称《亲吻世界》）的书写，她希求在疫情的黑暗中抓住人性的光亮与面对灾难的法宝。该著于 2020 年由上海三联书店推出，并再度引发了热潮。无疑《亲吻世界》是她生命中找寻到的构想美丽新世界图景的基石。该著共有"被遗忘的炼狱：跳岛战役探险录""亲吻世界：镌刻在心灵岩洞上的壁画""燃情三极：南极点、北极点、珠峰逐梦"三个板块，时间与空间成了周励所有关于思绪、情感、理性、历史、现实等飞驰的场域，周励以此来架构自己的美丽的文学—文化世界，以激情、意志还有正义。其中第一板块"被遗忘的炼狱：跳岛战役探险录"涉及《燃烧的太平洋：贝里琉战役与尼米兹石碑》《太平洋的"诺曼底登陆"：塞班岛、天宁岛与关岛战役》《寻踪穿越炼狱：冲绳岛启示录》等六篇非虚构，作家通过田野调查与理性分析，采用史料价值与文学魅力并重，将人类遭遇的又一场残酷"战争"以历史事件的形式呈现。周励将《亲吻世界》献给向往抵达世界各个角落并探究其历史真相、呼吁人类与世界和平的人们。并以史为镜、以史为鉴，在纷乱的世界里呼唤人类精神理性。陈思和在该书"序言"中写道："被'遗忘'其实是被忽略……在世界战争的疯狂情绪支配下，狭隘的民粹主义者、军国主义者、复仇主义者，甚至打着爱国主义旗号的形形色色被洗脑者乌云密布，猖獗一时，他们的鼓噪声弥漫世界，而这个时刻，真正清醒的理性主义者最难坚守自己的精神阵地。"[1] 的确，《亲吻世界》以一种理性精神，回顾与反思人类苦难的历史，重新捡

---

[1]　陈思和：《亲吻世界·序言》，周励：《亲吻世界——曼哈顿手记》，上海三联书店 2020年版，第 1—2 页。

拾起人类面对灾难的勇气与力量，用人类的理性与坚定的自信激励黑暗中的人们。周励以辩证的眼光看待历史，她认为人性的恶与凶残都是被充满野心与贪婪的政客调教出来的，在另一种情况下，同样的人也许能变成助人为乐的可爱绅士。在《远逝的英魂》中周励发出了感叹："战争是政治的继续，战争是死神的盛宴。……人类必须结束战争，或者战争结束人类。"二战的抗争者为了反抗与抵制疯狂、邪恶与贪婪的滋生，为了民族的解放与人类永久的和平，这样的为人类正义之战之英雄，周励并没有过度描绘与渲染这种对抗力，但是仍能够捕捉到其所持的文学正义立场。周励有这样的场景描绘：1945年9月2日，在接受日本无条件投降的美军密苏里战列舰上，太平洋战争的主帅麦克阿瑟与高大帅气的尼米兹两人一起雄赳赳走向主会场，真爱死他们了！尼米兹相比麦克阿瑟绝对是一位更专业的军事家，但麦克阿瑟更具有政治魅力，举手投足、面庞轮廓与英武气质皆可与好莱坞大牌明星媲美。

其实，贯穿在周励非虚构文本中最为重要的关键词是"寻找"，而这种寻找是在大自然、历史、现实、人性、精神等的交互空间中的摆渡，同时以文学的方式明示了个体与自由原则带来了现代化世界的兴起，但现代化的社会结构中因物质主义的畸形膨胀，所导致产生的内在的危机与困境，也制约着个体自由的存在与发展。而与历史人物对话，反思历史与现存世界关联，获取理性精神的支撑，这是寻找的另外层次，一种属于形而上的精神建构，这也是周励对历史事件与存在意义的解读动力。

周励在自然与人文、生活与艺术、商业与文学之间自由跨界穿行，她喜欢旅游、写作、绘画雕塑、音乐戏剧等，所以在行走中的探索，既是突破现有自我认知、思维局限与文化视野的一种有效方式，更是自我对文学精神力量的再度唤起。当年在北大荒当知青的时候，偶尔在猪圈包糠饼的报纸上看到尼克松的一句话："自由的精髓在于我们每一个人都参加决定自己的命运！"而多年之后偶然地前往在瑞典国家学院诺贝尔颁奖大厅，看到了美国当代著名作家迈克尔·坎宁汉姆在 *The Hours* 一书中描写作家维吉妮亚·沃尔夫的一段话："清晨醒来，神清气爽，脑袋在哼唱。今天早晨她能够穿透混沌，疏导被堵塞的通道，抵达至善至美的境地。在她的体内，她能感觉她那几乎难以名状的另一个自我，她称其为灵魂。这灵魂超越了她所有的智慧与情感，超越了她所有的经历，如熠熠闪光的金属脉络贯穿了她的智慧、情感和经历。"周励找到了续航自己生命的精神动力，开始了文学新梦想，要超越自我生命与现存所有的束缚，试图探索构筑充满精神想象的现存新秩序世界的秘密所在。

周励深受中外作家的影响，诸如普希金、罗曼·罗兰、福克纳、丘吉尔、海明威、约翰·斯坦贝克、肖洛霍夫、陀思妥耶夫斯基、王蒙、路遥等作家，以及非虚构文学作品二战人物传记、意大利文艺复兴人物传记、南北极和珠峰探险人物传记等，都成了自己文学经验的积累与精神滋养及思想资源，而他们的思想、行为、生命轨迹等成了文本的有机部分。周励始终有一个炽热高昂的心灵，身在北大荒大草甸放猪时，她靠幻想和背诵诗歌生活；到了美国，靠理想和闯劲打入美国上流时尚界；游览世界各地获得浸入式的体验，无论是在俄罗斯、法国、埃及、意大利、印度，甚至非洲等均是如此。游历中与不同时代、不同类型的历史和现实中的人物相遇，超越彼此不同国别、不同族群、年龄差异，获得了人类意义上的共情力与公共性，还有精神上的共栖、共振与灵魂深处的协同。而挣脱一切庸常生命中潜在的无边循环的锁链，承受黑暗与苦难并孕育出生命之光，照亮与温暖着整个人类世界，逐渐成了周励的行动指南与审美追求。而周励在激情飞扬的行文表达中，有很多自我的哲思与生命的感悟，在文本中引入了大量的名人名言，成为文本中思想的组成部分。一方面这样的表述佐证了自己的思想观点，具有推动文本叙述的意义，如 1949 年福克纳获诺贝尔奖颁辞："一个作家，充塞他的创作室空间的，应当仅只是人类心灵深处从远古以来就存有的真实情感：美、尊严、同情、怜悯之心和牺牲精神。"① 还有在《亲吻世界》"后记"中引述亚历山大·索尔仁尼琴的名言："一个作家的任务，就是要涉及人类心灵和良心的秘密，涉及生与死之间的冲突的秘密，涉及战胜精神痛苦的秘密，涉及那些全人类适用的规律，这些规律产生于数千年前无法追忆的深处，并且仅有当太阳毁灭时才会消亡。"② 这样的话语贴合于自己的使命意识与精神意志，具有有效的修辞效果；另一方面对有些嵌入文本的引述观点尚没有完全获得内化的处理，如此便缺少了贴近客观事实表达所需要的综合分析。如引述法国著名历史学家、《旧制度与大革命》作者托克维尔的名言："美国之伟大不在于她比其他国家更为聪明，而在于她有更多的能力修补自己犯下的错误。"这是托克维尔对美国的判断。类似这样的话语，有割裂文本表达的连贯性之嫌疑，同时因视角的不同言说，导致了对作家所持立场的客观性会有所存疑。我们说文学表达不仅要站在人性的角度与生命的角度，来审视历史、战争、现实、伦理等本身，还要站在辩证的符合社会发展逻辑与客观存在的事实准则上，这是文学介入历史与现实存在的根法与有效路径。

2. 文学抵达了人性深度的隐秘处与人类普遍性价值

被誉为"俄罗斯良心"的亚历山大·索尔仁尼琴坚称，绝不相信这个时代没有放之四海而皆准的正义和良善的价值观，它们不仅仅有，并且不是朝令夕改流动无常的，它们是稳定而永恒的。对此，我们深信不疑。正是这种人类的普遍价值构成了世界精神，但现实却如黑格尔（G. Hegel）在《信赖科学 信赖自己》中所言的"世界精神"（Weltgeist）："时代的艰苦使人对于日常生活中平凡的琐屑兴趣予以太大的重视，现实上很高的利益和为了这些利益而做的斗争，曾经大大地占据了精神上一切的能力和力量以及外在的手段，因而使得人们没

---

① 建钢等编译：《诺贝尔文学奖颁奖获奖演说全集》，中国广播电视出版社 1993 年版，第367 页。

② ［俄］亚历山大·索尔仁尼琴语，引自周励《亲吻世界——曼哈顿手记》，上海三联书店 2020 年版，第 453 页。

有自由的心情去理会那较高的内心生活和较纯洁的精神活动，以致许多较优秀的人才都为这种艰苦环境所束缚，并且部分地被牺牲在里面。因为世界精神太忙碌于现实，所以它不能转向内心，回复到自身。"如果顺着这样的逻辑来理解，周励走到历史与现实中，寻找世界秩序与精神共同体的构建，已然透露出单纯美好的期许与对人类理性及良知唤起的自信。

周励的行走贯穿着对人性深处的立体探寻，也在找寻着人类的普遍性价值所在；同时在进行着深层次的思考，关涉苦难与艺术、生命与力道、人生与创造、人类与命运的辩证与统一。因此《亲吻世界》是游记，也是沉思，更是探索。关于人类与生存的反思，也关乎自我精神的成长，具有文学应该所具有的力量。同时，对所谓的"革命的目的以道德的名义摆脱了道德"，还有毁灭人类文明的野蛮行径作出了批判。其实，这种人类普遍价值的寻找与构建需要依存几个关键因素。

其一，探索人的内心世界，寻找积极力量与消极力量所在。其实，行走中的很多作家呈现了一种世界旅行、立足世界的状态，并在行走中成就文学的书写。应该说，生活在 20 世纪末和 21 世纪的大多数作家都具有世界的视野。如 V. S. 奈保尔（V. S. Naipaul）就是一个典型的世界旅行者，尽管他饱受批判。还有勒克莱齐奥（Le Clézio），他的足迹遍布非洲和亚洲。石黑一雄的作品《我辈孤雏》所写便是上海滩的侦探故事。托马斯·特兰斯特罗默（Tomas Tranströmer）晚年非常热爱日本文化，写了很多俳句。行走中积攒能量，并如福克纳一般，去探究人的内心、人的伟大、人的自我牺牲精神、对权力的贪婪、心胸的狭窄、粗俗的冥顽以及心灵的苦痛、恐惧、堕落和错乱等。这成了周励行走与找寻的动力。在"亲吻世界：镌刻在心灵岩洞上的壁画"中的《寻找腓特烈大帝》《寻找路易十四》《寻找伏尔泰》《寻找丘吉尔》《寻找凯伦》等，发掘历史记忆中的真实人物的生命轨迹，揭示生命存在本身的价值与意义，或是经验与教训。在《牢狱遗痕》

中从法国王后玛丽·安东奈特的身上发现了其生命悲剧的根源。

其二，探索世界的普遍性价值所在，期待构筑世界美好秩序。周励在时间中行走，在行走中续航精神力量汇聚。在《梵高的眼泪：这个世界不配拥有美丽的你》一文中，作家宣泄着对梵高命运遭际所有痛苦的同情与愤慨，同时也深深地被梵高高洁的人性折服，甚至在巴黎奥维尔小镇寻找梵高人生最后 70 天的期间，用身体力行的跑步去体验梵高死亡的真相。文中引述梵高就《麦田里的守望者》写给弟弟提奥的信："我从这个收割者看到——一个模糊的身影，拼命地在烈日下干活——我从中看到了死亡的形象，在某种无意义上，把麦子想象成人类在被收割。"① 其实周励寻找梵高的浓厚兴趣是从 1985 年留学美国，在纽约现代美术馆（MOMA）第一次看到《星夜》原作开始的，望着贫苦画家的杰作激情难抑。之后看到梵高致弟弟的近 800 封书信，来到在梵高度过最后岁月的阿尔勒和奥维尔小镇，看到了满脸忧伤的倔强梵高迎面走来，似乎在告诉我们：人类所有的痛苦和屈辱，都可转化为生命的火焰与动力！善良天使梵高用自己的死宽恕了欺负他的邻人，两天两夜的呻吟挣扎，他抽着烟忍受疼痛，却没有对弟弟提起任何关于枪手的话题。梵高以残缺之躯宽恕了伤害他的人和世界，而回馈了世界以雄丽的想象与美好秩序的期待。还有周励通过对历史大事件的分析，是在探寻人类未知的领域，积存历史经验。在美国国家档案馆里她找到两张《硫磺岛插上星条旗》的照片，为破解了插旗战士之谜而欣喜若狂。

其三，寻找支撑世界的灵魂、正义、智慧、精神等所在，以构成人类精神谱系。寻找历史、文化名人、知识分子与启蒙主义的关联，还有揭示了历史变革中高尚的人格魅力和对人类正义的担当，是支撑人们寻求生命价值的精神力量，也可挣脱物欲诱惑的浮躁世界而与历

---

① ［荷兰］文森特·威廉·梵高：《写给弟弟提奥的信》，引自周励《亲吻世界——曼哈顿手记》，上海三联书店 2020 年版，第 132 页。

史共同沉淀。周励深受欧洲历史、哲学、文化等影响，也多次寻找弥足珍贵的伟人足迹。在《寻找叶卡捷琳娜女皇》中，复原伏尔泰的学生和狂热崇拜着女皇的精神世界，她如饥似渴地阅读伏尔泰的《论各国的习俗和思想》《路易十四代》《查理十二世》，孟德斯鸠的《罗马盛衰原因论》《论法的精神》，以及塔西佗的《编年史》《西塞罗传》等著作，形成了自己的思想和判断。周励认为法国正兴起以伏尔泰、孟德斯鸠、卢梭为代表的启蒙运动（Enlightenment），"'启蒙'本意即'光明'，当时伏尔泰和孟德斯鸠认为，迄今为止人们处于黑暗之中，应该用理性之光驱散黑暗，批判专制主义和宗教愚昧"①。这无疑成就了叶卡捷琳娜的强大的精神动力。在欧洲理想主义者前赴后继交织而成的宏大史诗中，叶卡捷琳娜大帝和其孙亚历山大一世则是介于独裁与共和之间的一抹亮色，她在国家、民族与个人之间，选择了以民族与国家为重，终其一生为之奉献。周励叙述了其周旋于情人与对扩张领土的狂热的生命状态，但也传达了对女性智慧与胆略的足够敬意与尊重，同时阐明了现代秩序、制度是建立在人性自由、人类智慧与理性之上。在《寻找伏尔泰》中，周励窥探欧洲君主与启蒙的关系，也透露出自己在北大荒忧伤的岁月中，伏尔泰、孟德斯鸠的思想点亮了自己生命的火焰，他们成为自己精神的追随者与亲密朋友。在北大荒的油灯下，她如饥似渴地读着孟德斯鸠《论法的精神》，缓解与释放了苦闷的情绪。因为17岁的周励曾写了一封信给《文汇报》批评"文化大革命"动乱，后来信被转回到学校遭到严厉的批判。这种阴影一直伴随她到北大荒。而孟德斯鸠在《论法的精神》中的论述："言语并不构成罪体，它们仅仅栖息在思想里，有时候沉默不言比一切言语表示的意义还更多，所以无论什么地方如果制定了言语是罪体这一项法律，那么连自由的影子也看不见了。"这样的话语成为周励个人价值实现的助推力。同为伏尔泰、孟德斯鸠精神的追随者，

---

① 周励：《亲吻世界——曼哈顿手记》，上海三联书店 2020 年版，第 237 页。

或许这也是她对叶卡捷琳娜女皇颇为欣赏的缘由。

3. 文学承担自然理性、人类经验与精神共同体的建构

可以说，周励见证了中国的改革开放和在世界中的经济崛起，也经历了美国现代文化的冲刷，曼哈顿有她青春的释放和燃情岁月。从曼哈顿出发，她追随自己的梦想游历了世界 130 多个国家，探险南极点、北极点，探索珠峰和攀登马特洪峰等。她以自己的行走，穿越了时空中的自然与人文景观，其本身也参与形塑了这个世界的图景。周励的考察的视点是移动的，在多维时空中行走，在地理空间与人文空间中穿梭，涉及自然理性、人类经验与精神共同体的多重建构。

其一，以田野调查方式考察历史遗址，实地走访，结合史料与对历史的想象，勾勒历史人物内心世界与真实事件的关联，形成了文本中对战争历史的反思。如从 1941 年 12 月 7 日到 1945 年 9 月 2 日，太平洋战争中盟军（包括中国）超过 400 万军人阵亡，2500 万平民死亡；而轴心国超过 250 万军人阵亡，500 万平民死亡。二战给今天的人们带来太多的思考，"以史为镜，以史为鉴"成为当代世界的理性。疫情中作家在书中写到纽约的疫情："一个 0.1 微米的诡异病毒，居然成为压弯海霸巨舰的一根稻草，'罗斯福号'停靠在我熟悉的关岛，几年前我实地探访了太平洋战争关岛战役遗址，对那里很有感情。新冠病毒 COVID19 大摇大摆，无孔不入，环球肆虐。纽约 12 万人感染 1 万余人罹难，医院的走廊摆满了包裹着橘色尸袋的罹难者遗体，形同炼狱。勇敢战斗在第一线的纽约市医护人员一个个病倒，即使大难不死的痊愈者也立即重返前线。截至复活节，全球公开报道因新冠去世的娱乐名人已经达到 61 位。"[1] 人类面临的灾难与战争带给人们极端的苦难，激发了人类挑战困境的内在力量，但更重要的是反思悲剧的根源所在。

---

① 周励：《亲吻世界——曼哈顿手记》，上海三联书店 2020 年版，第 3—4 页。

　　其二，有对世界历史名人人物谱系的书写，发掘人类生存经验与智慧。有作家与历史文化名人进行心灵对接，如文本中涉及文学艺术人物梵高、海明威、罗曼·罗兰；有对政治人物诸如腓特烈大帝、叶卡捷琳娜女皇，还有从法皇路易十四、十五、十六到玛丽·安东奈特艳后，从亚历山大、拿破仑到罗斯福、丘吉尔等，从他们来反思西方社会秩序与政治制度；有对形而上的哲学思考，如对伏尔泰、狄德罗、孟德斯鸠、亚里士多德、苏格拉底等所构成的哲学世界的探微，解释人的存在智慧与现存世界的关联等。

　　其三，在世界大自然景观中感悟与超越，体现人与宇宙、自然的和谐存在的生态美学思想。《亲吻世界》的第三板块"燃情三极：南极点、北极点、珠峰逐梦"，记录了她为期十年中极地探险的奇特经历。其实，在行走中穿越了印度洋、大西洋、南极、北极、阿尔卑斯山等空间，丈量着人类共栖的地方，传播着人与自然社会的共栖的生存经验，也传播了海明威在《老人与海》中所写的精神意志："一个人可以被毁灭，却不能被打败。"这里，我们看见了周励在时间上的行走，与大自然的贴近：乘坐"银海号"和香港唐英年夫妇首次探险南极，萌发了对南、北极探险的巨大热情，开始对欧美探险史英雄时代进行实地追踪；探险北极斯瓦尔巴群岛，在北冰洋跳水冰泳，坐冲锋艇祭拜百年前因北极探险气球坠落而罹难的瑞典科学家安德烈，探访挪威探险家阿蒙森的特罗姆瑟北极探险博物馆；在古巴寻找海明威，在普罗旺斯寻找梵高，在波尔多寻找孟德斯鸠，在伦敦寻找丘吉尔，在加拉帕戈斯群岛寻找达尔文，游弋海底与海狮共舞，浮潜印度洋、太平洋、大西洋和加勒比海；去帕劳浮潜发现贝里琉战役遗址和尼米兹石碑，继而环绕太平洋八万里，跑遍燃烧的太平洋跳岛战役遗址，开始酝酿撰写《被遗忘的炼狱：跳岛战役探险录》；探险南极三岛，乘坐俄罗斯核动力破冰船抵达北极点，重返西藏，探访绒布寺马洛里遗迹，攀登珠峰大本营，等等。

　　如果说在历史时间中的穿越，是展开了与历史人物的对话，更多的是基于对人类社会构建秩序与美丽新世界所需要的精神因子的探求，而在世界山川江湖中行走，跟为探索极地奥秘而历尽艰险、勇敢献身的伟大探险家阿蒙森、斯科特，沙克尔顿、马洛里展开的精神对话，既展现出自然景观的大美与雄阔，也契合中华民族文化所秉承的天人合一的生态思想与原则，也是人类回归自然与万物共生共融的存在方式。如对西藏风情的描写："蓝天丽日下，我们来到美丽的雅鲁藏布江，波光潋滟，羊群饮水，宁静如画。发源于喜马拉雅山北麓杰马央宗冰川，灵秀之水在平均海拔4000米之上流淌，宛若天堂之河！"①她以一种激情拥抱世界，感受中华大地之美，超越世俗的羁绊。周励也说："我们都是凡尘微小过客，但远方的梦让我们内心像壮丽的悬日和璀璨的星空。探索探险，总是令人激情澎湃。"从2010年开始，以后的十年里，她三次北极探险，四次南极探险，还多次登上阿尔卑斯山，攀登马特洪峰和西藏珠峰大本营，浮潜于印度洋、太平洋、大西洋和加勒比海等地，她四上雪龙船，登上中国南极长城站和中国冰岛北极联合科考站，见证中国极地科考为构筑世界精神文明所做的奉献。行走中与大自然、宇宙开始了对话，获得了生命的体悟与超越，揭示人类与自然对抗的危机所在，并强调了人与大自然和谐共存的生态伦理法则。而周励所有的行走绘就了世界的真实景观，也构成了自己文学—精神世界的底色与图景。

结　语

周励是一个传奇女子，多年前她以自传体小说《曼哈顿的中国女人》，掀起了文坛热点话题，而多年之后的《亲吻世界》却是另外一种画风。该著彰显了独有的气魄与格局，既有对沉重历史的质询与反思，也有对人生与苦难、生存与命运的思考，更有对现代语境中人类的协同发展及路径的探究等，充满了理性与激情、正义与率真。其实，无论东西，行走的周励并没有停下脚步，而是让自己的灵魂跟着脚步，

---

① 周励：《亲吻世界——曼哈顿手记》，上海三联书店2020年版，第423页。

有节奏地在时间中穿梭，成就了自己对世界存在的理解，也构筑了自己理解中的世界。这样，便是一种圆满与美好。周励的书写应了德国尼采那句话："我经历了一百个灵魂，一百个摇篮，一百次分娩的阵痛，我的创造意志和命运甘愿如此。"可以说，尽管周励行文中的主观情绪表达逸出了她注重的理性判断与分析，同时因主观认知存在个人的意识形态与主流意识形态冲突方面的局限性，但周励从个人生命价值的实现，到人类普遍性意义的精神价值的追寻，是周励近几十年来的文学走向，也是她生命视野与格局的拓展，是面对个人价值观念与现代世界的碎片化而进行的精神上的弥合。这一切源自她内心深处对生命存在意义的不断探索与追求，这种实践不仅丰富了她所有行走中的思维与经验，滋养了所有的想象与表达，重构了她的理性精神和价值世界。

三　从"地平线"上走向未来之境

张辛欣在移动的时空中以各种姿势翱翔，在《精神遗嘱：我与新时期文学》一文中，她有这样的表述："也许我更像个'蝙蝠'，在各种创作样式之间飞来飞去，仍然感到比寂寞更甚的东西：单调。"但其实张辛欣的文本所表现出的自我与真实存在之间的叙事张力，尽显历史内涵与现代化的先锋气质。她曾经当过农工、战士、护士、导演、访问学者、主持人、电台评论员、画家，涉及小说、戏剧、电影、口述实录等，所涉领域广泛，尝试以不同的文学样式介入社会现实，从文字、电视到广播、戏剧都有创获，是一个典型的跨界艺术家。自1987年《往事知多少》发表后，相继发表了小说《一个平静的夜晚》《心与心之间》《留在我记忆中的》《我在哪儿错过了你》《在同一地平线上》《我们这个年纪的梦》《疯狂的君子兰》，纪实文学《在路上》《流浪世界的方式》，以及非虚构作品《北京人：100个普通人的自述》等；之后她去美国，很快又有了《我·BOOK1》《选择流落》

等系列自传体小说。实际上,从 20 世纪 70 年代末 80 年代初至今,张辛欣从《在静静的病房里》到《在同一地平线上》《北京人》,再到《我·BOOK1》再到《IT童话》,作为独步在东方与西方、此时与彼时、个人与社会间的一位目光切换的观察者,在个人—社会—历史的维度上表述着一个女性精神成长的故事,也进行着艺术上的多元化阐释。但张辛欣将女性个体—历史发展的联结作为隐线,勾连着感性的生命经验与时代特质及理性的文学写作,标志她的生存行迹与笔下的人物故事的关联,以及自我轨迹与社会轨迹的同一性,同时也在探索女性、性别、个体在人类意义上的普遍性困境及出路问题。

1. 走出性别困境之后

20 世纪 80 年代张辛欣被命名为"中国存在主义代表",之后于 1988 年,在创作的高产期,张辛欣选择了淡出国内文坛,到美国康奈尔大学做访问学者。随之,在流落中有了一种近乎逼近自我"空洞"的情绪,为此,开始了对过往的收集、整理、书写,寻找各种各样的生存缝隙,包括回溯、梳理 80 年代文艺思潮与创作经验,焦虑竟然趋于稳定。多年之后,在《我·BOOK2》中她发出这样的感慨:"小说让我立即成名,接着让我毁灭。小说中心是一只孟加拉虎,这是我的女性故事部分无法拥有的,我把它让给男主角,让他追逐在林莽和荒野偶然现身的虎,追逐着它的动态,为了追艺术,他,掉入悬崖。"①应该说,《我》中记录的有关爱与真诚、欺骗与背叛的情感冲动及纠葛,是张辛欣混搭在 20 世纪 80 年代新浪潮中的真切投入与生命搏击,是对 20 世纪 80 年代《我在哪儿错过了你》《在同一地平线上》和《最后的停泊地》(1983)等小说的注脚,也是对错位的心理世界、情感轨迹的真实袒露。"我选择了放逐,从那片中心自我放逐,自觉地失声,我敢对天悄悄说,我想用隐身,用消失,转世,转个世界,换

---

① 张辛欣:《我·BOOK2》,北京十月文艺出版社 2011 年版,第 214—215 页。

取让我清新的任何可能，但是，我也许渐渐消散在不明不暗之中？"①
如此，在多重的转向之后，张辛欣承认所有的生命经验、精神资源，
以及移动中的时代变迁等，成就了自己的艺术实践，"而自己的生命
路程正好跟写与读的前世纪的内心生存方式契合"，② 这是确切的。

张辛欣的小说《我在哪儿错过了你》（1980）、《在同一地平线上》
（1981）和《最后的停泊地》等是纠结于两性相处方式的典型文本。
《我在哪儿错过了你》小说中的"我"从一个女售票员，凭借像男人
一样拼搏，跨行做起了编剧，却在自我完善中失去了心仪的导演。
"我"为了自强自立"不得不常常戴起中性、甚至男性的面具"，在没
有男友之前，曾"为自己的冷静、能够自立感到骄傲"，而当遇到喜
欢顺从女子的男性时，"我"却对自己的主观意志感到疑惑了："你
啊，看重我的奋斗，又以女性的标准来要求我，可要不是像男子汉一
样自强的精神，怎么会认识你，和你走了同一段路呢？"张辛欣进一
步展示女性生存困境与心理现实。《在同一地平线上》小说结构沿着
两条心灵轨迹平行延展开来，画家丈夫对妻子的心理渴望与妻子对他
的期许成了交织的点，但彼此不能够形成心灵、精神的依存，这成了
他们最大的情感障碍。彼此空间距离让位于心理距离，他们渐行渐远，
最终无法挽救曾经有过美好想象的婚姻。

显然，女性必须面临社会与男人的双重要求。具体体现为：一
是女性行为变异为男性化，即所谓的雄性化；二是因对传统的性别
角色分工进行改变之后，产生了心理不适和精神困惑，表现为精神
上的变异。张辛欣从女性的视角去揭示女性的生存困境，展示现代
女性生存与心理困境：女性试图冲出传统的角色规范，以崭新的姿
势立足于社会；但由于女性在传统与现代交接点上性别角色改变，
女性与环境、与他人以及自身内在心理的冲突，导致了她们在觉醒

① 张辛欣：《我·BOOK2》，北京十月文艺出版社 2011 年版，第 217 页。
② 张辛欣：《我·BOOK2》，北京十月文艺出版社 2011 年版，第 220 页。

之后会有精神上的危机感，很难突破以"男性为中心"的传统观念。这也导致了女性自我定位的偏颇存在，印证了20世纪80年代的女性自我意识的觉醒，是被动的、不自觉的，她们尚不是独立于男性主体之外的另一观察主体。

可以说，伴随着1985年的"文学革命"挑战与颠覆了主流意识形态与刻板的叙事模式，当先锋派作家们在苏联文学模式、西方文学模式和拉美"加西亚·马尔克斯"模式中穿行，并且各种主义和流派也是竞相效仿的，深入开掘人物的内心世界。同时作为导演的艺术习惯，张辛欣一直试图在戏剧化成分下保持结构的张力，始终保持着文字的跳跃和简约。而这种文气一直延续到几十年之后。在一些论者看来，张辛欣在精神上始终没有偏离自己的方向。其实，张辛欣自20世纪90年代开始，就开始拓展与跨越新的边界，在互联网风潮掀起之时，她就以网络作家、博客博主的身份出现，发表了唯一的网络小说《一个读者的自白》，在网络空间中表达自己的主张，开博客、写专栏，直接与读者对话、交锋，在异域的空间中并没有疏离了故土，相反，她重新审视着自我的成长，维系着对母土的精神联结；用自己的观察和记录、视角与反思对历史与时代进行重新审视。

21世纪张辛欣出版了《我·BOOK1》《我·BOOK2》等自传体小说，是对主观"我"的世界中的客观性展示与注释。这是作家潜意识里对过往历史人物与事件的回溯、怀旧，也是对自我身份的认同与皈依，更是一种自我放逐后的精神归途。这一切既是"我"视界中的客观历史存在，也是一个由"我"构想出的主观的理想新世界。"我"将客观现实中存在的历史事件、真实生命形态及社会现状拉回到当下的现实场景中，并给以理性的分析。张辛欣也说："我想当一个小说家，凭一支笔，在被全部安排的一律化世界里给自己铸造一片主观世界。"① 但文学创作与历史求真还是存在本质的区别，其最终的目的也

---

① 张辛欣：《我·BOOK2》，北京十月文艺出版社2011年版，第33页。

大相径庭，文学必然有主观的思想情感倾向，掺杂了具有修辞逻辑的文学想象。即便是之后的《IT童话》构想了未来之境，但仍是将现实的问题移植到未来世界里，致使主观世界的构筑仍然是一个乌托邦构想，既不能够做到绝对的真实客观性，也仍然无法真正地完成主观性的构建。

但毫无疑问，《我》在回溯中通过对自我放逐的另类召回，也在非虚构的真实场景中，抒发着对往日的情怀与情感的袒露，以及对历史事件进行的理性的反思与审视；《选择流落》便是对她28年流落生涯的一份记录，她写自己扮演唐人街求职者的经历，写与街头流浪歌手的交谈，写万神殿出版社一次编辑的集体出走，写困惑也写疗愈，写琐碎也写全景，但可能最终写的还是那个行走着的自己的文本等。张辛欣虽然自觉地远离故土，仍然有精神的牵念与回归，她在《我·BOOK2》小说结尾处深情表白："当任何白日降落，我会自动地落入儿时胡同。难道在不属于的这个老地方有着我的真归处。"[①] 张辛欣也说："和世界同代人相比，我这代中国人，每个人的生命方式都够壮观的。当我在世界文化流浪的环境里写我的成长，我感觉用其他历史文化坐标下的人做一点对比，会给读者更大阅读和想象空间。……在我这个写作者看来，没有比用个人命运，特别是用成长故事，更方便于生动而广泛地承载历史的方式。对更广大文化地域的读者而言，文化大革命、知青、一个中国女性的婚姻故事，都表达着成为如此的'我'的脉络。"[②] 因此，《我》是对之前《北京人：100个普通人的自述》（1986）、《在路上》（1987）、《独步东西：一个旅美作家的网上写作》（2000）、《流浪世界的方式》（2002）、《我的好莱坞大学》（2003）等非虚构小说的精神延续，这与相对客观性的纪实性小说还有本质的差异，体现了作家主体对经历过的历史事件和人物，通过回溯、回忆的方式的"召

---

① 张辛欣：《我·BOOK2》，北京十月文艺出版社2011年版，第222页。
② 舒晋瑜：《张辛欣：我》，《中华读书报》2010年12月22日。

回",更强调了主观性与个体主体的经验性。之后《选择流落》(2016)、《我的伪造生涯》(2017)等文本,这些基本上都具有一脉相承性。当然,"我"世界不同于传统道德上对善恶的批判,而是更贴近现代历史学意义上所强调的"客观性",同时也运用了文学想象构筑了历史场景与历史记忆,强调了社会历史发展过程中的时代理性与生存正义,还有一种当代视角的反思。

2. 展示与注释:主观"我"世界中的客观性

与早期的小说相比,《我·BOOK1》(2011)、《拍花子和俏女孩》(2013)等作品,作家童年和知青生活的记忆成为创作中不断重复的部分。这些作品有私小说性,与历史传奇小说不同,这里还蕴含了自传、传奇、历史、神话、魔幻、书信感,以及自己罪行的忏悔等,展示了童年和知青生活,以"我"的成长带动、描绘出了 20 世纪中国的成长与镜像。

那个飘荡在记忆中叛逆的北京大院里长大的女孩,独自在幼儿园胡闹、独自逃课出行、与霸道的同学对抗却被出卖,作为"新搬来的女孩",始终被六公主府的女孩儿们孤立、排挤的"小酸杏儿",只能在胡同中闲逛,或观察胡同里同男孩赛"坦克"、赛"飞机",沿着小街看沿街店铺,胡同孩子眼里的"天宫"成了她的"地狱",试着靠舞蹈和说书引起注意的小姑娘,终于可以游刃有余地"在纷乱无序里玩一个自己"①。于是,天马行空的自由想象,就坠入《我·BOOK1》真实与虚构的世界中。当然,作家在非虚构故事的讲述中,将穿插在思绪中飞动的魔幻或虚幻的想象,刻意定格。

> 我上了城墙。在残剩的城墙上,在宽大道路中间飞跑,一直跑,一直跑,一直跑,我,闹翻天地的哪吒,踢起燃烧脚下的风火轮在手中耍,风火轮变成好多降魔圈,我长出好多手好多脚,

---

① 张辛欣:《我·BOOK1》,北京十月文艺出版社 2011 年版,第 177 页。

我的手脚纷纷抛出金光闪闪的降魔套圈,我的超级黑眼珠喷射红光……巨大断崖突然出现。①

　　显然,想象中的世界与现实的世界本来就是互为彼此滋生的空间,也成就了作家的书写空间。20 世纪 80 年代,张辛欣以"文化大革命"时抄章乃器家的经历为原型创作了短篇《浮土》。这段抄家经历在她新出版的自传体小说《我》中得以再现。章乃器作为书中唯一非虚构人物出现在了小说《我·BOOK 1》里,构成了与 13 岁红卫兵"我"的交锋场景。少女参与抄家,除了知道面对的这人是新中国第一任粮食部长因"右派"下台,其余则一无所知。但她本能地认为这种粗暴行为是越轨的。可自信而狂妄的革命激情,也将自己高度的困惑消散了。

　　《我·BOOK 1》流露出对真实历史人物章乃器的情感与敬意。多年之后"我"得知章是辛亥革命小兵、学商、银行家,电影《一江春水向东流》和《八千里路云和月》都是他投资的。此外还办杂志,成立党派,曾经因为作为反日六君子之一入狱,多亏了爱因斯坦等国际人士的呼吁才被救出来,还是经济学教授、房地产商、粮票发明人。她流着泪,看缥缈网络载着的章乃器曾经的撰写:"假如,有一天我平反了,我的权力回来了,我要做的第一件事是,让全国人都改吃面包,开办国营面包房,因为做饭浪费人太多时间! 我要做的第二件事是,我要给小学老师提工资,他们最辛苦! 我要做的第三件事情,把我的冥想心得告诉天下人……"② 她不禁唏嘘,感慨万千。这样的历史人物身处逆境,仍然志存高远,谋划肩负与承载历史、中华民族绵延的重任。一个处于自由精神世界的张辛欣,体味着交错空间中章乃器的梦想,也深为感慨:"我用最残忍的方式'学历史',学做'人',

---

① 张辛欣:《我·BOOK1》,北京十月文艺出版社 2011 年版,第 151—152 页。
② 张辛欣:《我·BOOK1》,北京十月文艺出版社 2011 年版,第 157 页。

带感激和罪过活着其余时刻。"① 张辛欣以一种自主的意识来反思，也是以一个小女孩的成长史角度展开了对青春、革命、社会等的理性审视，透出了历史、现实时光的交错，书写时代的变迁与社会的发展变化。

张辛欣的主观世界也依然在构筑中，小说中弥漫着的黑眼珠、苹果树、老虎等几个意象脉络也构成了《我》的故事。如在这篇小说中作家反复强调"黑眼珠"意象，显得梦幻而夸张。"黑眼珠"作为一个简约的形象，是开启记忆的展开角度，也是一种可移动的观察视角。在遥远的自我放逐的更大记忆画板上，是黑眼珠留存的记忆痕迹，它记录着个体或民族艰难曲折的精神长路。而在回切的时间里记忆中，在北京、湖南、云南、美国等空间中的穿梭，有 1958 年的各种场景：田里的麦子密的好像火柴，大人们把成熟的麦子拔下来，全部栽到一块田里；看到大人们炼钢铁，把吃饭的铁锅和铁勺也扔进泥巴糊成外壳的土高炉里。一个个张着透明的大嘴，透明的肚子里，有草根，有树皮；看到这发生在 1960 年的自然灾害带来的惨状，而政府的报纸上却写着"自然灾害但是我们没饿死一个人"。而在知青岁月中，"我"自身军旅中的重病经历，音乐附中才女林柳的重残，初恋漂泊在海上的水手林地，还有演习中为了救别人牺牲的女排长，以及自杀的站岗士兵"木头人"故事等，构成了"我"世界中的时间—人物序列。而青春里的梦魇与理想的坚守，或许就是在这种时空的交错中，磨炼了一个个体的生命意志及其样式。

> 在我的黑眼珠周围，飘浮着死孩子的黑眼珠，我们在空中飘荡着，凝视着在地面走的人，密集移动的人体，好多是空躯壳，……黑眼珠，凝望大地，同时凝望天空，黑眼珠，这么多，这么多，黑眼珠个个睁大着，哀哀地无言凝望，黑眼珠投射的人

---

① 张辛欣：《我·BOOK1》，北京十月文艺出版社 2011 年版，第 159 页。

间天上景象，各自不同。①

　　"黑眼珠"动态地记录了纷乱年代里的各种冒进与荒诞，而作家通过这些画面的描绘也显出"我"心情的异常悲痛。张辛欣在记忆中回归，将身在异域的自己再次拉回到了过去的场景中，在自觉的远离之后，潜意识中的回溯、怀旧，依然存留着真实情感，还有对个体和国家的无限牵念。这种回放式样的深具历史气息的记忆，连缀着惊心动魄的画面与场景。

　　小说以一种全景式的个人网状记忆，以互相层叠或照应，且有高度的复调，展现了自我与他者、与社会的关联，在回切到时间、空间中，展现多重的故事与历史，也展示了自我的精神成长与情感选择。小说《我·BOOK2》中也涉及个人情感的纠葛，基本上可与《我在哪儿错过了你》《在同一地平线上》构成"互文"，或者说是那些回切到在现实世界中的虚构人物，转身成了真实在场的"原型人物"，实现了有效的"转场"。在《我·BOOK2》里"漂泊的荷兰人"中唯美地将"我"与初恋林地美好的精神交流、理想畅想作了细致的讲述，其中饱含着青春中追梦与情感的叠合，只是"我"心仪的林地已经是已婚人士，这为这种单纯的爱蒙上了一层阴影。还有"卷二"里的"相遇""选择""初夜""蜜月""自焚"构成了私人叙事，印证了激进时代向消费时代迈进的时候，个人的情感选择的功利性与爱情至上观念之间的冲突存在，围绕"我"与林地、画家丈夫黎达之间的爱情故事，成了最为伤情的叙述。"我"在云南邂逅了画家黎达，之后有了浪漫的婚恋。婚后，再一次印证了青春里的轻率是要付出沉重代价的，这不是单纯的爱，而是一种掺杂着世俗里功利的"交易"，北京女孩的户口身份成了筹码，而随之有了争执、冷遇，夹杂着"我"两次怀孕流产的经历，在身心留下了深度伤痕。尤其是与林地"越轨"的

━━━━━━━━━━━━━━

① 张辛欣：《我·BOOK2》，北京十月文艺出版社 2011 年版，第 250—251 页。

爱，面临道德伦理的审判，而超越世俗的书信成为两人情感的维系，却在世俗的伎俩中最终松绑、散落，甚至成了"罪证"。林地的最后一份来信被丈夫黎达打开后，他们的秘密被揭开，也引爆了脆弱的婚姻关系。丈夫以此要挟，扬言要把信寄到林地所在的部队，要把他前程毁掉。"我"在丈夫的逼迫下邮寄了给林地的绝交信。此刻，人性的自私、残酷昭然若揭，也将爱的卑微、控制与无私彻底呈现。应该说，《我·BOOK1》和《我·BOOK2》以第一人称的视角，以个人成长为线索，"集中国大历史线索与个人传奇于一身"，写出了一代人的青春激情、成长历史，尤其是在个人情感经历中，不仅不少情节与20世纪80年代小说有着同构性，更是对自我经验与现存世界的展示。当然，历史事件中的人物命运走向也是叙述的中心。

普鲁斯特在《追忆似水年华》结尾处有这样的表述："我们所谓的真实，是瞬刹间同时萦绕你我的感受与记忆间的某种和谐。"那么，张辛欣以"我"的凝视开始了对自我生命轨迹与心灵轨迹的探询，所有的历史记忆中的人物与事件不仅仅作为参照而出现，正如史铁生所述："这部《我》，以富有原质的鲜活形态，还原了那个特殊年代的传奇与丰富，历史瞬间以及经久的衍化状态在个人命运和精神流变的映像中被不断反思。张辛欣的小说里不仅有调侃、自嘲、叛逆，还有深沉的东西，有内在的痛感和深省。"① 华裔学者万之认为张辛欣打破了以往比较陈旧单一的经验范式，而是一种全景式的记忆中，勾连了对历史的重新认知与反省，既是属于客观的"多重故事""多重历史"的展示，也是主观上对生命经验的提炼与理性的贯穿。

时间上作者不仅从"现在"走向"过去"，又从记忆中"过去"进入了更"过去"的历史、传说、神话和史诗，也可以从"过去"走向"现在"，甚至走向"未来"；空间上，可以从中国

---

① 史铁生语，见张辛欣《我·BOOK1》封底，北京十月文艺出版社2011年版。

观望西方，也可以从西方回望中国，有横向的中西文化比较和记忆对照：不同的音乐，不同的阅读书目，不同的成长和反叛，不同的离家出逃……这是一种全景式的记忆。①

而小说中的这种历史不仅是过去存在过的事实，也是一种现时的建构。莫里斯·哈布瓦赫从社会学方面提供了这种理论上的支持："可以肯定，记忆事实上是以系统的形式出现的。而之所以如此，则是由于，记忆只是在那些唤起了对它们回忆的心灵中才联系在一起，因为一些记忆让另一些记忆得以重建。"② 无疑，张辛欣在记忆的召唤结构中糅合了自己的主观想象与虚构。当然，令人信服的史实仍然成为叙述的主体存在。就此来说，张辛欣以一种冷静、中立的立场，扭转了史书式的或者赞歌式的书写，并进行着深度的社会观察与记录。章德宁认为"张辛欣写这个小说的出发点，其实并不是刻意写历史，而且有时我感觉到她是有意尽量避开所谓'大历史'。但是由于她特别真实地面对自己的内心，面对自己的精神世界，面对真实的人性，这'真实的人性'包括精神深处斑斓驳杂的各个层面、断面，因此她实际上对那个年代精神、文化、社会、伦理、历史等等就有一个独特而又比较真实的呈现。……而张辛欣因为脱离了中国的这种语境，实际上是保持了80年代那种特点，而且更有色彩、节奏、质地上的丰富和衍化，跟国内这种比较单调的习惯有了距离"③。

的确，不仅在《我》中，在以"非虚构"方式书写的《选择流落》和《我的伪造生涯》等文本中，如《我站在街头看你走过》《黑工助手》《旧日竞选人物》《败落小镇上的名画馆》《怎么写？怎么

---

① 万之：《记忆文学和文学的记忆——读张辛欣自传体小说〈我 ME〉》，《书屋》2011 年第 10 期。

② ［法］莫里斯·哈布瓦赫：《论集体记忆》，毕然、郭金华译，上海世纪出版集团、上海人民出版社 2002 年版，第 93 页。

③ 张辛欣、章德宁、龚应恬、章立凡：《黑眼珠·红昼夜·我 Me》，原载《上海文学》2011 年第 8 期。

读?》《哀悼，一个介入的观众》等，张辛欣将积攒起来的一种"虚构力"，以一种情感性的理性力量，向非虚构注入了"真情性的重给力"，进而对真实历史存在予以当下的重新思考，包括对人存在本身的心灵世界与社会存在问题出路的探询。

作家既能沉潜其中，也能够跳脱出来，在过去与当下、个体与国家、东方与西方之间来回切换，将历史、现实与记忆穿插、混同，透过"黑眼珠"视界，展现的是飞上天空所看透城墙的历史变迁、打量"我"的种种行为，更在向北大荒进发的同时也在关注人类登上月球关心世界。当然，其间也穿插了看上去有些伤情的情感故事。就"在必须对熟悉的材料重新观察的个人创造危急时刻，选择了流落。……我的流落有着地理距离的外观，更为智性的茫然。首先和最后，写，是一次次自我成型，不，是一次次自我变形记"①。然而，正是这样的一种有意味的放逐与回溯，反而将曾经的历史岁月和现存世界再一次勾连起来。于是，在异域空间中的深度"凝视"中，张辛欣击穿岁月的迷雾，进入历史人物的心灵世界而探索到历史进程中的生命痕迹。

3.《IT 童话》：未来空间中人类与智能存在的博弈

与之前的《我在哪儿错过你》《在同一地平线上》《我》等小说相比，张辛欣后来移动到未来的空间中，构筑了从两性关系到人类的困境的延伸，并探寻人类走出困境的出路。最为典型的当属中篇科幻小说《IT84》，该小说首发在 2015 年 12 月《上海文学》，后改编为科幻长篇小说《IT 童话》并于 2017 年《收获》长篇专号（冬卷）上发表了，这是张辛欣告别小说创作近 30 年之后发表的第一部长篇小说。这也是她在经历了多年跨媒体、跨行业的创作，以及多年的互联网技术背景下的生活之后，完成的又一次转向或转体，即从女性自我—民族—国家维度上，进入了女性—人类的界面去思索生命存在本身，探

---

① 张辛欣：《选择流落》"自序"，江苏凤凰文艺出版社 2016 年版。

讨女性在维系世界生态和谐发展上的生命意义与价值。在她看来，小说书写逐渐被非虚构、口述历史、类型小说等冲击，她坚信唯有科幻小说才是折叠的、缩小的现实，能够以一种全景描述，探讨人类的困境根源与拯救的方式。

《IT童话》展示的是人与智能冲突共存，小说背景设置在人工智能时代。世界已经由两大国际控制，一个是星05，一个是50星，两大国际通过制造芯片并植入人体，来控制人的情绪、行为。各类边缘人、强迫症患者和陷入精神困苦的人们，都通过更换芯片解决问题，这样，人获得了长寿，没有疾病的痛苦，也不需要工作。甚至人的身体也发生了变化，植入了太多芯片的人开始向机器人过渡，成为半机器人（Cybory）。小说中的人物是虚构的，但又是穿行在现实世界—未来世界空间中的有人世间烟火气息的，作家透过"想哭"凝视着尘埃中的世俗烦乱，还有另类的属于智能世界里存在的纷争，这些都抹不去人的真实世界的世俗化的痕迹，揭示了"真诚与背叛、拯救与毁灭"的永恒的艺术主题。"这个人有我的影子，围绕创作困难和推算我团团转，转了半辈子，'想哭'这人物——无机生物生命角色更是我。"① 只是这个小说虚构了一个未来世界，但人类不是其中的主角，人工智能才是。

无疑，设置这样的人物与故事本身，就是原本试图在现实之外，寻找一个世界存在的秩序方式。不得不说"想哭"等无机生物生命的角色及形象本身，是人在现实困惑的折射存在，也是人的生存经验的延伸。当然，"想哭"本身就是张辛欣影子的透射。其实，作家有此动议可追溯到十年前，其间20世纪90年代末她在数码书科技公司当艺术总监，21世纪又在土豆视频网供职过，在小米数码书工坊和编辑合作，还在美国地下室她的作坊做绘本ebook出售。这一切成了一种有效的智能活动的实践，促使她投入数码纪网络早期的数码创作，也

---

① 张辛欣：《IT84·后记》，江苏凤凰文艺出版社2018年版。

使她对网络对数码纪加速人类终结，存在悲观清醒的认识。因此张辛欣才会有这样的感叹："悲观绝望是科幻小说的一种调性，是一种极度诚恳，当然，科幻小说充满了星际旅行，科幻小说是光年距离的漫画故事，对于我和斯蒂夫，眼下尤其是逃离现实，病痛，疑难诊断的，通向世外桃源的旅行器。"① 也可以说，试图逃离现实的所有羁绊，创造一个精神能够修为的主观空间或世界，是张辛欣的最初本意。

但殊不知，这个未来空间，包括"无机生物"（科技界新定义的，要掌握人类的新物种）"想哭"却产生了新的困惑，她生于哀伤，却流不出人的眼泪，注定与人的世界存在难以逾越的鸿沟。因此，小说故事的情节似乎有些繁杂的悖论性，围绕人工智能女孩儿和她的造物主"导师"的生死恋，引发了人们对人性与科技博弈的思考。这个名叫"想哭"的蠕虫病毒，却要以女性身段钻入最后桃花源，来杀掉创造她并试图解放人类精神困苦的这个人。

小说随着叙述的展开，发现"想哭"的身份本身，就是年轻时候的"导师"通过控制技术制造出来的蠕虫病毒，作为他的创世产品是用三维动画建模和自由的数据泥巴捏出来的数字人物，是永远定格为16岁少女的机器人形象，因为没有人心，所以无法流出眼泪。但诡异的是，这只蠕虫在经历过各种流浪、改造、升级、再生后，在获得了人类的脑图、心感、胃感和人脸后，作为破坏者的蠕虫"想哭"产生了多次裂变，生命形态与思维结构惊人地发生了逆转，她竟然携带有人性的情感、思想与欲望，还有人的暴力冲动和嗜血的隐秘心理，并获得了奇特的永生的生命力。

在写此小中篇《IT84》的时候，张辛欣有意布置了"想哭"和造物主下棋，既是叙旧，也是互相侦察。但发表在《收获》的长篇小说里，"想哭"已经不再是游离于世俗空间与精神世界的自我，在叙述法上是从"想哭"数码女孩角度进入的，按照像数码程序一样思维，

① 张辛欣：《每一个你，成就我的末日大哭》，《收获》2018 年第 1 期。

并具有科幻小说的逻辑与别致的细节，如其中有各种凝视的描写。这一切只想为"人类一直讲成年人假童话"，因为"我爱看远离现实的想象"。作家正是带着一种超越世俗的热情与主观意识，以一定的审美距离来审视、构想未来世界。

《IT童话》有灵魂与人的潜意识的拯救展示，即人类在面临数码纪个人意识的消失，最后需要"想哭"去挽救人类的潜意识，但这种拯救是以一种"毁灭"方式开始的，因为两大国际组织垄断了全体人类下的控制与反抗，科学技术工具理性正在剥蚀人文理性，技术色彩和破碎信息环境的时空，充斥着悲情与诡异气息。在这个童话世界里，人的所有活动被机器人代劳，因此人有了普遍性的空虚、无聊与困惑，于是人们终于有了新的想法，寻找另外的替代，最终发现充满诱惑的独角兽（大概是一种程序），可以消除生存的困境。据说，只要装上独角兽，人就可以获得快乐，不仅有活干，还可以获得星际船票，能够实现星际移民。于是，人们纷纷投奔独角兽，两大国际人数逐渐减少，就派出叫"想哭"的蠕虫机器人刺杀独角兽的领导"导师"，也就是"想哭"的创始者。

在与导师"重逢"的场景里，"想哭"内心充满了纠结，难以下手。"想哭"渴望获得人类一样真正的眼泪，而导师却开始羡慕"想哭"能够永生。"用快乐的独角兽人制作更多独角兽，安装更多独角兽人，夺取了人数，悲苦的人没活儿干的人，就算个个有快乐的自主意识，又怎么样呢？我不认为人的意识可以成为快乐的，比起悲苦，快乐的感觉，单调多了。我不认为你可以改变人的意识去向。"[1] 导师认为这种集体无意识保留了人类最后的真实："只有在无拘无束的无意识中，人还是诚实的，无意识是人存在意义的真实和人的价值，是人性所在。"[2] 然而，"人真的没有地方躲藏了。这是你们的导师比奥

---

① 张辛欣：《IT童话》，《收获》长篇专号2017（冬卷），长江文艺出版社2017年版，第293页。

② 张辛欣：《IT童话》，《收获》长篇专号2017（冬卷），长江文艺出版社2017年版，第295页。

威尔的老大哥可怜的地方。工巨魔镜是 3D 的，女工凭七情六欲，想看的画面会自动前推，被忽略的画面会自动缩后，无数画面，井井有条，好像套在千层饼里。科幻片里那些是人是鬼的家伙都还手推移画面，落后于工坊现实呢"①。当"老大哥"发现，自己亲手制作的这个数码女孩，她的思维方式，要比人构想制作的任何人工智能机器人更为奇特。她没有心，没有脑，却用全身去想、去思考，更可怕的就在于此，她竟然能够通过全身来感知自己，并挑起数码复制带来的动乱。对此，人类已经无法去阻止这种循环。于是女工和人世在崩溃，"想哭"和"老大哥"开始了对杀，她得到他搜集潜意识的秘籍，而他想从"想哭"永不衰老的身体得到启示，利用人工智能、人机一体的思维，进入智能体内，以实现个人永生的梦想。但最终创造了虚拟世界的"导师"却付出了生命，未能获得永生的愿望。"想哭"想放弃杀机，却杀了自己爱慕的"导师"，获得了她根本不想拥有的对人的领导权。她哭了，而对她的咒语应验了。于是，大洪水来了，旧大陆全部下沉了，新大陆出现了，逃亡女工被指挥的数码机器人亲手撕碎了，而正是这些天真小手把她送入杀场。

> 我根本没有统治欲，这是我和人最不同的地方。我接受指令，指令是第一动力，我复制，我曾经为我只有复制而自卑，其实，复制，无限复制的是你们人。复制彻底改变人类思维方式。②

"想哭"发出了心灵独白，也表达出对复制的抵触。显然，小说体现了人与智能的控制与反控制，导师创造了蠕虫病毒"想哭"，具有复制功能，收集人的潜意识存在。"想哭"具有人性的特质后，改变了之前设定为永远停留在 16 岁、没有心的存在和哭泣的功能，但在

---

① 张辛欣:《IT 童话》,《收获》长篇专号 2017（冬卷），长江文艺出版社 2017 年版，第 243 页。
② 张辛欣:《IT 童话》,《收获》长篇专号 2017（冬卷），长江文艺出版社 2017 年版，第 293 页。

复制人类潜意识的过程中，"想哭"具有了人的一些特性。尤其在最后与导师交锋的惊心动魄的场景中，关乎心的存在的描述，成为小说中的最大亮点。"心"就在身体表面跳动，且有无数个存在。近乎禅学的意味，充满悲情、动人与唯美。世间超越世俗的清奇的爱，成了一种永恒之爱的模板。人与智能一体的爱原本就是，人类潜意识里所安放的近乎生命本能的素朴简约的爱，但暴力和血腥，还有人的欲望，却让"想哭"的人欲在增长，使其沉迷其中。

> 　　想过末日到来的景象，是战争来了，核大战，从地下从天上从贩子从孤独人手中一起来了；是瘟疫来了，在每一个大陆一起来了，病毒从试验室，从猪圈牛群，从鱼塘，从花园来了；昆虫一起变异了，一起来了，植物移位，昆虫移位，鱼从东海到西湖疯狂杂交，这不是亚马逊林莽复苏这是杀戮，藤绞杀树，虫吃人，鱼吃虫吃藤吃人；是大水来了，山海经圣经大洪水来了，大海来了，海到处来了。①

"想哭"从一个不具有情感的病毒，具有了人的思维与情感波动，她见证了人的贪婪、冷酷与邪恶，也看到了人类自身的灾难，洪水、疫情、核辐射等，最后无奈地与人类一起承受灾难与毁灭。因此，我们看到，后人类时代尽管人类通过技术革命获得另类的智能空间，试图改变身体和生存环境，甚至也模糊与淡化了性别差异，但在根本上并未解决人类所面临的诸多问题，反而将人类的困境移植到未来空间与世界中。作为奇幻的一种，该小说与风靡世界的《魔戒》不同，与涉及《1984》和奥威尔所展现的世界也不同，强调了人性和机器性的对抗成了显要的冲突。奥威尔的《1984》小说想象的对象是人类，而《IT童话》被命名为"想哭"的是一只蠕虫病毒，被蠕虫族派作杀手，

---

① 张辛欣：《IT童话》，《收获》长篇专号2017（冬卷），长江文艺出版社2017年版，第293页。

化作三维建模女武士，伺机杀掉代表人类奴役他们的"导师"，展示了人与蠕虫、人与智能存在的博弈，以及人对机器人实施的控制与机器人的反控制。而最终机器人成为"导师"的接班人，昭示了人工智能与人的紧张关系存在，还有人类在人工智能发展所要面临的被动困境。

张辛欣在时空的移动中，有多次的心灵转向与多重的文本实践，从20世纪80年代对世俗中两性爱与性别的剖析，到新世纪自我情感的分析，再到在未来世界里展示科幻构架中人的潜意识所蕴含的爱，由注重对性别本身的探索，转变到注重对社会伦理和智能时代对人的存在进行关注，体现出了对人类基本情感的坚守与追逐，以及对人类的伦理问题、正义、勇气等的探寻。同时，对人类因贪婪、自私、邪恶所导致的生存危机进行了生态预警，指认了在移动的世界中，人的思维在改变与搭建着充满芬芳的世界，也在毁灭着世界的构建与人类的家园。

从《在同一地平线上》到《IT童话》，张辛欣的主体性构建益发明显，其中跨界书写的时空切换不着痕迹，而贯以一条浓浓的情感主线，把记忆中的历史事件、人物、时代等编入现时间潮流，她的回溯既是以文学方式的召唤，也将20世纪80年代的精神予以复归，并将这些一起融入现实场景中，构成了互文与对话，把过往的人物与风景植入当下，构成了"活跃"的艺术形象与文化景观，具有在场感与视觉性。同时，张辛欣在书写中融入了传统"说书"的传播方式与戏剧元素，杂糅为一种崭新的激情意志的文学样式，并蕴含着时代内涵与文化特质，当然中华母体精神中气节、风骨也一并存在。

结 语

我们不禁思索，在后人类时代，正如凯瑟琳·海勒《我们何以成为后人类：文学、信息科学和控制论中的虚拟身体》中所说，"主体是一种混合物，一种各种异质、异源成分的集合，一个物质—信息的独立实体,持续不断地建构并且重建自己的边界"①。而张辛欣所构建的未来智能空间中,展开了后人类审美所面对的早在 20 世纪末开启的主体性探讨,即萨特早就指出的"我们大家都是一些向着客体超越自己的主体性。我们从主体性走向了客观性,这样一来,我们和自我的关系就改变了"②。顺着这样的逻辑来看,张辛欣所追随与构筑的主观世界,其实就是一种人的主体性存在与构建,而这样一种主体性是基于现存世界的土壤,也是支撑精神世界构建的一种动力源。

尽管张辛欣主观世界与客观性表达始终存在纠缠,存在混搭中的不协调,但其文本所展示出的后人类图景,不仅反观了人的精神痼疾存在,也包含对人自身的价值反思在内,同时还留给我们一个新的问题:人的主体性一旦通过客体呈现,是否真能够在与自我的重新认识后达到进一步的"进化",进而推动人类社会走向一个新的伦理秩序与正义的世界?而作家张辛欣所沉迷的主观世界又是否为一种自我主体性构建的策略?进一步说,人的主体性势必要有精神的支撑,而"作为一个人或一个个体的存在危机,部分则作为一种缩影,以反映置于全球化和现代性背景下的中国文化的厄难。……中国人的希望在于,能够回到自己固有的精神家园,简单地说,就是重新认同、肯定自己的历史、伦理和价值观,舍此别无他途"③。这或许也是张辛欣小说在现实、历史与未来空间几度转向中无法回避的根本所在。

---

① [美]凯瑟琳·海勒:《我们何以成为后人类:文学、信息科学和控制论中的虚拟身体》,刘宇清译,北京大学出版社 2017 年版,第 5 页。

② [法]让-保罗·萨特:《什么是主体性?》,吴子枫译,上海人民出版社 2017 年版,第 77 页。

③ 李洁非:《为何去印度——对虹影〈阿难〉的感思》,《南方文坛》2002 年第 6 期。

参考文献

一　中文

［英］艾华：《中国的女性与性相：1949 年以来的性别话语》，施施译，
　　江苏人民出版社 2008 年版。

［英］艾勒克·博埃默：《殖民与后殖民文学》，盛宁、韩敏中译，辽
　　宁教育出版社 1998 年版。

［以色列］艾森斯塔特：《反思现代性》，旷新年等译，生活·读书·
　　新知三联书店 2006 年版。

［俄］安德烈·塔可夫斯基：《雕刻时光》，张晓东译，南海出版公司
　　2019 年版。

包亚明：《后现代性与地理学的政治》，上海教育出版社 2001 年版。

［美］本尼迪克特·安德森：《想象的共同体——民族主义的起源与散
　　布》，吴叡人译，上海人民出版社 2017 年版。

［法］蒂费纳·萨莫瓦约：《互文性研究》，邵炜译，天津人民出版社
　　2003 年版。

哈迎飞、吕若涵编：《於梨华自传：人在旅途》，江苏文艺出版社 2000
　　年版。

［德］汉娜·阿伦特编：《启迪：本雅明文选》，张旭东、王斑译，生

活·读书·新知三联书店 2009 年版。

［法］亨利·列斐伏尔：《空间与政治》，李春译，上海人民出版社 2015
年版。

［法］加斯东·巴什拉：《空间的诗学》，张逸婧译，上海译文出版社
2009 年版。

［美］卡伦·霍尔奈：《女性心理学》，窦卫霖译，上海文艺出版社 2000
年版。

［美］凯瑟琳·海勒：《我们何以成为后人类：文学、信息科学和控制
论中的虚拟身体》，刘宇清译，北京大学出版社 2017 年版。

［美］凯特·米利特：《性的政治》，钟良明译，社会科学文献出版社
1999 年版。

［俄］柯罗连科：《文学回忆录》，丰一吟译，人民文学出版社 1985
年版。

［美］莱昂内尔·特里林：《知性乃道德职责》，严志军、张沫译，译
林出版社 2011 年版。

李建军：《小说修辞研究》，二十一世纪出版社 2019 年版。

李洁非：《文学史微观察》，生活·读书·新知三联书店 2014 年版。

李小江等主编：《性别与中国》，生活·读书·新知三联书店 1994 年版。

刘云德：《文化论纲——一个社会学的视野》，中国展望出版社 1988
年版。

龙迪勇：《空间叙事学》，生活·读书·新知三联书店 2015 年版。

罗钢、刘象愚编选：《后殖民主义文化理论》，中国社会科学出版社 1999
年版。

［美］罗斯玛丽·帕特南·童：《女性主义思潮导论》，艾晓明等译，华
中师范大学出版社 2002 年版。

［美］马克·戈特迪纳：《城市空间的社会生产》，任晖译，江苏教育
出版社 2014 年版。

［美］马克·格兰诺维特：《镶嵌：社会网与经济行动》，罗家德译，社

会科学文献出版社 2007 年版。

[德] 马勒茨克：《跨文化交流：不同文化的人与人之间的交往》，潘亚玲译，北京大学出版社 2002 年版。

[美] 玛丽·克劳福德、罗达·昂格尔：《妇女与性别——一本女性主义心理学著作》，许敏敏等译，中华书局 2009 年版。

[英] 玛丽·伊格尔顿编：《女权主义文学理论》，胡敏等译，湖南文艺出版社 1989 年版。

[英] 麦可·克兰：《文化地理学》，王志弘、余佳玲、方淑惠等译，台北巨流文化出版社 2003 年版。

[法] 米歇尔·福柯、保罗·雷比诺：《空间、知识、权力——福柯访谈录》，陈志梧译，商务印书馆 2021 年版。

[法] 莫里斯·哈布瓦赫：《论集体记忆》，毕然、郭金华译，上海人民出版社 2002 年版。

[美] 佩吉·麦克拉肯主编：《女权主义理论读本》，艾小明等译，广西师范大学出版 2007 年版。

[美] 乔纳森·卡勒：《结构主义诗学》，盛宁译，中国社会科学出版社 1991 年版。

乔以钢：《中国当代女性文学的文化探析》，北京大学出版社 2006 年版。

[法] 让-保罗·萨特：《什么是主体性?》，吴子枫译，上海人民出版社 2017 年版。

[美] 苏珊·S. 兰瑟：《虚构的权威：女性作家与叙述声音》，黄必康译，北京大学出版社 2002 年版。

[美] 苏珊·朗格：《情感与形式》，刘大基、傅志强、周发祥译，中国社会科学出版社 1986 年版。

[美] 苏珊·桑塔格：《反对阐释》，程巍译，上海译文出版社 2011 年版。

[美] 苏珊·桑塔格：《激进意志的样式》，何宁等译，上海译文出版社 2007 年版。

［挪威］陶丽·莫依：《性与文本的政治》，林建法等译，时代文艺出版社 1992 年版。

［英］特里·伊格尔顿：《当代西方文学理论》，王逢振译，中国社会科学出版社 1994 年版。

［英］托尼·迈尔斯：《导读齐泽克》，白轻译，重庆大学出版社 2018 年版。

王逢振编译：《性别政治》，天津社会科学院出版社 2001 年版。

伍蠡甫、胡经之：《西方文艺理论名著选编》，北京大学出版社 1987 年版。

［美］夏志清：《中国现代小说史》，上海复旦大学出版社 2005 年版。

［英］休·希顿－沃森：《民族与国家——对民族起源与民族主义政治的探讨》，吴洪英、黄群译，中央民族大学出版社 2009 年版。

杨匡汉：《中华文化母题与海外华文文学》，长江文艺出版社 2008 年版。

张京媛主编：《当代女性主义文学批评》，北京大学出版社 1992 年版。

［美］朱迪斯·巴特勒：《性别麻烦：女性主义与身份的颠覆》，宋素凤译，上海三联书店 2009 年版。

［法］朱丽娅·克里斯蒂娃：《中国妇女》，赵靓译，同济大学出版社 2010 年版。

二　英文

Elizabeth Grosz, *Sexual Subverion*：*Three French Feminist*, London, Georag Allen and Unwin Publishers Ltd. , 1989.

Elaine Showalter, *Sister's Choice*：*Tradition and Change in American Women's Writing*, Oxford：Clarendon Press, 1991.

Elaine Showalter ed. , *The New Feminist Criticism*, New York：Pantheon Books, 1985.

Maggie Humm, *Feminist Criticism*：*Womenas Contemporary Critics*, New York：

St. Matin's Press, 1986.

Lee, Ginny, Summer of betrayal (Book Review), *Multicultural Review*, September, 1997.

Toril Moi, *Sexual/Textual Politics*: *Feminist Literary Theory*, London: Methuen, 1985.

后　记

　　或许华文文学边界因文学自身的发展有了伸张的空间，也因作家的移动或思维及视角的改变而形成，还因时间滑行与时代更迭导致所有的范式生变。相应地，逸出刻板与固化的研究模式与视界，原本也不是一蹴而就，应是一个累积的过程。海外华文文学研究这一领域，学界早已硕果纷呈，我自然有所惶恐，但文艺实践本身以及其所呈现的多元景观，还有作家—文本—读者—批评家的交会，我亦有属于自己的一些感受与领悟，倒也敢知难而上；于是在历史语境、文本解读、时代内涵、社会现实等之间，找寻如何展现其本质上的人类的普遍性与特殊性，成了一个潜在的线索与研究动力。再有文学是建构意义与价值的，也是揭开现实困境与抵达未来场景的中介，借此获得所有通往美好的路径与力量，当然，这些就足以成为充满坚实的诱惑，我也想获得此种神秘力量背后的精神智慧的加持。

　　在具体的框架设计与文本解读及历史脉络的梳理过程中，屡屡被某一作家的文本"羁绊"，需要长时的驻足、冥想，体悟作家在时间、空间移动中的尴尬与适意，也想发掘他们灵魂深处的宝藏及精神资源所在，以及他们漂移的身份与文化认同中的现实性与可能性，我也想知道。这一切把原本浩阔的宏观研究，直接拉入微观世界里。作家的智性表达、叙述节奏、意识形态、文化主张等，与历史、现实之间形成的伦理张力及哲学意蕴，更是具有奇妙的吸引力，将我拉入足有几层幽深的迷宫，去探测与发现其中的神秘所在。

如此的反复，还有后来依照文学研究本该有的样式，用其潜在的逻辑与整体的主流思想把所有涉及的作家与文本，拉动、放入我的移动视界里，我惊奇地发现，原来他们在世界各地的经验各具色泽，但生命底色的同一性或异质性，就在于他们构筑的移动空间里，搭建为种种可视的"雕刻"，唯美而质感、厚实与坚韧，凝聚了中华母体与人类意义上的精神力量，也折射出了多元文化底蕴、时代内涵与智慧光芒。

因此，无论作家身在何方，或安于东西南北任何生存一隅，又岂止固定在时空点位，他们在现实世界与文学世界中自由穿行，召唤着人世间里的一切生命传奇与生命繁华，这原本都是个体或群体在移动中的变化，而不变的精神气节与文化根脉，成为叙述的主线与主潮，沉入文学的浪潮中，也构成了世界文化的底蕴，形塑了立体的艺术形象。

更何况，文学研究本来就是文学书写的生命延续，如同把文本中的人物再一次转场。作为也是其中一位读者或观众，我欣喜看到了文学背后的故事，是如何在现实中再度渲染出带有世俗的烟火与尘世的味道的；也欣慰地看到，海外华文作家移动在地理空间中，也在精神世界中奔跑，他们有着精神上对母体文化的牵念，成为移动中的中华文化血脉与根系的携带者、移动者。当然，作家奔放的情怀中所蕴含的不羁与狂野，沉落或升腾，还有他们是如何在现实的道德的伦理的泥沼中发出叹息的。这些，我已经清晰地看见。

我更庆幸多年前，选择了文学、选择了在文字间的游弋，可以使自己能够进行世间最为滋润、素朴、殷实与美好的修行，这一切要感谢我生命里出现的所有帮助过我的温暖尊敬的师友们，尤其是我的导师杨匡汉先生，多年来一直给予我学业上的给养与教诲，付出了很多心血，我由衷地表示感谢！而中国社会科学出版社我的同学郭晓鸿女士，给予我多年的陪伴、支持与精神上的鼓励，为此著付出了精心劳作，在这里一并谢过！

　　秋天的时候，我的搭建也有了一个初步的模样，我想以此献给一切值得我所崇敬的人们，让我们一起分享所有快乐的时光与当下的适意，更有我们憧憬与期待的所有美好。

2022 年 8 月 8 日

于北京望京